Matthias Boll

Das Koeberg Projekt

Ein Kriminalroman
aus Südafrika

Matthias Boll

Das Koeberg Projekt

Ein Kriminalroman
aus Südafrika

Bibliografische Information der Deutschen Nationalbibliothek:
Die Deutsche Nationalbibliothek verzeichnet diese Publikation in der Deutschen Nationalbibliografie; detaillierte bibliografische Daten sind im Internet über dnb.dnb.de abrufbar.

2. Auflage 2019

Umschlaggestaltung von Dream Design - Cover and Art, René Rott
www.cover-and-art.de
Für den Umschlag verwendete Bilder von
©AdobeStock #132022272 und ©AdobeStock #238992126

Satz: LaTeX und TeX-live / Ubuntu
Autorenfoto: ©Studioline Photography

Auch als eBook in allen gängigen Formaten erhältlich.

Den Autor erreichen unter: matthias.boll@gmx.de

Verlag:
TiA Verlag Köln – Matthias Boll
Miltzstraße 1
Köln
www.tia-verlag.de
ISBN 978-3-948208-88-2

Druck und Herstellung:
PRINT GROUP Sp. z o.o.
ul. Księcia Witolda 7
71-063 Szczecin (Polen)

Meiner Frau und meinen Kindern

Naho wa i viela bakoni, mahunguvhu a do i vhona.
Auch wenn du in einer geheimen Höhle schlachtest, werden es die Krähen verraten.

Tshivenda Redensart, Unbekannter Verfasser

Kapitel 1

Ein widerwärtiger Gestank zog zu ihm herüber.

Abraham drehte sich zu den rund einhundert Metern entfernten, ehemals weißen, jetzt fleckig braungelben mannshohen Säcken mit dem Aufdruck ›Fishaways‹ herum. Regelmäßig, sicherlich zwei oder dreimal in der Woche, wurden diese auf die Mülldeponie gebracht, und sie waren definitiv die Quelle des unerträglichen Geruchs. Es wehte nur ein leichter Wind herüber, aber dieser war angereichert mit den übelsten Ausdünstungen. Der Inhalt bestand sicher aus industriellen Abfällen der Imbisskette. Abraham tippte auf verdorbenen Fisch, gemischt mit verschimmeltem Käse und ranzigen Pommes.

Er hatte sich in den vergangenen Monaten an den allgegenwärtigen Gestank der Müllkippe gewöhnt, aber diese verdreckten, riesigen Säcke überboten in der Hinsicht alles. Heute, bei Temperaturen von knapp über dreißig Grad im Schatten, war der Geruch noch schlimmer als gewöhnlich.

Am wenigsten störte ihn einfacher Hausmüll, der über den Tag verteilt angeliefert wurde. Im Prinzip roch er wie eine Mischung aus allem – weshalb er ihn nach kurzer Zeit nicht mehr wahrgenommen hatte. In den zwanzig Wochen, die er mittlerweile auf der Mülldeponie von Bloemfontein wohnte, war die Gabe, Gerüche auszublenden, beinahe überlebensnotwendig. Der Geruch umgab ihn den ganzen Tag und die ganze Nacht, ganz egal, ob er gerade einem der Fahrer in der Hoffnung auf ein kleines Trinkgeld beim Abladen half oder in seiner aus Abfällen gebastelten kleinen Hütte saß, die neben den anderen auf einer bereits stillgelegten und begradigten Fläche der Deponie stand. Der Mülldeponiegestank war überall, steckte in seinen Haaren und klebte an dem zerrissenen T-Shirt, das er in einer Tüte mit alter Kleidung gefunden hatte.

Aber zu diesen Säcken dort drüben, dahin traute sich keiner der anderen fünfzig Männer, die zusammen mit ihm auf der Deponie eine Art Zuhause gefunden hatten. Abraham war über Simbabwe illegal nach Südafrika eingereist, ursprünglich stammte er aber aus Sambia. In Simbabwe hatten er und sein Bruder Arbeit gefunden, beide hatten in einer Mission in Sambia die Ausbildung zum Metallhandwerker – also Schlosser – durchlaufen, und alles schien auf dem richtigen Weg. Sie dachten sogar darüber nach, sich von ihrem ersten Geld ein kleines, gebrauchtes Auto zu kaufen.

Eines Tages hatte sein Bruder von der Zeitarbeitsfirma, bei der beide beschäftigt waren, den Auftrag bekommen, in einem nahegelegenen Klärwerk ein Wasserrohr mit einem Trennschneider zu durchtrennen – das Rohr war innen völlig verkalkt – und es dann auszutauschen. Das Stahlrohr hatte einen Durchmesser von fast einem Meter, wog mehrere Tonnen und hing etwa einen halben Meter über einem zweiten mit demselben Durchmesser. Abrahams Bruder machte sich an die Arbeit und trennte das Stahlrohr, wie beauftragt, im kompletten Umfang ab und trat dann, nach etwa einer Stunde Arbeit, einen Schritt in der Erwartung zurück, dass sich die obere durchtrennte Wasserleitung entsprechend absenken sollte. Es passierte aber – nichts. Abrahams Bruder hatte noch einige Minuten gewartet und dann mit dem Hammer mit aller Gewalt gegen das Metall geschlagen.

Es hatte sich immer noch nichts bewegt.

Abrahams Bruder war nun zu der Überzeugung gelangt, dass er das Rohr mit dem Trennschneider noch nicht vollständig durchgeschnitten hatte. Er inspizierte die von ihm hergestellte Trennnaht, um festzustellen, wo er die Trennscheibe noch würde ansetzen müssen. Gerade als er sich die Naht von unten anschauen wollte und seinen Kopf zu diesem Zweck zwischen das obere und untere Rohr schob, löste sich das tonnenschwere obere Bauteil mit einem lauten Krachen. Er hatte keine Chance.

Die spätere Untersuchung des tödlichen Arbeitsunfall brachte das Ergebnis, dass das Rohr nur noch durch den Kalk, der sich im Rohr abgelagert hatte, zusammengehalten worden war. Abrahams Bruder hätte das wissen müssen, und deshalb hatten die Angehörigen keinen Anspruch auf Ausgleichszahlungen.

Abraham war der einzige Angehörige seines Bruders gewesen,

alle anderen Geschwister waren schon verstorben, und auch seine Eltern waren schon tot. Mit Mitte Zwanzig hatte er noch keine eigene Familie gegründet, was die nun notwendigen Planungen und Entscheidungen vereinfachte. Er beschloss, Simbabwe hinter sich zu lassen und nach Südafrika zu ziehen, wo alles besser war, wie man sich daheim gegenseitig versicherte.

Jetzt war er auf dieser Müllkippe gelandet.

Seine Ausbildung interessierte in Südafrika niemanden. Einen festen, offiziellen Job konnte er als Schlosser nicht finden, denn er war Ausländer. Eine Zeitlang hatte er an Wochenenden mit einem Schild ›Biete Arbeit‹ an den Ampeln der Hauptverkehrskreuzungen in Johannesburg gestanden, später hatte er versucht, irgendwelchen Tand an Autofahrer zu verkaufen, die unvorsichtig genug waren, die Wagenfenster an den Kreuzungen nicht rechtzeitig zu schließen. Dann hatte er zusammen mit drei anderen jungen Männern in ähnlich verzweifelter Lage einen kleinen Fantasietanz einstudiert, den sie wartenden Autofahrern vorführten. Anschließend waren sie winkend an den Wagenfenstern vorbeigegangen und hatten sich für ihre kurze Vorstellung ein Trinkgeld erhofft.

Sehr bald hatte er eingesehen, dass er durch den Verkauf von Sonnenschirmen, lustigen Mützen oder Kinderspielzeug oder wildes Herumtanzen niemals genug Geld zusammen bekäme, um sich sein Leben zu finanzieren. Und Arbeit hatte ihm erst recht niemand angeboten, er hatte sich nur die Beine in den Bauch gestanden. Seine Einkünfte reichten nicht einmal, um abends satt einzuschlafen. Eine richtige Wohnung hatte er sich in Südafrika von Anfang an nicht leisten können, denn es war alles teurer als in Simbabwe, sodass seine wenigen Ersparnisse nach wenigen Tagen aufgebraucht waren. Später hatte er – ganz klassisch – unter einer Brücke geschlafen.

So gesehen war sein neues Leben auf dieser Mülldeponie ein sozialer Aufstieg. Immerhin besaß er jetzt eine kleine Hütte.

Abrahams Blick blieb nachdenklich an diesen Säcken hängen. Ob es sich lohnte, dort nach Verwertbarem zu suchen?

»He, Abraham«, rief ihm ein anderer Müllplatzbewohner zu, ein Mann Ende sechzig, der seinen nachdenklichen Blicken gefolgt sein musste. Abraham drehte sich um. Den Namen des anderen wusste Abraham nicht, jeder lebte auf der Deponie eher für sich. Wieso der Alte wiederum seinen Namen kannte, überraschte Abraham für einen Moment. »Abraham, du denkst doch hoffentlich nicht daran, drüben in die Todeszonen zu gehen, oder?« Der Mann grinste, und Abraham betrachtete mit einer grausigen Faszination den einen Zahn, den der Alte noch im Unterkiefer stecken hatte. »Den Gestank da überlebt keiner, glaub mir das«, ergänzte der Mann. Das meint er nicht ernst, dachte Abraham. Oder doch?

Die Haupteinnahmequelle aller auf der Deponie war die Mülltrennung. Jeder nahm sich einen Müllsack vor und entleerte ihn auf der Suche nach Dingen, die sich verkaufen ließen. Wenn gerade kein Müllwagen entlud, dann wühlten die Männer mit bloßen Händen im losem Müll herum in der Hoffnung, wiederverwertbare Plastikflaschen zu finden. Der Hauptgewinn war aber ein Stück Metall, meistens Stahl, seltener etwas Kupfer aus alten Elektroleitungen. Metalle brachten die besten Preise bei dem Einkäufer, der einmal in der Woche mit seinem alten, klapprigen Laster die Mülldeponie herauf geschaukelt kam und ihnen für ein paar Rand ihre Fundsachen abkaufte.

Abraham hatte tatsächlich schon mehr als einmal daran gedacht, sich die weißen Säcke genauer anzusehen. Weniger die Säcke selber, da war sicher nichts zu holen, sondern viel mehr das, was zwischen ihnen verstreut auf dem Boden lag. Schließlich hatte seines Wissens nach von den anderen dort drüben noch keiner nach Altmetallen und Flaschen gesucht.

Eine Regel, die Abraham auf der Mülldeponie gelernt hatte, war, schnell zu sein. Wer zu langsam war, bekam die besten Sachen vor der Nase weggeschnappt. Deshalb wollte jeder als Erster am vollgeladenen Müllauto aus der Stadt sein, um die frische Ware auf Wertvolles oder zumindest Brauchbares zu durchsuchen. Da hinten, im Zentrum des Gestankes, gab es sicher noch die eine oder andere interessante Kostbarkeit zu finden, und vielleicht hatte Abraham die Chance, schneller als die Anderen zu sein.

Abraham blickte in die entgegengesetzte Richtung. Die rund fünfzig Müllplatzbewohner waren etwa einhundert Meter entfernt mit der frischen Lieferung eines städtischen Müllwagens beschäftigt – Unmengen schwarzer Müllsäcke türmten sich zu einem fast drei Meter hohen Haufen auf. Die Männer krabbelten auf Händen und

Füßen durch den Unrat, und außer dem Alten nahm von Abraham keiner Notiz.

Auch sein Gegenüber hatte plötzlich das Interesse an ihm verloren, drehte sich um und schlenderte in Richtung der übrigen Männer, die hektisch schwarze Säcke aufrissen und durchsuchten.

Die Gelegenheit war günstig. Abraham ging in die entgegengesetzte Richtung. Schon nach wenigen Schritten wurde der Gestank schlimmer. Der Wind hatte etwas aufgefrischt und blies ihm ins Gesicht. Die Fischimbisskette hatte mittlerweile zahlreiche Säcke in diesem separaten Deponiebereich abladen lassen, Abraham schätzte die Zahl auf über fünfzig. Sie standen, halbwegs geordnet, nebeneinander auf einer vermutlich mehrere Meter dicken Schicht aus Müll. Immer, wenn neue Säcke angeliefert wurden, konnte er beobachten, wie zügig der Lieferwagenfahrer seine Ladung loswerden wollte, um schnell verschwinden zu können.

Nach etwa der Hälfte des Weges hatte sich der leichte Wind glücklicherweise wieder gedreht und kam von hinten. Der Geruch nach vergammeltem Fisch ließ dadurch etwas nach, reizte ihn aber immer noch zum Erbrechen. Er war nur noch wenige Schritte von dem ersten Sack entfernt.

Abraham schaute sich den Bereich der Mülldeponie zum ersten Mal ganz genau an.

Die Säcke standen ziemlich dicht beieinander und wirkten so undurchdringlich wie ein Urwald. Er würde sich gerade so hindurch quetschen können. Mehr als einen halben Meter Abstand besaßen diese stinkenden Ungetüme nicht. Abraham fühlte sich wie ein Goldgräber: voller Aufregung bei der Suche nach Schätzen in unwegsamem Gelände. Auch wenn diese Schätze bestenfalls aus zerbeulten, verrosteten Autoteilen und zerbrochenen Bettgestellen bestehen würden. Ein paar Rand würde er dafür schon bekommen, hoffte er.

Kaum war der erste der weißgelben, mannshohen Säcke in Griffweite, drehte wieder der Wind. Diesmal trieb ihm der Gestank die Tränen in die Augen und für einen Moment schnappte er nach Luft. Vielleicht hatte der Alte mit seinem Geschwafel von einer ›Todeszone‹ doch Recht gehabt? Vielleicht war der Geruch tatsächlich giftig?

Nein, denn würden diese weißgelben, schmierigen Dinger tatsächlich giftigen Abfall enthalten, dann hätten die Müllmänner diese wohl kaum auf einer öffentlichen Mülldeponie abgeladen.

Obwohl – in Südafrika wusste man nie ...

Alles in allem erschien ihm das Risiko aber gering und die Geruchsbelästigung zwar als störend, aber ungefährlich. Unbeirrt ging er weiter und drückte sich zwischen den ersten Säcken hindurch. Dabei stellte sich heraus, dass das Gewebematerial keinesfalls so dicht war, wie er angenommen hatte. Er spürte einen ölig klebrigen, durch die Außenhaut der Säcke ausgetretenen Schleim auf seinem T-Shirt. Abraham fluchte leise. Er konnte sich vorstellen, dass er die nächsten Wochen wie ein schlecht gewordener Seehecht riechen würde. Und die Möglichkeiten, sich auf der Mülldeponie zu waschen, waren – nun ja – eng begrenzt.

Das Positive daran war, dass er in dieser Hinsicht nichts mehr zu verlieren hatte. Abraham drängte sich immer weiter durch das Dickicht der Fischabfälle, immer auf der Suche nach Brauchbarem neben und unter den Säcken. Nachdem er sich durch die ersten Reihen noch hindurch geschoben hatte, wurden die Abstände zwischen den klebrigen Gewebesäcken danach etwas weiter.

Wenn er etwas vielversprechend glitzern sah oder auf etwas Hartes trat, griff er nach unten und schob die oberste Lage Müll zur Seite. Er fand auf diese Art einige Eisenkleinteile wie einen verbogenen Stuhlwinkel, eine alte Rohrzange und eine rostige Säge, die er in seinem von Schweiß und Fischschleim völlig verklebten T-Shirt sammelte, das er mit der linken Hand wie eine notdürftige Schürze vor sich in die Höhe hielt.

Nach zehnminütiger Suche wollte Abraham wieder umdrehen, denn er bekam in diesem Labyrinth des Gestanks nun ernsthafte Probleme mit der Atmung, und die Eisenteile in seinem Shirt schienen immer schwerer zu werden. Er hatte außerdem einen ungewöhnlichen Geschmack auf der Zunge. Gerade als er sich umdrehen wollte, sah er zwischen zwei Säcken wenige Schritte entfernt etwas glänzen. Nur noch das eine, dachte er. Abraham quetschte sich auch durch diesen Zwischenraum.

Er schob mithilfe eines halbverfaulten Holzstücks ein paar größere Tonscherben und Reste einer alten Plastikplane zur Seite.

Dann sah er es.

Der mit einem runden Deckel verschlossene Blecheimer mochte

vielleicht zehn Liter fassen und glänzte in den wenigen Sonnenstrahlen, die den Boden erreichten. Er konnte noch nicht lange hier stehen, denn zu Abrahams Überraschung hatte er keinen Rost angesetzt, noch nicht einmal eine Beule konnte Abraham ausmachen.

Der Eimer kam ihm gerade Recht, der eingesammelte Schrott ließ sich damit einfacher transportieren. Während er mit einer Hand sein T-Shirt weiter hochhielt, um das Herausfallen seiner bisherigen Fundstücke zu verhindern, griff er mit der anderen nach dem als Henkel dienenden dicken Stahldraht und versuchte, ihn zu sich heranzuziehen.

Aber das wollte nicht gelingen. Sein Fundstück bewegte sich keinen Millimeter. Er zog daran, so gut es unter diesen Umständen ging, aber der kleine Eimer quittierte seine Bemühungen nur mit einer kaum spürbaren Kippbewegung. Entweder, dachte Abraham, war er irgendwie am Boden befestigt, oder überraschenderweise gar nicht leer und deshalb so schwer.

Die Möglichkeit auf einen wertvollen Inhalt weckte Abrahams Neugier. Er deponierte seine bisherigen Fundstücke neben einem der triefenden Säcke und versuchte nun mit beiden Händen, den gefundenen Eimer hochzuheben. Wenn er so schwer war, dann war er vielleicht mit alten Schrauben gefüllt, die beim Altmetallhändler mehr einbringen würden als all der andere Kram, den er bisher zusammengeklaubt hatte.

Es gelang Abraham mit Mühe, den Eimer einige Zentimeter anzuheben. Aber es würde sehr mühsam werden, ihn hoch zu seiner Hütte zu schaffen – ohne den Inhalt zu kennen würde er das nicht machen, das war sicher. Lohnen musste sich diese Plackerei schon.

Er entschloss sich, einen Blick hinein zu werfen. Dafür musste er aber erst den Deckel abbekommen. Er betrachtete nachdenklich den kleinen Haufen seiner Fundstücke. Eines davon war eine kurze Stahlstange, wie sie auf Baustellen als Eisenarmierung verwendet wurde. Das könnte gehen. Er ging in die Hocke und setzte mit dem Stahl unter dem Deckel und über dem Rand an. Vor dem ersten Versuch, den Deckel hochzuhebeln, fixierte er den Blecheimer zwischen seinen Knien und hielt ihn zusätzlich mit der linken Hand fest.

Verwundert ließ er die Eisenstange sinken.

»Warum ist der Eimer so warm?«, fragte er sich leise. Er war deutlich wärmer als er im Schatten der Müllsäcke hätte sein dürfen. Dafür hatte er keine Erklärung. Noch neugieriger geworden, hebelte er mit dem Stahlstück zügig den Deckel auf. Es zischte leise, dann sprang der Deckel ab und gab den Blick in das Innere frei.

Abraham konnte zunächst nicht viel erkennen, weil sein eigener Schatten das Innere verdunkelte. Er drehte den Kopf schräg zur Seite. Die Dose schien merkwürdige kleine Zylinder zu enthalten. Schrauben oder Nägel, wie er erwartete hatte, waren das definitiv nicht. Abraham war sich noch nicht einmal sicher, ob er den Inhalt dem Schrotthändler überhaupt als Metall verkaufen konnte. Die merkwürdigen Zylinder hatten einen Durchmesser von rund fünf Millimetern bei etwas gleicher Länge. Im Prinzip sahen sie aus wie die Reste einer in kleine Stücke gesägten Stahlstange, nur dass diese nicht metallisch glänzten, sondern stumpf waren. Nur an den Schnittkanten wurde das einfallende Licht schwach reflektiert.

Enttäuscht betrachtete Abraham seinen Fund. Die kleinen Zylinder schienen porös zu sein und wirkten deswegen matt. Für Abraham war jetzt klar, dass er damit nichts würde anfangen können. Er ließ den Eimer wieder los – er war ihm an seiner Hand und seinen Knien zu warm geworden – und setzte den Deckel auf. Nein, das Ding würde er hier zurücklassen. Altmetall war das nicht, und abgesehen von speziellen Plastiksorten war alles andere, was er fand, mehr oder weniger unverkäuflich und damit wertlos. Im Gehen warf er einen letzten Blick auf den Metalleimer und versuchte zu entschlüsseln, was darauf stand. Das schien irgendeine chemische Bezeichnung zu sein, die ihm nichts sagte. Nur den Namen der Firma konnte er entziffern:

CHEMCONS

Er zuckte bedauernd mit den Schultern, sammelte seine bisherigen Funde wieder ein und legte sie zurück in sein T-Shirt. Gerade als er diese ›Todeszone‹ der Mülldeponie verlassen wollte, verlor er – bedingt durch das ständige, instinktive Luftanhalten – für einen kurzen Moment das Gleichgewicht. Um nicht umzufallen, machte Abraham einen kurzen Ausfallschritt nach hinten.

Dabei trat er in etwas Weiches, das ihn wieder straucheln ließ. In der weichen Masse konnte er etwas deutlich Härteres, Rundes unter seinen bloßen Fußsohlen spüren.

Er wandte sich um, um zu sehen, wohin er getreten hatte.

Sein Gehirn brauchte einige Sekunden, um zu begreifen, in was er da stand. Teilweise von einer dünnen Müllschicht verdeckt, starrten ihn aus einem schwarzen Gesicht zwei leere Augenhöhlen an. Die Gesichtszüge waren eingefallen und befanden sich bereits in einem fortgeschrittenen Stadium der Verwesung. Mit Entsetzen betrachtete Abraham nun seinen eigenen Fuß: Er hatte der Leiche unabsichtlich auf den Oberschenkel getreten, war durch das mittlerweile halb zerfallene Muskelgewebe gedrungen und stand nun auf einem Oberschenkelknochen.

Abraham ließ seine Fundstücke auf den Boden gleiten, holte tief Luft und schrie vor Entsetzen.

Kapitel 2

»Fünf Meter unter uns lodert das atomare Feuer.«

Sattler schaute nach unten auf den grauen Betonboden. Seine Schuhe steckten in insgesamt vier farblich unterschiedlich markierten Plastiküberschuhen. Schwer vorzustellen, dass unter ihnen tatsächliche gerade eine Kernspaltung stattfand.

Seine Idee war es wirklich nicht gewesen, hier im Kernkraftwerk von Koeberg bis in den letzten Winkel zu kriechen. Eigentlich war er aus einem ganz anderen Grund hier, aber François, der Südafrikaner mit den französischen Wurzeln, der bei der ESKOM für die Öffentlichkeitsarbeit verantwortlich war, hatte ihm und seinem Kollegen Burkhard den Rundgang mehr oder weniger aufgedrängt. Sattler fand ihn schon auf den ersten Blick sympathisch: François mochte höchstens dreißig Jahre alt sein, war hoch aufgeschossen und schlank, regelrecht mager. Seine blonden Haare fielen ihm beim Sprechen ins Gesicht, aber durch eine routinierte Handbewegung verschaffte er sich immer wieder einen Durchblick.

Jetzt standen sie auf einer Platte aus Spezialbeton, und unter ihnen befand sich der laufende Kernreaktor, über ihnen die gewölbte Stahlbetonkuppel, durch die sich die meisten Kernreaktoren schon optisch von einem Kohle- oder Gaskraftwerk unterschieden. Zumindest hatte das François vorhin im Besprechungsraum behauptet. Sattler selbst hatte noch nie auf diese Details geachtet. Ihm war ohnehin nicht wohl in seiner Haut. Bei Begriffen wie ›Radioaktivität‹ und ›Kernspaltung‹ dachte er immer an Kernschmelze, Atombombe und Verstrahlung.

Nein, diese Gegend um Koeberg, ganz in der Nähe des idyllischen Kapstadt, hatte sicher schönere Flecken zu bieten als diese beiden Reaktorblöcke. Eigentlich würde er viel lieber irgendwo an der Waterfront sitzen, ein Glas Weißwein genießen und versuchen, einen

Blick auf ein paar Wale draußen im Ozean zu erhaschen. Vielleicht hätte er sogar das besondere Glück und würde heute Abend in der untergehenden Sonne einige Delfine springen sehen?

»Bitte achten Sie darauf, dass Sie die Überschuhe in der umgekehrten Reihenfolge ausziehen, in der Sie sie angezogen haben.« François' Englisch hatte einen unüberhörbaren französischen Dialekt. »Ich habe Ihnen vorhin schon erklärt, dass die Kreise auf dem Betonboden, auf dem Sie stehen, zu unterschiedlichen Gefahrenbereichen gehören. Wir dürfen keine Radioaktivität verschleppen. Also: Die roten Überschuhe ziehen Sie aus und legen sie in die Box, sobald Sie den roten Bereich verlassen, dann die grünen, sobald Sie die grüne Linie übertreten. Dann kommt gelb und blau. Dann sind wir wieder am Eingang und gehen ein paar Stockwerke tiefer.«

Radioaktivität verschleppen, dachte Sattler und schüttelte dabei innerlich den Kopf. Nein, das wollte er nun wirklich nicht. Er tat, wie François es verlangt hatte, zog die dünnen Plastiküberschuhe nach und nach aus und platzierte diese mit spitzen Fingern in der bereitgestellten Box, bevor er den farbigen Kreis überquerte. So näherte sich die vierköpfige Gruppe langsam wieder der schweren Stahltür, die für normale Besucher den Zugang auf diese Ebene verhinderte. François und ein zweiter Mitarbeiter des Betreibers, ein großer Schwarzer in der Uniform einer Wachfirma mit einem Colt am Gürtel, hatten die Tür vor etwa einer Viertelstunde gemeinsam durch zwei getrennte Schlüssel geöffnet. Als würden wir hier die britischen Kronjuwelen finden, wunderte sich Sattler über diesen Umstand. Dabei befanden sie sich quasi auf dem ›Dachboden‹ des Atomkraftwerkes, und einen solchen Flair versprühte der Bereich auch.

Sattlers Kollege Burkhard blieb die ganze Zeit dicht neben ihm und machte dabei einen überraschend entspannten Eindruck. »Ist schon interessant«, sagte er dabei immer wieder. Er begann, Sattler damit auf die Nerven zu gehen. Burkhard wirkte mit seinem grauen Vollbart deutlich älter als knapp über fünfzig, die er in Wirklichkeit war. Sattler hatte in den wenigen Tagen, die er Burkhard inzwischen kannte, den Eindruck bekommen, dass er innerlich schon in Rente war und den Job für die ›Chemcons‹ ausschließlich machte, um Geld zu verdienen. Von Idealismus keine Spur.

»Ja, interessant schon, aber was ist, wenn wir nach diesem Besuch alle verstrahlt sind? Was ist dann?«, erwiderte Sattler etwas lauter, als er eigentlich wollte. François hatte das gehört und drehte sich zu ihm um.

»Frank, Sie brauchen sich keine Sorgen zu machen. Wir haben Ihnen deshalb das Strahlendosimeter gegeben, das Sie an ihrer Hemdtasche befestigt haben.« Er berührte leicht das Messgerät an der angegebenen Stelle und das nicht größer als ein Kugelschreiber war. »Damit messen wir die Strahlenbelastung. Es funktioniert wie ein Kondensator, und wir werden nachher auslesen, wie vielen Bequerel Sie ausgesetzt waren. Aber ich kann Sie beruhigen, durch unseren Rundgang bekommen Sie weniger Strahlung ab als auf einem Langstreckenflug.«

Reflexartig tastete Sattler nach dem Röhrchen an seinem Hemd. Ja, es war noch da. Richtig, François hatte ihm alles schon einmal lang und breit erklärt, bevor sie vor zwei Stunden zu diesem ausgedehnten Rundgang aufgebrochen waren.

Sie hatten mittlerweile die Stahltür erreicht, verließen den Bereich und François und der Wachmann schlossen die Tür sorgfältig ab. Dann trugen sie die aktuelle Uhrzeit auf einer an der Wand hängenden Tafel ein und unterschrieben beide in der Spalte daneben.

François sah Sattlers fragenden Blick. »Damit bestätigen wir im Vier-Augen-Prinzip, dass die Tür auch tatsächlich geschlossen ist. Wir haben die Vorschriften für den Betrieb aus Frankreich übernommen, wo wir damals diese beiden Reaktorblöcke gekauft haben. Diese Regeln sind sehr strikt. Bis heute werden die technischen Inspektionen der Anlage im Auftrag der ›Eskom‹ durch die Franzosen durchgeführt. Wie Sie vielleicht wissen«, er blickte dabei fragend von Sattler zu Burkhard und wieder zurück, »stehen Sie im einzigen Kernkraftwerk Südafrikas, sogar im einzigen Kernkraftwerk in ganz Afrika. Deshalb fehlt uns die Routine, gewisse Arbeiten in Eigenverantwortung durchzuführen. Aber ich würde sagen, wir gehen einfach weiter. Wenn wir die Stufen hinuntergehen, kommen wir in die Nähe des Reaktorkerns. Wenn Sie mir bitte folgen würden?«. Galant deutete er die schmucklose Betontreppe hinunter. Sattler war sich nicht sicher, ob er tatsächlich weiter in die Nähe des Reaktorkerns wollte.

»Wirklich interessant«, murmelte Burkhard derweil.

Sie stiegen die Stufen herunter und blieben wenige Meter vor einer Art Tresortür aus dickem Stahl stehen, die sperrangelweit geöffnet war. François fühlte sich in seiner Rolle als Fremdenführer sichtlich wohl. »Dahinter«, sagte er und deutete mit einer ausschweifenden Bewegung in Richtung der dicken Stahltür, »befindet sich der Reaktorkern.« Aus der Tür traten zwei Männer in gelben Overalls, denen der Schweiß auf der Stirn stand. »Da drinnen ist es recht heiß, etwas über vierzig Grad«, ergänzte François, als wollte er den körperlichen Zustand der beiden Arbeiter erklären. »Nicht gerade angenehme Arbeitsbedingungen. Die beiden Kollegen werden jetzt in die Umkleide gehen, sich komplett ausziehen und duschen, bis sie alle eventuell vorhandene Radioaktivität abgewaschen haben. Die verwendete Kleidung bleibt bei uns und wird später als Abfall mit geringer Aktivität entsorgt.«

Sattler verstand, warum gerade jemand wie François für die Öffentlichkeitsarbeit zuständig war. Bei ihm klangen diese Begriffe so ... selbstverständlich. Er hatte dabei gleichzeitig keineswegs den Eindruck, dass François etwas verheimlichte oder beschönigte.

»Dürfen wir da hineingehen?«, fragte Burkhard. Sattler glaubte, seinen Ohren nicht zu trauen. Er würde auf keinen Fall durch dieses Tor zur Hölle gehen.

»Das tut mir leid, aber das geht nicht«, entschied François glücklicherweise, noch bevor Sattler protestieren konnte. »Die Strahlung ist in diesem Bereich viel höher als außerhalb. Die Arbeiter dürfen sich nur für kurze Zeit darin aufhalten und das auch nur für eine gewisse kumulierte Zeitspanne pro Jahr. Es gibt bei uns keine ›Guckdosis‹ für Besucher, die nur einen Blick hineinwerfen möchten. Wir gehen stattdessen weiter in die Zentrale.«

Sattler wischte sich mit dem rechten Unterarm den Schweiß von der Stirn und stieß dann Burkhard den Ellenbogen in die Seite. Dieser drehte sich zu ihm um und sah ihn mit einem fragenden Blick an. Wenn er das jetzt nicht verstanden hat, dachte Sattler, dann ist mit ihm intellektuell noch weniger los, als ich bisher geglaubt habe. Er verbiss sich aber einen Kommentar und nahm sich vor, Burkhard später ins Gebet zu nehmen. In den Reaktorkern gehen? Freiwillig? So einen Vorschlag überhaupt zu machen ... aber wenn Sattler sich als einziger geweigert hätte mitzukommen, hätte er ausgesehen wie ein Feigling.

François war schon einige Schritte vorausgegangen. Der Sicherheitsbeamte wich der kleinen Gruppe nicht von der Seite. Sattler und Burkhard beeilten sich, die wenigen Schritte aufzuholen. Sie passierten eine Glastür, dann standen sie vor einer großen Schiebetür aus Metall. François legte seinen Finger auf einen seitlich angebrachten Scanner, um das Öffnen der Tür mit seinem Fingerabdruck zu autorisieren. Das Gerät piepste, ein rotes Licht blinkte kurz auf und die Tür blieb geschlossen. François versuchte es erneut, mit gleichem Ergebnis.

Der Wachmann mischte sich ein. »Ihr Fingerabdruck ist wohl noch nicht in der Datenbank gespeichert«, vermutete er. »Die IT hat damals bei mir auch fast einen Monat gebraucht, bis ich Zugang hatte. Diese Abteilung arbeitet nicht besonders effektiv. Liegen halb schlafend auf ihren Stühlen, anstatt ihre Arbeit zu machen. Warten Sie, ich öffne die Tür für uns.«

Er legte den rechten Zeigefinger seiner ungewöhnlich tiefschwarzen Hand auf den Scanner. Beim ersten Versuch leuchtete eine grüne LED auf.

»Sehen Sie«, sagte er, an François gewandt, »die Technik funktioniert. Vielleicht fragen Sie mal bei den Kollegen nach, warum Sie nach fast zwei Monaten in den Diensten der ESKOM noch keinen Zugang zum Kontrollraum haben.«

»Selbstverständlich, das werde ich machen.« François schien für die Hilfe des Wachmannes dankbar. Er trat durch die Tür in den Raum, Burkhard und Sattler folgten.

Der Raum vor ihnen war vielleicht so groß wie ein großzügiges Wohnzimmer. Sattler war überrascht: Er fühlte sich an die Brücke der ›Enterprise‹ erinnert: Alles war hier so, wie es in den sechziger Jahren modern gewesen war. Er fragte sich, was ihn an der merkwürdigen Einrichtung am meisten irritierte. Waren es die großen Schalttafeln an den Wänden? Er konnte verschiedene analoge Anzeigeninstrumente erkennen. Es wurden auf ihnen vor allem verschiedene Temperaturen angezeigt, daneben auch hier und dort Drücke. Rote und grüne Lampen blinkten. Dazwischen drehte sich Endlospapier auf langsam rotierenden Rollen, auf dem über eine hin und her zitternde Nadel Kurven aufgezeichnet wurden.

Direkt vor ihm lagen die Arbeitsplätze der Betriebsmannschaft. Zwei Männer saßen auf alten Bürostühlen und waren scheinbar reglos über Konsolen mit unzähligen kleinen Knöpfen und Reglern gebeugt. Keiner nahm von ihnen Notiz.

Sattler fragte sich schon, ob die beiden womöglich schliefen, als François ein lautes »Hallo« in den Raum rief. Vielleicht hatte er dieselbe Befürchtung wie Sattler und wollte einen peinlichen Eindruck vor seinen Gästen vermeiden.

Der in einen grünen, weiten Overall mit *Eskom* Aufnäher gekleidete Angestellte im Stuhl direkt vor ihnen schrak zusammen. »Oh, hallo«, sagte er, stand auf und begrüßte die Besucher. »Wir waren gerade in der Überwachung einer ... alternativen Betriebsfahrweise und deshalb voll konzentriert. Ich habe sie gar nicht kommen gehört«, sagte er, mit deutlich russischem Akzent in der Stimme.

Wer sich verteidigt, klagt sich an, dachte Sattler. Zum zweiten Mal schüttelte er innerlich den Kopf. Unglaublich, die schlafen, während im Kernreaktor die Kernspaltung läuft.

Auch das Design der merkwürdigen Overalls erinnerte Sattler an die außergewöhnlich geschnittene Kleidung von Captain Kirk und seiner Crew - dazu dieser kleine Mann mit dem russischen Akzent. Alles hier wirkte unmodern. Er hatte sich den Kontrollraum eines Kernkraftwerkes ganz anders vorgestellt: Alles vollautomatisch, mit Computern und flackernden Monitoren überall. Nichts, aber auch gar nichts davon fand er hier wieder. Technologisch war das, was er sah, in seinen Augen völlig veraltet, beinahe steinzeitlich.

»Würden Sie unseren Gästen erklären, wie alles funktioniert, Herr Baranowski? Natürlich, ohne zu sehr in Details zu gehen. Die Herren sind zwar Naturwissenschaftler beziehungsweise ein Maschinenbauer«, er deutete zuerst auf Sattler, dann auf Burkhard, »sind aber beide nicht aus der Kernindustrie.«

»Alles klar, dann gebe ich Ihnen einen schnellen Überblick.« Der Mann im grünen Overall ging zu einer der Wände, die mit analogen Messgeräten zugestellt war. Die einzelnen Messgeräte waren auf einer großen, technischen Skizze montiert. »Auf dieser vereinfachenden Zeichnung sehen Sie das Schema der gesamten Anlage. Im Wesentlichen besteht sie aus einem Teil, in dem hohe Strahlung herrscht und in der die eigentliche Kernreaktion stattfindet.« Er deutete mit dem Zeigefinger auf einen Kreis, in dem sich viele Messinstrumente befanden. »In diesem Bereich erfassen wir ständig eine ganze Reihe von Messgrößen. Neben der Temperatur und dem

Druck ist das der Neutronenfluss, denn wir fahren den Reaktor so, dass wir mehr Neutronen erzeugen als wir benötigen. Aber weniger, als für eine unkontrollierte Kernspaltung nötig wäre. Sonst macht es nämlich ... Bumm.« Bei seinem letzten Wort riss er plötzlich die Arme in die Höhe.

Sattler schrak zurück. Von was sprach er? Von einer Kernexplosion? Würde sich das Kraftwerk in eine Atombombe verwandeln?

Der Techniker sah Sattlers verunsicherten Gesichtsausdruck. »Das war nur ein Witz«, sagte er mit seinem russischen Akzent und einem Grinsen auf den Lippen. »Keine Angst, hier kann nichts explodieren. Hier sind sie ganz sicher.« Offensichtlich machte er sich über Sattlers Ängste lustig. Sattler dachte, dass das ja nicht das erste Mal gewesen wäre, dass ein Kernreaktor ›Bumm‹ gemacht hätte. Burkhard, der neben den beiden stand, sagte nur lakonisch: »Interessant.«

»Nein, nein, es kann wirklich nichts passieren. Die Technik ist auf aktuellem Stand, auch wenn es nicht unbedingt so aussieht«, mischte sich François ein. »Darf ich Ihnen noch den zweiten Anlagenfahrer vorstellen, der neben Sergej Baranowski das Kernkraftwerk überwacht?« Er führte seine beiden Besucher zu einem weiteren Tisch, der ebenfalls vor einer Wand mit unterschiedlichen Messinstrumenten platziert war. An dem Tisch saß ein junger, schlanker Schwarzer, der zu ihnen hochschaute, als die kleine Gruppe neben ihm stand. Sattler bemerkte seinen intelligenten Blick. Er schätzte ihn auf höchstens dreißig Jahre.

»Das ist Hillary«, stellte François den Kraftwerksmitarbeiter vor. »Er hat vor kurzem sein Examen in Frankreich abgelegt und arbeitet sich ein.« Hillary erhob sich und grüßte die Besucher freundlich per Handschlag.

»Hillary ist doch ein Mädchenname, oder?«, fragte Burkhard ungeschickt.

»Ja, anderswo schon«, antwortete der junge Mann. »Vielleicht haben sich meine Eltern ein Mädchen gewünscht. Sie haben Recht, ein männlicherer Name wäre mir auch lieber. Aber ich kann das nicht so einfach ändern.« Sattler fand Burkhards Frage unnötig, da er mit so einer Antwort rechnen musste und den jungen Mann nur in Verlegenheit brachte. Er benahm sich wie ein Elefant im Porzellanladen.

Auf der anderen Seite des Raumes winkte Sergej die Besuchergruppe zu sich hinüber. Als sie neben ihm standen, wandte sich der Techniker für seine Erklärungen erneut der Wand mit der Anlagenskizze zu. »Ich möchte Ihnen auch noch den Rest erklären. Durch die Kernreaktion im Inneren des Reaktors wird Wasser in Dampf verwandelt, der über einen Wärmetauscher hier und hier«, er deutet auf zwei Stellen auf der Zeichnung, »weiteres Wasser verdampft, mit dem wir nebenan im Generatorengebäude Strom erzeugen, der dann Südafrika und Namibia über die Stromleitungen zur Verfügung gestellt wird. Neben den normalen Privatkunden hat dieses Land viele, sehr energieintensive Betriebe, die zum Beispiel Legierungen für Edelstahl in unglaublichen Tonnagen herstellen. Die sind auf unseren billigen Strom angewiesen. Und auf eine hohe Versorgungssicherheit.«

»Aber«, fragte Burkhard, »gibt es da nicht jede Menge Abfall? Diesen radioaktiven meine ich? Was machen Sie denn damit?«

François sah ihn erstaunt, beinahe misstrauisch an. »Warum interessiert Sie das denn?« Seine Stimme wirkte viel kühler als zuvor. Durch irgendetwas hatte Burkhard sein Misstrauen hervorgerufen.

»Das war doch einer der Gründe, warum wir in Deutschland aus der Kernkraft ausgestiegen sind. Die Abfälle ließen sich nicht entsorgen. Da wird man doch einmal fragen dürfen.« Burkhards Blick verriet, wie überrascht er von der brüsken Nachfrage ihres bisher so kooperativen Gastgebers war.

»Die Abfälle werden ordnungsgemäß nach Frankreich verschifft und dort entsorgt. Wenn Sie keine Fragen mehr zur Technik haben, dann würde ich Ihnen gerne Direktor Dokotela Melane vorstellen. Und mit ihm kommen wir dann zum geschäftlichen Teil, würde ich vorschlagen.«

»Ich habe noch eine Frage, Herr Baranowski«, sagte Sattler und sah sich noch einmal in dem Kontrollraum um. »Warum sieht das alles so altmodisch aus? Das ist ja wie eine Zeitreise in die Vergangenheit. Es gibt im Kontrollraum nicht einen einzigen Computer.«

»Wissen Sie«, erwiderte Baranowski und wirkte dabei fast etwas onkelhaft, »die Instrumente sind zwar alt, aber ausgezeichnet gewartet. Wir ersetzen alle Teile mit Originalteilen. Ein Auto läuft ja auch einwandfrei, wenn man die funktionsuntüchtigen Teile durch neue – also neue alte – ersetzt. Alles, was Sie hier sehen, ist sichere analoge Technik. Wir vertrauen keinen Computern. Nicht nur wegen Hackerangriffen und dergleichen. Wir vertrauen der Software nicht. Oder möchten Sie eines Tages auf dem Bildschirm eine Meldung sehen wie: ›Das Programm Schnellabschaltung wurde wegen einer allgemeinen Schutzverletzung nicht ausgeführt‹. Mit weißer Schrift auf einem blauen Bildschirm.« Dann lachte er wiehernd. »Wir Russen haben damals als erste die Erde im Weltraum umrundet. Dafür brauchten wir auch keinen Computer.«

»Wir müssen jetzt weiter«, drängte François und wischte sich dabei die Haarsträhnen aus dem Gesicht. »Hier geht es lang.« Er deutete wieder in Richtung Treppenhaus. Sie verabschiedeten sich von der Crew des Kontrollraums. Sattler schob noch gedanklich ein ›Schlaft gut‹ hinterher und grinste.

Sie verließen das eigentliche Reaktorgebäude durch einen schmalen Gang und erreichten ein Nebengebäude.

»Hier lohnt es sich, einen kurzen Blick hineinzuwerfen«, sagte François. »Wir gehen gleich weiter zu Dokotela, aber das sollten Sie beide sehen.«

Er öffnete eine Tür und stand plötzlich im Eingangsbereich eines Schwimmbades. Zumindest hatte Sattler diesen Eindruck. Ein riesiges Wasserbecken, nur der Sprungturm fehlte. Da wo er den Turm erwartet hätte, befand sich ein großer Kran. Ein gespanntes Seil zwischen Edelstahlpfosten verhinderte, dass Besucher unabsichtlich ins Wasser fallen konnten.

»Das Kraftwerk hat eigene Freizeiteinrichtungen?«, fragte Burkhard erstaunt. »Wie modern!«

»Richtig. Wenn Sie Ihre Badesachen dabei haben, können Sie gerne eine Runde schwimmen. Das Wasser ist angenehm warm, das kann ich garantieren«, erwiderte François. Sattler war der listige Gesichtsausdruck des Franzosen aufgefallen und jetzt auf der Hut. Burkhard aber tappte in die Falle. »Leider habe ich keine Badehose mit. Wirklich schade.«

François schüttelte resigniert den Kopf. »Burkhard, das war ein Spaß. Das, was Sie hier sehen, ist das Abklingbecken für die verbrauchten Brennstäbe. Hier werden sie gelagert, bis sie nur noch eine geringe Aktivität besitzen, also etwa für ein Jahr. Dann werden sie in Spezialcontainern nach Frankreich oder England verschifft, wie ich vorhin schon erwähnt hatte. Wenn Sie näher kommen und in das Wasser schauen, sehen Sie unten ein Bündel von Brennstäben in einem Kasten stehen.«

Die beiden Gäste traten näher und betrachteten kurz den Block von etwa zwei Metern Kantenlänge, der dort im Wasser lagerte. Die Länge des Blocks konnte man von oben nur erahnen.

»Interessant.«

Sattler schaute Burkhard strafend von der Seite an.

»Jetzt aber weiter zu Direktor Dokotela Melane. Er wartet bestimmt schon auf uns.« François verließ mit seinen Begleitern den Teil des Kraftwerkes und sie näherten sich durch die heraufziehende schwüle Wärme des Nachmittags einem etwas abseits gelegenen, eingeschossigen Bürogebäude mit Flachdach. François öffnete die Holztür, die wie alles mindestens fünfzig Jahre alt zu sein schien, und ein Schwall kühler Luft kam ihnen entgegen.

Hinter der geöffneten Tür erschien ein kurzer Gang mit einem einfachen, abgenutzten Bodenbelag aus PVC. Ein blauer Wasserspender stand auf einem niedrigen Holzschrank, auf dem sich außerdem ein Tablett mit einem Wasserkocher und kleinen Beuteln Tee sowie einem größeren Glas löslichen Kaffees befand.

Von dem Gang gingen drei weitere Türen ab. François klopfte gegen die erste und wartete einen Moment. Nachdem er keine Antwort erhalten hatte, drückte er die Türklinke herunter und öffnete sie einen handbreiten Spalt. Er warf einen kurzen Blick hinein und schloss sie dann wieder. »Keiner da«, verkündete er seinen beiden Besuchern sichtlich enttäuscht. »Eigentlich sind wir schon zehn Minuten zu spät, er müsste schon auf uns warten.«

Sattler, Burkhard und François standen eine geschlagene Viertelstunde herum, bis plötzlich ein nagelneuer, gelb lackierter Porsche heran geschossen kam und auf dem geschotterten Parkplatz vor dem Gebäude hielt. Beim Bremsen wirbelte er eine passable Staubwolke auf. Die Wagentür öffnete sich und heraus stieg ein recht ungelenk wirkender Schwarzer jenseits der Fünfzig. Auf seiner Glatze konnte Sattler Schweißtropfen glitzern sehen. Der Mann war deutlich übergewichtig und Sattler fragte sich instinktiv, wie er in den kleinen Sportwagen gepasst hatte.

»Ach«, sagte der Neuankömmling nur und blickte missgelaunt von einem zum anderen. »Sie sind schon da?« Ohne irgendeine Form der Begrüßung ging er an den dreien vorbei und schleppte sich durch den Flur in sein Büro. François und die beiden Besucher folgten dem Direktor zögernd durch die Tür, die er hinter sich hatte offen stehen lassen.

Melane hatte sich bereits schwer in seinen edlen, mit Leder bezogenen Bürostuhl fallen lassen und die Beine weit von sich gestreckt. Sattler beobachtete die Szene verstört. Es fehlte nur noch, dass der Direktor seine Füße auf den großen, mit aufwendigen Intarsien verzierten Schreibtisch legte.

»Thembi!«, rief Melane unvermittelt. »Thembi, wo bist du denn?«

Durch eine Seitentür betrat eine junge Frau eilig das Büro. In der Hand hielt sie einen Apfel, ein Messer und eine Kanne, aus der das Schildchen eines Teebeutels hervorlugte. Ohne ein weiteres Wort stellt sie den Tee vor Melane auf den Schreibtisch und begann, den Apfel erst zu schälen, dann zu achteln. Dann reichte sie ihm die einzelnen Stücke, die sich Melane nach und nach in den Mund stopfte. Schließlich nahm er einen großen Schluck Tee.

Sattler betrachtete die skurrile Situation einigermaßen fassungslos.

Als Melane fertig gegessen und getrunken hatte, verschwand seine Sekretärin mit den Apfelresten und dem Tee wieder durch die Tür. Melane lehnte sich in seinem Stuhl wieder soweit wie möglich zurück und richtete dann seinen Blick gnädig auf die Besucher.

»Also?«, fragte er.

»Herr Direktor Dokotela Melane«, begann François. »Diese beiden Herren kommen, wie ich in der Ankündigung per E-Mail geschrieben hatte, im Auftrag der deutschen Chemiefirma Chemcons. Es handelt sich um Frank«, er deutete auf Sattler, »und seinen Kollegen Burkhard.« Die beiden zogen, wie auf ein geheimes Kommando hin, Visitenkarten heraus und legten sie auf den Schreibtisch. Melane würdigte die Karten keines Blickes.

»Und?«, fragte er nur. Er bemühte sich nicht, sein Desinteresse zu verbergen.

»Die Firma Chemcons möchte uns in Zukunft Borsäure liefern. Sie wissen sicher, dass wir mit dem bisherigen Hersteller Qualitätsprobleme hatten und wir die Borsäure brauchen, um den Neutronenfluss im Notfall regulieren zu können? Die Chemcons kann uns das Material mit der notwendigen Qualität liefern.«

»Borsäure, hm?«, brummte Melane vor sich hin. »Ist doch bestimmt gefährlich, diese Säure.« Plötzlich beugte er sich vor und fixierte François mit den Augen. »Ich will nicht, dass wir einen Arbeitsunfall damit haben. Wie würde ich denn dastehen, wenn ich einen Unfall melden müsste? Passen Sie mir gut auf diese Säure auf. Dass da keiner dran geht, an diese Dingssäure. Haben sie gehört?« Sein Blick wanderte jetzt von François über Burkhard zu Sattler.

Sattler versuchte zu erklären. »Nein, die Säure ist nicht besonders gefährlich. Wir haben ...«

»Versucht er jetzt, mir die Welt zu erklären, oder was?« Melane deutete mit seinem dicken Finger auf Sattler und schaute dabei François an. Er ließ den Finger wieder sinken, nachdem er durch diese Geste Sattler zum Schweigen gebracht hatte. »Was soll denn dieses Zeugs kosten?«

François schluckte. »Ja, richtig, der Preis. Es ist schon etwas teurer als von unserem bisherigen Lieferanten. Aber dafür entspricht die Qualität den Vorgaben, die uns von dem französischen Reaktorhersteller und von der Internationalen Atomenergiebehörde gemacht werden. Eigentlich dürfen wir von dieser Qualität auf keinen Fall abweichen ...«

»Papperlapapp. Wie sieht es denn aus, wenn ich mehr Geld für dieses Zeugs ausgebe als mein Vorgänger? Was wird der Ausschuss sagen? Nein, völlig ausgeschlossen, ich riskiere doch nicht meinen Job. Wir bleiben beim alten Lieferanten. Keine Diskussion.« Er drehte sich zur Tür, durch die seine Sekretärin vor wenigen Minuten verschwunden war und rief wieder nach ihr. Thembi erschien im Türrahmen. »Komm rein, Thembi. Die Herren möchten ohnehin gerade gehen.«

»Hast du was dagegen, wenn ich mir eine anzünde?«, fragte Burkhard.

Frank Sattler hatte natürlich etwas dagegen. Aber was konnte er schon sagen, sie saßen ja immerhin in Burkhards Auto. Er zuckte deshalb nur resignierend mit den Schultern. Burkhard fummelte während der Fahrt eine Zigarette aus dem Schächtelchen, wofür er das Lenkrad loslassen musste. Dann biss er den gelben Filter ab und spuckte ihn achtlos in den Fußraum der Fahrerseite, bevor er den Rest zwischen seine Lippen klemmte.

Sattler schaute zu ihm hinüber. Burkhards weißer Vollbart war ungepflegt und hatte sich direkt unter der Nase durch das Nikotin der vielen Zigaretten gelblich verfärbt. Sattler hatte sich bisher nicht getraut, diesen Teil seines Gesichtes näher zu betrachten. Zu groß war seine Furcht, irgendwelche Essensreste darin zu entdecken, deshalb fiel ihm die Gelbfärbung erst jetzt auf.

Insgesamt machte Burkhard auf Sattler einen ziemlich ungepflegten Eindruck. Die grauschwarzen, fast schulterlangen Haare waren ungekämmt und auf seinem Kopf hatte sich eine Stirnglatze ausgebreitet. Die langen Haare betonten diesen Schönheitsmakel noch. Außerdem ließen sie ihn älter wirken.

Sie waren, nach der interessanten Führung und dem fruchtlosen Verkaufsgespräch, auf dem Weg vom Atomkraftwerk Koeberg zurück Richtung Kapstadt, wo sie in einer Hotelanlage etwas außerhalb der Stadt untergebracht waren. Sie würden gut eine Stunde für den Weg brauchen. Eine ganze Stunde, während der er mit Burkhard allein im Auto sitzen und sich dessen wenig intelligente Kommentare zu allem möglichen anhören musste. Um das unvermeidliche Gespräch zumindest am Anfang in eine vernünftige Richtung zu steuern, versuchte Sattler, den Tag in Koeberg kurz zusammenzufassen.

»Also, Burkhard. Wie es aussieht, hat dieser Dokotela schon andere Lieferanten für unsere Borsäure. Was ist deine Einschätzung? Was müssen wir tun, um mit Koeberg ins Geschäft zu kommen? Oder können wir das vergessen? Immerhin beliefern wir das Kraftwerk seit vielen Jahren mit unserem Kadmiumsalz, deshalb weiß ich nicht, warum das mit Borsäure nicht auch klappen sollte.«

»Ich bin mir nicht sicher, ob ich wirklich mehr weiß als du. Du kennst dich ja eigentlich viel besser in diesem Land aus als ich.« Burkhard sprach undeutlich, denn er bemühte sich, beim Sprechen nicht die kalte Zigarette aus dem Mund fallen zu lassen. Sie würde dann unweigerlich bei dem anderen Unrat in seinem Fußraum landen – Sattler sah dort alte Kassenzettel, zerknülltes Papier, das zum Einpacken fettiger Fritten verwendet worden war, außerdem Zigarettenkippen und Dinge, die er nicht näher zuordnen wollte – und wenn die Zigarette erst einmal dort hinuntergefallen war, dann war sie verloren. Und wenn Sattler in den drei Tagen, die er bisher im Auftrag der Chemcons mit Burkhard hier am südwestlichsten Zipfel

Südafrikas verbracht hatte, etwas von Burkhard gelernt hatte, dann das, dass er ohne ausreichend Nikotin sehr impulsiv wurde.

Burkhard hatte mittlerweile aus einer der zahlreichen Ablagen seines Toyota Fortuners ein Feuerzeug gefischt. Durch diese Aktion hätte er den Wagen beinahe in den Gegenverkehr gelenkt, brachte ihn aber gerade noch rechtzeitig zurück auf die linke Spur. Sattler atmete tief aus. Zum Glück war der Verkehr nicht so dicht. Burkhard zündete sich die Zigarette an und blies den Rauch in Richtung Windschutzscheibe.

»Also, ich habe mich erkundigt, mit wem wir es eigentlich zu tun hatten«, begann Burkhard. »Dieser Dokotela Melane, dieser absolute Sympathieträger, ist schon seit drei Jahren Direktor des Atomkraftwerks. Ich habe auch seinen Lebenslauf gelesen, den ich im Internet gefunden habe. Was glaubst du, was er von Beruf ist? Na, rate mal?«

Sattler hob leicht die Schultern und kämpfte dabei einen durch den Rauch bedingten Hustenanfall nieder. »Ich denke mal, er wird Naturwissenschaftler sein. Oder Ingenieur. Nein, vielleicht hat er Betriebswirtschaftslehre studiert? Immerhin ist er ja Dokotela, also ein Doktor. Da wird er ja in einer dieser Studienrichtungen abgeschlossen haben.«

Burkhard lächelte leicht, ließ es dann aber wieder bleiben, als er merkte, dass dadurch die Zigarette an Halt verlieren könnte. »Alles falsch. Dieser Dokotela Melane ist – du wirst es nicht glauben – Sportlehrer.«

Sattler war überrascht. Das ist Afrika, dachte er nur. »Aber wie hat er denn den Doktortitel bekommen?«

»Welchen Doktortitel? Davon habe ich nichts gefunden. Dokotela, das ist einfach sein Vorname, den ihm seine Eltern gegeben haben. So einfach kommt man zu einem Doktortitel: Er wurde mit ihm getauft. Geschickt, oder?«

»Ach so. Das ist natürlich schlau von den Eltern. Dadurch schließt sich aber gleich meine nächste Frage an: Wenn er schon auf dem Papier fachlich nicht geeignet ist, eine solche sicherheitskritische Anlage zu führen, wieso ist er dann der Direktor?«

Burkhard schüttelte den Kopf, was zum Abbrechen der glimmenden Zigarettenspitze und einer kleinen Aschewolke führte. Die grauen Flitter senkten sich langsam auf die Mittelkonsole und gesellten sich zu altem Bonbonpapier und einem halb gelutschten Lolli. »Naja, er ist schon sehr lange beim ANC. Offensichtlich wird in diesem Land die Leitung eines Kernreaktors als ein politisches Amt angesehen, für das Parteizugehörigkeit mehr zählt als Qualifikation. Auf jeden Fall hatte er im Laufe seiner politischen Karriere immer wieder Berührungspunkte mit dem jetzt amtierenden Präsidenten. Ich denke, dass ihm das den notwendigen Schub verschafft hat, auf diesen sicher gut bezahlten Posten zu kommen. Gut bezahlt muss er sein, denn du hast ja seinen großkotzigen Auftritt mit dem Porsche erlebt. In diesem Land ist ja nichts unmöglich. Ich bin zwar erst einen Monat vor Ort, aber diese Lektion habe ich gelernt. Der Spruch ›Das kann doch nicht sein!‹ ist nicht mehr Teil meines aktiven Wortschatzes. Hier kann alles sein.« Burkhard lachte grunzend über seinen müden Witz.

Mit jeder Stunde, die er mit Burkhard verbrachte, war ihm immer klarer geworden, dass er ihn eigentlich nicht leiden konnte. Das hatte weniger mit den Dingen zu tun, die er sagte oder tat, sondern mehr mit seinem merkwürdigen, gefallsüchtigen Auftreten und dem Hauch an Unberechenbarkeit. Gerade letzteres machte Sattler zu schaffen. Er empfand die Versetzung in das ›Technische Marketing‹, wie seine Position offiziell hieß, schon jetzt als Strafe. Dabei hatte ihm sein Chef, Chemcons-Vorstandsmitglied Martin Warmbold, die Sache schmackhaft gemacht. »Du hattest doch so tolle Erfolge mit der Vermarktung unseres Farbstoffes F14. Du hast schon gezeigt, dass du es kannst. Du musst nur dort hinausgehen«, Warmbold hatte bei diesen Worten sein Gesicht zum Fenster der Chemcons-Zentrale in Köln gedreht, die Hand erhoben und theatralisch hinausgedeutet, »und ernten, was andere für dich gesät haben. Eine größere Dankbarkeit der Firma kannst du gar nicht erwarten.«

Das war vor gut einer Woche gewesen. Eventuell hatte die plötzlich notwendige Versetzung auch etwas damit zu tun, dass Sattler, trotz seiner rund vierzig Jahre und seiner unbestrittenen Attraktivität, weder Frau noch Kinder hatte, auf die die Firma hätte Rücksicht nehmen müssen. Außerdem hatte er Erfahrung im südlichen Afrika – und Afrika hatte wohl irgendjemand aus der Chemcons-Marktanalyse als einen Wachstumsmarkt für Spezialchemikalien identifiziert, wieso auch immer. Also hatte er sich breitschlagen lassen, für ein Jahr durch das Land zu tingeln und die Produkte der Firma zu vermarkten. Burkhard neben ihm, der qualmende Schlot auf dem Fahrersitz, war aus Marketingsicht keine große Hilfe, aber immerhin schrieb er später bereitwillig die fälligen Berichte. Burkhard war erst seit kurzem bei der Chemcons, und Sattler hatte ihn nicht gefragt, bei welcher Firma er vorher gearbeitet hatte, denn es interessierte ihn einfach nicht.

Jetzt saß er neben diesem Kettenraucher im Auto, und er hatte ihn in den drei Tagen schon gut genug kennengelernt. Sie fuhren etwa eine Viertelstunde schweigend Richtung Autobahn. Dann fing es an, so wie es bei Burkhard immer anfing, auf die eine oder andere Art. In diesem Fall war der Auslöser eine junge Anhalterin am Straßenrand, die vermutlich auf einen der Taxibusse wartete, der sie in die Stadt bringen sollte. Sie wollte aber nicht so lange warten und zeigte den vorbeifahrenden Autofahrern durch eine Wellenbewegung mit dem Arm an, dass sie mit nach Kapstadt genommen werden wollte.

Burkhard bremste den Wagen ab und fuhr langsam an der jungen schwarzen Frau vorbei. Dabei fixierte er sie lange und anhaltend mit den Augen, die glimmende Zigarette mit den Zähnen haltend. Kaum hatten sie die junge Anhalterin passiert, gab er wieder Gas. Für eine Sekunde war es still im Wagen und Sattler hoffte insgeheim, dass das, was so oder so ähnlich fast immer kam, diesmal ausbleiben würde.

Aber er hatte kein Glück. »Weißt du, Frank«, begann Burkhard, »worauf ich richtig Lust hätte? Diese Schönheiten am Straßenrand, die haben es mir angetan. Was hältst du davon, wenn wir eine mitnehmen und sie fragen, ob wir von ihr, als kleine Gefälligkeit, ein paar Nacktbilder machen dürfen?« Burkhard sah Sattlers entrüstetes Gesicht. »Ich meine nur. Ein paar harmlose Bilder. Wenn sie nicht mitmachen will, dann lassen wir es. Na gut, es war nicht ernst gemeint«, zog er seinen Vorschlag kleinlaut zurück, als er Sattlers unverändertes Mienenspiel sah.

»Du kannst machen, was du willst, Burkhard, denn du bist ein erwachsener Mann«, erwiderte Sattler. »Aber dann mach das bitte ohne mich, frag mich nicht vorher und erzähl mir nichts davon hinterher. Ich will mit solchen schmierigen Eskapaden nichts zu tun haben.«

»Ist schon gut«, brummte Burkhard, öffnete das Wagenfenster

und warf die glimmende Kippe hinaus. »War nur ein Spaß. Verstehst du natürlich nicht, war klar.«

»Ich sag es nicht gerne, aber das Gras da draußen ist trocken wie Stroh. Ich würde, wenn ich du wäre, auf keinen Fall eine brennende Kippe aus dem Fenster werfen. Aber was soll es, ich bin nicht deine Mutter«, erwiderte Sattler, und er ahnte, dass mit dem Spruch die Stimmung komplett verdorben war. Burkhard war jetzt offensichtlich sauer auf ihn und sprach den Rest der Fahrt kein einziges Wort mehr.

Endlich waren sie in ihrem Hotel angekommen, das eigentlich eine Hotelanlage war und aus vielen kleinen, aus Backsteinen gemauerten und mit getrocknetem Gras gedeckten Rundhütten bestand. Diese waren konzentrisch um einen großen, mit kristallklarem Wasser gefüllten Pool mit angeschlossener großer Selbstbedienungsbar angeordnet. Sattler und Burkhard hatten jeweils eine dieser komfortabel und gleichzeitig gemütlich eingerichteten Rundhütten zugewiesen bekommen. Frühstück gab es in einem großen, zwanzig Meter abseits gelegenen Gebäude.

Bei einem seiner Rundgänge hatte Sattler herausgefunden, dass auch die Hotelangestellten auf dem von einer hohen Mauer eingefassten Gelände lebten, nämlich in barackenähnlichen Verschlägen im hinteren Winkel, wie es in Südafrika üblich war. Burkhard schien noch immer schlechte Laune zu haben, sodass sich Sattler mit einem kurzen: »Bis morgen früh« verabschiedete. Er erntete von Burkhard, den Schlüssel seiner Behausung schon in der Hand, nur ein undeutliches Grummeln. Da war sie wieder, diese unvorhersehbare und vermutlich langanhaltende schlechte Laune, dachte Sattler. Er zuckte die Schultern, ging über den gepflegten Rasen an den Palmen vorbei zu seiner eigenen Hütte, die etwa zwanzig Meter entfernt stand. Morgen war ein neuer Tag, und nach ein paar Zigaretten würde auch Burkhard wieder ansprechbar sein. Schließlich wollten sie Richtung Bloemfontein aufbrechen, eine ziemlich weite Strecke lag vor ihnen. Er konnte einen stundenlang vor sich hin brummenden und murrenden Burkhard nur schwer ertragen.

Sattler hatte tief und fest geschlafen und fühlte sich am nächsten Morgen völlig entspannt. Die Vögel zwitscherten laut und die Sonne schien schon früh am Morgen mit aller Kraft vom wolkenlosen

Himmel durch sein Fenster. Obwohl es Winter war, würden die anfänglich niedrigen Temperaturen später, gegen Mittag, sicher wieder über zwanzig Grad klettern. Sattler öffnete die Tür und trat auf die kleine Holzveranda heraus. Auf dem Gras des sorgsam angelegten Parks hatte sich über Nacht tatsächlich eine dünne Frostschicht gebildet, die sich in den von den Palmen beschatteten Bereichen immer noch hielt. Die Sonne würde dem bald ein Ende bereiten. Auch wenn die Hotelbesitzerin – Lelanie – gestern noch von einer ankommenden Schneefront gesprochen hatte, hielt das Sattler für einen Wunschtraum. Schnee gab es alle zwanzig Jahre einmal, aber jedes Jahr wurde er aufs Neue voller Hoffnung erwartet.

Nach dem Duschen und Anziehen schlenderte er gemächlich in das Haupthaus, um dort zu frühstücken. Auf dem Weg durch die grüne Parkanlage blickte er sich um, ob er Burkhard irgendwo würde entdecken können. Die Tür zu seiner Hütte war geschlossen, von Burkhard gab es keine Spur. Auch zum üppigen Frühstück erschien er nicht. Sattler entschied sich, ein wenig länger sitzen zu bleiben und eine zweite Portion gebratenen Speck und Spiegeleier zu essen, denn wer wusste schon, wann es heute wieder etwas geben würde. Er dehnte das Frühstück so lange aus, bis ihn die Bedienung begann, merkwürdig anzusehen. Die Uhr im Frühstücksraum über dem angeheizten Kamin zeigte schon zehn.

So lange konnte Burkhard unmöglich im Bett liegen und schlafen.

Sattler beschloss, nach ihm zu sehen. Vielleicht hatte er gestern Abend noch schnell einen Abstecher in die Bar unternommen und hatte eine dieser Schnapsflaschen zu viel intus, die dort in den Schränken standen. Bevor Sattler an die Tür von Burkhards Hütte klopfen wollte, schlenderte er zum Pool und öffnete die Glastür zu der gemütlich eingerichteten Bar. Auf dem Tresen lag ein Klemmbrett, auf dem jeder der Gäste seine Entnahme aus dem Vorrat der Bar eintrug. Für die weniger ehrlichen Gäste war eine Videokamera installiert, die die Bewegungen in und um die Bar aufzeichneten und im Fall der Fälle einen Diebstahl nachweisen konnte.

Sattler trat an den Tresen und betrachtete die Liste unauffällig. Sie war lang, die Hotelanlage war zurzeit zur Hälfte ausgebucht, wie er von Lelanie wusste, und damit ungewöhnlich voll. Deshalb war die Bar gestern Abend besser besucht gewesen als gewöhnlich.

Mal sehen, wie viel er getrunken hat, sagte sich Sattler. Wenn das zu viel war, dann wird er nachher mit Sicherheit nicht fahren. Er ging mit dem Finger die Liste durch, fand Burkhards Namen aber nicht. Dieser Liste nach hatte er der Bar nichts entnommen.

Was blieb Sattler jetzt noch groß übrig? Er entschloss sich, zu Burkhards Hütte zu gehen und laut anzuklopfen. Auf dem Weg dorthin warf er einen kurzen Blick auf den rund fünfzig Meter entfernten Parkplatz, auf dem Burkhard geparkt hatte. Sein Wagen stand dort, augenscheinlich an demselben Platz, an dem sie ihn abgestellt hatten.

Burkhard musste also in der Hütte sein. Sattler klopfte gegen die Tür, erst leise, dann lauter. Dann lauschte er einen Moment, ob er irgendwelche Geräusche als Antwort erhalten würde.

Aber da war nichts.

Er klopfte noch einmal laut und anhaltend, sodass eine schwarze Angestellte auf dem Weg zum Bettenmachen irritiert zu ihm hinüberblickte. Sattler rüttelte jetzt ungeduldig an der Türklinke. Die Tür war abgeschlossen.

Alarmiert ging Sattler zurück zum Frühstücksraum. Er fand Lelanie in der Küche, wo sie sich gerade mit dem Koch unterhielt.

»Lelanie, kannst du bitte mal kommen und Burkhards Hütte aufschließen? Er antwortet nicht, und beim Frühstück war er auch nicht. Vielleicht ist ihm etwas passiert?«

Lelanie zögerte keinen Augenblick. Gemeinsam liefen sie schnellen Schrittes zur Hütte und sie bat eine der Reinemachefrauen, die abgegriffene Holztür aufzuschließen. Der Schlüssel drehte sich im Schloss.

Lelanie drückte die Klinke herunter und ließ die Tür aufschwingen. Drinnen war es dunkel.

Sattler rechnete insgeheim mit dem schlimmsten, zum Beispiel mit Burkhards Leiche auf dem Bett, einem Herzinfarkt oder etwas ähnlichem erlegen. Sattler schüttelte den Kopf, um die Gedanken loszuwerden. Vielleicht hatten sie auch Glück, und er schlief einfach nur einen Rausch aus, mit einer Flasche Wodka aus dem Sparmarkt im Arm.

Bevor Sattler eintrat, schnüffelte er vorsichtig. Nach Alkohol roch es nicht, auch nicht nach Hasch oder irgendwelchem anderen Zeug. Wohl nach normalem Qualm, aber das war ja für einen starken Raucher üblich. In der Mitte des Raumes stand das Bett, ein Doppelbett. Sattler nahm im Halbdunkel darauf eine Form wahr, die ein menschlicher Körper sein konnte.

Lelanie schaltete das Licht an.

Sattlers Augen brauchten kurz, um sich an die veränderten Lichtverhältnisse zu gewöhnen. Auf dem Bett lag kein menschlicher Körper, nur Bettzeug. Jemand hatte in dem Bett gelegen und das Bettzeug benutzt. »Burkhard? Burkhard!«, rief Sattler laut. Vielleicht war er ja im Bad? Sattler schob die Tür zur Seite, die in das angrenzende kleine Badezimmer führte. Auch dort keine Spur von Burkhard, wenn er von der Zahnbürste und dem Deospray auf der Waschbeckenablage einmal absah.

Er warf einen intensiveren Blick in den Schlafbereich. Neben dem Bett entdeckte er ein klebrig wirkendes Pornomagazin. Auf dem Nachttisch lagen die Wagenschlüssel. Sattler nestelte sein eigenes Handy zwischen seiner Brieftasche und Zimmerschlüssel aus der Jackentasche hervor und wählte Burkhards Handynummer. Er wartete einige Sekunden, bis die Verbindung hergestellt wurde. Es klingelte hinter ihm. Er drehte sich um und auf einer weiteren Ablage, unter einem Haufen Unterwäsche, zog er Burkhards Handy hervor. Er schaltete es ab und das Klingeln verstummte.

»Also, hier ist er nicht«, rief Sattler zu Lelanie hinüber.

»Aber wo ist er denn dann?«, fragte Lelanie. »Warum kommt er nicht zum Frühstück?«

Das waren genau die Fragen, die sich Sattler stellte. Sie mussten bald los, wenn sie noch zu einer halbwegs vernünftigen Zeit in Bloemfontein ankommen wollten. Wo trieb er sich rum? Und warum musste er eigentlich immer wieder irgendwelche Leute suchen, die sich scheinbar in Luft aufgelöst hatten?

Vor einiger Zeit war Stefanie, eine deutsche Kollegin, aus seinem direkten Umfeld verschwunden, allerdings hatte sich das schnell als Missverständnis herausgestellt. Später war einer seiner Chefs abgetaucht, aber der hatte sich nicht wirklich in Luft aufgelöst ... naja, und jetzt Burkhard. Sattler fragte sich, ob er vielleicht ein spezielles Gen besaß, das Leute in seiner Umgebung zum Verschwinden brachte.

Er durchsuchte mit Lelanie das komplette Zimmer. Es zeigte sich, dass nur die Jacke fehlte, die Burkhard am Abend zuvor getragen hatte, und sein Portemonnaie. Alles andere war vorhanden, soweit es Sattler beurteilen konnte.

»Und was jetzt?«, fragte Lelanie. »Ich habe gesehen, dass euer Auto noch auf dem Parkplatz steht. Weit kann er nicht sein, es sei denn, er hat versucht, eines der Taxibusse zu nehmen. Das wäre aber ungewöhnlich. Und warum sollte er das auch tun? Er hat doch ein Auto.«

Sattler dachte an die kurze Auseinandersetzung des vergangenen Tages, die er mit Burkhard gehabt hatte. Aber das war doch kein Grund, Hals über Kopf abzureisen, ohne jemandem Bescheid zu sagen. Selbst für den impulsiven und teilweise kindischen Burkhard wäre eine solche Reaktion ungewöhnlich und völlig überzogen.

»Ich weiß, was wir machen«, sagte Lelanie. »Wir suchen das ganze Gelände ab. Ich werde den Koch und alle Küchenkräfte sowie unser Reinigungspersonal bitten, uns bei der Suche zu helfen. Er muss irgendwo sein.«

Eine Stunde später hatten sie das ganze Gelände innerhalb der Umzäunung abgesucht, sprichwörtlich jeden Stein umgedreht, auch das undurchdringliche Gebüsch neben den Hütten hatten sie nicht ausgelassen. Sattler wollte zuerst aus Angst vor Schlangen nicht in das kleine Dickicht, aber Lelanie informierte ihn nur lakonisch, dass es im Winter keine Schlangen gäbe. Sattler vertraute ihr, fand keine Schlangen, aber auch keinen Burkhard.

Er konnte es drehen und wenden wie er wollte: Burkhard war verschwunden.

Kapitel 3

Abraham hatte sich in den vergangenen zwei Tagen mit dem Alten, der nur noch einen Zahn im Unterkiefer besaß, angefreundet. Thokozane hieß er und war mit seinen fünfzig Jahren gar nicht so alt, wie ihn Abraham geschätzt hatte.

Immer öfter hatten sie es sich in Thokozanes Blechhütte gemütlich gemacht und sich über Gott und die Welt unterhalten.

Thokozane war schon vielen unterschiedlichen Beschäftigungen nachgegangen. Wie fast jeder hier hatte er bereits als Gärtner gearbeitet, beim Autowaschen in einer der vielen Waschstationen mitgeholfen und auf Golfplätzen die Bälle eingesammelt. Weil Thokozane aber sieben Kinder hatte – alle von unterschiedlichen Frauen – war er immer knapp bei Kasse. Einige der Kinder mussten jetzt wohl schon erwachsen sein, so genau wusste das Thokozane gar nicht, denn er hatte zu keiner der Mütter freiwillig Kontakt gehalten.

Wenn er eine seiner Freundinnen unbeabsichtigt geschwängert hatte, drückte er ihnen fünfhundert Rand in die Hand und machte sich aus dem Staub. Im Prinzip reichte das Geld für gar nichts, noch nicht einmal für die notwendige Grundausstattung, um das Baby zu versorgen. Aber irgendwie, dachte Thokozane, war das doch die Aufgabe der Mutter, sich um den Nachwuchs zu kümmern.

Weil dieses Geld nicht reichte, suchten ihn die jungen Mütter und – was unangenehmer war – auch deren Väter überall, denn er war vor dem Gesetz zur Unterhaltszahlung verpflichtet. Also versteckte er sich, so gut er konnte. Und am besten klappte das auf der Mülldeponie.

Thokozane war nicht dumm. Abraham hatte schnell herausgefunden, dass er ausgezeichnet Zulu und Englisch lesen und schreiben konnte, außerdem einige Brocken Portugiesisch sprach. Mit dem Kopfrechnen allerdings haperte es.

Außer Tee konnte Thokozane Abraham nicht viel anbieten. Weil frisches Wasser in Südafrika als Menschenrecht gesehen wurde, gab es nahe der Deponie eine offizielle Versorgungsstation mit kostenlosem Trinkwasser. Den Strom, den das kleine Hüttendorf benötigte, bezogen sie illegal, aber dafür ebenfalls kostenlos: Einer der Bewohner hatte schon vor längerer Zeit eine Stromleitung von einer nahegelegenen Straßenlaterne zu seiner Blechbehausung gezogen. Andere fanden diese Idee so gut, dass sie es ihm gleich taten und ebenfalls den Mast anzapften. Durch die mittlerweile zahlreichen Leitungen hatte sich der Laternenpfahl bedenklich in Richtung Mülldeponie geneigt. Aber noch hielt alles.

Mit dem Strom betrieb Thokozane nun einen alten Wasserkocher, den er auf der Deponie gefunden hatte und der noch halbwegs funktionierte. Man musste nur aufpassen, nicht an die an dem Kocher offen liegenden Drähte zu kommen, sonst bekäme man einen elektrischen Schlag, warnte Thokozane. Mit dem Wasserkocher goss er sich und Abraham einen billigen Tee auf, der half, wenn es wie jetzt im Winter morgens kalt war. Die Blechhütten boten gegen die Kälte keinen Schutz. Eine andere Möglichkeit für etwas Wärme war ein Feuer, für das die Bewohner der Deponie brennbares Material wie Plastikreste und Autoreifen zusammensuchten. Das Lagerfeuer qualmte zwar unglaublich, war aber effektiv.

Auch jetzt saß Abraham mit Thokozane in dessen Hütte, hatte ein Tasse ungesüßten Tee in der Hand und dachte nach. Er hatte die schrecklichen Erlebnisse, die er vor wenigen Tagen zwischen den großen weißen, mit Fischabfällen gefüllten Müllsäcken gehabt hatte, natürlich nicht vergessen. Er hatte aber niemandem davon erzählt, aus Angst, die anderen würden ihn für den Toten verantwortlich machen und die Polizei rufen. Das war ihnen durchaus zuzutrauen, denn dann hätten sie einen Wettbewerber weniger im Kampf um die raren, wiederverwertbaren Abfälle. Auch Thokozane hatte er nichts erzählt.

Offenbar hatte ihn niemand schreien gehört, als er der Leiche auf den Oberschenkel getreten war. Er war zu Tode erschrocken gewesen. Abraham meinte sich zu erinnern, dass es sich bei der Leiche um einen schwarzen Mann gehandelt hatte, aber ganz sicher war er durch den Schock mittlerweile nicht mehr. Er war panisch aus dem Dickicht stinkenden Abfalls heraus gerannt und hatte sich für den Rest des Tages in seiner Hütte verkrochen. Er war später irgendwann eingeschlafen, wieder aufgewacht, noch einmal eingeschlafen. Als er am nächsten Tag frühmorgens aufstand, wusste er nicht mehr, ob er die ganze Sache nicht geträumt hatte. Je länger er darüber nachdachte, desto diffuser und nebliger wurde die ganze Angelegenheit. Eigentlich konnte es doch gar nicht sein, dass da unten eine Leiche liegt, redete er sich immer wieder ein. Wie sollte die denn dahin gekommen sein?

Es gab nur eine Möglichkeit, das herauszufinden: Er musste noch einmal in die Todeszone gehen und nachschauen.

Mit diesem Entschluss trank er seine Tasse Tee aus, verabschiedete sich von Thokozane und ging hinüber zu seinem eigenen Verschlag. Es war schon spät und er wickelte sich in seine nach vergorenen Bananen stinkende Decke, die ihm zumindest etwas Schutz vor der Kälte der Nacht bot. Heute war es zu spät und zu dunkel, um noch hinüber zu gehen.

Am nächsten Morgen wartete er zunächst auf einen Müllwagen zum Abladen, damit die übrigen Bewohner abgelenkt waren. Dann schlich er sich zu den Säcken in der ›Todeszone‹ und versuchte, den Gestank zu ignorieren. Er ging wieder genau denselben Weg, den er wenige Tage zuvor gegangen war, quetschte sich zwischen den Säcken hindurch und fand so schließlich die Stelle wieder, an der er den merkwürdig schweren Eimer und die Leiche gefunden hatte.

So sehr er auch suchte: Eine Leiche lag hier nicht.

Er durchwühlte die oberste Müllschicht, suchte erst die nähere Umgebung ab, dann die weitere. Er suchte in einem Umkreis von zwanzig Metern, bis ihm schließlich die Luft ausging und er dem Gestank dringend entkommen musste.

Er lief zurück zu seiner Hütte, völlig verwirrt.

Er konnte weder eine Leiche, noch diesen merkwürdigen Eimer mit dem Aufdruck finden.

Vielleicht hatte er das alles tatsächlich nur geträumt.

Für Abraham völlig überraschend hatte ihn Thokozane tags darauf zum Mittagessen eingeladen, zu einem klassischen Grillen in dem nahe gelegenen Township, zu einem ›Shisa nyama‹. »Ich liebe Shisa nyama«, hatte Abraham geantwortet, aber tatsächlich hätte Thokozane ihn auch zu irgendetwas anderem einladen können, er hätte alles gegessen. Denn Abraham hatte seit einem Tag nur noch von Wasser gelebt. Geld hatte er bisher keines bekommen, denn der alte, klapprige Ford Pickup aus den Siebzigerjahren, der normalerweise wöchentlich kam, war seit Tagen überfällig. So konnte er die ganzen Schätze, die er gesammelt hatte und hinter seiner Hütte hortete, nicht zu Geld machen. Und ohne Geld gab es nichts zu essen.

Thokozane kannte natürlich Abrahams Probleme und hatte offenbar beschlossen, auszuhelfen.

Gemeinsam gingen sie hinunter in das kleine, heruntergekommene Dorf, das quasi an die Mülldeponie angrenzte. Der Übergang von der Mülldeponie zum Township war fließend, denn der Wind blies viel Abfall über den niedrigen Zaun in den Ort. Thokozane führte ihn durch die vermüllten Straßen zu einem offenstehenden Tor. »Da sind wir auch schon«, sagte er freundlich und ließ Abraham eintreten.

Der Imbiss, den sie betraten, bestand aus zahlreichen Holzbänken und -tischen, die durch ein Wellblechdach vor der direkten Sonneneinstrahlung geschützt wurden. Abraham schätzte das Fassungsvermögen des Restaurants auf einhundert Gäste. Jetzt, gegen Mittag, war es zur Hälfte gefüllt. Er sah nur Schwarze, Weiße trauten sich nicht hierher. Thokozane zog ihn am Arm zu einer Theke, die der in einer Metzgerei ähnelte. Dahinter stand eine Frau mit weißer Schürze. »Hier suchst du dir das Fleisch aus und da hinten«, er deutete auf einen anderen Stand, an dem sich ein Grill mit glühenden Holzkohlen befand, »da lässt du es dir braten. Meine Sachen nimmst du bitte mit.« Er wählte von der Theke das größte Stück Rindersteak, das es gab, und Abraham, der vor lauter Hunger kurz vor dem Zusammenbruch stand, konnte sein Glück kaum fassen.

Bevor es sich sein großzügiger Gastgeber anders überlegen konnte, suchte er sich das zweitgrößte Stück aus. Die Frau hinter der Fleischtheke wog es ab, und Thokozane zog mindestens fünf 200-Rand-Banknoten aus seiner Tasche, von denen er eine über die Theke reichte. Abraham machte große Augen, soviel Geld hatte er schon lange nicht mehr auf einem Haufen gesehen. Wo hatte Thokozane das her? Auch er hatte doch nicht an den Schrotthändler verkaufen können.

»Ich hole uns ein paar Beilagen«, sagte Thokozane und ging durch eine Tür in einen Nebenraum, in dem, wie Abraham durch ein Fenster sehen konnte, an einer weiteren Theke Weißbrot, Krautsalat, Mealie-Pap und Chakalaka verkauft wurden.

Sie trafen sich kurz darauf an den Tischen unter dem Wellblechdach. Vor Abraham lag auf einer flachen, handgeschnitzten Holzschüssel das gegrillte Rindfleisch und ein scharfes Messer, mit dem er die Fleischstücke zu zerteilen begann. Thokozane stellte eine Plastikschüssel mit Chakalaka zwischen sich und seinen Freund, daneben einen Teller mit dem Mealie-Pap, einem Maismehlbrei in Kartoffelpüreekonsistenz. Abraham bedankte sich noch einmal für die Einladung und griff beherzt zu. Er nahm sich mit den Händen ein Stück Fleisch, schob es in den Mund, dann rollte er sich eine mundgerechte Portion Pap zurecht, tunkte es in das gekochte Gemüseallerlei und stopfte es hinterher.

Thokozane tat es ihm gleich. Beide hatten großen Hunger, und bald waren die Holzteller geleert und sie wischten sich die Finger und den Mund an den bereitgestellten Erfrischungstüchern ab.

»Sag mal«, begann Thokozane, nachdem sich beide einige Minuten still gegenüber gesessen hatten. Abraham fragte sich unwillkürlich, wie sein Gegenüber mit nur einem einzigen Zahn im Unterkiefer so schnell das Fleisch hatte essen können. »Sag mal«, wiederholte Thokozane, »was ich dich fragen wollte: Du warst doch hinten, bei den großen Säcken, in der Todeszone, oder?« Das Wort ›Todeszone‹ betonte er vielsagend. Abraham wusste nicht genau, worauf er hinauswollte. Er bemühte sich, keine Regung zu zeigen und vage zu antworten.

»In welcher Todeszone?«, fragte er und hoffte, mit der Gegenfrage Thokozane ein wenig abzulenken.

»Du weißt, was ich meine. Hinten bei den Fischsäcken. In dem teuflischen Gestank. Wo es niemand länger als zehn Sekunden aushält. Warst du da? Ich habe dich gestern dort hinüberlaufen sehen.«

»Bei den Fischsäcken?« Wieder eine Gegenfrage. Abraham versuchte, Zeit zu gewinnen. Was sollten diese blöden Fragen?

»Jetzt stell dich nicht dumm. Ich weiß, dass du da warst. Nicht, dass mich das wirklich interessieren würde. Ich will nur wissen: Gab es dort etwas Besonderes? Etwas Interessantes, meine ich. Irgend etwas?« Die letzten beiden Worte betonte Thokozane wirklich merkwürdig.

Abraham lief ein kalter Schauer den Rücken hinunter. Was sollte er darauf antworten? »Gut, ich war da. Warum auch nicht? Es gab nur etwas Altmetall. Aber nicht viel. Und wie du ja sagst, hält es da keiner länger als ein paar Minuten aus. Ich hatte ein bisschen was gefunden, aber die ganze Aktion hat sich wirklich nicht gelohnt.« Abraham hoffte, damit das Thema abschließen zu können. Von dem Toten würde er nichts erzählen, vor allem nicht, weil er ihn sich nur eingebildet hatte. Vielleicht hatte ja der Gestank seinen Verstand getrübt?

»Und du hast nichts Außergewöhnliches gefunden?« Thokozane musterte seinen Gegenüber eindringlich. »Zum Beispiel – einen Eimer?« Thokozane wartete Abrahams Reaktion ab. Der aber wich Thokozanes Blick aus. Diese Reaktion reichte Thokozane, Abraham brauchte nichts mehr zu sagen. Thokozane fasste seinen Eindruck zusammen: »Du hast einen Eimer gefunden, der ziemlich schwer war, stimmt es? Na also. War doch gar nicht so schwer. Wollte ich nur wissen.«

Abraham war jetzt verwirrt. Der merkwürdige Eimer war doch viel unwichtiger als die Leiche, die er daneben gesehen hatte. Oder zumindest glaubte, gesehen zu haben.

»Warum interessierst du dich für einen komischen alten Eimer, wenn ich fragen darf?«, startete Abraham einen wenig motivierten Gegenangriff.

Thokozane lächelte maliziös und stellte so seinen einzigen Zahn zur Schau. »Möchtest du noch einen Nachtisch?«, fragte er anstelle einer Antwort. Den restlichen Tag sprachen sie nicht mehr über dieses Thema.

Als am nächsten Tag die Sonne über der Mülldeponie aufging und langsam die selbstgebauten Hütten erwärmte und die Männer zum Sammeln und Sortieren vor die Tür lockte, die ersten Müllwagen den Weg von der Einfahrt zur Abladestelle hoch gerumpelt kamen, und sich dahinter der verspätete alte Ford Pickup des Altmetallhändlers den Berg hinauf quälte, fehlten Abraham und Thokozane in der Gruppe der Müllsortierer.

Sie hatten nicht in ihren Hütten geschlafen. Als gegen Mittag die anderen Bewohner das Fehlen der beiden feststellten, einigten sie sich schnell darauf, dass sie wohl Glück gehabt und Arbeit in der Stadt gefunden haben mussten. Auf dem Müllplatz herrschte ein stetes Kommen und Gehen, sodass das Fernbleiben der beiden für keine besondere Aufregung sorgte. Vielleicht, so hieß es, waren sie schon in Johannesburg.

Dabei waren die beiden gar nicht weit weg. Ihre Leichen befanden sich etwa dreihundert Meter Luftlinie entfernt hinter den weißen Säcken, etwa dreißig Zentimeter tief begraben unter einer Schicht aus Küchenabfällen, Bauschutt und schimmeligen Holzresten.

Niemand würde die beiden Müllsammler vermissen.

Niemand würde je wieder ein Wort über die beiden verlieren.

Kapitel 4

»Wenn ich dich zu fassen kriege, Burkhard, dann kannst du was erleben.« Sattler war zutiefst verärgert.

Lelanie schaute irritiert zu ihm hinüber. Er hatte deutsch gesprochen, Lelanie schien trotzdem die Bedeutung seiner Worte zu begreifen, vielleicht konnte sie diese auch aus Afrikaans herleiten.

»Jetzt rege dich nicht auf, Frank«, versuchte sie ihn zu beruhigen. »Er wird schon wieder zurückkommen. Vielleicht braucht er einfach ein wenig Ruhe.«

»Wir sind nicht im Erholungsurlaub, Lelanie«, gab Sattler heftiger zurück als beabsichtigt. Etwas ruhiger fuhr er fort: »Ich glaube, dass ich von ihm die Professionalität erwarten kann, die zu diesem Job gehört. Er ist schließlich keine zwölf Jahre alt. Er soll sich den Diskussionen stellen, statt einfach wegzulaufen. Jetzt stehe ich hier dumm herum, der nächste Kunde wartet in Bloemfontein und die Zeit vergeht. Wenn wir nicht in einer Stunde auf der Straße sind, dann kommen wir nicht mehr bei Tageslicht an. Und nachts ist es zu gefährlich, denn ich will die Schlaglöcher und Kühe auf der Straße sehen können. Wie man es dreht und wendet, ein unmögliches Verhalten.« Sattler schüttelte seinen vor Wut roten Kopf.

Lelanie entschied, ihn lieber allein zu lassen. Sattler setzte sich in dem kleinen Park zwischen den Hütten des Hotels auf eine Bank und wippte ungeduldig mit dem rechten Fuß. Bei jedem Geräusch schaute er auf und hoffte, Burkhards verfilzten Bart zu sehen.

Die Zeit verging. Burkhard tauchte nicht auf.

Mittlerweile war es zu spät, nach Bloemfontein aufzubrechen. Sattler rief den Kunden an und verschob den vereinbarten Termin auf den übernächsten Tag. Dann entschloss er sich, mit Burkhards Wagen, einer Art Dauerleihgabe der Chemcons, nach Kapstadt zu fahren. Vielleicht würde er Burkhard dort treffen, begründete er seinen Ausflug vor sich selbst. Tatsächlich aber war die Wahrscheinlichkeit, ihm dort zufällig über den Weg zu laufen, minimal. Sattler hatte noch nicht einmal eine Vorstellung, wie Burkhard ohne Auto überhaupt nach Kapstadt hätte kommen sollen. Aber der kleine Ausflug würde ihn ablenken und seinen Ärger dämpfen.

Sattler öffnete die Wagentür und setzte sich, mit einiger Überwindung, auf den völlig verklebten Sitz. Dann schob er mit dem Fuß den ganzen Unrat im Fußraum nach hinten unter den Fahrersitz und hoffte, dass das Zeug die Fahrt über auch dort bleiben würde. Dann ließ er den großvolumigen Motor des Geländewagens an und brach auf.

Er hielt in der Nähe der Kapstädter ›Waterfront‹ auf einem der wenigen Parkplätze. Das große Gelände direkt am Hafen hatte sich in den vergangenen Jahren zu einem wahren Touristenmagneten entwickelt. Es war kurz vor Mittag, deshalb würde sich der Betrieb in den verschiedenen Hallen, an den Booten und vor dem Riesenrad noch in Grenzen halten. Spontan und ohne sich in einer langen Schlange anstellen zu müssen, setzte er sich in eine der Riesenradgondeln und genoss den Ausblick über den Hafen. Er sah die alten, teilweise historischen Schiffe an ihren Liegeplätzen vor einem strahlend blauen, wolkenlosen Himmel. Der Tafelberg im Hintergrund war dabei ständig präsent. Nach der Fahrt entschloss er sich, durch eine der den lokalen Künstlern vorbehaltenen Ausstellungshallen zu schlendern.

Von dem unglaublichen Angebot kleiner und großer Kunstwerke war er wie erschlagen. Es gab Gemälde und Schnitzereien, Figuren aus Ton oder aus Draht und Perlen. Abgerundet wurde das Angebot durch selbstgebautes Spielzeug für kleine Kinder, darunter kleine Autos aus gebogenem Stahl, die die Kleinen mit einer Stange herumschieben konnten.

Sattler blieb an der Ausstellung eines Künstlers aus einem Township stehen und betrachtete eine auf einen Rahmen aufgezogene, gestickte Straßenszene, als er plötzlich hinter sich eine weibliche Stimme hörte.

»Sie müssen Johan sein, richtig?«

Sattler drehte sich zur Seite und sah in das Gesicht einer weißen Frau Anfang bis Mitte dreißig mit etwas über schulterlangen, dunklen Haaren, die sie mit einem Gummi zu einem Pferdeschwanz zusammen gebunden hatte. Die Frau strahlte ihn über das ganze Gesicht an.

Bevor Sattler etwas sagen konnte, ergriff die Frau seine Hand und schüttelte sie. »Ich bin Isabell. Die neue Kollegin.« Dabei strahlte sie noch breiter und die kleinen Fältchen um ihre Augen sagten Sattler, dass sie oft und gerne lachte.

»Oh«, brachte Sattler überrascht hervor, »das kann nicht sein. Zum einen heiße ich nicht Johan, sondern Frank. Zum anderen wüsste ich von einer neuen Kollegin.«

Der Gesichtsausdruck der schwarzhaarigen Frau wandelte sich innerhalb kürzester Zeit von einem Strahlen in etwas, das Sattler wie eine Mischung aus Belustigung und Bestürzung erschien. Gleichzeitig legte sie die Stirn unbewusst in tiefe Falten, was zu einem deutlichen Kontrast zu ihrem Lächeln zuvor führte. Diese Wandlungsfähigkeit faszinierte Sattler.

»Pardon«, antwortete sie. »Das tut mir leid. Ich dachte ...« Sie schaute sich hektisch um. »Ich muss Ihnen das kurz erklären. Ich habe mich mit meinem Kollegen an diesem Stand verabredet, um diese Uhrzeit. Es ist heute mein erster Tag, müssen Sie wissen. Und ich dachte, naja, Sie müssten es eigentlich sein.«

»Bitte, nennen Sie mich doch Frank. Wenn Sie sich zu diesem Zeitpunkt an dieser Stelle mit ihm verabredet haben, dann kann er noch nicht da sein. Südafrikaner sind mindestens eine halbe Stunde zu spät. Da scheint es eine Art Gendefekt zu geben, der pünktliches Erscheinen unmöglich macht.«

Die Frau änderte schlagartig wieder den Gesichtsausdruck und die kleinen, sympathischen Lachfältchen waren zurück. »Da hast du Recht, Frank. Ich heiße Isabell, aber das habe ich ja schon gesagt. Ich habe den Fehler gemacht, mir kein Foto von dem Kollegen schicken zu lassen, den ich treffen soll. Ich weiß nicht, wie ich aus diesem Schlamassel wieder herauskommen kann. Ich kann ja schlecht jeden Mann ansprechen, der in der nächsten halben Stunde an diesem Stand vorbeikommt. Wie sähe das denn aus«, ergänzte sie und lächelte dabei.

Auch Sattler grinste. »Ja. Abgesehen davon ist das unpraktisch. Ich wünsche dir aber noch viel Erfolg beim Suchen«, und zur Bekräftigung hob er den Daumen seiner rechten Hand.

Isabell nickte ihm zu. »Ich möchte mich nochmals entschuldigen. Ich hoffe, du findest noch etwas Schönes, Frank.«

Sattler schlenderte weiter die Stände entlang. Tatsächlich fand er eine handtellergroße Holzschnitzerei, die zwei Frauen darstellte, die mit zwei dicken Holzstäben etwas in einem hohen Holzbottich zerkleinerten – womöglich Maniok. Eine der beiden Frauen trug dabei ein kleines Baby in einem Tuch, das sie um den Leib geschlungen hatte. Sattler plauderte kurz mit dem Künstler, der aus Nigeria stammte, bezahlte an der zentralen Kasse und löste seinen Erwerb mit einem Durchschlag des Verkaufsbelegs aus.

Es war spät geworden, und Sattler entschied sich, an der Waterfront noch etwas zu essen, bevor er zurück zum Hotel fuhr, wo hoffentlich Burkhard schon mit einem schlechten Gewissen auf ihn wartete. Er entschied sich für das ›Spur‹-Restaurant mit Blick hinaus auf das Meer, beeilte sich aber nicht mit dem Essen und schaute anschließend noch etwas Rugby, das auf etlichen im Restaurant verteilten Bildschirmen übertragen wurde. Er wollte Burkhard jetzt auch warten lassen, so wie er ihn selbst versetzt hatte.

Auf dem Rückweg Richtung Norden fuhr er in aller Ruhe die M14 am Strand entlang und genoss den Ausblick auf das Meer, das leider durch die hereinbrechende Dunkelheit immer schwerer zu erkennen war.

Er fuhr auf den Parkplatz des Hotels und schaute sich hektisch nach Burkhard um. Anders als erhofft, stand er nicht ungeduldig wartend und mit schuldbewusst gesenktem Kopf auf dem Parkplatz. Er saß auch nicht deprimiert auf einer Bank in dem kleinen Park.

Sattler ging zu Burkhards Hütte: kein Licht. Sattler klopfte. Keine Reaktion.

Vielleicht wusste Lelanie etwas und hatte ihn gesehen? Er ging zum Haupthaus. Lelanie war dort mit zwei Gästen beschäftigt, die gerade einchecken wollten, sodass Sattler einen kurzen Moment warten musste.

Lelanie hatte sich gerade dem zweiten Gast zugewendet, als die Weiße, die bereits ihren Zimmerschlüssel in der Hand hielt, sich zu ihm umdrehte und nach den Koffern bückte. Als sie sich mit dem Gepäck in der Hand wieder aufrichtete, schaute sie Sattler direkt ins Gesicht.

Sattler erkannte sie sofort wieder. Auch die Frau schien sich problemlos zu erinnern. Sie brachte nur ein verblüfftes »Ach« heraus. Sattler sah, wie die kleinen Lachfalten um die Augen intensiver wurden. Sie strahlte über das ganze Gesicht.

»Das ist ja ein Zufall. Die Welt ist klein, oder?«, sagte Sattler, ebenfalls freudig überrascht. »Wie war doch gleich dein Name? Isabell, richtig?«

»Hallo. Das gibt es ja gar nicht. Du bist Frank, oder? Und du bist leider nicht der Kollege, auf den ich eigentlich gewartet habe. Hast du denn noch etwas Hübsches auf dem Markt an der Waterfront gefunden?«

»Ja, allerdings«, erwiderte Sattler. »Wundervolle Holzschnitzereien. Zumindest ich finde sie wundervoll, auch wenn es nicht jedermanns Geschmack ist.« Er grinste bei seinen Worten.

Isabell stellte den Koffer ab, den sie während ihres Gesprächs in der Hand gehalten hatte. Sie strich sich mit beiden Händen durch die langen, jetzt offenen Haare. Dann schaute Sie Sattler schräg von unten an. »Du folgst mir doch nicht etwa heimlich? So einer bist du doch nicht, oder?«, fragte sie und Sattler sah die Lachfalten in ihrem Gesicht hervortreten. Sie meinte es nicht ernst.

»Wie könnte ich?«, fragte Sattler spöttisch. »Immerhin wohne ich seit zwei Tagen in diesem Hotel und du hast gerade erst eingecheckt. Da kann ich dir ja nicht gefolgt sein, selbst wenn ich das wollen würde ... Aber davon abgesehen: Hast du deinen Kollegen noch getroffen?«

»Ja, aber er kam fast eine Dreiviertelstunde zu spät. Das war etwas ärgerlich, aber wir haben doch die wichtigsten Dinge besprechen können. Hör' zu, Frank ...«, fuhr sie nach einer kleinen Pause fort, »wie wäre es, wenn wir unser Gespräch in einer angenehmeren Atmosphäre fortsetzen würden als hier im Eingangsbereich neben der Rezeption?«

»Das ist eine ausgezeichnete Idee. Ich habe noch nichts zu Abend gegessen«, log er. »Wie wäre es damit? Wir könnten in die Stadt fahren und eines dieser kleinen, hippen Restaurants besuchen.«

»Fantastisch. Treffen wir uns um acht Uhr? Ich brauche die Stunde, bis ich alles weggeräumt habe. Du darfst dann auch das Restaurant vorschlagen.« Sie sah ihn erwartungsvoll an, wobei sich ihre Stirn für wenige Sekunden wieder in tiefe waagerechte, die Haut über ihrer Nase gleichzeitig in flache senkrechte Falten legte.

»Selbstverständlich, um acht Uhr hier. Ich warte auf dich.«

Sattler hoffte, dass seine Notlüge in Bezug auf das Abendessen, das er schließlich an der Waterfront gehabt hatte, im Laufe des Abends nicht auffallen würde. Er fühlte sich ziemlich satt. Naja, dachte er, eine Stunde habe ich noch, um zu verdauen, und für einen kleinen Salat sollte noch Platz sein.

Pünktlich um acht Uhr trafen sich Sattler und Isabell im Foyer des Hauptgebäudes, direkt neben der kleinen Rezeption. Isabell hatte ihre Haare zu einem Zopf geflochten und trug eine Jacke gegen die Kälte, die um diese Jahreszeit mit Einbruch der Dunkelheit ohne angemessene Kleidung schnell unangenehm wurde. Die Temperaturen sackten manchmal bis in die Nähe des Gefrierpunktes. Sattler hatte ursprünglich beabsichtigt, sie in Burkhards Wagen den kurzen Weg zu dem kleinen Restaurant am Meer mitzunehmen, das er schnell noch im Internet herausgesucht hatte. Dann kam ihm aber der völlig verdreckte Zustand des Fortuners in den Sinn. Seiner neuen Bekanntschaft konnte er unter diesen Umständen unmöglich eine Fahrt darin zumuten.

Burkhard war immer noch nicht erschienen, auch Lelanie hatte nichts von ihm gehört. Sattler verdrängte den Gedanken, dass ihm etwas Ernsthaftes passiert sein konnte.

»Macht es dir etwas aus, wenn wir deinen Wagen nehmen, Isabell? Du bist doch mit dem Wagen da, oder? Es ist ein kurzes Stück, das wir fahren müssen, aber zum Laufen ist es zu weit. Mein Wagen ist ... leider nicht ganz fahrtüchtig, fürchte ich.«

»Das ist doch kein Problem. Ich habe dort hinten geparkt. Du musst mir nur sagen, wie ich fahren soll.« Sattler folgte ihr zu einem kleinen weißen, beinahe neuen Volkswagen, der rückwärts eingeparkt war. Isabell kramte die Wagenschlüssel aus der Tasche.

Mit den Schlüsseln in der Hand blieb sie vor dem Wagen stehen. Sattler bemerkte bei ihr ein ganz kurzes Zögern, einen Moment der Unentschlossenheit. Dann drückte sie auf den Knopf der Fernbedienung und setzte sich ans Steuer. Sattler stieg auf der Beifahrerseite ein. Isabell startete den Wagen und schien mit einer ungelenken Bewegung der rechten Hand ihre Tür erneut öffnen zu wollen, bevor sie den Rückwärtsgang einlegte.

Sattler sah sich im Wagen um. Das Auto wirkte von innen genauso neu wie von außen.

»Ist das ein Firmenwagen?«, fragte Sattler, um ein Gespräch in Gang zu bringen.

»Ja, selbstverständlich. Bei meinem Gehalt könnte ich mir einen neuen Flitzer wie diesen gar nicht leisten. Sie wissen das vielleicht nicht, aber in der Kunstbranche, in der ich bin, verdient man kaum etwas. Einen Firmenwagen bekomme ich auch nur leihweise, wenn ich weiter weg fahre.« Sie fuhr durch das Tor der Hotelanlage auf eine öffentliche Straße. »Aber das Benzin, das ich verfahre, muss ich selber bezahlen. Und weil ich immer knapp bei Kasse bin, suche ich die billigste Tankstelle und lege dafür manchmal etliche Kilometer zurück. Ob sich das noch rechnet, weiß ich gar nicht. Manchmal ist der Wagen dadurch knapp vor dem Verdursten, so wie jetzt gerade.« Sie lachte.

Sattler schaute auf den Drehzahlmesser. Offenbar handelte es sich, wie behauptet, um einen Benzinmotor. »Woher kommst du denn ursprünglich?«, fragte er dann.

»Ich bin in Port Elizabeth geboren. Meine Eltern sind aus England ausgewandert, als meine Mutter mit mir schwanger war. Ich bin mir nicht sicher, warum sie gerade nach Südafrika gekommen sind, aber ich glaube, es war der Sonnenschein und die Tatsache, dass das Land zum Commonwealth gehörte. Meine Eltern hatten von diesem ewigen Dauerregen die Nase voll.«

»Jetzt links, dann die zweite rechts. Dann sollten wir das Schild schon sehen können.« Sattler hatte, während Isabell sprach, das Handy als Navigationsgerät genutzt. »Mir ist schon aufgefallen, dass du nicht das Englisch der Buren sprichst. Es klingt bei dir viel weicher.«

»Ich fasse das als Lob auf. Ich war vor kurzem für zwei Jahre in England und habe dort Kunstgeschichte studiert, bevor ich den Job in meiner alten Heimatstadt bekommen habe. Wir kaufen typische afrikanische Kunst auf und exportieren sie nach Europa und in die Vereinigten Staaten. Im Prinzip ist das ein Job, der von persönlichen Kontakten lebt. Und von dem Geschmack der Käufer, denn was ist schon typisch afrikanisch. Da hat doch jeder eigene Vorstellungen. Solche Holzfiguren, von denen du heute Vormittag gesprochen hast, gehen zum Beispiel zurzeit sehr gut in Frankreich und Deutschland.

Vor allem Elefanten und der Klassiker, die Holzgiraffe. Je länger der Hals, desto besser. Aber das ändert sich laufend. Was heute hipp ist, ist morgen Kitsch. Zum Glück, muss ich sagen, sonst stünden ja auf den Kaminsimsen dieser Welt immer nur dieselben Sachen, und unsere Firma könnte sich noch nicht einmal den Wagen leisten.«

Sie bog zügig rechts ab und fand einen Parkplatz an der Straße ganz in der Nähe des Restaurant. Auf dem Weg zum Eingang kam ihnen ein Pärchen Hand in Hand entgegen. Isabell wich instinktiv nach rechts aus und wäre so beinahe in die entgegenkommende Frau gelaufen. Sattler amüsierte sich darüber, nachdem das Pärchen außer Hörweite gewesen war. Isabell hatte nur durch eine geschickte, aber skurrile Körperverrenkung ausweichen können und wäre fast über einen niedrigen Zaun in einen kleinen Vorgarten gefallen.

Das Restaurant war geschmackvoll ausgestattet. Im Eingangsbereich standen tiefe Sessel für Gäste, die auf ihre Begleitung warten mussten. Sie wurden von dem Besitzer persönlich an einen Tisch für zwei Personen geleitet.

Isabell schaute sich um. »Das hast du gut ausgesucht. Es besitzt genau die gemütliche Atmosphäre, die ich liebe.« Sattler bewunderte ihre gleichmäßigen Gesichtszüge, die durch das schummrige Licht betont wurden. Gleichzeitig faszinierte ihn immer mehr das unwillkürliche Spiel ihrer Stirn- und Nasenfalten, das sich gerade wieder deutlich zeigte.

»Jetzt habe ich die ganze Zeit von mir gesprochen. Was machst du hier? Du bist doch kein Tourist, der nur das Kap der Guten Hoffnung sehen möchte, oder?«

»Nein«, erwiderte Sattler. »Ich bin beruflich hier. Wir stellen Chemikalien her, und ich verkaufe sie zusammen mit meinem Kollegen Burkhard. Eigentlich wären wir heute schon weiter nach Bloemfontein gefahren, aber nach einem lächerlichen Streit gestern Abend hat er sich bis jetzt nicht blicken lassen. Er muss schwer beleidigt sein.«

»Wie, er ist verschwunden?« Isabell war überrascht. »Er kann dich doch nicht einfach im Stich lassen und verschwinden. Du bist sicher, dass ihm nichts zugestoßen ist?«

»Ja, eigentlich schon. Ausschließen kann ich das zwar nicht, aber es gibt nichts, was darauf hindeutet. Es sieht so aus, als hätte er die

Hütte heute Morgen freiwillig verlassen. Er hat sein Portemonnaie eingesteckt, das Handy aber liegen gelassen. Für mich heißt das, er ist weggelaufen wie ein bockiger Teenager und will von mir nicht erreicht werden.«

Isabell setzte sich wieder aufrecht hin, nachdem sie Sattlers Worten, etwas nach vorne gebeugt, gelauscht hatte. »Er wird sicher wiederkommen. Was aber, wenn nicht? Was würdest du unternehmen?«

»Da gibt es nicht viel, was ich machen könnte, außer eine Vermisstenanzeige aufzugeben. Aber das ist ziemlich aussichtslos. Ach, der wird schon zurückkommen, spätestens dann, wenn er kein Geld mehr hat.« Sattler grinste verschmitzt.

Den übrigen Abend unterhielten sich beide angeregt. Sattler zahlte für beide und Isabell brachte sie zurück zur Hotelrezeption.

Der Empfangsbereich war jetzt, kurz vor Mitternacht, nur durch einige Sparbirnen in ein schummriges Licht getaucht.

Sattler schaute Isabell in die Augen. »Es hat mich sehr gefreut, deine Bekanntschaft gemacht zu haben«, murmelte er und berührte Isabell vorsichtig an der Schulter.

»Es hat mich auch sehr gefreut«, antwortete sie und bewegte sich wenige Zentimeter auf ihn zu. Sattler berührte sie mit der rechten Hand zärtlich am Kinn und kam mit seinem Gesicht näher. Zunächst sah es aus, als würde sich Isabell auf den Abschiedskuss einlassen, dann zog sie sich plötzlich zurück. »Es tut mir leid«, murmelte sie leise. »Das geht mir zu schnell.« Ohne Sattler die Gelegenheit einer Erwiderung zu lassen, verschwand sie durch die Eingangstür und lief durch den kleinen Park in Richtung ihrer Hütte.

Sattler schaute ihr einen Augenblick lang mehr überrascht als enttäuscht nach, verließ dann ebenfalls das Foyer und nahm an dem großen Pool Platz, der durch Unterwasserscheinwerfer bläulich beleuchtet wurde.

Er blickte gedankenverloren in das Wasser. In seinem Unterbewusstsein gab es etwas, das ihn warnte.

Vor Isabell.

Aber das ist doch Unsinn, versuchte er sich zu beruhigen.

Kapitel 5

November 1975

Danie van Niekerk hatte im Sommer 1975 sein Matric – den südafrikanischen Schulabschluss – gerade in der Tasche, als er für ein Jahr zur Armee eingezogen wurde. In der Schule hatte er sich immer für Naturwissenschaften und Technik begeistert. Er war dort als sehr intelligent und wissbegierig aufgefallen, aber das war für seine aktuellen Aufgaben zweitrangig. Kaum einen Monat nach der Einberufung und einer kurzen Grundausbildung in Zeerust an der Grenze zu Botswana, wurde er, zusammen mit anderen jungen Männern, in das ehemalige ›Südwestafrika‹ verlegt. In diesen Jahren war das Gebiet ein Protektorat Südafrikas und wurde später als Namibia unabhängig.

»Hier, das ist ab sofort deine Braut«, rief ihm der Obergefreite in der Kaserne zur Begrüßung zu und drückt ihm ein Brownie-Gewehr in die Hand. »Damit wirst du unser Protektorat gegen die Russen verteidigen.« Die gemeinsam mit der MPLA, der Movimento Popular de Libertação de Angola operierenden Kubaner und Russen wollten Angola und ›Südwest‹ mit den Segnungen des Kommunismus beschenken.

In der explosiven Gemengelage in Angola mischte eine weitere wichtige Gruppierung mit, die FNLA – Frente Nacional de Libertação de Angola – einer Gruppe um Dos Santos, die das Wohlwollen weiter Teile der Bevölkerung genoss. Diese war der Hauptfeind der UNITA, der União Nacional para a Independência Total de Angola, die ihrerseits von Südafrika unterstützt wurde.

Die südafrikanische Regierung wollte sich nicht offiziell in die Kämpfe einmischen, sondern nur vor der eigenen Haustür Ruhe haben. Deshalb waren die dort eingesetzten Soldaten offiziell nicht Teil der südafrikanischen Armee. Die Kampfverbände wurden von der Regierung als ›Huursoldate‹, also als Söldner betrachtet, ohne offizielle südafrikanische Rangabzeichen und ohne deren Uniformen.

Die Kämpfe zwischen der UNITA mit den südafrikanischen Unterstützungsverbänden auf der einen Seite mit der zeitweise durch Russen unterstützten FNLA auf der anderen waren unerbittlich und grausam.

Danie hatte bisher zahlreiche Informationen über das Radio erhalten und natürlich hörte er, was seine Kameraden vom Krieg erzählten. Es waren schreckliche Geschichten – zumindest hörten sie sich für seine Kameraden schrecklich an. Wenn die anderen von einem Eland-Panzerwagen berichteten, der von einem russischen MIG-Kampfflugzeug angegriffen wurde und drei südafrikanische Männer ihr junges Leben verloren, dann konnte Danie das Entsetzen in den Gesichtern sehen.

Aber er konnte es nicht in sich selbst spüren.

»Danie ist irgendwie merkwürdig«, murmelten seine Kameraden schon bei einer der ersten Übungen. Ein Leutnant, der die Bemerkung mitbekommen hatte, brachte es auf den Punkt. »Ich glaube, er hat ein Herz aus Stein. Er hat noch nie ein Gefühl gezeigt, solange er bei uns ist. Er war noch nie wütend, nie traurig, nie ängstlich. Ja, er macht mir noch nicht einmal den Eindruck, als würde er seine Familie vermissen oder irgendwelche Freunde. Ich denke, er hat keine Freunde.« »Und«, ergänzte einer der Achtzehnjährigen, die zeitgleich mit Danie eingezogen worden waren, »wenn er so weiter macht, wird er hier auch keine finden. Aber ich habe das Gefühl, dass ihm das ohnehin egal ist.«

Eine von Danies herausragenden Eigenschaften, und das hatten seine Kameraden noch nicht herausgefunden, war, dass er kein Mitleid kannte. Er empfand auch keinen Hass, keine Wut. Er überlegte nach der Meldung über den zerstörten Panzerwagen, was dieser für einen Wert gehabt haben mochte. Der Tod der Kameraden war ihm egal. Den anderen offensichtlich nicht.

In einer dieser Situationen wurde ihm zum ersten Mal sein Anderssein bewusst. Er unterschied sich deutlich von seinen Kameraden, die sich nach einem überstandenen Granatenangriff in einer

Unterkunft in Lobito, etwa fünfhundert Kilomter südlich von Luanda, weinend in den Armen lagen. Er empfand einfach nichts und starrte ins Leere. Wenn er an seinen eigenen Tod dachte, dann war ihm der egal.

Danie würde heute von Ärzten und Psychologen als Soziopath bezeichnet werden, möglicherweise hatte er auch eine schwache Form des Asperger-Syndroms. Damals war er für seine Kameraden nur ein komischer Vogel, ein Außenseiter. Während sich die anderen jungen Männer auszogen, um ein aufziehendes Unwetter voller Begeisterung und ausgelassen zur Körperreinigung zu nutzen, machte er zwar mit. Aber nie hatte er das Gefühl, sich nachher besser und befreiter zu fühlen, wie seine Kameraden behaupteten. Auch nicht schlechter. Er fühlte genauso wenig wie vorher. Er fühlte eine innere Leere.

Das einzige, das ihn reizte und dieses Gefühl der Leere ansatzweise zu verdrängen vermochte, war Geld. Es war nicht die Liebe, nicht der Sex, wie bei den anderen jungen Männern in der Schule und beim Militär. Auch nicht schnelle Autos. Aber Geld zu besitzen um des Geldes willen übte eine gewisse Anziehungskraft auf ihn aus. Das war ihm schon als kleines Kind klar geworden. Es ging nicht darum, reich und berühmt zu sein oder sich wunderschöne oder ausgefallene Dinge leisten zu können. Es ging ihm um den bloßen Besitz, darum, Geldscheine in der Hand zu halten. Nur der Geruch möglichst vieler Scheine löste die Spur eines Gefühls in ihm aus.

Seine Vorgesetzten hatten verstanden, dass Danie anders tickte, und machten sich das zunutze. Vor allem für seine Furchtlosigkeit wurde er schnell berühmt. Diese Eigenschaft war durch seine psychische Störung so stark ausgeprägt, dass sie die erfahrenen Militärs beinahe überforderte. Mitten im Maschinengewehrfeuer, mit dem die FNLA das Lager am Hafen von Lobito von einem kleinen Hügel aus bestrich, war Danie der einzige, der sich traute, zwischen den Fahrzeugen durchzurennen und eine neue Kiste Munition zu besorgen. Eigentlich ein Himmelfahrtskommando, aber Danie lief einfach, etwas gebückt, hinaus in die Dunkelheit und schleppte nach knapp zehn Minuten, wie befohlen, die Kiste Munition herbei. So konnten sie schließlich die Stellung halten und eigene Verluste begrenzen.

Damit empfahl er sich für die Position eines Kundschafters, einem ›Rekkie‹. Er war der erste Mann am Feind. Danie schlich sich auf Anweisung des Kommandanten an die vorderste Front und spähte die Lager des Feindes aus. Das ging fast immer gut.

Leider nur fast. Eines Tages nämlich, es war kurz vor Weihnachten 1975, wagte er sich so weit an ein Lager der Russen heran, dass er aus dem Gebüsch heraus sehen konnte, was in der Tageszeitung stand, die der Kommandeur gerade am Lagerfeuer las. Bei dem Versuch, sich zurückzuziehen, raschelte der Busch zu laut, die anderen Männer sprangen auf, griffen nach ihren Gewehren und zerrten Danie hervor.

Der Kommandeur wollte ihn foltern lassen, um die Stellungen seiner Kameraden aus ihm herauszupressen. Danie sagte sinngemäß, dass er vor Folterungen keine Angst habe, dass sie sich die Mühe aber sparen könnten und bot sich, gegen Zahlung einer gewissen Risikoprämie, als Botschafter für die Russen an. Solange sie zahlten, würde er gerne die Koordinaten der Stellungen weitergeben, die sich in Reichweite der russischen Artillerie befanden.

Der russische Kommandeur traute seinen Ohren nicht. Dann rief er seinem Leutnant etwas auf Russisch zu, der daraufhin in ein Zelt ging und kurz danach mit einem Bündel Zehndollarscheine zurückkam.

»Wir probieren es mit dir«, sagte der Kommandeur in rauem Englisch und warf ihm das Geld vor die Füße. Er machte keinen Hehl daraus, was er persönlich von Danies Verhalten hielt, aber durch den Deal schützte er das Leben seiner Männer und nicht zuletzt auch sein eigenes.

Danie gab die Koordinaten des Lagers seiner Kameraden weiter und beeilte sich nicht mit dem Rückweg. Nach etwa zehn Minuten hörte er das Donnern der Geschütze hinter sich, die Geschosse flogen hoch über seinen Kopf hinweg. Nach weiteren zwanzig Minuten erreichte er den ehemaligen Unterstand. Die D30 Kanone war zerstört, die meisten Fahrzeuge ebenso. Leichter Qualm hing über der gespenstischen Szene. Ab und zu hörte er den Schmerzensschrei eines seiner Kameraden.

Die Verletzten wurden nach Voortrekkerhoogte in das Militärkrankenhaus geflogen, die Leichen zu ihren Familien gebracht. Danie wurde mit den anderen Überlebenden in eine andere Einheit versetzt.

In seiner Tasche knisterten die Dollarscheine, und er war zufrieden.

Er wiederholte das Spiel in der neuen Einheit noch zweimal, dann war der Krieg für ihn vorbei. Mit einer harmlosen Verletzung durch einen Granatsplitter an der Hand wurde er nach Hause geschickt. Auf die Idee, dass er eine Art Doppelspion gewesen war, kam keiner seiner Vorgesetzten. Vermutlich lag das jenseits der Fantasie, die der Kommandeur einer militärischen Einheit in Anbetracht von Danies bisheriger Einsatzbereitschaft und seinem Mut aufbringen konnte.

Er fand daraufhin im Zivilleben einen Job, der zum einen viel Geld brachte und für den er gleichzeitig kein Gewissen haben durfte, aber auch seinem Interesse an Naturwissenschaft und Technik entgegenkam.

Er wurde in diesem Job von Jahr zu Jahr besser. Aber erst heute, viele Jahrzehnte nach dem Beginn seiner zivilen kriminellen Karriere, steuerte diese auf einen absoluten Höhepunkt zu.

Kapitel 6

Sattler fühlte sich am Morgen nach dem Restaurantbesuch erschöpft. Die halbe Nacht hatte seine Verdauung versucht, den Nahrungsmittelüberschuss unter Kontrolle zu bringen, den er sich durch zwei komplette Abendessen zugefügt hatte. Die andere Hälfte der Nacht hatte er an Isabell gedacht, und seine Fantasien waren alles andere als jugendfrei gewesen. Erst am frühen Morgen war beides besser geworden und er fand etwas Schlaf.

Er blieb nach dem Aufwachen noch einen Moment im Bett liegen, starrte die Decke an und dachte wieder an Isabell, ihren plötzlichen Abschied gestern Abend und fragte sich, ob es mit ihr irgendwie weitergehen würde. Sie hatten sich im Restaurant ausgezeichnet unterhalten und sich gut verstanden. Isabell hatte ihn geschickt am Reden gehalten. Wenn er jetzt darüber nachdachte, wusste er eigentlich umgekehrt nur sehr wenig von ihr. Er hatte etwas mehr über ihren Beruf in Erfahrung gebracht, wusste ein wenig von ihrer Ausbildung in England, und dass sie in der Nähe ihrer Eltern in Port Elisabeth lebte und von ihrem Zimmer aus einen schönen Blick auf den Indischen Ozean hatte.

Die Frage, ob sie einen Freund oder gar Ehemann hatte, hatte er geschickt vermieden. Sattler hatte durchaus zu erkennen gegeben, dass er solo war, worauf Isabell überrascht reagiert hatte: »Frank, bei deinem Aussehen kann das doch gar nicht sein. Wenn doch, dann ist vielleicht etwas mit deinen inneren Werten nicht in Ordnung?« Sie hatte ihn mit Variationen dieses Spruchs im Verlaufe des Abends noch mehrfach geneckt.

Daraufhin hatte Sattler versucht, Isabell von seinen inneren Werten zu überzeugen, was ihm, soweit er das beurteilen konnte, auch gut gelungen war. Zumindest hatte sie über alle seine Witze gelacht, was er als gutes Zeichen interpretiert hatte.

Eigentlich war soweit alles gut gelaufen, dachte er zufrieden.

Etwas anderes trübte plötzlich seine Laune. Burkhard! Adrenalin schoss in seine Blutbahn. Wo war sein Kollege? War er über Nacht wieder aufgetaucht? Was sollte er machen, wenn er auch heute nicht erscheinen sollte? Burkhard war kein Kind mehr, na klar. Aber trotzdem konnte er einen Unfall gehabt haben oder überfallen worden sein. Sattler setzte sich eine Frist. Wenn Burkhard bis Mittag nicht zurück sein sollte, würde er zuerst die Zentrale in Köln informieren und dann die hiesige Polizei bitten, die Suche nach ihm aufzunehmen.

Er stand auf und machte sich für das Frühstück fertig. Auf dem Weg ließ er unauffällig seinen Blick über den kleinen Park und zwischen die Palmen schweifen in der Hoffnung, irgendwo Isabell zu sehen. Er wusste nicht, ob sie heute wieder abreisen würde. Er hatte das gestern vergessen zu fragen. Von Burkhard war, wie am Tag zuvor, nichts zu sehen oder zu hören. Er machte einen kleinen Schwenk an Burkhards Hütte vorbei, klopfte ohne viel Hoffnung an die Tür und wartete einen Moment. Immer noch nichts.

Als er den Frühstücksraum betrat, sah er Isabell sofort alleine an einem kleinen Tisch in einer Ecke sitzen und sein Herz machte einen kleinen Hüpfer. Sie war mit ihrem Frühstück fast fertig und schlürfte aus einer großen Tasse ihren Kaffee. Sie sah ihn im selben Moment und Sattler konnte über den Tassenrand hinweg ihre Lachfalten erkennen.

»Hallo Frank«, sagte sie, nachdem sie die Tasse abgesetzt hatte. »Setze dich doch zu mir. Ich bin zwar fast fertig, aber ein paar Minuten habe ich noch für dich.«

Sattler begrüßte sie und setzte sich wie von ihr angeboten an ihren Tisch. Dann bestellte er Spiegeleier mit Speck, Bohnen, eine Scheibe Tomate mit Käse und Pommes Frites, obwohl er eigentlich noch keinen richtigen Hunger hatte. Isabell bestellte noch eine große Tasse Milchkaffee und erklärte der Bedienung etwas umständlich, wie sie das Verhältnis zwischen Kaffee und heißer Milch wünschte.

Sattler folgte der Konversation und fragte sich unwillkürlich, welchen Dialekt Isabell sprach. Er hatte sich den Abend zuvor schon lange den Kopf darüber zerbrochen. Es war klar, dass sie keinen Afrikaansdialekt haben würde, denn ihre erste Sprache war ja Englisch. Eigentlich sprach sie sehr deutlich, aber nicht so, wie Engländer und schon gar nicht wie Schotten oder Waliser. Außerdem fehlten einige Redewendungen, die Engländer immer wieder gebrauchten. Ihr Englisch hatte zusätzlich einen ganz leichten, ihm unbekannten Akzent.

Das irritierte ihn schon seit ihrer ersten Begegnung.

»Und, wie hast du geschlafen«, fuhr Isabell fort und ergänzte leise neckisch, »so ganz ohne mich?«

»Ausgezeichnet. Wie ein Stein«, log Sattler und ignorierte ihren Nachsatz. »Vielen Dank für den schönen Abend. Du hast mir zwar kaum etwas von dir erzählt, aber das können wir vielleicht nachholen, wenn du Zeit hast. Ich kann nämlich immer noch nicht zu unserem nächsten Kunden aufbrechen. Burkhard ist noch nicht aufgetaucht.«

Isabells Stirn legten sich in tiefe Falten, diesmal waren es Sorgenfalten. »Er ist immer noch nicht da? Er ist jetzt – wie lange – verschwunden? Sind es jetzt zwei Tage?«

»Naja, heute früh werden es eineinhalb Tage. Ich habe vor, gegen Mittag zur Polizei zu gehen, wenn er bis dahin nicht wieder hier ist. Wer weiß, wo er sich herumtreibt. Die Polizei kann versuchen herauszufinden, wann und wo er seine Kreditkarte eingesetzt hat. Oder die Krankenhäuser abfragen, ob er vielleicht irgendwo eingeliefert wurde. Sie soll den Fall als Vermisstensache behandeln.«

»Ja, das hört sich vernünftig an. Ich habe heute einen fast freien Tag, das heißt, ich muss nur heute Nachmittag kurz in die Zentrale unseres Kunsthandels. Was hast du sonst so vor?«

Diese letzte Frage, so völlig unschuldig gestellt, ließ bei Sattler wieder dieses mulmige Gefühl aufkommen. Er entschied sich, einen Versuchsballon steigen zu lassen.

»Ich wollte heute Abend gerne ins Kino gehen. Vielleicht willst du ja mitkommen?«, schlug er vor. »Es kommt ein ziemlich amüsanter Film, der dir gefallen wird, so wie ich dich kenne. Er heißt: ›There is a Zulu on my stoep‹, also: Da steht ein Zulu auf meiner Veranda. Ich weiß nicht, ob du ihn schon kennst?«

Isabell strahlte ihn an. »Nein, aber das ist eine ganz ausgezeichnete Idee. Ich komme gerne mit, der Film hört sich lustig an. Wann beginnt er denn? Ich hoffe, bis dahin bin ich wieder zurück.«

Sattler runzelte die Stirn. »Erst gegen halb neun, glaube ich. Treffen wir uns um acht wieder im Foyer? Ich bin auf jeden Fall heute Abend noch hier, sollte Burkhard nicht doch wie durch ein Wunder gleich durch das Eingangstor gewankt kommen.«

Isabell und Sattler saßen lange am Frühstückstisch, bis sie merkten, dass die Bedienung das Buffet wegräumen und die Tische für das Mittagessen vorbereiten wollte. Die Angestellten müssen mittlerweile glauben, ich gammele den ganzen Tag nur herum, dachte sich Sattler. Er sah auf die Uhr und entschuldigte sich bei Isabell. Er ging über den Rasen und klopfte an Burkhards Tür. Da immer noch niemand reagierte, würde er jetzt aktiv werden.

Er ging zu seiner Hütte und schloss von innen ab. Dann zog er das Handy hervor und wählte eine Nummer in Deutschland, die er nur zu speziellen Anlässen anrufen durfte.

Dieser war einer davon.

Sattler wurde weiter verbunden und über eine verrauschte Leitung meldete er seinem Gesprächspartner, dass Burkhard seit zwei Tagen nicht mehr im Hotel gewesen war und er keine Ahnung hatte, wo er gerade steckte.

Der Mann am anderen Ende der Leitung wiederholte seine Angaben langsam, wohl um sicherzugehen, dass er alles richtig mitschrieb. »Fast zwei Tage sind zu lang«, sagte er in einem bestimmenden Tonfall. »Bitte versuchen Sie, die lokalen Polizeikräfte einzubinden. Wir werden von hier aus die Konsulate in Kapstadt und Pretoria in Kenntnis setzen und um Hilfe bitten. Die Bundesregierung hat einen nicht-permanenten Krisenstab, der bei Fällen von im Ausland verschwundenen Bundesbürgern zusammentritt. Bitte informieren Sie uns umgehend, wenn unser Angestellter wieder auf der Bildfläche erscheint. Aber natürlich auch, wenn Sie Lösegeldforderungen oder ähnliches erhalten sollten. Wir beginnen auf unserer Seite umgehend, den ganzen Apparat in Bewegung zu setzen. Bitte bleiben Sie ruhig und verhalten sich umsichtig. Rufen Sie spätestens morgen früh noch einmal auf derselben Nummer an, ich sage Ihnen dann, was es Neues gibt. Ich habe Ihre Nummer für Rückfragen gespeichert. Bitte laden Sie Ihr Handy, wenn nötig, auf und lassen es ab sofort rund um die Uhr eingeschaltet.«

Sattler verabschiedete sich, legte auf und musste beinahe lachen.

Der Mann am anderen Ende hatte ziemlich aufgeregt geklungen. Einen Krisenstab? Klar hatte Burkhard gerade eine Krise, aber die hatte er mit Sicherheit in Alkohol zu ertränken versucht. Jetzt lag er sicher unter irgendeinem Kneipentisch. Vielleicht hatte er auch das selbstgebraute Bier irgendeiner Shebeen in den Townships probiert? Das war als solches bereits ein Gesundheitsrisiko.

Die Kollegen in Deutschland nahmen ihren Job schon sehr ernst. Sattler war immer noch sicher, dass Burkhard nichts passiert war.

Oder vielleicht war da doch etwas? Woher nahm er eigentlich diese Gewissheit?

Sattler hatte dem Werkschutz versprochen, zur Polizei zu fahren, und das würde er später auch tun.

Aber danach wollte er wieder rechtzeitig im Hotel sein, um noch etwas anderes zu erledigen.

Kapitel 7

Wie befürchtet war Burkhard bis gegen Mittag nicht erschienen. Sattler schaute auf sein Handy, um die Uhrzeit in Erfahrung zu bringen, dann seufzte er leise und legte das Buch zur Seite, in dem er vor seiner Hütte sitzend gelesen hatte. Er schlenderte zum Parkplatz, um mit Burkhards rollender Mülldeponie in die Stadt zur nächstgelegenen Polizeistation zu fahren. Er sollte das Auto wirklich einmal von innen und außen reinigen lassen, solange Burkhard noch nicht wieder da war. Und dann noch schnell alles gründlich desinfizieren.

Er ignorierte die Ascheflecken auf den Sitzbezügen und hoffte, sich seine gute Hose nicht zu ruinieren. Dann fuhr er zur nächsten Polizei nach Bloubergstrand. Die Dienststelle hatte er sich über sein Handy herausgesucht.

Er hielt etwa eine halbe Stunde später auf einem großen, fast leeren Parkplatz vor einem flachen, recht kleinen, eingeschossigen Gebäude, das in nicht mehr als drei oder vier Räume aufgeteilt sein konnte. Neben seinem – oder besser Burkhards – Fortuner stand ein einziges weiteres Fahrzeug zwischen den gelben Bodenmarkierungen, nämlich ein heruntergekommenes, von oben bis unten mit Matsch bespritztes Polizeifahrzeug.

Sattler bewunderte im Vorbeigehen das Blumenbeet, das ein geschickter Gärtner im Eingangsbereich angelegt hatte und offensichtlich aufopferungsvoll pflegte.

Dann trat er in den kühlen Schatten des Gebäudes. Im Eingangsbereich befand sich ein provisorischer, auf vier dünnen Tischbeinen aufgebockter, fast brusthoher Tresen, hinter dem ein schwarzer, noch sehr junger Polizist mit sorgfältig rasierter Glatze auf einem hohen Hocker saß und Zeitung las. Wenn nicht das große Schild hinter ihm das Emblem das der hiesigen Polizei gezeigt hätte, hätte sich Sattler in einer Kneipe kurz vor der Öffnung wähnen können.

Der Polizist schaute gelangweilt von seiner Lektüre auf. »Guten Tag«, sagte er nach einigen Sekunden, die er wohl brauchte, um sich an Kundschaft zu gewöhnen. »Wie geht es? Wie kann ich Ihnen helfen?«

»Guten Tag, wie geht es?«, begrüßte ihn Sattler. »Ich möchte etwas melden. Also, eigentlich eine Vermisstenanzeige aufgeben.«

»Vermisst?« Der Polizist faltete die Zeitung zusammen und legte sie neben sich auf eine Art Schemel. Er war jetzt voll bei der Sache und wirkte alarmiert. »Wie, vermisst? Wer wird vermisst?«

»Mein Kollege ist seit vorgestern verschwunden. Er ist mitten in der Nacht abgehauen. Hat sein Portemonnaie mitgenommen und ist einfach weg. Bis jetzt ist er nicht mehr aufgetaucht.«

Der Polizist stand auf und stellte sich hinter die Theke. Er fixierte Sattler mit den Augen. »Ihr Kollege? Wie alt ist er denn?«

»Naja«, stotterte Sattler. »So Mitte fünfzig?«

»Ein Mann von über fünfzig. Gut. Und ich dachte zuerst, ein kleines Kind ist entführt worden oder etwas Ähnliches. Das haben wir nämlich ziemlich oft. Auch häufiger junge Frauen. Aber Männer von über fünfzig werden bei uns selten entführt, das kann ich Ihnen versichern.«

Sattler zuckte mit den Schultern. »Von einer Entführung habe ich nicht gesprochen. Ich glaube auch nicht daran. Trotzdem ist er weg.«

»Hatten Sie sich gestritten? Ist ihr Kollege psychisch labil?«

Im ersten Moment wollte Sattler beide Fragen bejahen, dann überlegte er es sich anders. »Weder gab es richtigen Streit, noch ist er irgendwie auffällig, was seine geistige Verfassung angeht.« Letzteres beschönigt die Wahrheit etwas, dachte Sattler.

Der Polizist schaute zufrieden. »Das ist gut. Dann gibt es für uns keinen Grund, nach ihm zu suchen.«

Sattler hatte mit dieser Antwort nicht gerechnet. »Was? Warum denn nicht? Seit zwei Tagen gibt es kein Lebenszeichen von ihm.«

Der Mann auf der anderen Seite des Tresens schüttelte den Kopf. »Da könnte ja jeder kommen. Stellen Sie sich vor, Sie wären jetzt nicht Sie selbst, sondern ein Schuldeneintreiber. Sie kommen zu uns auf das Revier, behaupten, Ihr Kollege«, bei dem Wort malte er zwei Gänsefüßchen in die Luft, »sei verschwunden und Sie suchen ihn. Wir setzen alle Hebel in Bewegung, finden ihn für Sie und Sie würden ihm dann einfach das Licht ausblasen, weil er die Schulden nicht bezahlen kann. Deshalb akzeptieren wir in der Regel keine Suchanfragen, wenn sie Erwachsene betreffen.«

Sattler schaute so überrascht, dass sich der Polizeibeamte zu einem anderen Beispiel veranlasst sah. »Oder stellen Sie sich vor, sie beide wären ein Paar.« Sattler versuchte das für einen kurzen Moment, es wollte ihm aber beim besten Willen nicht gelingen. »Sie sind also ein Paar und ihr Freund möchte sich umorientieren. Verstehen Sie? Er will seine Ruhe vor Ihnen haben. Da laufen wir doch nicht los und suchen ihn. Wir gehen bei Fällen mit vermissten Erwachsenen zuerst davon aus, dass sie oder er freiweillig verschwunden ist. Die Tatsache, dass er seinen Geldbeutel mitgenommen hat, spricht dafür, dass er freiwillig abgehauen ist. Gab es eine Lösegeldforderung? Gab es irgendwelche Kampfspuren, merkwürdige Geräusche? Sie sagen, er sei psychisch nicht labil, dann ist er auch nicht depressiv, richtig? Vielleicht sonst irgend etwas in der Art?«

»Nein. Nichts dergleichen.« Es ergab keinen Sinn, sich eine Geschichte auszudenken, die hinterher widerlegt wurde. Im schlimmsten Falle würde ihn solch ein Manöver in ein Zwielicht, vielleicht sogar in Verdacht bringen, Burkhard umgebracht und die Ermittlungen bewusst in eine falsche Richtung gelenkt zu haben – falls dieser unwahrscheinliche Fall eingetreten wäre. Andererseits würde die Polizei nach dem jetzigen Stand gar nicht ermitteln.

Irgendwie musste Sattler den Polizisten überzeugen. »Er ist Ausländer und kennt sich nicht aus. Er könnte sich verlaufen haben. Er spricht nur sehr schlecht Englisch, er kann sich kaum verständigen. Deswegen mache ich mir solche Sorgen um ihn. Er hat schon einen geschäftlichen Termin platzen lassen, und das ist sehr untypisch für ihn.«

Der Polizist schaute ihn nun abwägend an. Gut gemacht, gratulierte sich Sattler. Diese Halbwahrheiten würde man ihm sicher nicht so schnell nachweisen können. Gleichzeitig hatte er versucht, eindringlich zu wirken. »Wir sind übrigens kein Paar«, fügte er sicherheitshalber hinzu.

Seine Strategie hatte Erfolg. Der Polizist lächelte jetzt. »Ich glaube auch, dass er sich nicht mehr verständigen kann, und zwar in keiner Sprache der Welt. Weil er vermutlich betrunken in irgendeiner Bar sitzt. Aber ich nehme die Vermisstenmeldung trotzdem auf.« Er kramte unter dem Tresen nach einem Formblatt, was einige Minuten dauerte. Sattler befürchtete schon, dass die Vermisstenanzeige an einem fehlenden Formular scheitern würde. »Hier haben wir das BW48.«. Der Polizist zog unvermittelt und offensichtlich erleichtert ein gelbes Blatt Papier hervor, wedelte damit kurz in der Luft und legte es vor Sattler. »Bitte alles ausfüllen.«

Sattler füllte als Antragsteller den oberen Abschnitt komplett aus, inklusive der bei jeder Gelegenheit verlangten Passnummer. Im unteren Abschnitt, in dem der Vermisste beschrieben wurde, musste er einige Felder frei lassen, wie etwa die Antwort auf die Frage, ob Burkhard Tattoos am Körper hatte. Dann gab er das Blatt dem Beamten, der alle drei Blätter, das Original und zwei Durchschläge, stempelte und Sattler eine der kaum leserlichen Kopien überreichte. Der Polizist schaute sich das Formular noch einmal genau an, als ob er etwas darauf suchte. »Kann ich diese Nummer anrufen, wenn es etwas Neues gibt?«, fragte er und deutete auf die von Sattler ordnungsgemäß mit seiner Handynummer ausgefüllten Zeile.

»Ja, unter dieser Nummer bin ich die nächsten Tage zu erreichen.«

Sattler verließ die Polizeistation mit dem mulmigen Gefühl, dass er von dort nichts mehr hören würde.

Sattler kam jetzt zu der zweiten Aufgabe, die er sich für heute vorgenommen hatte. Er war in Bezug auf Isabell neugierig geworden. Sehr neugierig. Gab es diese Kunsthandlung tatsächlich, zu der sie heute fahren wollte? Oder war das eine der vielen Lügen, die sie ihm mittlerweile schon aufgetischt hatte?

Zuerst hielt er an einem »Superspar« und kaufte zwei warme, gebratene Hühnerschenkel, etwas frischen Salat und eine kleine Packung pappigen Reis, den er mit den Fingern essen konnte. Dann fuhr er die Strecke zum Hotel zurück, hielt aber vor dem Einfahrtstor in Sichtweite. Er suchte den kleinen Volkswagen, mit dem sie den Abend zuvor gemeinsam in der Stadt gewesen waren. Sattler grinste zufrieden: Da hinten stand der Wagen noch, genau dort, wo Isabell ihn abgestellt hatte.

Er fuhr rückwärts aus der Einfahrt heraus, zurück auf die wenig befahrene Straße. Es war die einzige, die es in der Nähe des Gästehauses gab. Er folgte dem Straßenverlauf, bis er einen kleinen Feldweg fand. Er passierte ihn, legte dann den Rückwärtsgang ein und stellte den Wagen im Schutz der wenigen Büsche ab. Anschließend machte er es sich bequem, packte das gebratene Huhn aus und nagte den Knochen ab, rollte den Reis zu kleinen Klumpen und schob ihn in den Mund. Den Salat aß er mit der Plastikgabel. Keinen Moment ließ er dabei die Straße aus den Augen.

Nachdem er das Essen beendet hatte, widerstand er der Versuchung, die Hühnerknochen und die leeren Plastikschüsseln einfach zu dem übrigen Müll hinter sich in den Fonds des Wagens zu werfen. Er packte alles wieder sorgfältig in die mitgebrachte Plastiktüte und legte sie auf den Beifahrersitz. Darum würde er sich später kümmern.

Er starrte durch die Frontscheibe auf den kleinen Straßenausschnitt. Der Duft nach gebratenem Hühnchen hing noch in der Luft. Er musste die ganze Zeit konzentriert bleiben, ideal war sein Standort nämlich nicht, denn der Blickwinkel war sehr eingeschränkt. Immerhin bot der Feldweg durch die Büsche besseren Sichtschutz als nur hohes Gras.

Sattler hoffte, es würde nicht zu lange dauern.

Er wartete fast eine Stunde. Es waren insgesamt drei Wagen vorbeigekommen: Ein Jeep, der trotz der Bodenwellen mit hoher Geschwindigkeit an ihm vorbeigerauscht war, ein Opel Corsa mit vollgepackter Ladefläche und ein Eierlieferfahrzeug der Firma ›Hofina‹, das, vermutlich wegen der empfindlichen Ladung, an seinem Versteck vorbei die Straße entlang schlich.

Erst dann sah er einen weißen Volkswagen ohne Hektik vorbeirollen. Sattler startete den Motor, zählte langsam bis zehn, gab Gas und folgte dem Wagen. Er hielt zu Isabells Firmenwagen fast fünfhundert Meter Abstand, denn er wusste, dass er sonst auf dieser wenig befahrenen Seitenstraße schnell entdeckt werden würde. Vorne, an der Hauptstraße, bog Isabell links ab, wie er gerade noch sehen konnte. Er folgte ihr, wobei er den Abstand zu ihr auf der Schnellstraße auf rund einhundert Meter begrenzen musste, sonst würde er sie schnell aus den Augen verlieren.

Isabell bog nach links auf die Autobahn in Richtung Kapstadt ab. Das war ein gutes Zeichen, fand Sattler. Mehr Verkehr, durch den er automatisch unauffälliger wurde, und vor allem keine Ampeln, an denen sie ihn schnell abhängen konnte.

Isabell fädelte sich ein und gab plötzlich Gas. Sattler konnte kaum folgen. Der Volkswagen schoss mit mindestens einhundertfünfzig Kilometern pro Stunde über die Autobahn, obwohl nur einhundertzwanzig erlaubt waren. Isabell überholte mal rechts, aber auch schon mal links, wenn ein schwerer Laster die mittlere Fahrspur blockierte. Sattler bemühte sich, der Slalomfahrerin zu folgen. Sie ließen Bloubergstrand rechts liegen und fuhren weiter Richtung Innenstadt.

Wenige Minuten später waren beide Teil des Kapstädter Verkehrschaos. Sattler riskierte, näher zu Isabells Volkswagen aufzuschließen, um die Ampelphasen nicht zu verpassen. Sie erreichten das Bo-Kaap-Viertel, das für seine bunten Häuser bekannt war. Da es gerade wieder einen Rückstau gab, hatte Sattler einen Moment Zeit, sich diese weithin bekannten Gebäude näher anzuschauen. Von weitem wirkten sie schrill und aufregend, von Nahem aber erkannte er den schlechten Bauzustand. Als er wieder nach vorne auf die Straße blickte, war Isabell schon über die grüne Ampel auf die Hauptstraße eingebogen. Sattler musste das Rotlicht überfahren, sonst hätte er sie verloren.

Glücklicherweise bog Isabell in ein ruhiges Wohngebiet ab. Sattler wusste nicht, wie lange seine Verfolgung sonst noch gut gegangen wäre. Sie fuhr die New Church Straße bergauf. Sattler blieb direkt hinter ihr in der Hoffnung, dass sie sein Auto nicht erkennen würde. Aber das Risiko schätzte er als gering ein: Weshalb sollte Isabell annehmen, dass sie verfolgt würde, und dazu noch ausgerechnet von ihm?

Sie bremste ihren Wagen unvermittelt ab und zog ihn nach links an den Straßenrand. Sattler fuhr mit unverminderter Geschwindigkeit an ihr vorbei und bog in die nächste Querstraße ein. Einen Parkplatz gab es natürlich nicht. Was konnte er machen? Er hielt mitten auf der Fahrbahn, drückte den Knopf für den Warnblinker, stieg aus und lief die wenigen Meter zurück zur Kreuzung. Gerade sah er Isabell durch ein großes, schmiedeeisernes Tor treten, das zu einem unauffälligen Wohngebäude gehörte. Es war wie die Nachbarhäuser auch mit hohem Stacheldraht, einem elektrischen Zaun und etlichen Kameras gesichert. Isabell hatte das Grundstück betreten, wartete, bis das Tor wieder ins Schloss gefallen war und setzte dann ihren Weg Richtung Gebäude fort. Sie verschwand aus Sattlers Blickfeld.

Sattler hörte hinter sich ein Hupkonzert. Offensichtlich regten sich andere Autofahrer – völlig zu Recht – über seinen illegal abgestellten Wagen auf. Er entschied, das Gehupe noch für einen Moment zu ignorieren und näherte sich dem Gebäude, wobei er darauf achtete, nicht von den Überwachungskameras erfasst zu werden. Offensichtlich handelte es sich nicht um einen Firmensitz: Kein Schild, das eine Dienstleistung oder ein Produkt anpries oder einen Firmennamen mit Telefonnummer in großen Buchstaben in die Welt hinausposaunte.

Kein Hinweis auf einen Kunsthandel.

Das hatte er nicht anders erwartet.

Sattler wusste immer gerne, mit wem er es zu tun hatte. An Isabell würde er heute Abend eine Reihe von Fragen haben.

Kapitel 8

Nach seiner Entlassung aus dem Militärdienst hatte Danie begonnen, an der Free State Universität in Bloemfontein Chemie und Chemieingenieurwesen zu studieren. Seine Eltern bezahlten ihm die Ausbildung. Er teile sich eine kleine, billige Studentenwohnung mit einem Perser namens Muhammar, der sich als schlecht bezahlter Aushilfskellner durchschlug und deshalb eine günstige Wohnung brauchte.

Das Leben in Bloemfontein und vor allem an der Universität war gemütlich, auch wenn er hier – wie schon zu seiner Militärzeit – unter seinen Kommilitonen als Sonderling galt und Einzelgänger war. Aber das interessierte ihn nicht. Er konnte seiner Neigung zu Naturwissenschaften nachgehen und von dem großen Geld träumen, das er eines Tages damit machen würde.

Zur Zeit der Apartheid wurden Schwarze nur in Ausnahmefällen für ein Studium zugelassen, sodass er sich keine großen Sorgen machen musste, nach seinem Studium einen adäquaten Arbeitsplatz zu finden. Schwarze waren Farmarbeiter oder Haushaltshilfen, höhere Bildung war bei ihnen selten und das war von den Buren damals auch so gewünscht gewesen. Danie konnte nichts Schlimmes daran finden. Das war einfach so und er kannte es nicht anders.

Muhammar als Perser passte nicht in das staatliche Schema: Er hatte in der Gedankenwelt der Apartheid keinen Platz, weil er nicht eindeutig zuzuordnen war – er war ein ›Sonstiger‹. Danie störte das nicht weiter, er kam mit Muhammar gut aus, weil sie sich aus dem Weg gingen. Nur selten saßen sie in der gemeinsamen Küche an dem kleinen Metalltisch und tranken Bier aus Namibia. »Ich hasse die Juden«, pflegte Muhammar nach der dritten oder vierten Flasche zu sagen. »Die jüdische Weltverschwörung ist Realität. Du musst die Protokolle der Weisen von Zion lesen. Da steht alles drin.«

Dann nahm er sich ein weiteres Bier aus dem *Defy*-Kühlschrank, den Danies Vater der kleinen WG spendiert hatte. Muhammars buschige, dunkle Augenbrauen und die schwarzen Haare mit dem niedrigen Haaransatz ließen ihn, wenn er betrunken war und sich aufregte, bedrohlich erscheinen. Außerdem war er ein Bär von Mann und beinahe zwei Meter groß. »Ihr werdet euch alle noch eines Tages umschauen. Die Juden werden einen Krieg beginnen, der euch alle vernichten wird.« Dabei deutete er mit dem Zeigefinger drohend auf Danie, als wäre er in dieser Sekunde in großer Gefahr. »Hitler hat es als einziger richtig gemacht und vorbeugend gehandelt. Er ist der größte Deutsche, den dieses Volk je gesehen hat.«

An der Stelle war zwar Danie anderer Meinung, aber es hatte unter diesen Umständen keinen Sinn, mit Muhammar zu streiten. So ließ er ihn seinen Unsinn weiter erzählen und trank selbst sein Bier aus. Er empfand kein Mitleid mit den Opfern von Krieg und Vertreibung. Die Millionen Toten machten ihm nichts aus. In seinen Augen war Hitler aber ein Verlierer, der erst einen Krieg nicht gewonnen und sich dann umgebracht hatte, um der Verantwortung zu entgehen. Danie betrachtete solche Dinge auf seine eigene, rein analytische Art.

Danie ging nach solchen Gesprächen schlafen oder lernte für die nächste Klausur. Er war immer ein ausgezeichneter Schüler gewesen, jetzt ein guter Student. Er war sogar einer der besten Studenten, die die Free State Universität in ihrem bisherigen Bestehen im Fach Chemieingenieurwesen gehabt hatte. Danie nahm die Auszeichnung auf der für ihn ausgerichteten Feier durch den Dekan vor seinen Kommilitonen freudlos und desinteressiert entgegen.

Ein wichtiger Arbeitgeber für Absolventen seiner Studienrichtung war die ›Suid-Afrikaanse Steenkool-, Olie- en Gasmaatskappy‹, die heutige ›South African Synthetic Oil Limited‹ oder kurz *Sasol*. Sein Vater hatte gute Kontakte zur Sasol und seinem Sohn bereits einen Arbeitsplatz in Sasolburg gesichert. Danie musste eigentlich nur noch formell das Vorstellungsgespräch hinter sich bringen.

Aber Danie wollte nicht.

Danie war das Geld, das er in der Industrie verdienen konnte, einfach zu wenig. Er hatte sich ausgerechnet, dass er es in seinem ganzen Leben nie zu einem Dollarmillionär bringen würde. Das hatte er sich aber vorgenommen. Danie entschloss sich, nach heftigen

Diskussionen mit seinen Eltern, für den Weg in die Selbstständigkeit. »Danie«, seine Mutter hatte in den Diskussionen damals schon einen flehenden Tonfall gehabt. »Danie, du hast doch so viel Talent. Du bist so intelligent. Warum gehst du das Risiko ein? Wenn du bei Sasol anfängst, dann bist du abgesichert. Einen sicheren, gutbezahlten Arbeitsplatz. Was willst du denn mehr?«

Danie verstand gar nicht, warum seine Mutter so emotional wurde. Später einigte er sich mit seinem Vater auf ein Darlehen, mit dem er sich im Örtchen Wakkerstroom in Mpumalanga, einem verschlafenen Nest in der Mitte von Nirgendwo, ein großes, altes Haus kaufte – das er teilweise in ein Labor umbauen würde. Als er Muhammar erzählte, was er vorhatte, reagierte dieser überraschend. »Danie, bitte. Nimm mich mit. Ich kann dir doch beim Umbauen helfen. Ich kann vielleicht im Lager arbeiten oder dir bei irgendwas in deinem Labor helfen. Lass mich nicht allein zurück.« Die Entscheidung, Muhammar mitzunehmen, fällte Danie nicht aus Sympathie zu Muhammar heraus, die er nämlich gar nicht verspürte. Sondern aus dem Kalkül, dass er tatsächlich beim Umbau helfen konnte.

Und, dass er sich auf ihn verlassen konnte wie auf keinen zweiten.

Der Umbau des Hauses in Wakkerstroom ging schnell voran. Mithilfe von Lieferungen aus den Vereinigten Staaten und Großbritannien war auch das Labor bald eingerichtet. Danie achtete sehr darauf, eine Ausstattung zu verwenden, die in den siebziger Jahren auf dem neuesten Stand war – und Muhammar erwies sich beim Umbau und beim Einrichten als eine große Hilfe. So entstand eines der besten analytischen Labore südlich der Sahara in einem kleinen, unscheinbaren Ort an einem Wasserloch, das einzig und allein durch seinen Vogelreichtum in Fachkreisen bekannt war.

Das Gebäude, das man selbst in einem Nest wie Wakkerstroom mit seinen rund fünfhundert Einwohnern noch als ›abgelegen‹ bezeichnen musste, befand sich am Ende einer kleinen Nebenstraße, die weder geteert noch geschottert war. Nach jedem sommerlichen Regenfall stand die Fahrspur knöcheltief unter Wasser, und Danie und Muhammar brauchten für den Weg zum Einkauf in dem einzigen Geschäft des Ortes ein Allradfahrzeug, sonst wären sie in den Schlammpfützen stecken geblieben.

Da war genau der Ort, den Danie für seine weiteren Aktivitäten brauchte.

Danie benutzte das Labor vor allem für die Analyse von Erzen. Über seinen Vater bekam er die ersten Aufträge herein, und bald analysierte er Chromerze auf den Chromgehalt, Eisenerze auf den Eisengehalt und Platinerze auf das enthaltene Edelmetall. Die Anfragen kamen immer häufiger und er erarbeitete sich in der Minenindustrie einen guten Ruf.

Aber das war nur das offizielle Gesicht der Firma. Etwa fünfundneunzig Prozent seines Umsatzes machte Danie anders.

Mit Drogen.

Er begann das Geschäft Ende der siebziger Jahre mit der Extraktion von Scopolamin aus dem in Südafrika weit verbreiteten Stechapfel. Muhammar bezahlte einige Erntehelfer, die loszogen und das Kraut am Straßenrand einsammelten. Das Scopolamin, das Danie mit Muhammars Hilfe dann aus dem getrockneten Laub in seinem Labor heraus laugte, trocknete er, mischte es in einem genau abgewogenen Verhältnis mit Traubenzucker und presste es zu Tabletten. »Muhammar, schau' mal«, sagte er damals und zeigte ihm die große, mechanische Tablettenpresse, die er günstig über einen Schrotthändler aus einer aufgelösten Apotheke in Wales bezogen hatte. »Hier oben kommt das Pulver hinein.« Er deutete auf einen Trichter, der über kleinen Vertiefungen in einer runden Platte endete. »Dann drehst du unten an dem großen Rad, der Teller mit den Vertiefungen und dem Pulver darin dreht sich etwas weiter und von oben senkt sich gleichzeitig der Stempel in die Kuhle, der eine Tablette daraus presst.« So hatte Muhammar mit dem Pressen von Rauschgifttabletten seine Karriere als Laborant begonnen.

Wenn Danie der Kopf des Drogengeschäftes war, dann war Muhammar der rechte und linke Arm und beide Beine. Er versorgte das Drogenlabor mit getrocknetem Stechapfel und verteilte danach die zubereiteten Drogen an Zwischenhändler, die die Tabletten in Großstädten weiterverkauften. Die Tabletten waren einfacher zu handhaben als Haschisch oder das härtere Kokain, hatten aber den Nachteil, dass sie bei Überdosierung zu üblen Halluzinationen führten, mit schlimmen Folgen. Danie hatte einmal versehentlich in den

Traubenzucker eine zweite Portion Scopolamin gegeben. Zufällig wusste Muhammar, in welcher Gegend die Pillen verkauft worden waren, und einige Tage später wurde in den Nachrichten von einer ganzen Reihe von Grausamkeiten berichtet: Ein Mann hatte im Wahn seine einjährige Tochter in das Lagerfeuer gestoßen. Die Verbrennungen an ihren Beinen waren so schwer, dass sie den Rest ihres Lebens nicht mehr würde richtig laufen können. Ein anderer Mann, ebenfalls vollgepumpt mit Danies Tabletten und bis unter die Haarspitzen high, schüttete heißes Frittieröl über den Kopf seiner Frau – sie hatte keine Überlebenschance. Danie hörte die Nachrichten und ärgerte sich, dass er trotz voller Aufmerksamkeit bei der Dosierung versagt hatte. Es ging ihm dabei nicht um die Menschen, die durch seine Hand gestorben waren, es ging ihm um seine Berufsehre. Er hatte Angst, Kunden zu verlieren.

Drogen waren in den Townships und anderen ›schwarzen‹ Gegenden ein viel größeres Problem als in den Städten, in denen hauptsächlich Weiße wohnten. Überhaupt gab es, das hatte Danie früh erkannt, im ganzen Land ein gigantisches, unkontrollierbares Drogenproblem. Es ging dabei nicht nur um Alkohol oder Zigaretten oder um das Rauchen von Gras. Nein, viele Leute waren einfach auf der Suche nach dem billigen Kick und waren bereit, alles dafür auszuprobieren – auch ihr Leben dafür zu riskieren. Danie hatte hierzu eine eindeutige Meinung: Man musste nicht alles rauchen, was sich trocknen ließ.

Im Laufe der Jahre änderte sich die Art der Drogen, aber Danie war mit dabei, solange es etwas zu verdienen gab. »Wir müssen mit der Zeit gehen«, hatte Muhammar ihm eines Tages gesagt. »Die Leute stehen nicht mehr auf unser Zeug aus biologischem Anbau. Die wollen etwas Synthetisches.« Damit bewegte sich der Drogenmarkt diametral zu den allgemeinen Ansprüchen zum Beispiel der Lebensmittelindustrie. Danie war willig und begann, in seinem Labor synthetische Drogen herzustellen. Als die amerikanische Filmindustrie später begann, eine Serie über einen Chemielehrer auf Abwegen auszustrahlen, der in einem Wohnmobil unter primitiven Bedingungen Drogen synthetisierte, waren Danie und Muhammar schon lange im Geschäft. Beide schauten sich abends die Staffeln der Serie an und mussten über die Unprofessionalität der Drogenkocher lachen. Bei ihnen war das besser organisiert, und sie hatten sich mit ihrem Zwischenhändler sogar auf eine Art Zertifikat verständigt, das die Qualität der Ware, in der Regel waren das seit Mitte der Zehnerjahre XTC und Crystal Meth, bescheinigte. Muhammar hatte schnell begriffen, dass Vertrauen in einem Geschäft wie diesem eine große Rolle spielte. Die Drogen, die er lieferte, waren einerseits sehr gut, andererseits sehr teuer.

Das hatte unter den Abhängigen zu einem obskuren Konsumverhalten geführt, dass sie als ›African Bluetooth‹ bezeichneten. Wenn sich ein Abhängiger in einer Gruppe mit Drogen ›high‹ gemacht hatte und nicht mehr ansprechbar war, zapften ihm seine Freunde mit einer rostigen Hohlnadel Blut ab, das sie sich dann selbst infundierten, um den Kick zu bekommen. Der Begriff ›Bluetooth‹ beschrieb die kabellose Anwendung der Methode treffend.

Da der südafrikanische Drogenmarkt seit vielen Jahren unter verschiedenen Banden aufgeteilt war, waren auch die Verdienstmöglichkeiten begrenzt. Klar, sie waren immer noch gigantisch, aber in Danies Augen eben limitiert. Er besprach das Problem Ende der Achtzigerjahre mit Muhammar.

»Dass du immer den Hals nicht vollkriegen kannst«, beschwerte sich Muhammar damals.

»Hast du damit ein Problem? Wir werden richtig reich«, hatte Danie geantwortet.

»Wir sind auch so reich. Früher oder später wird die Polizei auf uns aufmerksam werden, wenn wir nicht sehr aufpassen. Davon abgesehen müssen wir auch die ganze Arbeit bewältigen. Die Logistik ist jetzt schon ein Albtraum. Wir können keine Leute einstellen, die uns helfen, das wäre viel zu riskant. Wir sind eine Zweimannfirma und werden es auch bleiben. Dann können wir halt nicht in jedem Topf rühren.«

»Doch, das können wir. Wir haben ideale Voraussetzungen. Zum einen liegt Wakkerstroom weitab großer Städte. Hier wird so schnell kein Polizist herumschnüffeln. Wenn doch, was wissen die schon, was wir machen? Dazu kommt die optimale Logistik: Natürlich brauchen wir einen Lieferdienst, der uns unsere Ausrüstung bringt. Aber fast alles, was wir benötigen, bekommen wir in Südafrika. Unsere Glasgeräte und die Spezialeinrichtungen bekommen wir von lokalen Firmen geliefert. Dadurch wird niemand auf uns aufmerksam – keine Zollpapiere, keine Überseecontainer. Besser geht es nicht.«

Danie baute zusammen mit Muhammar und mit Hilfe einiger Schwarzer aus dem benachbarten Township ein zweites, nur wenig kleineres Labor auf. Auf dem Grundstück gab es, etwas abseits gelegen, ein altes Steinhäuschen, keine fünfzig Meter von dem Hauptlabor entfernt, das sie entsprechend ausbauten.

In dem Gebäude stellte er unter anderem Giftgase und Sprengstoffe her.

»Warum baust du dafür ein neues Labor?«, hatte Muhammar gefragt.

»Damit wir bei einem Unfall das Hauptgebäude nicht verlieren«, antwortete Danie gelassen. Das überzeugte Muhammar.

Trotzdem fragte er: »Aber du wirst doch vorsichtig sein beim Umgang mit den Sachen, oder?«

»Nein«, hatte Danie in dem denkwürdigen Dialog geantwortet, ohne dabei eine Miene zu verziehen, »nicht ich werde vorsichtig sein, sondern du. Ich zeige dir, wie es geht, und dann kannst du dort arbeiten. Wir können es uns nicht leisten, dass mir etwas zustößt.« Muhammar hatte bei den Worten schwer geschluckt, sich aber auf den Deal eingelassen.

Seit Anfang der Neunzigerjahre belieferten Danie und Muhammar den internationalen Terrorismus. Etwa ein Zehntel des Sprengstoffs und Giftstoffe, die für kleine und mittelgroße Attentate eingesetzt wurden, stammten aus seinem Labor.

Seine erste Giftgaslieferung ging an die japanische Aum-Sekte, die über einen Mittelsmann in Nairobi Plastikbeutelchen mit Sarin angefragt hatte. Er hatte die gewünschte Menge, die aus insgesamt elf Plastikbeuteln bestand, problemlos hergestellt. Jeder Beutel enthielt zwei kleinere Beutel mit unterschiedlichen chemischen Substanzen, die erst nach dem Vermischen das tödliche Gas bildeten. Die japanischen Idioten hatten aber das System nicht verstanden. Beim Verlassen der Tokioter U-Bahn, in der der Anschlag stattfinden sollte, zerstachen sie die Beutelchen mit Regenschirmen und flohen. Aber nur in wenigen Fällen hatten sie, wie erforderlich, beide Plastiktüten zerstört. Der Anschlag hatte daher nicht den ›Erfolg‹ gehabt, wie ihn sich die Sekte erhofft hatte. Der Mittelsmann hatte ihm später vorgeworfen, Giftgas einer geringen Qualität geliefert zu haben, was natürlich völliger Unsinn war.

Obwohl durch diese Aktion seine Reputation in entsprechenden Kreisen direkt am Anfang seiner Karriere sehr gelitten hatte, blieb er auf der internationalen Bühne. Muhammar sprach etwas arabisch und konnte so in die wesentlichen Krisengebiete der Welt liefern. Es ging dabei nie um die großen Mengen – das wäre logistisch zu aufwendig und riskant gewesen – aber auch hier waren es die kleinen, feinen Spezialitäten, die das Geld brachten. Wenn jemand meinte, einen Laster mit Dünger und Kraftstoff zu beladen und damit ein amerikanisches Regierungsgebäude in die Luft sprengen zu müssen wie dieser McVeigh damals in Oklahoma, dann hatte Danie damit nichts zu tun. Das war nicht sein Business. Zu groß. Und zu profan.

Er lieferte Dinge, die es auf dem üblichen Waffenschwarzmarkt nicht für Geld zu erwerben gab. Wie zum Beispiel die Sprengstoffwesten, eine Entwicklung, auf die Danie sehr stolz war. Der Terrorist schnallte sich einen Gürtel mit Sprengstoff um und versuchte dann, in eine Menschenmenge zu gelangen und möglichst viele Unschuldige mit in den Tod zu reißen. Der Nachteil an diesem Vorgehen war, dass man den Gürtel unter der Kleidung sehen konnte, beziehungsweise dass die Bekleidung an heißen Tagen auffiel, der Attentäter enttarnt wurde und sich zu einem ungünstigen Zeitpunkt in die Luft sprengen musste.

Danie hatte es geschafft, einen Plastiksprengstoff zu entwickeln, den er in lange, dünne Fäden ziehen konnte. Die Fäden ließen sich gefahrlos zu einem Stoff verweben und aus dem Stoff wurde dann ein T-Shirt oder eine Jacke hergestellt. Er hatte auch schon eine normale Jacke mit dem Vlies füttern lassen.

Der Sprengstoff befand sich damit nicht mehr unter der Jacke oder dem T-Shirt, das Kleidungsstück an sich war die Bombe, an dem nur noch ein unauffälliger Zünder angebracht werden musste. Niemand konnte von außen erkennen, ob von diesem oder jenem Mann eine Gefahr ausging. Ganz so, wie es sich die beiden Auftraggeber aus Nigeria und Aserbaidschan gewünscht hatten. Die Jacken waren fast fertig.

Die Herstellung von Giftgas, das dritte Geschäftsstandbein, war nach der Sache in Japan erst einmal zum Stillstand gekommen. Später hatten sich aber doch eine ganze Reihe von gut zahlenden

Auftraggebern eingefunden, die aus verschiedenen Gründen das Material brauchten.

Muhammar hatte viel in die Staaten der ehemaligen Sowjetunion geliefert, wo immer wieder Kriege aufflammten. Das Giftgas wollten in der Regel die Rebellen haben, weil es die Russen auf der anderen Seite auch besaßen. Die Rebellen wollten so Waffengleichheit herstellen.

Danie lieferte aber auch gerne an beide Seiten. Das Sarin war in den beiden getrennten Plastikbeuteln gut zu lagern und war ideal, um es in Verbindung mit einem Bombenanschlag auf Zivilisten zu verwenden. Die konventionelle Bombe tötete die Zivilisten, das durch das Vermischen der beiden Substanzen entstandene Sarin vergiftete die herbeieilenden Helfer. Außerdem wurde das Giftgas in anderen Krisengebieten verwendet, um die öffentliche Stimmung zu manipulieren: Rebellen, Widerstandskämpfer, Aufständische, Terroristen – aus Danies Sicht waren diese Begriffe eine Frage des eigenen Standpunktes – nutzten das Kampfgas, um Regierungstruppen, die in der Regel ein Monopol auf solche Chemikalien hatten, in ein schlechtes Licht zu rücken. Sarin konnte von Experten problemlos nachgewiesen werden, sodass es dann in den Augen der Öffentlichkeit so aussah, als hätte die Regierung verbotene Waffen eingesetzt. Die resultierenden politischen Folgen waren für Umstürzler hilfreicher als der eigentlich geringe, militärische Vorteil.

Insgesamt liefen seine Geschäfte prächtig, denn der internationale Terrorismus boomte. Trotzdem dachte er daran, sich bald zur Ruhe zu setzen. Er wurde im kommenden Jahr sechzig, hatte auf dem Bankkonto etwa einhundert Millionen Rand, und er wurde auch nicht jünger. Muhammar sah das ähnlich.

Ja, sagte sich Danie. Ich denke, wir werden den Laden bald offiziell schließen.

Aber erst ziehen wir diese letzte, ganz große Sache durch. Er rieb sich voller Vorfreude die Hände.

Das würde die Krönung seiner Karriere werden.

Kapitel 9

Nachdem Sattler Isabell heimlich gefolgt war – er hatte sich dabei gefühlt wie eine Figur in einem schlechten Spionageroman – und sie durch das Tor in dem gut gesicherten Wohnhaus verschwunden war, sprintete Sattler zurück zu seinem Wagen, der immer noch mitten auf der Fahrbahn der Querstraße stand. Er versuchte, die wütenden Autofahrer zu beruhigen, sprach von einem ›Notfall‹ und hob entschuldigend die Hände. Dann schwang er sich hinter das Steuer und gab Gas. Sattler fuhr zurück auf die Autobahn, Richtung Hotel.

Er fragte sich die ganze Fahrt über, warum Isabell ihn so umfangreich und ohne ersichtlichen Grund angelogen hatte. Seine Verfolgungsfahrt und die Tatsache, dass sie mit ziemlicher Sicherheit entgegen ihrer Behauptung nicht im Kunsthandel beschäftigt war, war das kleinere Problem. Natürlich konnte er sich in diesem einen Punkt nicht sicher sein. Es gab die geringe Wahrscheinlichkeit, dass Isabell gerade das ungewöhnlich aufwendig gesicherte Privathaus eines Künstlers besucht hatte, und Sattler sich täuschte.

Aber eigentlich war das völlig egal. Zusammen mit seinen anderen Beobachtungen passte diese Lüge gut ins Bild.

Auf seinem Rückweg in Richtung Hotel verließ er die Autobahn spontan über die Ausfahrt Bloubergstrand. Er wollte doch noch einmal kurz in der Polizeistation vorbeischauen und in Erfahrung bringen, ob dort irgendwelche Erkenntnisse zu Burkhard vorlagen.

Er betrat die kleine, kühle Polizeistation. Es hatte noch immer derselbe Polizist Dienst, sodass er wenigstens nicht mit langen Erklärungen beginnen musste.

Er grüßte den Polizisten. »Gibt es etwas Neues zu der Vermisstensache meines Kollegen? Haben Sie etwas in die Wege geleitet? Gibt es erste Ergebnisse?«

Für einen Moment sah ihn der Polizist mit einer Mischung aus Neugier und Ehrfurcht an. Sattler konnte sich das nicht erklären. Zu seiner weiteren Überraschung antwortete der Beamte gar nicht, sondern ging wortlos zu einem kleinen Büro im hinteren Bereich des kleinen Gebäudes, klopfte dort an die Tür, stieß sie auf und sagte so laut, dass Sattler es hören konnte: »Er ist hier.«

Nach einem kurzen Wortwechsel durch die halbgeöffnete Tür ging der Polizist zurück an den Tresen und wandte sich an Sattler: »Chief Mofosie möchte Sie sehen.«

Sattler beschlich ein merkwürdiges Gefühl – Burkhard wird doch nicht wirklich etwas Ernstes passiert sein? Mit zittrigen Knien ging er die wenigen Schritte zur Bürotür, klopfte an und trat nach Aufforderung ein.

Der Raum, den er betrat, war vollgestellt mit Aktenschränken aus graugestrichenem Stahlblech. Das Fenster war mit Gitterstäben gesichert, und hinter einem mit Papierstapeln zugestellten Schreibtisch saß ein schwarzer, glatzköpfiger Polizist in Uniform und einigen höheren Rangabzeichen am Revers. Seine Dienstmütze lag vor ihm auf einem der Aktenberge. Offenbar war er der Leiter der Dienststelle.

»Setzen Sie sich doch«, sagte er und deutete auf einen Stuhl, der in der Ecke stand. Sattler räumte ein leeres Pistolenholster und eine halbvolle Colaflasche von der Sitzfläche, legte beides auf die Fensterbank und schob den Stuhl zum Dienststellenleiter an den Schreibtisch, ohne den Mann aus den Augen zu lassen. Was ging hier vor sich? Sattler nahm Platz und fürchtete sich instinktiv vor dem, was jetzt kommen würde.

»Mein Kollege sagte, dass Sie der Mann sind, der heute eine Vermisstenmeldung aufgegeben hat. Sie suchen ihren Kollegen, einen gewissen ...«, er kramte auf seinem Schreibtisch herum und hielt plötzlich das Formular in der Hand, das Sattler am Morgen selbst ausgefüllt hatte, »... Burkhard. Alle weiteren Angaben sind auf dem Formblatt enthalten. Ist das richtig?«

»Ja, sicher. Deshalb bin ich hier. Ich möchte gerne wissen, ob es etwas Neues gibt. Ist ihm etwas passiert? Haben Sie ihn gefunden?« Sattler war aufgeregt.

Der Chief lächelte nur leicht und schüttelte den Kopf. »Nein, gefunden haben wir ihn nicht. Wir haben keine Spur von ihm. Wir wissen nicht, wo er ist.«

Sattler war verblüfft. Warum machten sie so ein Aufheben? Um ihm mitzuteilen, dass sie noch nicht weiter waren, wie es ja nicht anders zu erwarten gewesen war?

Mofosie schien seine Gedanken lesen zu können. »Jetzt möchten Sie sicherlich wissen, warum ich Sie hereingebeten habe? Nun, sagen wir, ich halte es für meine Pflicht, Sie zu informieren. Es ist nämlich folgendes passiert: Mein Kollege ist mit den Unterlagen, die Sie heute Morgen ausgefüllt haben, in die Zentrale gefahren. Dort gibt es nämlich einen Computer, der mit dem Zentralrechner verbunden ist und in den er die Angaben eingegeben hat. Dabei hat sich herausgestellt, dass Ihr Kollege aus irgendeinem Grund in großen Schwierigkeiten zu stecken scheint.«

Das war Sattler neu. In was für Schwierigkeiten konnte er stecken? Burkhard war noch nicht lange im Land. Durch was konnte er der Polizei gegenüber auffällig geworden sein?

»Was meinen Sie damit?«, fragte er.

»Wissen Sie«, sagte Mofosie und beugte sich mit verschwörerischer Miene etwas über den Tisch. »Ihr Kollege ist für unseren Zentralcomputer kein Unbekannter. Er ist mit einem Sperrvermerk belegt.«

»Einem Sperrvermerk? Was soll das bedeuten?«

»Wenn ich ehrlich sein soll«, sagte Mofosie und lehnte sich wieder auf seinem Bürostuhl zurück, »wissen wir nicht so genau, wo dieser Eintrag herkommt. Das ist nicht zu erkennen. Fakt ist: Wir dürfen keine Details zu der Person aus dem Zentralregister abfragen. Genaugenommen ist das also ein Sperrvermerk, der ihren Kollegen vor uns schützt.« Mofosie holte kurz Luft. »Hören Sie, ich bin jetzt seit zwanzig Jahren bei der Polizei, aber das ist mir, wenn ich offen sein darf, heute zum ersten Mal passiert.«

Sattler stand der Mund vor Staunen offen. Dann sagte er. »Ein Sperrvermerk, der Burkhard vor der Polizei schützt? Was bedeutet das?«

Mofosie lehnte sich jetzt wieder vor. »Das bedeutet«, sagte er eindringlich, »dass wir nicht nach ihm suchen werden.«

Verstört verließ Sattler die Polizeistation und setzte sich wieder in seinen Wagen. Was hatte das alles zu bedeuten? Sie würden nicht nach ihm suchen? Sperrvermerk? Was für ein Unsinn. Oder besser: was für ein Rätsel.

Er startete den Motor und rollte langsam Richtung Autobahn, um die letzten Kilometer zum Hotel zurückzulegen. Seine Gedanken kreisten immer wieder um die Probleme, in denen Burkhard offensichtlich steckte. Was konnten das für welche sein? Wenn er irgend etwas Kriminelles angestellt hatte, dann hätte die Polizei ihn einfach verhaftet. Ein Sperrvermerk in den Akten? Das war wirklich mysteriös. Aber wenn er zu sich selbst ehrlich war, dann erschien es ihm am wahrscheinlichsten, dass eine Verwechslung vorlag, die sich nach einigen Tagen von selbst auflösen würde. Es war ein offenes Geheimnis, dass die Datenbanken der südafrikanischen Polizei nicht immer auf dem neuesten Stand waren. Allerdings erklärte dieser Vermerk nicht das ursächliche Problem, nämlich Burkhards Abwesenheit.

Sattler schaute auf sein Handy, das ihm als Armbanduhrersatz diente. Es war jetzt früher Nachmittag und er hoffte, Isabell im Hotel treffen zu können. Als er durch das Tor fuhr, sah er enttäuscht, dass der Volkswagen noch nicht auf dem Parkplatz stand.

Er entschloss sich, die Zeit bis zu ihrer Ankunft zu nutzen, um noch einmal mit der Zentrale der Chemcons in Deutschland zu telefonieren. Er ging in seine Hütte, verriegelte die Tür und wählte dieselbe Nummer, die er am Morgen angerufen hatte. Es wurde sofort abgehoben. Sattler meldete sich und brauchte nicht lange zu erklären, weswegen er anrief. Sein Gesprächspartner wusste Bescheid.

»Herr Doktor Sattler, wir habe die Informationen nach Berlin weitergegeben. Wir haben in Fällen wie diesem keine Erfahrung, um ehrlich zu sein. Dass unsere Mitarbeiter im Ausland spurlos verschwinden, ist eher selten, wenn ich das so sagen darf. Deswegen können wir die Reaktion des Auswärtigen Amtes auch noch nicht richtig einschätzen.«

Das Auswärtige Amt hat also reagiert, dachte Sattler. Die sind ja auf Zack.

»Was sagt denn das Amt? Haben die schon einen Krisenstab zusammengestellt?«

»Ja und nein.«

»Ja und nein? Was soll das heißen?«

Sattler hörte, wie sein Gegenüber Luft holte. »Hören Sie, das Auswärtige Amt gibt mir nicht alle Informationen, die es besitzt. Sie seien nicht die Auskunft, haben die mir gesagt, nachdem ich dieselbe Frage gestellt habe wie Sie. Es scheint, als hätte das Amt einen Krisenstab einberufen und nach kurzer Zeit wieder aufgelöst. Aber es gibt zwei Informationen, die ich an Sie weitergeben darf, ja sogar muss. Eine davon ist eher eine dringende Bitte.«

Sattler legte die Stirn in Falten. Was sollte das? Einen Krisenstab für wenige Stunden einberufen und wieder auflösen? Burkhard war nicht zurück, deshalb fehlte die Grundlage für das Auflösen. Was sollte der Quatsch?

Sattler atmete tief ein und wieder aus. »Also, dann lassen Sie mal hören. Was ist das für eine Information und was für eine Bitte?«

»Vorneweg muss ich sagen, dass ich das auch nicht verstehe. Die erste Information ist, dass niemand von offizieller oder von inoffizieller Seite nach Burkhard suchen wird. Mein Gesprächspartner aus dem Auswärtigen Amt hat mir nicht mitgeteilt, warum. Deswegen sparen Sie sich bitte die Frage. Und nein, ich habe auch nicht den blassesten Schimmer oder auch nur den Hauch einer Theorie, weshalb das so ist. Auch Sie sollen nicht nach ihm suchen, sondern warten, bis er wieder von alleine auftaucht. Die zweite Information ist eine Bitte, genaugenommen ist es mehr als eine Bitte, schon eher eine Aufforderung – ein Befehl? Bleiben Sie, wo Sie sind. Und Sie sollen vorsichtig sein.«

Nach diesem verstörenden Telefonat fiel es Sattler schwer, an etwas anderes zu denken als an diesen merkwürdigen Anruf. Wie kamen die Leute im Auswärtigen Amt in Berlin auf die Idee, ihm, einem kleinen Angestellten zehntausend Kilometer entfernt, vorzuschreiben, wo er hingehen sollte und wo nicht? Wieso kümmerte die das überhaupt? Sattler hatte schon beschlossen, ohne Burkhard nicht weiterzufahren und hatte die Buchung seines Hotelzimmers bereits verlängert. Außerdem war er in der Nähe von Isabell, deren Gesicht mit den sympathischen Lachfalten immer wieder vor seinem inneren Auge erschien.

Etwa eine halbe Stunde nach Sattlers Telefonat kam Isabell in dem weißen Volkswagen auf dem geschotterten Parkplatz vorgefahren. Sie schaute sich nach dem Aussteigen suchend um, sah Sattler auf einer Holzbank unter einem Sonnenschirm zwischen den Palmen sitzen und winkte ihm zu. Sattler winkte zurück und stand auf. Isabell kam auf ihn zu und beide trafen sich auf halbem Weg, mitten auf dem gepflegten Rasen der Hotelanlage.

»Hallo«, begrüßte sie Sattler. »Da bist du ja wieder. Wie war dein Termin in eurem Hauptquartier?«

»Ach, du weißt ja vielleicht, wie diese Künstler sind. Die einen kommen zu spät, die anderen gar nicht. Manche haben die Kunstwerke nicht dabei, die sie abgeben sollten und für die wir schon einen Käufer haben. Andere kommen mit Werken, die ganz anders aussehen als besprochen. Das ist ein eigener Menschenschlag, für den ich viel Geduld brauche. Ich freue mich aber schon auf das Kino nachher mit dir. Ich mache mich noch kurz frisch, dann können wir los. Vielleicht können wir vorher noch eine Kleinigkeit essen? Ich habe einen Bärenhunger.«

»Das ist eine gute Idee, das sollten wir unbedingt tun. Vorher aber«, sagte er und senkte verschwörerisch die Stimme, »muss ich noch mit dir reden.«

»Ja«, antwortete sie zögerlich. Angesichts Sattlers Tonfall zeigten sich die tiefen Querfalten auf Isabells Stirn. »Ist etwas passiert? Warum bist du so merkwürdig?«

Sattler zog sie zu den Bänken unter den Schirmen, die großzügig Schatten spendeten. »Komm, wir setzen uns. Hier sind wir ungestört.«

»Gerne. Aber hör' zu, ich würde mich vorher gerne frisch machen, wenn es geht. Ich bin gleich bei dir.« Isabell wollte sich schon umdrehen, als Sattler sie an dem Ärmel ihrer modischen Windjacke festhielt.

»Setzt dich bitte. Ich brauche nicht sehr lange«, sagte er dabei und bemühte sich, seine Stimme nicht allzu barsch klingen zu lassen.

Für Isabell gab es keinen Ausweg. Sie setzte sich Sattler gegenüber. »Also bitte«, sagte sie resignierend, »wenn es so dringend ist.«

»Isabell«, begann Sattler, »Isabell, ich möchte gerne wissen, wer du wirklich bist.«

Isabells Gesichtszüge entglitten ihr für einen Moment. Dann fing sie sich wieder. »Mein Name ist Isabell Geldenhys. Das weißt du doch. Was soll diese komische Frage?«

»Ich glaube nicht, dass du so heißt. Ich glaube auch nicht, dass du aus Port Elizabeth kommst. Ja, ich glaube noch nicht einmal, dass du überhaupt eine Südafrikanerin bist.«

»Das ist Quatsch. Natürlich komme ich aus Port Elizabeth. Ich habe dann in England studiert.«

»Ach so, das glaube ich übrigens genauso wenig.«

»Frank, ich habe dich ja bisher für einen wirklich netten Mann gehalten. Jetzt wirkst du aber ein wenig – wunderlich? – auf mich. Was soll das Ganze?«

Sattler beugte sich vor. Sein Gesicht war nur noch eine Handbreit von ihrem entfernt. »Isabell, ich weiß immer gerne, mit wem ich es zu tun habe. Vor allem, wenn ich das Gefühl habe, es könnte sich ... etwas entwickeln, wenn du vielleicht verstehst, was ich meine.« Bei den Worten schlug er seinen Blick nieder und starrte kurz den Tisch an. Dann sah er sie wieder unverwandt an. »Ich möchte nicht angelogen werden. Und möchte wissen, warum du versuchst, mir ein Märchen über deine Herkunft aufzutischen.«

Isabell schaute ihn völlig entgeistert an. »Von was sprichst du? Ich lüge nicht. Ich komme aus Port Elizabeth und bin Südafrikanerin. Ich habe sogar ein Passbuch.« Ihre Stimme hatte einen trotzigen Tonfall angenommen. Sie begann, ihre Jackentasche abzuklopfen, fand aber nichts.

»Nein, du musst dich nicht ausweisen. Du kannst kein Passbuch haben. Das kann nicht sein.«

Isabell hörte auf, nach dem imaginären Ausweis zu suchen. »Also gut. Warum bist du der Meinung, dass ich keine Südafrikanerin bin?« Isabell versuchte, die Hoheit über das Gespräch zurückzuerlangen.

»Du hast dich gleich an mehreren Stellen verraten. Alles fängt an mit dem Dialekt, den du sprichst. Ich will nicht behaupten, dass ich alle Dialekte auseinanderhalten kann, aber deinen habe ich noch nie gehört. Das ist, gebe ich zu, ein schwacher Hinweis.«

»Ich denke, durch die zwei Jahre in Großbritannien hat sich mein Dialekt verändert.«

»Jaja, die Geschichte mit Großbritannien. Dazu komme ich gleich. Das zweite Indiz ist, dass mir dein Verhalten aufgefallen ist, als du dich gestern ins Auto setzen wolltest. Du hast kurz gezögert. Ich könnte wetten, du hast überlegt, wo die Fahrerseite ist. Das Zögern war unauffällig und du hast die Unsicherheit gut überspielt, aber sie war da.«

»Ich habe gezögert, weil ich nicht mehr wusste, wo die Wagenschlüssel sind.«

»Die Wagenschlüssel hattest du in der Hand, meine Liebe. Aber geschenkt. Dann hast du mit der rechten Hand nach dem Schalthebel gesucht, was auf mich erst so wirkte, als hättest du die Beifahrertür erneut öffnen wollen. Bei einem Rechtslenker für Linksverkehr ist dieser aber links angebracht. Kein Problem, wenn man es gewohnt ist. Bist du aber nicht. Davon abgesehen: Gestern Abend auf dem Weg zum Restaurant ist uns ein Pärchen entgegengekommen. Das Pärchen ist uns aus ihrer Sicht nach links ausgewichen, ich bin auch nach links ausgewichen, wie in Ländern mit Linksverkehr üblich. Du bist aber nach rechts gegangen und deshalb fast mit den beiden zusammengestoßen. Auch wenn du den Weg zum Restaurant mit dem Wagen im Linksverkehr gemeistert hast, so hat dich all das verraten. Du bist Rechtsverkehr gewohnt. Du bist nie und nimmer in Südafrika aufgewachsen und hast auch nicht in England gelebt, wie du es behauptest.«

»Das war eine Kleinigkeit. Ich habe die beiden zu spät gesehen.«

»Ja, das kann sein. Alles eine lange Indizienkette, natürlich. Deine Bemerkung, dass du lange suchst, um eine billige Tankstelle zu finden, passt genau ins Bild. Das kannst du eigentlich nur behaupten, wenn du keine Ahnung von diesem Land hast. Denn die Preise für Benzin – und du fährst einen Benziner – sind staatlich festgelegt. Alle Tankstellen haben genau dieselben Preise. Trotzdem war ich mir unsicher. Deshalb habe ich dich heute in den Film ›There is a Zulu on my stoep‹ eingeladen, der ja neu in die Kinos kommt.«

»Ja und?«, fragte Isabell, jetzt schon fast beleidigt. »Was soll ich da jetzt wieder falsch gemacht haben? Ich wäre ja gerne mit dir hingegangen, aber so wie du dich gerade benimmst ...«

»Isabell, dieser Film ist dreißig Jahre alt. Jeder unserer Generation, der in Südafrika aufgewachsen ist, kennt diesen Film. Jeder, der auch nur irgendwann einmal Zugang zu einem Fernseher hatte, hat ihn gesehen oder zumindest von ihm gehört. Und du? Du willst mit mir heute Abend in die Kinovorführung. Verstehst du? Das wäre dasselbe, als würde ich in Deutschland jemanden ins Kino zu dem neuen ›Pippi Langstrumpf in Taka-Tuka-Land‹ einladen. Das kann einfach nicht sein.«

Isabell wirkte niedergeschlagen. Sie brauchte einige Zeit, um die Vorwürfe zu verkraften.

Dann schaute sie Sattler ins Gesicht und sagte mit fester Stimme: »Ja, du hast Recht. Mein Name ist nicht Isabell Geldenhys.«

Kapitel 10

Direktor Dokotela Melane, Sportlehrer ohne Diplom und Direktor des einzigen afrikanischen Kernkraftwerkes, war das zehnte Kind von insgesamt vierzehn Geschwistern, denen seine Mutter das Leben geschenkt hatte. Ihre Kinder hatte sie alle ohne fremde Hilfe zur Welt gebracht. Vielleicht lag es daran, dass von den vierzehn Kindern drei nach der Geburt gestorben waren. So blieben elf, und Dokotela war der zweitjüngste.

Mit seinem Vater hatte er in seiner Jugend nur wenig Zeit verbracht. Unter der Woche lebte dieser, von der Familie getrennt, in einem Camp für Arbeiter, einem Squattercamp, in der Nähe der riesigen Farm bei Witsand. Die fast vier Stunden Fahrtzeit nach Kapstadt, dicht an dicht in einen Taxibus gequetscht, wollte er nur zweimal pro Woche zurücklegen. So hauste Dokotelas Vater unter der Woche mit rund zweihundert anderen Arbeitern der umliegenden Farmen in selbstgebauten Wellblech- und Holzhütten, die zugig waren wie Bushaltestellen, aber gegen den Regen schützten.

Da kein Vater auf der Welt unter diesen Umständen seinen Erziehungsaufgaben nachkommen konnte, wuchs Dokotela mehr oder weniger ohne seinen Einfluss auf. Aber selbst wenn sein Vater zu Hause war, interessierte er sich nicht für seine Kinder, sondern in erster Linie für Fußball. Wenn seine Lieblingsmannschaft Ajax verlor, dann war es an diesem Wochenende sogar besser, ihm nicht zu begegnen. Ansonsten buhlten zusammen mit Dokotela Melane weitere zehn Geschwister um die Aufmerksamkeit und die Gunst des Vaters.

Schließlich hatte sich sein Vater entschlossen, eine kleine Fußballmannschaft im Township zu trainieren. Dadurch wurde die gemeinsame Zeit mit ihm noch knapper. Er hätte gerne in der Mannschaft seines Vaters gespielt, aber er war noch zu jung. So sah er ihn an manchen Wochenenden nur wenige Minuten, bevor er mit dem Team zu irgendeinem wichtigen Spiel fahren musste.

Genaugenommen wuchs er ohne Vater auf. Schon früh war Dokotela auf sich allein gestellt.

Er geriet im Alter von vierzehn Jahren an ältere, falsche Freunde, die ihn zunächst für Ablenkungsmanöver bei Ladendiebstählen einsetzten, später bei Autoaufbrüchen. Als er alt genug war zu begreifen, wie diese Dinge sein Leben ruinieren konnten, sagte er sich von der Jugendgang los und schloss sich dem ANC an. Die politische Arbeit lag ihm und machte mehr Spaß als das Herumhängen mit seinen kriminellen Freunden.

Als er älter wurde, übernahm er wie sein Vater als Trainer eine Fußballmannschaft. Wenn ihn jemand damals nach seinem Beruf fragte, gab er ›Sportlehrer‹ an. Sein Geld aber verdiente er in einer der vielen, vergleichsweise gut bezahlten Verwaltungsstellen, die von der Partei in der Stadt geschaffen worden waren. Er machte auf politischer Ebene immer wieder auf sich aufmerksam. Er war ein guter Redner, der wusste, wie er sein Publikum ansprechen musste. Das brachte ihm über Umwege schließlich den Job ein, den er jetzt hatte – Kraftwerksdirektor.

Nun saß Direktor Dokotela Melane in seinem großzügigen Büro in dem einstöckigen Verwaltungsgebäude und hatte es sich auf seinem Ledersessel bequem gemacht. Eigentlich gab es einige Sachen, die zu erledigen waren, aber wer kontrollierte ihn schon? Er war der Chef, und alle tanzten nach seiner Pfeife. Eigentlich war es das, was ihm an seinem Job am besten gefiel.

Natürlich war ihm klar, dass er im Vergleich zu dem jungen Hillary oder diesem Russen, dessen Namen er sich so schlecht merken konnte, keine Ahnung hatte, wie ein Kernkraftwerk funktionierte. Das machte ihn nicht nervös: Er musste ja auch keine Eier legen können, um zu wissen, ob das Omelett schmeckt.

Er betrachtete sich als Eigentümer, der auf politische Art und Weise und ganz im Sinne des ANC auf die Belegschaft des Kraftwerks einwirken sollte. Die damalige Gouverneurin des Westkap, Helen Zille, hatte bei seiner Amtseinführung auf die Wichtigkeit des Kernkraftwerkes für die landesweite Stromversorgung hingewiesen. Sie sagte, dass der landesweit beliebte Witz: ›Was hatte man in Südafrika vor Kerzen? Elektrischen Strom!‹ bald der Vergangenheit angehören müsse.

»Thembi«, rief er nach seiner Sekretärin. »Thembi, mein Schatz, komm doch mal zu Papi.« Er liebte es, so mit ihr zu reden und hatte ihr erfolgreich abgewöhnt, sich darüber zu beschweren.

Die hübsche Sekretärin kam herein und machte ein verärgertes Gesicht. »Bitte hör' auf, mich Schatz zu nennen. Und komm' niemals auf die Idee, mich vor Besuchern so zu rufen.«

Dokotela stellte fest, dass er ihr offenbar doch noch nicht deutlich genug gesagt hatte, dass sie sich darüber nicht aufregen sollte. Er würde sie rufen, wie es ihm passte. Dokotela beschloss, bei Gelegenheit mit ihr ein ernstes Wort zu reden. Zwischendurch hatte er erwogen, sie zu seiner Drittfrau zu machen. Leisten konnte er sich das problemlos, mit seinem großzügigen Direktorengehalt – und mit den Zusatzeinkünften, die er hatte. Aber wenn sie weiter so widerspenstig war, dann wohl eher nicht. Dann blieb es halt bei einem unehelichen Verhältnis.

»Thembi, steht heute noch was an? Wenn nichts weiter ist, würde ich nämlich nach Hause gehen. Es ist bald zwei Uhr und gestern war ich so lange im Büro.« Er grinste breit bei dem Gedanken. Er war gestern nur deshalb so lange geblieben, weil auch Thembi noch dagewesen war und beide ihren Spaß auf dem teuren Holztisch gehabt hatten.

»Einen Moment.« Sie trat durch die Tür zurück in das Vorzimmer außerhalb Dokotelas Sichtfeld. Er hörte sie auf der Tastatur klappern. »Nein, nichts mehr. Ich glaube, Dokotela, du kannst jetzt nach Hause gehen. Also, wenn du nichts anderes zu tun hast. Dein Terminplan ist für heute leer. Für morgen übrigens auch.« Thembi erschien wieder im Türrahmen.

»Ah, das ist gut. Dann will ich nach Hause fahren. Da wartet jetzt meine Frau auf mich.« Das war als ein kleiner Seitenhieb für Thembi gedacht. Sollte sie sich nur nochmal klar machen, dass sie nicht die einzige Frau in seinem Leben war. Da brauchte sie gar nicht so verärgert zu tun. Sie hatte nicht ihn in der Hand, sondern er sie. Er bestimmte die Regeln.

Der Direktor wollte gerade aufstehen, als ein Telefonklingeln zu hören war. »Oh«, rief Thembi. Sie ging zurück in ihr Büro, nahm den Hörer ab, meldete sich mit den Worten »Wie geht es?« und lauschte dann, ohne etwas zu sagen. Neugierig geworden erhob sich Dokotela schwerfällig aus seinem Ledersessel und schlenderte zu ihr in das Nebenzimmer. Thembi saß auf ihrem Bürostuhl und blickte auf den Monitor, auf dem unter anderem das Bild des etwa einen Kilometer entfernten Empfangsbereiches von Tor Eins übertragen wurde. »Der Sicherheitsdienst von Tor Eins hat angerufen. Da ist jemand für dich, Dokotela. Jetzt kommst du doch nicht so früh nach Hause, denke ich. Ich glaube sogar, heute musst du Überstunden machen.« Thembi schaffte es nicht, ihre Schadenfreude zu unterdrücken.

Dokotela brummte ärgerlich. Was solle das denn jetzt? Wer kam denn um zwei Uhr, kurz vor seinem persönlichen Dienstschluss, hierher? »Wer ist das denn, Thembi? Sag mir das«, schnauzte er und drängte sich neben sie, um auch einen Blick auf den Monitor zu erhaschen.

»Dem Auto nach zu urteilen sind das die Herren der Internationalen Atomenergiebehörde«, gab Thembi zurück und unterdrückte ein Kichern. Auf der Kamera konnte er vier Schwarze in identischen dunklen Jacken erkennen, die auf einem langen Ledersofa im Wartebereich Platz genommen hatten. Er schaute sich die Gesichter der Inspektoren an. Na toll, dachte er. Wenigstens kannte er drei der vier Männer schon von einer früheren Kontrolle.

Er würde das auf die übliche Art erledigen.

Etwa eine halbe Stunde später klopfte es an seiner Bürotür, die vom Gang aus in sein Direktorenbüro führte. Nach seinem ungeduldigen »Herein« wurde die Tür aufgestoßen. Thembi stand im Türrahmen. »Ich habe die Herren in den Besprechungsraum geführt. Sie möchten jetzt die Akten sehen.«

Dokotela drängte sich an Thembi vorbei durch die Tür, wobei er die Gelegenheit nicht ausließ, sich mit seinem Körper an ihrem zu reiben. Die Akten, dachte er dann. Wo waren die eigentlich?

Hektisch ging er den Gang entlang und stieß die Tür zum Archiv auf. Hier mussten sie irgendwo liegen. Er schaltete das Licht ein und ging die Aktenreihen in den Regalen entlang. Er wusste genau, was die Inspektoren sehen wollten. Eigentlich gehörte es zu seinen wichtigsten Aufgaben, zusammen mit der Buchhaltung die Akten zu pflegen. Da war diese merkwürdige Wiener Behörde sehr pingelig, warum auch immer.

Er griff einen der dicken Aktenordner. Das musste einer von denen sein, die er jetzt brauchte. Er blätterte kurz darin herum. Könnte der richtige sein. Dann zog er wahllos drei weitere Ordner heraus, damit jeder der vier Inspektoren etwas zu tun hatte, legte sie in einen kleinen Handkarren, der für diesen Zweck im Archiv herumstand, zog ihn zu dem Besprechungsraum und öffnete nach vorsichtigem Anklopfen die Tür.

Da saßen die vier Inspektoren und nippten an dem Kaffee, den ihnen Thembi in der Zwischenzeit gebracht hatte. Sie hatten nicht am Besprechungstisch Platz genommen, sondern es sich in der Ecke mit den zwei Sofas und dem niedrigen Beistelltisch bequem gemacht. Alle vier schienen es nicht besonders eilig zu haben.

Dokotela hob die vier ziemlich schweren Aktenordner aus dem Karren und ließ sie mit einem leisen Ächzen auf den Besprechungstisch gleiten. Dann ging er zum Sofa hinüber und begrüßte die vier Inspektoren mit einem freundlichen Lächeln.

»Wir kennen uns doch vom letzten Mal«, begann er und schüttelte dem ersten die Hand.

Sein Gegenüber grinste, wobei seine weißen Zähne aufblitzen. »Ganz richtig«, sagte er, in einem verschwörerischen Tonfall, »und ich habe auch wieder die Kollegen von der letzten Kontrolle mitgebracht. Fast alle, nur er«, er zeigte auf den Jüngsten der kleinen Gruppe, »ist neu bei der Behörde.«

Dokotela schaute zu dem Neuen hinüber, der ihn frech angrinste. Er konnte eigentlich höchstens zwanzig sein, wie konnte so jemand schon Inspektor geworden sein? Naja, ihm war das egal. Die anderen drei würden ihm schon klarmachen, wie der Hase lief.

»Ich habe wie beim letzten Mal die Unterlagen mitgebracht«, begann er und deutete auf den kleinen Aktenstapel auf dem Tisch. »Sie können sie sich gerne anschauen. Wie üblich brauche ich am Ende ihrer Durchsicht ein Testat, das ich an die Behörde weiterreichen kann.«

Die vier Männer erhoben sich schwerfällig von dem bequemen Sofa, schlenderten zum Besprechungstisch und ließen sich dort lustlos auf die Holzstühle fallen. Die Akten würdigten sie zunächst keines Blickes. »Gut«, sagte einer der Inspektoren stattdessen, »wir schauen uns die Sachen dann an.«

Dokotela kannte das Spiel. Er zog sich in sein Büro zurück und wartete genau eine Stunde, in der er gelangweilt in einer Zeitschrift für Architektur und Inneneinrichtung blätterte, die eigentlich Thembi gehörte. Dann suchte er sein Portemonnaie aus der Jacke, die über seinem Stuhl hing, und ging zurück in den Besprechungsraum.

Das Bild, das er dort vorfand, hatte sich gründlich geändert. Jeder der vier Inspektoren hatte einen aufgeschlagenen Aktenordner vor sich liegen. Allerdings hatte jeder der vier in seinem Ordner höchstens ein oder zwei Seiten umgeblättert. Anstatt voll konzentriert über den Papieren zu sitzen, wie man es vielleicht hätte erwarten können, unterhielten sie sich angeregt. Der Jüngste hatte die Hände hinter dem Nacken verschränkt und sich auf seinem Stuhl nach hinten zurückgelehnt. Als Dokotela den Raum betrat, verstummte das Gespräch.

»Hallo«, sprach der Neuling Dokotela an, »da bist du ja wieder. Wir waren inzwischen fleißig, aber leider sind wir nicht so weit gekommen, wie wir wollten.«

Dokotela wollte die Männer ein wenig zappeln lassen. »Aha«, sagte er deshalb möglichst vieldeutig und schaute dann von einem zum anderen. »Das ist schade.«

»Genau«, fuhr der junge Mann fort, »und das kostet uns eine Menge Zeit. Leider werden wir heute den ganzen Tag und auch Morgen noch für die Prüfung brauchen. Mindestens.«

»Mindestens«, mischte sich der zweite Inspektor ein. »Vielleicht auch insgesamt drei Tage. Das kommt darauf an. Wir werden Sie, Herr Direktor, die ganze Zeit vor Ort brauchen, sollten sich Rückfragen ergeben.«

Offensichtlich haben die vier ihr Kasperletheater vorher gut geprobt, dachte Dokotela, und entschied sich, jetzt einzusteigen.

»Worauf genau kommt es denn an?«, sagte er deshalb und schaute fragend von einem zum anderen.

Der Jüngste antwortete wieder. Offensichtlich hatten die drei dem neuen Kollegen klar gemacht, was er wann zu sagen hatte, und dies war seine Feuertaufe.

»Wenn wir hungrig sind, dann können wir nicht so schnell lesen und denken«, sagte er. »Es wäre besser, wenn wir etwas zu essen hätten. Dann ginge das alles viel schneller.«

Dokotela grinste breit. »Aber es ist doch erst früher Nachmittag, da kann man doch nicht schon wieder hungrig sein«, erwiderte er scheinheilig.

»Doch«, erwiderte der Jüngste im Bunde, »wir sind immer hungrig. Der Hunger vernebelt uns das Gehirn und wir werden so nie fertig. Wir brauchen etwas Vernünftiges zu essen. Kein Fastfood. Sondern etwas von einem richtigen, nicht ganz so billigen Restaurant.«

Damit war klar, um was es ging, und Dokotela versuchte überrascht zu wirken. Dann zog er seine Geldbörse hervor. »Dann würde ich sagen, ihr macht eben das Zertifikat fertig, und dann kauft ihr euch etwas Leckeres. Ich denke, für fünfhundert«, er zählte vier Stapel zu je fünf 100-Rand-Banknoten ab und schob sie jedem der Inspektoren über den Tisch, »bekommt ihr schon etwas Gutes.«

Der Verhandlungsführer schaute seine Kollegen an. Offensichtlich waren diese noch nicht ganz zufrieden. »Wie wäre es denn noch mit einem Nachtisch?«, sagte er, nachdem sich die vier durch Gesten verständigt hatten. »Der kostet in einem guten Restaurant heutzutage fast einhundert.«

Dokotela seufzte innerlich. Dass diese Leute den Hals auch nie vollkriegen konnten ... Er nahm weitere vier blaue Scheine heraus und verteilte sie auf die Stapel.

Der junge Inspektor nickte zufrieden. »Ich denke, mit dieser Aussicht kommen wir natürlich viel schneller voran.« Er schaute auf seine schwere, goldene Armbanduhr. »Wir sind noch vor vier Uhr fertig.«

Die vier Inspektoren beugten sich wieder über die Aktenordner und täuschten, frei von jedem schauspielerischen Talent, Arbeitseifer vor.

Dokotela war zufrieden. Für eine ernsthafte und gründliche Prüfung der Bücher würden vier Inspektoren tatsächlich mindestens drei Tage benötigen. Eine Prüfung in nur einer Stunde war unmöglich. Niemals würde den Vieren etwas auffallen.

Beruhigt ging er in sein Büro zurück und wusste, dass auch diesmal nichts passieren würde.

Kapitel 11

»Das wird die Krönung unseres Lebenswerkes«, sagte Danie und schaute Muhammar zufrieden an. Sie saßen in dem, vom eigentlichen Wohnbereich durch eine Glasschiebetür abgetrennten Laborbereich der ›Danie & Muhammar, Analytical Laboratories‹ vor einem großen Glasgefäß, das mit etwa dreißig Litern einer hellen Flüssigkeit gefüllt war und die durch einen Rührer sanft gemischt wurde. Zahlreiche winzige, durch eine chemische Reaktion entstandene Gasbläschen bahnten sich ihren Weg durch die Flüssigkeit nach oben und zerplatzten, sobald sie die Oberfläche erreicht hatten. Jedes Gasbläschen ergab nach dem Zerplatzen ein kleines, braunes Wölkchen. Danie hatte die Absaugeinrichtung auf vollen Touren laufen, denn gesund waren die Gase nicht.

Danie betrachtete die langsam rotierenden Rührblätter nachdenklich. »Einfach perfekt«, murmelte er dabei.

Muhammar nickte. »Für dich ist es die Krönung deiner Karriere. Für mich wird aber ein Kindheitstraum wahr. Du wirst reich werden, ich aber werde reich und zusätzlich berühmt sein. Ich werde gefeiert werden. Das könntest du auch haben, aber ich weiß ja, dass dir daran nichts liegt. Du interessierst dich nur für Geld, das ist mir ja schon lange klar. Gleichzeitig hat diese Tatsache unsere Zusammenarbeit vereinfacht. Nie haben persönliche Probleme zwischen uns gestanden. Unsere Arbeit war immer klar definiert. Und das wird unser brillanter Abschluss sein und danach werden sich unsere Wege endgültig trennen. Ich gehe zurück in meine Heimat, nach Persien. Was hast du vor? Wo willst du deinen Lebensabend verbringen?«

Danie drehte sich um und blickte aus dem großen Fenster in Richtung des Sees. Draußen auf der Brücke versammelten sich gerade die Vogelenthusiasten aus Wakkerstroom und Umgebung für die samstägliche Wanderung einschließlich Vogelbeobachtung. Danie zählte bisher vier Teilnehmer. Sein Nachbar Mike, den er sonst auch immer bei den Wanderungen sah, fehlte diesmal. Er lag mit einer Erkältung im Bett. Danie wusste das, weil es die Topnachricht des vergangenen Tages im Ort gewesen war. Mike hatte Schnupfen und ihm lief die Nase. So etwas sorgte im Ort für anhaltenden Gesprächsstoff. Das musste man sich mal vorstellen.

»Ich werde auf keinen Fall den Rest meines Lebens in Wakkerstroom bleiben, das steht fest«, erwiderte er. »Wir werden das Labor ohnehin aufgeben müssen, daran führt nach Ende des Projektes kein Weg vorbei. Du musst verstehen«, er sah Muhammar wieder an, »dass ich dir über meine Pläne nichts sagen werde. Je weniger Personen davon wissen, desto besser – auch wenn es dir auf den ersten Blick unrealistisch erscheint, aber du könntest schließlich gefoltert werden, um mein Versteck zu verraten. Man wird uns suchen, das ist dir sicherlich bewusst. Ich kann mich nicht so wie du im Iran verstecken, ich musste mir etwas anderes einfallen lassen. Aber mach dir meinetwegen keine Sorgen, ich komme schon zurecht.«

Für einen Moment hingen beide ihren Gedanken nach.

»Wie viele Partien müssen wir denn noch machen?«, fragte Muhammar. »Wenn ich richtig gezählt habe, dann sollte das doch die letzte sein.«

»Stimmt«, erwiderte Danie. »Das ist die achte und letzte. In zwei Tagen kannst du sie ausliefern. Um ehrlich zu sein, bewundere ich dich für die geschickte Art und Weise, wie du die ganzen heißen Lieferungen zu den Kunden gebracht hast. All die Jahre lang und über etliche Ländergrenzen hinweg. Nein, bitte erkläre es mir nicht«, ergänzte er schnell, als ihn Muhammar unterbrechen wollte, »auch hier gilt: Erzähle mir nicht mehr als ich wissen muss. Umso weniger kann ich verraten. Wir beide haben Geheimnisse, die wir unbedingt für uns behalten sollten. Das war immer einer der Gründe, warum wir nicht aufgeflogen sind. Nur du und ich wussten, was wir hier taten. Hiermit«, Danie deutet auf den Glasreaktor, in dem sich inzwischen kaum mehr Gas entwickelte, »beenden wir eine Geschichte des Erfolges, die nur deswegen ein Erfolg sein konnte, weil niemand außer uns davon wusste. Sonst hätten wir nie so lange weitermachen können. Das ist auch einer der Gründe, warum viele Verschwörungstheorien, in denen große Organisationen wie der CIA oder das FBI beteiligt sind, absoluter Blödsinn sein müssen. Nach dem elften September kamen viele solcher Theorien auf. Alles sei von einer Regierungsorganisation geplant und so weiter. Das kann nicht sein, denn irgendjemand aus diesen Behörden hätte diesen Plan früher oder später verraten und dadurch vereitelt. Unser Vorteil ist, dass wir so klein sind.«

Muhammar nickte nachdenklich. »Stimmt. Für ein paar Dollar wäre einer der Beamten bereit gewesen, die Geschichte an eine Zeitung zu verkaufen. Aber das soll nicht unsere Sorge sein. Wichtig ist: In zwei Tagen ist die Sache über die Bühne, ich lebe als Held im Iran. Und du in deinem Versteck, wenn du es so möchtest. Und die Welt wird eine andere sein.«

Kapitel 12

Sattler saß unter den Palmen auf der hölzernen Bank der Hotelanlage und starrte Isabell eine Weile sprachlos an. Insgeheim hatte er gehofft, dass er sich getäuscht hatte und seine ›Indizienkette‹ in sich zusammenbrechen würde.

Aber Isabell hatte alles einfach so zugegeben.

Sattler hasste es, angelogen zu werden. Er war auch enttäuscht. Von Isabell hatte er sich, in menschlicher Hinsicht, mehr versprochen. Jetzt war er auf ihre Geschichte gespannt.

»Wie heißt du, wenn nicht Isabell Geldenhys?«, fragte er, um sie zum Sprechen zu ermutigen.

Isabells Stirn zeigte jetzt wieder tiefe Falten. Sie schien innerlich mit sich zu ringen. Schließlich holte sie Luft. »Gut, Sherlock. Du hast gewonnen. Du musst dich an keinen neuen Namen gewöhnen. Ich heiße mit Vornamen tatsächlich Isabell. Aber mein Nachname ist Miller. Ich hatte erwartet, dass meine Tarnung länger als vierundzwanzig Stunden halten würde, aber ich habe dich unterschätzt. Du hörst besser zu als die meisten Menschen, nimmst mehr Dinge wahr, weißt sie richtig einzuordnen und kannst logische Schlüsse daraus ziehen. Ich bin beeindruckt, das gebe ich zu.«

Sattler ließ sich seine Freude über dieses Lob nicht anmerken. »Aha, also Miller, nicht Geldenhys. Klingt in meinen Ohren amerikanisch.«

»Ja, das stimmt. Ich stamme aus Maine. Mit deiner Bemerkung zu meinem Dialekt kannst du Recht haben. Ich habe mich bemüht, möglichst akzentfrei zu sprechen. Aber ganz ist mir das wohl nicht gelungen. Ich konnte mich auch schlecht als eine Afrikaanerin ausgeben, diese kehligen Laute hätte ich keine zwei Minuten durchgehalten. Also habe ich versucht, als eingewanderte Engländerin durchzugehen, und das hätte mit Sicherheit bei den meisten auch gut funktioniert. Gut, bei dir leider nicht.«

Sattler zuckte die Achseln. »Afrikaanerin, Engländerin, Amerikanerin. Ist doch eigentlich egal in einem Land, in dem zig verschiedene Volksgruppen leben. Was soll die ganze Maskerade? Doch nicht weil Geldenhys besser klingt als Miller.«

»Irgendwie habe ich geahnt, dass diese Frage kommen würde«, erwiderte Isabell nickend. »Du hast dir bestimmt auch schon gedacht, dass ich keine Kunsthändlerin bin, oder? Mit meinem allgemeinen Wissen über Kunst kann ich leider nur Banausen beeindrucken. Und von afrikanischer Kunst habe ich überhaupt keine Ahnung. Nein, ich habe einen anderen Beruf, und ich muss dich bitten, das jetzt wirklich für dich zu behalten. Versprichst du mir das?«

»Klar«, erwiderte Sattler schnell, von Neugier getrieben.

Sie schaute Sattler jetzt offen ins Gesicht. »Ich bin Journalistin und arbeite für den ›New Yorker‹. Wir haben uns unter anderem dem investigativen Journalismus verschrieben. Ich bin quasi ›under cover‹ hier, wenn ich das so formulieren darf, und bereite zurzeit eine Reportage vor. Keine große Sache, denke ich.«

»Und warum kommst du nicht als Amerikanerin ohne ›under cover‹? Hier gibt es doch tausende deiner Landsleute? Da fällst du gar nicht auf.«

Isabell schüttelte ihren Kopf und eine dunkle Haarsträhne rutschte in ihr Gesicht. Mit der Hand schob sie das widerspenstige Büschel zurück hinter ihr Ohr. »Ja, es gibt davon tausende, aber eine, nämlich ich, fängt an, komische Fragen zu stellen. Als angebliche Südafrikanerin ist es schwierig genug, den richtigen Leuten die richtigen Fragen zu stellen. Aber als Amerikanerin habe ich praktisch keine Chance auf eine vernünftige Antwort. Jeder würde sofort fragen, warum ich aus Amerika für eine Reportage nach Afrika komme. Als Einheimische ist das einfacher. Außerdem war das Risiko, aufzufliegen, gering. Und selbst wenn: Was soll schon passieren? Im schlimmsten Fall bekomme ich nicht ausreichend Informationen für meinen Bericht zusammen. Dann hatte ich wenigstens ein paar schöne Tage im wundervollen Kapstadt und habe den Hafen kennen gelernt, die Innenstadt gesehen und Menschen wie dich getroffen. Und alles auf Kosten des New Yorker. Was will ich mehr?« Sie lächelte verschmitzt.

Sattler schaute sie nachdenklich an. Seine Gefühle für sie schienen sich zu vertiefen. Isabell war für ihn längst nicht mehr nur die attraktive Mitdreißigerin mit dem interessanten Mienenspiel. Sie hatte nun zusätzlich etwas Geheimnisvolles an sich, was sie noch interessanter machte. Isabell strahlte ihn an und Sattler konnte sich gegen das neu in ihm aufkommende Gefühl nicht wehren. Wenn ich nicht aufpasse, sagte er sich, dann verliebe ich mich noch.

Er griff nach der Wasserflasche, die er neben sich auf dem Holztisch abgestellt hatte, und nahm einen langen Schluck. Nicht, weil er durstig war, sondern weil er Zeit gewinnen wollte, um nachzudenken und die neuen Informationen einzuordnen. Und um seine plötzliche Verliebtheit in den Griff zu bekommen.

»Gut«, sagte er dann. »Dann lass mich noch eine Frage stellen: Warum kommst du aus Amerika hierher? Doch nicht, um, wie du selbst sagst, keiner großen Sache nachzugehen. Ich kann mir nicht vorstellen, dass der ›New Yorker‹ das genauso sieht wie du und dir einfach einen Urlaub spendiert.«

Isabell sah ihn für einen Moment nachdenklich an. Dann blickte sie auf ihre Armbanduhr, sah wieder Sattler an und sagte dann: »Wartest du auf mich? Ich muss eben ein kurzes Telefonat mit der Redaktion führen, ich bin gleich wieder zurück. Aber versprich mir, dass wir heute Abend etwas gemeinsam unternehmen, auch wenn es mit dem Kinofilm offenbar nicht funktioniert. Ich weiß, ich habe dich enttäuscht. Nimm mir das bitte nicht übel.« Sie berührte ihn wie zur Entschuldigung flüchtig mit der Hand am Unterarm. Ohne eine Antwort abzuwarten, erhob sie sich von der hölzernen Bank, ging zu ihrer Hütte und ließ einen verdutzten Sattler zurück. Er schaute auf sein Handy: Es war zwei Uhr.

Das Telefonat hatte offensichtlich nicht lange gedauert, denn Isabell trat kurz darauf wieder vor die Hütte, schloss die Tür ab und steuerte mit einem zufriedenen Gesichtsausdruck auf Sattler zu. »So, das wäre erledigt«, rief sie ihm aus einigen Metern Entfernung zu. Dann nahm sie wieder ihm gegenüber an dem Holztisch Platz. »Was war deine letzte Frage?«

Sattler lehnte sich gelassen zurück, soweit das auf einer Bank ohne Rückenlehne möglich war. »Ich habe nach der Reportage gefragt, die zwar angeblich nicht wichtig ist, von der sich der ›New Yorker‹ aber einiges zu versprechen scheint«, half Sattler freundlich aus.

»Gut, Frank. Du willst es nicht anders. Ich sage dir, um was es geht.« Isabell schaute sich unauffällig um und Sattler folgte instinktiv ihrem Blick. Niemand beobachtete sie, soweit er feststellen konnte. Isabell schien zu einem ähnlichen Ergebnis gekommen zu sein.

Sie stützte sich mit beiden Ellenbogen auf dem zerfaserten Holztisch auf und lehnte sich nach vorne. Sie kam ihm dadurch so nahe, dass Sattler kurz den Atem anhielt. »Frank«, sagte sie leise, »du hast Recht, wenn du glaubst, dass mich der ›New Yorker‹ aus gutem Grund herschickt. Es geht um Koeberg.«

»Was?« Sattlers Erstaunen war nicht gespielt. »Um Koeberg? Du meinst, um das Kernkraftwerk mit den beiden Schwerwassereaktoren?«

»Kennst du es näher?« Jetzt war es an Isabell, erstaunt zu sein. Sie richtete sich auf. »Woher?«

»Ich war vorgestern dort. Ja, natürlich kenne ich es. Das ist ja ein Zufall. Was soll denn mit dem Kraftwerk sein?«

Isabell sprach jetzt wieder leise und kam dadurch Sattler näher als zuvor. »Unregelmäßigkeiten«, sagte sie vieldeutig. »Es gibt dort Unregelmäßigkeiten.«

»Was soll das bedeuten?«

»Um das herauszufinden hat mich der ›New Yorker‹ hierhergeschickt. Ich soll herausbekommen, was das genau bedeutet. Eine Unregelmäßigkeit kann nämlich ziemlich viel bedeuten: Das kann heißen, dass Mitarbeiter illegal beschäftigt werden. Oder dass jemand in die Kasse gegriffen und Geld unterschlagen hat. Vielleicht nimmt es jemand mit der Sicherheitstechnik nicht so genau. Ein Mitarbeiter könnte bestochen worden sein. Oder etwas anderes. Alles ist denkbar.«

»Ein Terrorist könnte einen Anschlag planen«, ergänzte Sattler aufgeregt, »und das ganze Kraftwerk in die Luft jagen.«

»Ja, das auch. Keine Ahnung.« Isabell machte nicht den Eindruck, als würde sie Sattlers Einwurf besonders interessieren. »Vieles ist möglich. Aber das werde ich schon herausbekommen. Immerhin hätten wir für eine unserer Reportagen beinahe den Pulitzerpreis bekommen. Was auch immer hinter den Mauern und dem Stacheldraht vor sich geht, ich werde es aufdecken.«

Sattler war von Isabells Optimismus überrascht. »Deine positive Grundeinstellung in allen Ehren, aber wie stellst du dir das alles vor? Du wirst ja dort kaum am Tor klingeln wollen, in der Hoffnung, dass man dir nach zweimaligem Nachfragen alles gesteht. Und außerdem habe ich diesen Herrn Dokotela, den Direktor dort, schon kennengelernt. Der ist eher weniger aufgeschlossen, wenn ich das so formulieren darf. Mit offenen Armen wird der dich nicht empfangen.«

Isabell lachte Sattler an. »Wenn der Berg nicht zum Propheten kommt, dann kommt eben der Prophet zum Berg. Natürlich hast du Recht, ich kann nicht einfach da einmarschieren, schon beim Sicherheitsdienst am Tor würde ich abgewimmelt werden. Deshalb bekomme ich in«, sie schaute ein weiteres Mal auf ihre Armbanduhr, »etwa einer halben Stunde Besuch.« Sie schaute Sattler für einen Moment nachdenklich an. »Ich werde mit einem der Mitarbeiter ein Interview führen. Wenn du willst, dann kannst du gerne dabei sein. Vielleicht kannst du ja sogar helfen, denn du hast das Werk ja von innen gesehen. Deine Eindrücke könnte ich in meinem Artikel auch verwenden. Das heißt, wenn du nichts dagegen hast.«

»So lange ich nicht namentlich erwähnt werde, helfe ich immer gerne. Ich kann mir nur nicht vorstellen, etwas Sinnvolles zu deinem Artikel beizutragen. Es ist ja völlig unklar, worum es in dem Artikel eigentlich gehen soll. Aber warum nicht? Wer ist denn der Kontaktmann?«

»Das wirst du schon sehen.« Isabell machte einen geheimnisvollen Gesichtsausdruck. Obwohl Sattler noch zweimal nachfragte, verriet sie nicht, wer bald zum Interview erscheinen würde.

Um die Wartezeit zu überbrücken, gingen beide in den Frühstücksraum des Hotelhaupthauses, in dem in Zeiten, zu denen kein Frühstück oder Mittagessen angeboten wurde, ein kleines Bistro betrieben wurden. Durch einen unauffälligen Rollladen war eine Verkaufstheke vom eigentlichen Sitzbereich abgetrennt. Der Rollladen war nun hochgezogen und gab den Blick frei auf die Theke, die von einem riesigen Kaffeevollautomaten gekrönt wurde. Eine schwarze, junge Frau lächelte sie freundlich an und fragte nach ihren Wünschen. In den Regalen hinter der Bedienung waren Chips verschiedener Sorten gestapelt, kleine Tüten mit Erdnüssen und allerlei andere Snacks. Wie Sattler der kleinen, ausliegenden Karte entnehmen konnte, bot das Bistro auch einige warme Kleinmahlzeiten an. Nach denen stand ihm jetzt nicht der Sinn.

Isabell bestellte sich einen Kaffee mit Milchschaum, Sattler entschied sich für einen Milchshake mit Schokoladengeschmack. Das lange Sitzen in der Wärme draußen unter der Palme hatte ihn durstig gemacht, aber für ein Bier war es entschieden zu früh. Er bekam ein skurril geformtes Glas auf einem großen Holzbrett serviert, das mit allerlei Gummibärchen, Bonbons und Keksen verziert war. »Was ist das denn?«, fragte Isabell, während sie frech die Süßigkeiten von seinem Holzbrett klaubte und sich in den Mund schob. »Lecker«, sagte sie kauend und grinste von einem Ohr zum anderen.

Sattler deutete einen Schlag auf ihre Hände an, um die Süßigkeiten zu verteidigen. »Finger weg, das sind meine«, sagte er dabei lachend, aber Isabell schaffte es immer wieder, an seinen abwehrenden Händen vorbei das eine oder andere Bonbon von dem Holzbrettchen zu stibitzen. Beide amüsierten sich bei diesem spielerischen Handgemenge und lachten ausgelassen.

Isabells ungezwungene, unverkrampft sympathische Art brachte ihm dieses Gefühl zurück, das er schon vor einer knappen Stunde für sie empfunden hatte. War es eine Art Verbundenheit? Oder – Verliebtheit? Sie schaute auf, einen der Kekse in der Hand, und lachte ihn dabei herausfordernd an. Dann verweilte ihr Blick auf seinem Gesicht, ihr Ausdruck veränderte sich und wurde beinahe liebevoll, sodass Sattlers Herz einen kleinen Sprung tat.

Plötzlich wurde sie wieder geschäftig.

»So, er wird gleich auftauchen. Wo sollen wir das Interview durchführen? Hier vielleicht?« Isabell schaute sich in dem Raum um. Er war, abgesehen von der Servicekraft, leer. »Wir benötigen Ruhe. Irgendwelche Leute, die uns belauschen, können wir nicht gebrauchen. Dafür ist die Angelegenheit zu heikel. Wir könnten ihr ...«, sie nickte mit dem Kopf Richtung der jungen Frau, die gerade gebrauchtes Geschirr abräumte, und fuhr leise fort, »ein paar Rand in die Hand drücken, damit sie uns für eine Weile allein lässt. Aber sollten andere Gäste kommen, können wir die nicht so einfach wegschicken.«

»Und wenn schon? Dann sitzen hier ein paar Gäste herum, die werden uns schon nicht zuhören. Wo ist das Problem?«

Isabell antwortete nicht, sondern dachte bereits über Alternativen nach. Hier zu bleiben schied für sie offenbar aus. »Unten an der N11 habe ich ein verlassenes Tankstellengebäude mit angeschlossenem ›Wimpy‹-Schnellrestaurant gesehen. Als ich heute Morgen daran vorbeigefahren bin, hatte ich den Eindruck, dass die Tür einen Spalt weit offen stand. Vielleicht können wir die Räume des ehemaligen Restaurants für das Interview nutzen?«

Sattler zuckte unbestimmt die Schultern. Er empfand die Geheimniskrämerei als völlig unnötig. Aber schließlich war es Isabells Interview, und sie war die Expertin in solchen Sachen. Deshalb wollte er die Entscheidung nicht kommentieren. Die Tankstelle war ihm auch schon aufgefallen. Ein schlechter Ort war das sicher nicht – wenn man wirklich ungestört bleiben wollte.

Gerade als er sein Einverständnis zum Ausdruck bringen wollte, öffnete sich die Tür zu dem zum Bistro umfunktionierten Raum. Ein schlanker, hoch aufgeschossener schwarzer junger Mann mit Brille trat ein, den Sattler sofort wiedererkannte. Er hatte ihn vorgestern im Kontrollraum des Kernkraftwerkes gesehen. Er hatte einen weiblich klingenden Vornamen, Sattler versuchte sich zu erinnern …

»Hillary?«, fragte er nach einer kurzen Pause und wandte sich dem Neuankömmling zu. »Sind Sie das?«

Der junge Mann drehte sich zu ihm um. »Ach, hallo! Sie sind hier? Das ist ja eine Überraschung. Entschuldigung, ich habe Ihren Namen vergessen. Sie haben uns doch in unserem Kontrollraum besucht. War das heute früh oder gestern? Wie die Zeit vergeht … Ich suche eine Isabell. Sie soll im Hotel auf mich warten. Für ein Interview. Können Sie mir weiterhelfen und mir sagen, wo ich sie finden kann?«

»Das bin ich«, antwortete Isabell, die den jungen Mann kurz nach Sattler wahrgenommen hatte. Isabell stand auf, trat Hillary entgegen und schüttelte seine Hand. Sattler erhob sich ebenfalls, begrüßte ihn und wiederholte seinen Namen.

»Sie beide scheinen sich ja schon zu kennen?«, fragte Isabell neugierig.

»Wir haben uns im Kontrollraum des Kraftwerkes kennen gelernt«, erläuterte Hillary. »Sergej hat unseren Besuchern ein bisschen Angst eingejagt, kann ich mich erinnern. Das sollte er besser nicht machen. Viele Menschen haben eine diffuse Angst vor der

Technik, die wir verwenden, und diese Angst sollten wir ernst nehmen, auch wenn sie vielleicht nicht in allen Fällen begründet ist.«

Isabell blickte nachdenklich zuerst zu Sattler, dann zu Hillary.

»Ich schlage vor, für dieses Gespräch zur alten Tankstelle hinunterzugehen«, sagte sie dann. »Sie ist nur wenige Schritte entfernt, aber dort können wir in Ruhe sitzen und uns unterhalten. Ich glaube, der Restaurantbetrieb ist aufgegeben, sodass wir uns am besten hier mit Getränken versorgen und diese mitnehmen. Bitte, die Rechnung geht auf mich.« Sie deutete mit der Hand auf die Theke, auf der die moderne Kaffeemaschine thronte.

Hillary bestellte einen Milchkaffee, den die Bedienung virtuos herstellte und in einen Pappbecher mit Deckel abfüllte. Er nahm den Becher vorsichtig entgegen, und weil weder Sattler noch Isabell weitere Wünsche hatten, verließen Sie das Hotel durch das große Tor und liefen einen ausgetretenen Pfad durch das fast schulterhohe Gras hinunter zur Schnellstraße N11. Sie konnten vom Tor der Hotelanlage aus die Zapfsäulen erkennen, die offenbar schon seit einiger Zeit außer Betrieb waren. Das ›Engen‹-Schild hing schief über dem Eingang und schaukelte im Wind leicht hin und her.

Es war tatsächlich nicht weit, höchstens einhundert Meter, und je näher die drei kamen, umso deutlicher wurde der Verfall, dem dieses Gebäude ausgeliefert war.

»Ich weiß auch, wieso die Filiale jetzt geschlossen hat«, begann Sattler zu berichten. »Das hat mir unsere Hotelbesitzerin Lelanie erzählt. Der Pächter hat jahrelang anstelle des teuren Diesels der ›Engen‹ heimlich billigen Diesel einer anderen Firma verkauft. Er wurde von der Tankstellenkette dreimal verwarnt, beim vierten Mal kam der Regionalleiter persönlich und hat die Filiale abends endgültig geschlossen. Eine Schande!«

»Ja«, antwortete Hillary, »es muss hier wirklich schön gewesen sein, bevor alles aufgegeben wurde.«

Teil der ›Wimpy‹-Fastfoodfiliale war eine Außenanlage mitsamt großem Teich und künstlicher Insel, auf der sich zu besseren Zeiten die Gäste unter Sonnenschirmen niederlassen konnten. Das Wasser war jetzt nur noch eine Schlammpfütze, die Sonnenschirme waren umgekippt und manche von ihnen trieben im Wasser. Die Sitzplätze und Tische waren zum überwiegenden Teil demontiert worden. Auf dem Betonboden lagen achtlos hingeworfene Schilder, auf denen für ein ›Wimpy‹-Sonderangebot für Geburtstagsfeiern geworben wurde.

Isabell betrachtete die Szene kurz, bevor sie sich wortlos dem eigentlichen Gebäude, einem weiß gestrichenen, großen eingeschossigen Flachbau zuwandte, in dem neben dem Schnellimbiss auch Verwaltungsräume der Tankstelle und zwei kleinere Läden, ein Gewürzhandel und ein Handyladen, untergebracht gewesen waren. Das behaupteten zumindest die außen angebrachten Schilder.

Sattler schob die angelehnte Tür vorsichtig auf. Sie betraten einen großen Raum mit weiteren Sitzgelegenheiten des Schnellimbisses. In der gegenüberliegenden Ecke musste die Kasse gestanden haben, die kleine Küche des Fastfoodtempels lag direkt dahinter. Die Tür, die er eben aufgedrückt hatte, war aufgebrochen worden. An den Wänden fehlten umlaufend schmale Bahnen Putz. Der gesamte Gastbereich war völlig verwüstet.

Sie schauten sich fasziniert um. »Jetzt weiß ich auch, warum die Tür offen stand«, sagte Sattler und deutete auf den fehlenden Putz. »Hier waren Kabeldiebe am Werk. Die haben sich mit Gewalt Zutritt verschafft und die Kabel aus der Wand gerissen, um das Kupfer an Altmetallhändler zu verkaufen.«

Hillary war irritiert. »Warum wollen wir das Interview ausgerechnet hier machen? Ich kenne Sie beide gar nicht richtig und sie bringen mich an so einen verlassenen Ort. Wollen Sie mich ausrauben oder was? Wäre hier ideal.« Sattler schaute irritiert zu ihm hinüber. Hillary wirkte nicht ängstlich, sondern machte sich offensichtlich über die in seinen Augen unnötigen Umstände lustig.

»Quatsch, ausrauben«, sagte Isabell entschieden und schaute sich im Gastraum um. Die Stühle und Tische waren alle mit einer dicken Staubschicht bedeckt. In einer Ecke erspähte sie einen Platz, der nicht ganz so schmutzig war. »Vielleicht setzen wir uns erst einmal.«

Sie ging zu der Bank, die für vier gegenübersitzende Gäste konzipiert war, wischte mit der Handfläche zuerst über die Tischfläche und dann über die beiden, mit einem Stahlgestänge fest mit dem Tisch verbundenen Bänke und schob anschließend eine aus Pappe gebastelte Kindergeburtstagskrone zur Seite, die mit dem Namen eines Kindes, einer großen, handgemalten ›5‹ und mit dem Schriftzug der Fastfoodkette gekennzeichnet war. So wie es hier aussieht, dachte Sattler, muss das Kind jetzt mindestens acht sein.

Die drei setzten sich, Isabell auf die eine, Sattler und Hillary auf die andere Seite des Tisches.

»Um als Erstes ihre Bedenken zu zerstreuen, dass wir sie überfallen möchten«, sagte Isabell, schmunzelte leicht, griff in ihre Handtasche und holte fünf 200-Rand-Banknoten heraus, »hier die vereinbarte Kostenerstattung.« Sie schob das Geld Hillary hinüber, der es eilig wegsteckte.

Isabell zog stattdessen eine Art gebundene Kladde hervor und, nach etwas Suchen in ihrer Handtasche, einen Kugelschreiber. Dann legte sie die voluminöse Tasche neben sich auf die Bank, schlug das Buch auf, drückte die Seiten mit beiden Händen auseinander und begann zu schreiben.

Dann blickte sie wieder auf und schaute zuerst Sattler an, dann Hillary. »Hillary, vielen Dank, dass Sie sich die Mühe gemacht haben, hierher zu kommen. Die Redaktion des ›New Yorker‹ und ich sind Ihnen dafür jetzt schon sehr dankbar. Ich habe gehört, dass Sie bereits ein wichtiges Teammitglied in der Betriebsmannschaft von Koeberg sind, obwohl sie noch nicht lange dort arbeiten. Nochmals vielen Dank, dass Sie sich die Zeit nehmen, mit mir zu sprechen.«

Erst einmal Wohlfühlatmosphäre herstellen, bevor die knallharten, investigativen Fragen kommen, dachte Sattler. Sehr geschickt.

Hillary schien durch die Worte weniger geschmeichelt als beunruhigt zu sein. »Ich weiß wirklich nicht, was ich Ihnen sagen könnte. Ich bin, wie Sie selbst sagen, nicht lange in dem Reaktor angestellt. Das hatte ich Herrn ...«, er blickte zu Sattler und schien wieder nach seinem Namen zu suchen, «... auch schon gesagt. Was auch immer Sie wissen möchten, ich helfe zwar gerne, aber ich glaube nicht, dass mein Beitrag wirklich eintausend Rand wert sein wird.«

»Warten wir mal ab«, erwiderte Isabell. »Uns ist zu Ohren gekommen, dass es im Kernkraftwerk zu etwas gekommen ist, das wir als Unregelmäßigkeiten bezeichnen würden. Eigentlich sagte man uns, dass es zu diesen Unregelmäßigkeiten immer wieder kommen würde. ›Regelmäßige Unregelmäßigkeiten‹, wenn ich das so sagen darf. Wir möchten nun herausfinden, ob an der Behauptung etwas dran ist, und wenn ja, die Story exklusiv bringen. Sie wissen, mit Kernreaktor, Radioaktivität und so weiter rühren wir an den Urängsten der Menschheit. Die unsichtbare Gefahr, wir sind alle verstrahlt und wissen nichts davon. Tschernobyl. Three Mile Island. Und schließlich die Kernschmelze in Japan. Deshalb gehen wir solchen Hinweisen immer gerne nach, damit kann man Stimmung machen und das verspricht eine große Auflage. Und das ist es, was wir schließlich brauchen. Auflage. Aber das soll alles nicht Ihr Problem sein, Hillary. Ich möchte nur wissen, ob Sie etwas von diesen Unregelmäßigkeiten wissen.«

»Unregelmäßigkeiten?« Hillary nahm seine Brille ab und rieb sich die Augen. »Wie kommen Sie denn darauf? Wer erzählt denn so etwas?«

Isabell lächelte. »Das kann ich Ihnen leider nicht sagen. Einer der Sprüche im Journalismus heißt: Wer seine Quellen verrät, riskiert, dass sie versiegen. Halten Sie es für möglich, dass im Kraftwerk etwas nicht gesetzeskonform abläuft? Kam Ihnen etwas in den Monaten, die sie dort arbeiten, unüblich vor? Gab es irgendwelche Auffälligkeiten?«

Obwohl es in dem Raum vergleichsweise kühl war und Isabell keinen besonders aufgeregten Eindruck machte, sah Sattler auf ihrer Stirn einzelne Schweißperlen glitzern. Er war überrascht, denn ihre Stimme klang so ruhig, aber innerlich musste sie unter einem irrsinnigen Druck stehen. Warum bloß? War die nach außen gezeigte Ruhe nur Schauspielerei? Wurde sie von der Redaktion unter Druck gesetzt? Beinahe schien es, als müsste Sie unbedingt einen Erfolg mit nach New York nehmen.

»Das auffälligste ist«, begann Hillary, »dass unser Chef Dokotela ein mieses Schwein ist. Dafür muss man sicher keine Monate in dem Kraftwerk gearbeitet haben, um das zu verstehen. Haben Sie ihn eigentlich kennengelernt?« Bei seinem letzten Satz wandte er sich an Sattler.

»Ja, François hat Burkhard und mich mit ihm bekannt gemacht«, erwiderte Sattler. »Ich hatte keinen positiven Eindruck. Er scheint sich aufzuführen wie Ludwig der Vierzehnte. Wir sind nicht mit ihm ins Geschäft gekommen. Eigentlich wären wir schon längst bei unserem nächsten Kunden, wenn Burkhard nicht spurlos verschwunden wäre.« Der letzte Satz war für Hillary gedacht.

Hillary verstand sofort. »Burkhard, das war doch der andere Besucher, oder? Der ist verschwunden? Was soll das heißen?«

Isabell zog jetzt die Gesprächsführung wieder an sich. »Wir wissen nicht, was mit Burkhard passiert ist. Vermutlich taucht er von alleine wieder auf. Wir glauben nicht, dass es etwas Ernstes ist. Aber lassen Sie uns zu Koeberg zurückkommen. Wenn sich Dokotela wie der Sonnenkönig aufgeführt hat, dann möchte ich wissen, worin sich das geäußert hat.«

Hillary antwortete zögerlich. »Ja, das mit dem Sonnenkönig passt schon. Vergessen Sie nicht, ich habe jahrelang in Frankreich gelebt und dort auch meine Ausbildung absolviert. Alle möglichen Politiker werden dort mit dem Sonnenkönig verglichen. So prunkvoll wie Louis ist Dokotela sicher nicht eingerichtet. Aber er führt sich genauso selbstherrlich auf. Bei ihm sind Arroganz und Unwissenheit eng miteinander verwoben. Auf die Direktorenstelle ist er über politische Kontakte gekommen. Was glauben sie, was er von Beruf ist?« Er schaute Isabell herausfordernd an.

Sattler antwortet anstelle von Isabell: »Ich habe gehört, er sei Sportlehrer?«

Hillary lachte spöttisch. »Nein, er ist kein Sportleher im engeren Sinne. Die Wahrheit ist: Er hat mal eine Fußballmannschaft trainiert. Eine Jugendmannschaft. Er hat dadurch die richtigen Männer kennengelernt, die im ANC sitzen und willfährige Handlanger brauchen. So wird das bei uns erzählt. Leuten wie mir, die ins Ausland gehen, eine vernünftige Ausbildung machen und sich engagieren, wird doch so der Weg an die Spitze eines Unternehmens verbaut. In diesem Land musst du Kontakte haben, sonst kommst du nicht weit. Ich werde nicht eine Handpuppe des ANC werden wie dieser Dokotela, darauf können Sie sich verlassen. Ich lasse mich nicht von dieser Partei vereinnahmen, nur um Karriere machen zu können.«

Isabell schrieb fleißig mit. Sattler sah ihr einen Moment zu und wartete, bis sie den Stift wieder absetzte. Dann fragte er: »Warum nimmst du eigentlich nicht eines dieser Diktiergeräte?«

Isabell schüttelte den Kopf. »Du siehst zu viele Filme. Bei einem Interview sind die Leute gehemmt, wenn sie in ein Mikrofon sprechen sollen. Kaum jemand benutzt in einer solchen vertraulichen Besprechung ein Aufzeichnungsgerät. Wir gehen am Ende einfach nochmal durch, was gesagt wurde, und wenn einer von euch mit etwas nicht einverstanden sein sollte, dann streich' ich das ganz dick durch. So läuft das heutzutage.« Sie wandte sich wieder an Hillary.

»Glauben Sie, dass es seitens des ANC eine nachteilige Einmischung in das Tagesgeschäft gibt?»

»Davon habe ich nichts bemerkt. Es ging bei der Berufung Dokotelas vermutlich darum, auf jeden Fall einen schwarzen Bewerber einzustellen. Vermutlich haben sich keine geeigneten Kandidaten gefunden, so sind sie dann an ihm hängen geblieben. Die Eskom als staatliches Unternehmen muss natürlich die gesetzlichen Vorgaben erfüllen, und dazu gehört nun einmal, die Quote an schwarzen Angestellten zu beachten. Glauben Sie mir, ich habe mich mehr als einmal gefragt, ob ich nur wegen meiner Hautfarbe eingestellt wurde. Ich hoffe, dass das nicht der Fall ist.«

Isabell machte einen enttäuschten Eindruck. »Haben Sie irgendwann einmal den Verdacht gehabt oder ist ihnen gerüchteweise zu Ohren gekommen, dass es zu ungesetzlichen Handlungen innerhalb des Werkes gekommen ist? Bestechung oder Korruption im Allgemeinen? Etwas in dieser Art?«

»Ich glaube, dass Dokotela sich von den Lieferanten bezahlen lässt. Haben Sie sein Auto gesehen?«

»Den gelben Porsche?«, warf Sattler ein. »Ich habe mich gefragt, wie er sich den leisten kann.«

»Das fragen sich alle im Werk. Der Wagen kostet rund drei Millionen Rand. Ich weiß nicht, wie viel er genau verdient, aber ich bekomme dreißigtausend Rand im Monat. Vielleicht bekommt er das doppelte, sechzigtausend. Dann verdient er im Jahr etwas über siebenhunderttausend – vor Steuern – und dürfte fünf Jahre lang nichts essen, um den Wagen bezahlen zu können. Aber er behauptet, er habe ihn gekauft, nicht etwa geleast oder gemietet. Da muss doch etwas faul sein, und von wem soll er Geld erhalten, wenn nicht von Lieferanten?«

Isabell sah mit einem merkwürdigen Blick zu Sattler hinüber, der abwehrend die Hände hob. »Also, von uns bekommt er nichts. Wir haben das Geschäft mit der Borsäure erst gar nicht bekommen. Wir sind außerdem eine deutsche Firma und unsere Ethikmaßstäbe liegen sehr hoch. Im Übrigen haben wir das nicht nötig, denn wir bieten die weltweit besten Produkte an.« Sattler wirkte stolz.

Hillary nickte. »Ich habe auch gehört, dass sie uns nicht mehr mit Borsäure beliefern. Dokotela hat durchgesetzt, dass die Lieferanten für einige Produkte gewechselt werden.«

»Ist durch die Änderung der Lieferanten Ihrer Ansicht nach die Sicherheit des Kernkraftwerkes gefährdet?« Isabell ließ nicht locker.

Hillary nahm wieder seine Brille ab und trank den letzten Schluck aus dem Kaffeebecher. »Das glaube ich nicht. Aber an diesem Punkt müssen Sie auch meine Situation verstehen. Ich habe einige Jahre im Ausland meine Ausbildung absolviert, um dann als Kerntechniker wieder in Südafrika zu arbeiten. Wenn ich jetzt erzähle, dass das Kraftwerk nicht sicher wäre und das später in Ihrer Zeitung steht, dann wird man früher oder später herausfinden, dass ich geplaudert habe. Dann bin ich meinen Job los, und wie Sie beide wissen, gibt es in ganz Afrika nur ein einziges Kernkraftwerk – und damit nur einen Arbeitgeber für mich. Wenn ich den Job verliere, bekomme ich keinen angemessenen mehr in diesem Teil der Welt. Es tut mir leid, dass ich nicht mehr helfen konnte. Ich fürchte, ich habe Sie enttäuscht.«

»Nein, gar nicht.« Überraschenderweise schien Isabell das tatsächlich nicht zu sein. Sattler sah in ihren Gesichtszügen etwas anderes – Erleichterung? »Hillary, ich danke Ihnen für das Gespräch.« Isabell klappte mit diesen Worten ihr Büchlein zu.

Hillary und Sattler wollten gerade aufstehen, als dem jungen Schwarzen noch etwas einfiel. »Um Ihre Geschichte etwas aufzupeppen, können Sie ja die sexuellen Eskapaden unseres geehrten Direktors einstreuen. Seine Sekretärin Thembi und er wurden von der Reinigungskraft beim abendlichen Sex auf dem Schreibtisch erwischt. Es wird auch erzählt, dass Thembi gelegentlich hilft, bessere Lieferantenpreise durchzusetzen. Auf ihre ganz eigene Art, wenn sie verstehen, was ich meine. Eine Prise Blut und Sperma würzt doch jede Story, meinen Sie nicht?«

Isabell nickte, aber wieder wirkte sie nicht so begeistert, wie es Sattler von einer investigativen Journalistin erwartet hätte. Sie öffnete die Kladde und schrieb etwas hinein. Dann erhob sie sich. Sattler und Hillary standen ebenfalls auf.

Wie es genau passierte blieb unklar, aber die beiden Männer stießen beim Aufstehen heftig gegen die miteinander verschweißten Bänke und schoben so den Tisch unabsichtlich zur Seite. Dadurch kippte Isabells große Handtasche, die immer noch neben ihr auf der Sitzfläche stand, um, und deren Inhalt ergoss sich auf den staubigen Boden. Mit einem Überraschungsschrei quetschte sich Isabell hinter dem Tisch hervor und begann eilig, den verteilten Kleinkram einzusammeln.

Wie hypnotisiert starrte Sattler auf einen Gegenstand, der genau in sein Sichtfeld gerutscht war. Es gab keinen Zweifel, er konnte ihn genau erkennen.

Es war ein kleines, grünes Heftchen, das sich durch den Sturz zufällig geöffnet hatte und ein Foto mit Isabells Gesicht enthielt, offiziell abgestempelt. Im Hintergrund war das charakteristische Emblem abgebildet.

Sattler hatte keinen Zweifel: Es war ein südafrikanischer Pass, ausgestellt auf Isabell.

Und als wäre das alles nicht schlimm genug, hatte aus der Handtasche noch etwas anderes hervorgeschaut, bevor Isabell hektisch alles wieder zusammengesucht hatte. Sattler war sich sicher: Es war der Lauf einer Waffe.

Kapitel 13

»Und, klappt alles?« Muhammar beugte sich über die breite, hölzerne Werkbank, an der Danie schon den ganzen Vormittag gearbeitet hatte.

»Das kann ich dir noch nicht sagen. Aber es läuft zumindest gut. Wir können es gleich ausprobieren.« Danie lötete einen Draht an einer kleinen Steckverbindung fest, saugte das überschüssige, noch flüssige Lötzinn mit einer kugelschreibergroßen Handpumpe ab und steckte den kleinen Elektrolötkolben zurück in die dafür vorgesehene Halterung.

Dann ließ er sich auf seinem Bürostuhl zurückrollen, um sein Werk aus etwas Abstand zu betrachten. Muhammar trat auch einen Schritt zurück und beäugte dieses metallische Etwas auf der hölzernen Bank vor sich.

»Das soll funktionieren? Ich habe mich die ganzen Jahre über nie eingemischt in die Entwicklung deiner großartigen Erfindungen. Sie haben ja immer irgendwie getan, was sie sollten. Aber das hier ist das Skurrilste, das du je gebaut hast.«

Der komplett aus Metall gefertigte Gegenstand auf der Werkbank besaß einen Durchmesser von einem halben Meter. Dessen ungewöhnliche Formen erinnerte Muhammar an einen stacheligen Seeigel. Aus dem Körper des ›Seeigels‹ ragten insgesamt acht ›Stachel‹ nach oben heraus, jeder so lang wie ein Unterarm. Mit einem Durchmesser von drei Zentimetern wirkten die Stachel unverhältnismäßig dick. An jedem Röhrenende waren kurze Drahtstummel zu sehen, die durch den schwarzen Klebstoff, der die Enden verschloss, aus dem Inneren herausragten. An jedem dieser Drähte hatte Danie eine dünne Leitung angelötet – er hatte sie als Klingeldrähte bezeichnet – und den letzten davon eben verarbeitet.

Die insgesamt sechzehn dünnen Drähte wurden von einem Kabelbinder zusammengefasst und führten durch eine Bohrung in ein selbstgebautes, handtellergroßes und allseits geschlossenes Aluminiumkästchen, auf dessen Oberseite sich ein kleines Stellrad und ein roter Knopf befand. An der schmalen Seite war über einen Stecker ein Oszilloskop angeschlossen, das auf dem angeschlossenen Monitor im jetzigen Zustand eine einfache Linie zeigte. Der Elektronenstrahl des Oszilloskops sauste auf dem Fluoreszenzschirm immer wieder von links nach rechts.

Weil Danie nicht auf Muhammars Frage einging, bohrte dieser nach. »Was genau machst du da also? Wozu ist das gut?«

Danie sah ein, dass er Muhammars neugierige Fragen nicht einfach ignorieren konnte. Er würde immer weiter reden und ihn dadurch am Ende womöglich nervös machen. Er kannte das schon. »Das hier«, er deutete auf die acht Röhren, »sind die einzelnen Zündkammern. In jeder steckt eine kleine Zündkapsel, die elektronisch angesteuert wird. Dazu sind diese Drähte. Das Oszilloskop zeigt mir, wann der kleine Chip im Metallkasten das Triggersignal sendet. Sieben der acht werde ich jetzt synchronisieren. Das ist nicht ganz so kompliziert wie es klingt, aber die Länge der Röhren spielt eine entscheidende Rolle.«

Danie drückte den kleinen roten Knopf. Er hörte in schneller Folge aus dem merkwürdigen Gebilde auf seiner Werkbank zwei leise ›Puff‹.

»Da!« Er deutete auf das Oszilloskop, auf dem insgesamt acht Sinuskurven erschienen. Sieben der Kurven lagen dicht beieinander, eine war verschoben. »Die ersten sieben werde ich jetzt so einstellen, dass die Kapseln zur gleichen Zeit gezündet werden. Dazu muss ich das Eeprom in meinem Wunderkästchen umprogrammieren. Die achte Röhre wird ein kleines bisschen später gezündet, etwa fünf Millisekunden.«

»Millisekunden? Das ist nicht besonders lang, oder?«

»Für dich und mich ist das eine sehr kurze Zeit. Für eine Elektronik ist das eine Ewigkeit. Denk an die Technik im Auto. Bevor wir überhaupt begriffen haben, dass wir in einen Unfall verwickelt sind, haben die Schaltkreise schon dafür gesorgt, dass die Gurte gestrafft, die Airbags aufgeblasen und der Krankenwagen gerufen wird. Elektronik ist einfach irrsinnig schnell. Und das machen wir uns zunutze. Für uns hört sich das hier nach zwei Explosionen an, in Wirklichkeit sind es aber acht.«

Er drehte an dem Rädchen und löste dann erneut aus. Die ersten sieben Kurven lagen jetzt besser übereinander, die achte war immer noch versetzt. »Leider spielt bei der Optimierung die Leitungslänge eine Rolle. Bitte nimm auch die Kabel mit, die ich jetzt teste. Genau diese Drähte müssen verwendet werden, sonst wird die Zündfolge zu ungenau. Du bekommst von mir morgen die achte und letzte echte Röhre und den Zündverteiler.« Er hob das Kästchen hoch. »Wenn ich fertig bin, werde ich das kleine Potentiometer, dieses Rädchen, außer Betrieb setzen. Auch der Knopf auf der Oberseite ist dann wirkungslos. Nur dieser Schalter«, er dreht die kleine Metallbox auf die Seite und schob eine Sicherheitsabdeckung zurück, unter der ein zweiter Druckknopf zum Vorschein kam, »der hier in dieser Vertiefung liegt, das ist der Auslöser. Wenn er gedrückt wird, bleiben noch drei Stunden. Drei Stunden reichen doch, oder?«

Muhammar dachte nach. Drei Stunden. Reichte das? Ihm war es ja egal, aus seiner Sicht konnten es auch drei Minuten oder drei Sekunden sein. Die Zeit durfte vor allem nicht zu lang sein, denn das vergrößerte die Gefahr, entdeckt zu werden. Drei Stunden? »Meinetwegen«, sagte er nur. »Gibt es nicht so eine kleine Digitalanzeige, die langsam rückwärts läuft, wie bei James Bond?«

»Schwachsinn«, fauchte Danie. »Für so einen Unfug habe ich weder Zeit noch Lust. Wem sollte eine solche Anzeige denn welche Information mitteilen? Außerdem müsste ich dafür nicht nur das Display, sondern auch noch eine kleine, zusätzliche Batterie unterbringen. Das braucht kein Mensch. Sobald jemand diesen Knopf drückt«, er deutete wieder auf die Seite, »hat er noch genau drei Stunden Zeit. Soll sich eine gute Armbanduhr zulegen, das wird reichen.«

Muhammar setzte sich neben Danie auf einen der freien Laborhocker. Mit diesem unförmigen Ding vor ihnen würde sein größter Kindheitstraum – und der Traum seines Vaters und seines Großvaters, ja seiner ganzen Familie und deren Vorfahren – in Erfüllung gehen. Das wusste er.

Er schaute sich das merkwürdige Ding noch einmal genauer an.

»Warum sind denn diese Löcher im Boden?«, fragte er neugierig und deutete auf ein Gitter, das einen Teil der Standfläche des ›platten Strandballs‹ ersetzte.

»Durch das Gitter wird später der Druck abgelassen. Muhammar, je weniger Details du weißt, desto besser. Damit sind wir immer gut gefahren, und das wird auch so bleiben. Lass mich das jetzt bitte zu Ende bringen. Wir können uns keinen Fehler erlauben.« Ohne Muhammar weiter zu beachten, drehte er an einem Kopf am Oszilloskop hin und her. Die Sinuskurve, die der Monitor zeigte, wurde zuerst viel größer, dann ganz klein. Danie brummte etwas, und Muhammar wusste, dass Danie ihn in diesem Moment aus seinem Kleinhirn verbannt hatte. Er schaute ihm noch einen Moment lang zu. Woher Danie das alles wusste? Das war Muhammar unbegreiflich. Aber bisher hatten noch alle seine Projekte funktioniert. Und das würde auch dieses, auch wenn es wohl das schwierigste von allen war.

Muhammar blickte durch die offenstehende Labortür aus dem Fenster. Unten, an der Brücke über den Fluss in Richtung des großen Sees, waren schon wieder die Vogelkundler unterwegs. Sie waren ausgestattet mit Kameras, an die lange Objektive angeflanscht waren, und mit sicherlich teuren und guten Ferngläsern, die an dünnen Lederbändern von ihren Hälsen herunterbaumelten. Die Menschen dort ahnten gar nicht, was für eine Revolution in diesem Labor in ihrer unmittelbaren Nähe vorbereitet wurde. Wakkerstroom würde bald in aller Munde sein.

Muhammar zitterte vor Aufregung. Es waren keine Monate oder Wochen, die er noch warten musste, nein, es waren nur noch wenige Tage, eher Stunden.

Er konnte es kaum erwarten.

Kapitel 14

Sattler war sich nicht sicher, ob Hillary den verschütteten Inhalt Isabells Handtasche so gut hatte sehen können wie er. Eigentlich nicht, vermutete er, denn durch den Winkel musste ihm die Tischplatte im Weg gewesen sein, und auch Sattler hatte ihm mit seinem Körper unabsichtlich den Blick versperrt.

Sollte Hillary die Pistole gesehen haben, dann ließ er sich das jetzt nicht anmerken. Beim Verlassen des stillgelegten Restaurants warf er seinen leeren Kaffeebecher in einen Mülleimer, der vermutlich in den nächsten Jahren nicht geleert werden würde. Dann stieß er die Tür auf und ließ Isabell und Sattler den Vortritt hinaus auf den staubigen Vorplatz mit den außer Betrieb gesetzten Tanksäulen.

Sie schlenderten zurück in Richtung des Hotels. Isabell bot Hillary an, ihn nach Koeberg zurückfahren, sodass er nicht den Bus nehmen musste. »Nein, vielen Dank, das kann ich nicht annehmen«, sagte Hillary zu Isabells offenkundiger Überraschung. »Ich konnte Ihnen so wenig helfen und habe doch das Geld genommen, da kann ich nicht erwarten, von Ihnen noch zum Kraftwerk zurückgebracht zu werden. Außerdem ist es besser, wenn wir nicht zusammen in der Nähe meines Arbeitgebers gesehen werden, wenn Sie verstehen.« Er winkte freundlich ab.

Während Isabell und Hillary diskutierten, wer nun wem etwas schuldig sei, ratterten in Sattlers Gehirn die Gedanken. Als Erstes war da die Waffe, die mit Sicherheit nicht zur Standardausrüstung einer amerikanischen Reporterin gehörte. Was wollte sie damit? Amerikaner waren in der ganzen Welt als verängstigte Hasenfüße bekannt. Vielleicht hatte ihr jemand aus ihrer Redaktion Angst gemacht und vor dem schrecklich gefährlichen Südafrika gewarnt? Von der ach so hohen Wahrscheinlichkeit berichtet, nach spätestens einer Woche Aufenthalt im Land in eine Schießerei zu geraten? Sattler hielt nicht viel von dem Unsinn. Zu viele Menschen wurden, sollten sie tatsächlich in einen gewalttätigen Konflikt geraten, am Ende mit ihren eigenen Waffen erschossen. Nein, und dann noch Isabell, die vermutlich gar nicht schießen konnte. Obwohl, war das nicht eine amerikanische Paradedisziplin?

Je länger er darüber nachdachte, desto eher fand er halbwegs plausible Erklärungen für die Pistole in Isabells Handtasche. Im Übrigen verstieß sie gegen kein Gesetz, denn das Tragen von Waffen wurde zwar selten praktiziert, war aber grundsätzlich legal.

Eine einfache Erklärung gab es für den Reisepass, der aus ihrer Handtasche gefallen war, aber nicht. Er hatte abgegriffen gewirkt, und es war definitiv ihrer. Gerade erst hatte Isabell zugegeben, gar keine Südafrikanerin zu sein.

Dann fiel ihm ihr Reisepass vor die Füße.

Sattler hielt es für ausgeschlossen, dass der ›New Yorker‹ seine Redakteure mit beliebigen Reisepässen ausstatten konnte. So etwas hat man nicht in der Schublade. Sollte eine solche Fälschung auffallen, dann saß der Inhaber mit Sicherheit schnell in einem der unangenehmen südafrikanischen Gefängnisse. Wo hatte sie ihn her? Und vor allem: Warum besaß Isabell diesen Ausweis?

Mit einem Ohr hatte er das Gespräch zwischen Isabell und Hillary verfolgt. Plötzlich wurde er hellhörig. Isabell fragte gerade: »Wie ist es eigentlich, den ganzen Tag mit Material umzugehen, aus dem etliche Atombomben gebaut werden könnten?«

»Atombomben?« Hillary drehte sich belustigt zu Isabell um, ohne dabei stehen zu bleiben. »Wer hat Ihnen denn so etwas erzählt?«

»Na, das hört man doch immer. Angereichertes Uran und so etwas. Kann man da nicht etwas abzweigen?«

»Bei uns nicht.« Hillary schien keineswegs beleidigt zu sein, nur verwundert. »Dagegen sprechen drei gute Gründe. Der erste ist, dass die Behörde über jedes Gramm Uran, das wir erhalten, genau Buch führt. Von den frisch gelieferten Brennelementen etwas abzuzweigen ist technisch völlig unmöglich. Zweitens: Jedes Element ist versiegelt, wenn es ankommt, und es wird auch so eingebaut. Erst die abgebrannten Brennelemente werden entsiegelt. Und drittens, und das ist der Hauptgrund: Es geht gar nicht.«

»Wie?«, mischte sich Sattler ein. »Was heißt, es geht nicht?«

»Es gibt unterschiedliche Reaktortypen. In der Regel wird das Uran angereichert und in normalem Wasser betrieben. Für eine Bombe braucht man dieses hochangereicherte Uran. Dafür wird das Uran in einen gasförmigen Zustand gebracht, und in großen Zentrifugen werden die verschiedenen Isotope durch ein einfaches physikalisches Prinzip getrennt. Genaugenommen werden so spezielle Isotope des Uranhexafluorids angereichert, und ...«

»Ja, schon gut«, unterbrach ihn Isabell. »Keine Details, die kann ich mir ohnehin nicht merken. Warum ist das bei Koeberg nicht so?«

»Darauf wollte ich ja gerade hinaus. Wir in Koeberg gehören zu den wenigen Reaktoren auf der Welt, die mit ›Schwerem Wasser‹ betrieben werden. Das bedeutet, dass wir gar keine Anreicherung brauchen. Das Uran, das wir geliefert bekommen, ist Natururan. Daraus kann niemand auf der Welt eine Bombe bauen. Völlig unmöglich.«

»Und könnte es sein, dass Sie ausnahmsweise oder versehentlich hochangereichertes Uran geliefert bekommen haben?« Isabell stellte diese Frage wie nebenbei. Sehr unauffällig, dachte Sattler. Vermutlich ist das die entscheidende Frage.

Jetzt blieb Hillary doch stehen. Sie hatten das Tor zum Hotel schon fast erreicht. »Sie wissen ja nicht, wie die Behörde arbeitet. Gewissenhaft ist gar kein Ausdruck, das ist schlimmer. Es liefert uns kein Brennelementhersteller der Welt aus Versehen hochangereichertes Uran. Das gibt es einfach nicht. Wäre davon abgesehen auch viel teurer.«

»Nicht aus Versehen«, hakte Isabell nach. »Aber vielleicht vorsätzlich?«

Hillary winkte ab. »An solch einem Betrug müssten hunderte von Menschen beteiligt sein. Gutbezahlte Manager, kleine Angestellte, und jeder von denen hätte einen anderen Grund, die Machenschaften zu verpetzen. Was sollte man den Leuten auch anbieten, um zu schweigen? Und vor allem: Wofür sollte das gut sein? Nein, vergessen Sie Ihre Räuberpistole. Ich kann ja verstehen, dass Sie eine Story haben wollen. Aber nicht so eine. Und ich kann Ihnen noch etwas versichern: Das Uran ist nicht angereichert. Wir haben die neuen Brennstäbe vor einer Woche eingebaut. Am Neutronenfluss kann ich sofort erkennen, dass wir Natururan bekommen haben.« Hillary schaute auf seine Armbanduhr. »Ich muss jetzt leider los.

Es ist gerade eine gute Zeit, ein Taxi zu erwischen, denn die Maids und Gärtner haben jetzt Feierabend und es gibt dadurch jede Menge Fahrgelegenheiten. Noch einmal, es tut mir leid, nicht mehr zu einer guten Story beitragen zu können. Ich wünsche Ihnen beiden aber noch einen schönen Nachmittag.« Er schüttelte Isabell die Hand, bevor er Sattlers ergriff. Dann ging er zurück in Richtung Hauptstraße, um einen Taxibus anzuhalten.

Isabell wartete, bis er außer Hörweite war. Dann drehte sie sich zu Sattler um und sagte, die Stirn in tiefe Falten gelegt: »Ich muss unbedingt mit dir reden. Unter vier Augen. Können wir uns in einer halben Stunde hier treffen?«

»Das trifft sich gut«, antwortete Sattler. »Ich wollte dasselbe auch gerade vorschlagen. Ich habe nämlich eine Frage zu der Waffe, die du in deiner Handtasche mit dir herumträgst. Und noch viel drängendere Fragen zu deinem südafrikanischen Pass, den du ja angeblich gar nicht besitzt.«

Isabell war nicht eine Spur überrascht. Ganz nüchtern antwortete sie: »Ich habe vorhin mitbekommen, dass du den Pass und meine Zweiundzwanziger Special gesehen hast. Darüber können wir auch reden, aber darüber will ich nicht in erster Linie sprechen.«

»Ach, nicht?« Sattler versuchte, spöttisch zu klingen. »Sondern über was?«

»Über Burkhard.«

Sattler war überrascht. Er versuchte vergeblich, Isabell einen weiteren Hinweis zu entlocken, was sie über Burkhard wusste, aber Isabell ließ Sattler am Tor der Hotels stehen und ging mit den Worten »Ich bin gleich zurück« zu ihrer Hütte. Vermutlich würde sie dort mit ihrer Redaktion telefonieren, dachte Sattler.

Er organisierte sich im Bistro eine Cola und setzte sich wieder an den Holztisch unter den Palmen, um dort auf Isabell zu warten. Von hier aus hatte er ihre Hüttentür gut im Blick. Vögel sangen in der Spitze der hohen Palme. Sattler blickte hinauf, um sich zu vergewissern, dass ihm keine Kokosnuss auf den Kopf fallen würde. Er hatte gehört, dass das in Ländern mit vielen Kokospalmen eine häufige Todesart war. Erleichtert stellte er fest, dass er unter einer Olivenpalme saß. Dessen Früchte waren viel zu klein. Er trank einen Schluck der kühlen Cola.

Seine Gedanken drehten sich um Isabell. Einerseits bewunderte er ihre unaufgeregte, zielgerichtete Art. Das Interview mit Hillary hatte sie sehr souverän geführt. Der Beruf einer investigativen Journalistin passte gut zu ihr und ihrem Auftreten. Besser zumindest als der einer Kunsthändlerin, von der Sattler eher die Vorstellung einer etwas exaltierten Frau eines reichen Geschäftsmannes Ende fünfzig mit viel zu großem, modischem Hut und selbst gebatiktem Halstuch hatte.

Er war gespannt, wie die Erklärungen für die Pistole und den südafrikanischen Reisepass aussehen würden. Dieser Pass gab ihm noch mehr Rätsel auf als die Pistole. Hatte sie ihn angelogen und war sehr wohl aus Südafrika? Vielleicht hatte sie die Staatsbürgerschaft durch Geburt erhalten, aber nicht in dem Land gelebt. Das würde ihre Unwissenheit erklären. Aber warum spielte sie dann ihm gegenüber nicht mit offenen Karten? Was sollte die Scharade? Oder sie war erst kürzlich eingebürgert worden. Liefe aber auf dasselbe hinaus.

Es gab noch eine Möglichkeit, die Sattler plötzlich einfiel. Der Reisepass könnte auch eine Fälschung sein. Aber das wäre noch viel unlogischer. Eine Redaktion stattete ihre Redakteure nicht mit gefälschten Pässen unterschiedlicher Länder aus. Etwas merkwürdig fand Sattler aber die Zeiten, zu denen Isabell beim ›New Yorker‹ anrief: Die Ostküste der Vereinigten Staaten waren sechs Stunden zurück. Morgens – wie heute früh – war es eine ganz schlechte Zeit, um bei einer Tageszeitung anzurufen, deren Angestellte vermutlich erst gegen Mittag im Büro erschienen. Aber sei es, wie es wolle, dachte Sattler.

In dem Moment trat Isabell aus der Tür auf die kleine Holzveranda, die zu ihrer Hütte gehörte. Sie hatte ihre Handtasche umgehängt und Sattler fragte sich, was sich wohl jetzt darin befand. Weitere Überraschungen?

Isabell sah ihn auf der Bank sitzen und winkte ihm zu. Sie wirkte nicht mehr entspannt oder fröhlich, sondern, ganz im Gegenteil, tief besorgt. Sie kam auf ihn zu, blieb kurz neben dem Holztisch stehen und sagte: »Komm mit, wir gehen ein paar Meter spazieren.« Sie sagte das so bestimmt, dass Sattler nicht widersprechen wollte, sondern folgsam aufstand.

Isabell ging voraus durch das Tor der Hotelanlage und bog dort auf einen breiten, staubigen Weg ein, der sich einsam einen kleinen Berg hinauf schlängelte, rechts und links gesäumt von niedrigen, hier und dort farbenfroh blühenden Kakteen. »Von oben«, sagte sie und deutete auf die Bergspitze, »hat man einen schönen Blick über das ganze Tal.«

Sattler nickte und folgte ihr neugierig. Sie wollte ihm etwas mitteilen und konnte dafür keine Zeugen gebrauchen, deshalb hatte sie ihn hier in die Einsamkeit gelockt, davon war er überzeugt. Er wartete ab, bis sie nach einigen Minuten zu sprechen begann.

»Die gesamte Situation ist extrem schwierig«, sagte sie, nachdem sie sich etwas über einhundert Meter vom Tor entfernt hatten. »Brandgefährlich. Und nur deshalb rede ich mit dir darüber.«

Mit diesen Sätzen konnte Sattler nicht viel anfangen. Weil Isabell eine Pause machte und nach Worten suchte, um einen offensichtlich komplexen Sachverhalt zu erläutern, fragte er: »Warum? Ist etwas mit Burkhard?«

»Burkhard?« Isabell schnaubte kurz. »Nein, Burkhard geht es gut. Keine Sorge. Er ist auf dem Weg hierher. Du kannst ihn wiederhaben, die Nervensäge.« Wieder schnaubte sie kurz, ein Geräusch, das wohl ein Lachen hätte sein können, wenn Isabell nicht so angespannt gewesen wäre.

»Woher weißt du denn, wo Burkhard ist?« Sattler war erst überrascht, dann fühlte er eine Spur Entrüstung in sich aufsteigen. Isabell hatte mit Burkhards Verschwinden zu tun? Wusste, wo er sich befand und sagte kein Wort, während er Himmel und Erde in Bewegung setzte, um ihn zu finden? Und sich beinahe schon Sorgen gemacht hätte.

»Reg' dich bitte nicht auf«, sagte Isabell. »Ich weiß, dass du dich hintergangen fühlst. Dass du glaubst, ich hätte dich an der Nase herumgeführt.«

Immerhin versteht sie, wie ich denke, dachte Sattler. »Und? Wo war er? Was ist passiert? Was soll das alles?«

»Burkhard ist nicht wichtig«, sagte Isabell und wirkte dabei sehr abgeklärt. Sattler wusste nicht, wie er die Worte verstehen sollte. »Frank«, sagte Isabell und blieb unvermittelt stehen. »Frank, du musst uns helfen.«

»Aha. Jetzt mal der Reihe nach. Du – oder ihr, wer auch immer das sein mag – hast irgendetwas mit Burkhards Verschwinden zu tun. Jetzt soll ich euch helfen. Bei was? Bei einer weiteren Entführung? Das eine kann ich dir gleich sagen: Das ist keine meiner Kernkompetenzen. Das kannst du getrost vergessen. So ein Unfug.« Sattler spürte, wie er langsam wütend wurde. »Mir spielst du vor, du wärst Kunsthändlerin. Bist du aber nicht. Dann entlarve ich dich, dass du gar keine Südafrikanerin bist. Was du zugibst. Aber dann fällt dir doch ein südafrikanischer Reisepass aus der Tasche. Ich weiß gar nicht mehr, was ich denken soll.«

Isabell war über seinen Ausbruch nicht überrascht. »Ich weiß, dass sich das für dich merkwürdig anhören muss. Aber glaube mir, im richtigen Zusammenhang ergibt es einen Sinn. Ich erzähle dir jetzt alles. Die Hintergrundüberprüfung war unauffällig.«

»Was für eine Hintergrundüberprüfung? Jetzt erlaubst du dir aber einen Spaß mit mir, oder?«

Für einen Spaß war Isabell momentan offensichtlich nicht aufgelegt. Sie sah Frank ernst an.

»Es geht nicht um irgendeine Hintergrundüberprüfung. Sondern um deine.«

Sie sah Sattlers verwirrten Gesichtsausdruck.

»Gut«, sagte sie dann. »Ich erkläre es dir.«

Kapitel 15

Hillary hatte mit viel Glück einen Taxibus bekommen, der gerade Richtung Norden abfahren wollte. Der Bus war zwar überfüllt und er musste seinen schmalen Körper zwischen die der anderen Reisenden quetschen, aber Hillary hatte keine Zeit, eine Stunde oder vielleicht länger auf den nächsten zu warten. Festgelegte Abfahrtszeiten gab es nicht. Die Busse fuhren, wie sie wollten.

Wenn Hillary seinem Boss nicht schon in den ersten Monaten unangenehm auffallen wollte, dann war er zu Beginn seiner Nachtschicht besser pünktlich zurück im Kraftwerk. Einer seiner Kollegen, ein für die Betreuung der Turbinen außerhalb des Reaktorblocks zuständiger Monteur, war vor wenigen Wochen nur fünf Minuten zu spät gewesen, und Dokotela hatte ihn eigenhändig hinausgeworfen. Zumindest erzählte man sich die Geschichte in Koeberg. ›Disziplin‹, hatte Dokotela damals immer wieder eingefordert – die er selbst nicht aufbrachte. Es konnte natürlich auch sein, dass diese Story nur eine Legende war, die verbreitet wurde, um Mitarbeiter einzuschüchtern. Hillary schüttelte den Kopf, um die Gedanken zu vertreiben.

Hillary durfte nicht riskieren, seinen Job zu verlieren. Dafür stand für ihn zu viel auf dem Spiel. Das Studium in Paris hatte er im Wesentlichen durch einen Bankkredit finanziert. Der südafrikanische Staat hatte ihm, weil er schwarz war, ebenfalls einen kleinen Ausbildungskredit zur Verfügung gestellt, den er dringend benötigte.

Er hatte Schulden, die er abstottern musste. Und es existierte nur dieser eine, seiner Ausbildung entsprechende Arbeitsplatz. In ganz Afrika. Das war eine einfache Rechnung.

In seiner Situation verdarb man es sich besser nicht mit seinem Chef.

Der Taxibusfahrer raste wie ein Geisteskranker die Küstenstraße entlang und fuhr dann auf die Autobahn weiter Richtung Norden. Es war nicht besonders weit, und nach knapp zwanzig Minuten stand Hillary wieder vor dem Stahltor des Kraftwerkes. Er zeigte dem Mann im Wachhäuschen seinen Ausweis, der das Drehkreuz freischaltete. Hillary ging hindurch und konnte in der Ferne die eigentlichen Gebäude erkennen. Er war sich nicht sicher, warum das Besuchertor so weit vom eigentlichen Hauptgebäude entfernt war, aber er vermutete, dass das eine der geheimen Abwehrmaßnahmen gegen Terrorismus war. Für den knappen Kilometer zwischen dem Tor und dem Reaktorkern bräuchte ein Terrorist in einem mit Sprengstoff beladenen Lastwagen mindestens eine Minute. Genug Zeit, um den Reaktor abzuschalten, was nur eine Sekunde dauerte. Der Kontrollraum würde vom Besuchertor eine Warnung erhalten, der diensthabende Kerntechniker würde ein Ventil öffnen und der ganze Reaktor würde mit der wässrigen Lösung eines Kadmiumsalzes geflutet werden. Gleichzeitig würden Regelstäbe, die durch Elektromagnete an der Decke des eigentlichen Reaktors gehalten wurden, herabfallen. Die Kernreaktion würde sofort zum Stillstand kommen. Und – das war Experten wie Hillary klar – der Reaktor würde nach einer solchen Maßnahme nie wieder ans Netz gehen.

Die komplette Anlage würde später abgerissen werden müssen.

Aber selbst ein mit Sprengstoff vollgeladener Lastwagen, spann Hillary den Gedanken weiter, stellte keine wirkliche Gefahr für den Reaktor dar. Die Wände bestanden aus eineinhalb Meter dickem Stahlbeton. Es gab nicht viele Möglichkeiten, eine Betonwand einer solchen Dimension signifikant zu beschädigen, und ein mit Sprengstoff beladener Lastwagen gehörte sicher nicht dazu. Einzig die schnell rotierenden Turbinenschaufeln eines großen Verkehrsflugzeuges könnten vielleicht ein Loch in den Reaktordom fräsen. Weil für die meisten Kernkraftwerke der Welt – auch für dieses – ein Überflugverbot bestand, war diese Gefahr allerdings theoretischer Natur.

Hillary atmete tief ein und wieder aus. Dann holte er sich sein klappriges Fahrrad, das er an einem Geländer neben dem Drehkreuz befestigt hatte, und fuhr die Strecke vom Pförtnerhäuschen zu seinem eigentlichen Arbeitspatz im Kontrollraum. Wie die meisten Schwarzen hatte er als Kind Fahrradfahren nicht gelernt und hatte es sich, nachdem er die Stelle bei der Eskom bekommen hatte, selbst mühsam beibringen müssen. Angestellte durften das Gelände mit Privatwagen grundsätzlich nicht befahren. Eine Ausnahme bildete Dokotela Melane mit seinem gelben Porsche, und, wie durch ein Wunder, durfte auch Thembi mit ihrem Ford Ranger und einer Sondergenehmigung durch das breite Tor auf das Gelände, wann immer sie wollte.

Sonst keiner, abgesehen vom normalen Lieferverkehr.

Noch etwas unsicher und wackelig radelte Hillary langsam den breiten Feldweg entlang, der die einzige Verbindung zwischen Tor und dem eigentlichen Reaktorgebäude darstellte. Jetzt konnte er den gelben Sportwagen erkennen, der vor dem Flachbau geparkt war. Komisch, dachte Hillary, normalerweise ist Dokotela um diese Uhrzeit schon auf dem Weg nach Hause. Deshalb ist es doppelt gut, dass ich es noch rechtzeitig geschafft habe. Gedanklich klopfte er sich auf die Schulter.

Er stellte sein Fahrrad direkt neben dem auffälligen Wagen ab. Hillary nahm sich vor, Dokotela besser nicht über den Weg zu laufen. Die wenigen Monate, die er hier war, hatte es kaum ein reibungsloses Zusammentreffen gegeben.

Hillary ging an den Toren vorbei, die zu den Abklingbecken führten, und war schon auf dem Weg Richtung Kontrollraum im Reaktorgebäude, als er ein merkwürdiges Geräusch hörte.

Er konnte es zunächst nicht richtig einordnen. War es ein von einer Tür verursachtes Quietschen?

Hillary blieb stehen. Er war sich nicht sicher, aber das Geräusch konnte auch von einem Menschen stammen.

Da war es wieder.

Es kam aus der Halle mit dem großen Abklingbecken. Er entschloss sich, umzudrehen und nachzuschauen.

Vorsichtig ging er die wenigen Meter zurück zu den Toren, die er eben passiert hatte. Dann lauschte er. Jetzt hörte er wieder dieses Quietschen. Plötzlich brüllte eine Stimme etwas Unverständliches.

Hillary drückte sein Gesicht gegen den kleinen, etwa einen Zentimeter breiten Spalt zwischen den beiden zusammengeschobenen Torflügeln und schaute mit einem Auge hindurch.

Die Szene, die er im Inneren der Halle neben dem Becken erblickte, brannte sich in sein Gedächtnis.

Auf der einen Seite stand François, direkt neben dem Bedienpult für den Deckenkran. Mit dem Kran wurden die Bündel abgebrannter Kernbrennstäbe unter Wasser hin und her bewegt. Er fuchtelte mit beiden Händen in der Luft herum und schien mit jemandem zu diskutieren, der einige Meter entfernt stand, außerhalb Hillarys Sichtfeld. Hillary versuchte, seinen Kopf etwas zur Seite zu bewegen, um in einem anderen Winkel durch den Spalt schauen zu können und so zu erkennen, mit wem er da diskutierte. Vergeblich. Der andere stand zu ungünstig.

Er wäre bei dem Versuch beinahe noch an den losen Stahlriegel gestoßen, der vom Tor herunterhing, und er wusste, was für einen Lärm der verursachen würde. Vorsichtig zog er den Kopf etwas zurück und nahm sich vor, den Riegel besser nicht zu berühren.

Hillary drückte sein Gesicht wieder gegen den Spalt. Es war drinnen lauter geworden. Er sah François, der deutlich selbstbewusster auftrat und anklagend mit dem Finger auf den Unbekannten deutete. François bedachte sein Gegenüber gleichzeitig mit einer nicht endend wollenden Tirade aus vorwurfsvoll klingenden Worten. Hillary bemühte sich zu verstehen, was er sagte, aber weil die Halle so groß war, François dreißig Meter entfernt stand und die Hallenwände jedes Wort mehrfach reflektierten, konnte er beim besten Willen nichts verstehen. Er konnte nicht einmal die Sprache identifizieren. Es könnte auch Französisch sein, dachte er.

Die Auseinandersetzung schien heftiger zu werden, François' Vorwürfe immer lauter.

Unvermittelt änderte sich sein Verhalten. Die Hände, eben noch anklagend auf sein unsichtbares Gegenüber gerichtet, hob er nun langsam in die Höhe. Er starrte stumm nach vorne, den Mund leicht geöffnet – war er überrascht? Hillary konnte von seinem seitlichen Blickwinkel François' Gesichtsausdruck nicht sicher deuten.

François ging nun langsam rückwärts, bis er mit der Rückseite der Oberschenkel in Kniehöhe gegen das niedrige Edelstahlseil stieß, das als optische Abgrenzung des Abklingbecken diente. Dort blieb er mit dem Rücken Richtung Tor stehen, die Arme über den Kopf erhoben.

Hillary hörte jemanden einen kurzen Befehl bellen. Wieder konnte er keine Details verstehen. Wenn François zu etwas aufgefordert worden war, dann war er dem nicht gefolgt. Wieder das Bellen, jetzt noch ungeduldiger. François regte sich nicht.

Jetzt sah Hillary einen Schatten auf François zukommen. Die gesamte Halle war durch etliche Scheinwerfer ausgeleuchtet. Schon die Silhouette ließ ihn fürchterliches ahnen. In dieser Sekunde trat der Mann ins Licht. Es war niemand anderes als Direktor Dokotela Melane. Mit einer Pistole in der rechten Hand hielt er François in Schach.

Dokotela war näher gekommen, hatte sich François auf höchstens einen Meter genähert und schrie ihn nun an. Hillary sah sein Gesicht und erschrak: Dokotela schien völlig außer sich zu sein vor Wut, sein Gesicht war zu einer Fratze verzerrt und er fuchtelte wie wild mit der Pistole vor François herum, der seine Hände immer noch in die Höhe hielt.

Hillary sah, wie sich Dokotela weiter näherte und François die Waffe in die Rippen stoßen wollte, offenbar, um ihn zu irgendetwas anzutreiben. François schien auf diesen Moment gewartet zu haben: In einer einzigen, flüssigen Bewegung ließ er beide Hände blitzschnell auf die Pistole in Dokotelas Händen herunter schnellen und schob sich gleichzeitig aus der Schussbahn. Weil Dokotela den Finger schon am Abzug gehabt hatte, löste sich ein Schuss, der allerdings nur Wasserspritzer im Becken verursachte. Mit seinem rechten Knie stieß François seinem Kontrahenten die Waffe aus der Hand, die Pistole fiel in das Wasser und versank.

Von seinem Standpunkt aus glaubte Hillary zu erkennen, wie sich François entspannte. Die größte Gefahr schien vorbei zu sein.

Tatsächlich aber hatte François die Wut des behäbig wirkenden Direktors unterschätzt. Dokotela heulte auf und warf sich mit seinem vollen Körpergewicht auf François. Mit einer geschickten Körperdrehung wich dieser aus, und auch Dokotelas Faust ging ins Leere.

Das niedrige Stahlseil zwischen den Edelstahlpfosten um das Abklingbecken hatte François aber übersehen. Er verlor durch seine Ausweichbewegung das Gleichgewicht und stürzte, mit den Armen rudernd, rückwärts und mit dem Hinterkopf voran in das tiefe Wasserbecken. Er tauchte nicht komplett unter, sondern trieb einige Sekunden rücklings auf dem Wasser und versuchte, hektisch das Geländerseil zu fassen zu bekommen, um sich daran aus dem Wasser zu ziehen. Er drehte sich dazu in die Bauchlage und erreichte so das Seil.

Dokotela sah seine Bemühungen und begann, wie von Sinnen auf François' rechte Hand einzutreten, die sich schon um das dicke Drahtseil gekrallt hatte. Plötzlich hörte Hillary ein Geräusch, das an einen abbrechenden Ast erinnerte, und François schrie auf. Seine Hand wirkte merkwürdig verdreht. François hatte das Seil wieder losgelassen.

Mit einem verrückten Siegesschrei sprang Dokotela mit beiden Füßen voraus in das Wasserbecken und zielte mit seinen Stiefeln auf François' Kopf. Er traf ihn mitten im Gesicht. François wehrte sich nicht mehr. Dokotela packte den scheinbar Bewusstlosen und klemmte dessen Kopf zwischen seine Oberschenkel. Dann drückte er ihn mit seinem ganzen Gewicht unter Wasser. Gegen Dokotela war François in dieser Situation chancenlos.

Mit vor Entsetzen geweiteten Augen trat Hillary einen Schritt vom Türspalt zurück. War er tatsächlich gerade Zeuge eines Mordes geworden? Er wollte sich gerade wieder dem Spalt nähern, als er das Gefühl hatte, dass ihn etwas festhalten würde. Er zog ungeduldig seinen rechten Arm nach vorne und bevor ihm klar wurde, was das war, fiel auch schon der schwere, eiserne Riegel, der sich in seinem Ärmel verhakt hatte, nach unten und machte dabei einen Höllenlärm.

Zu Tode erschrocken wich Hillary zurück. Das Geräusch musste Dokotela gehört haben. Er würde gleich herauskommen und ihn genauso fertig machen wie François, da hatte Hillary keine Zweifel. Was konnte er tun? Hektisch dachte er nach. Sein Blick fiel auf sein Fahrrad, das nur wenige Meter entfernt stand. Es gab nur diese Möglichkeit: Sich aus dem Staub machen. Er rannte hinüber, so schnell er konnte, schwang sich in den Sattel und fuhr wie ein Besessener zurück zum Tor, durch das er vor einer halben Stunde gekommen war. Wenn Dokotela ihn sah, wäre es eine Kleinigkeit, ihn mit seinem Porsche einzuholen und einfach umzufahren. Hillary hoffte aber, dass Dokotela viel Zeit damit verlöre, das Becken zu verlassen. Bis dahin wäre er außer Sichtweite.

Hillary strampelte wie verrückt. Er war schon auf den Weg eingebogen, der zum Haupttor führte, als er sich das erste Mal traute, einen Blick zurückzuwerfen. Die Reaktorgebäude und die Nebengebäude schienen ruhig. Keine Scheinwerfer, die plötzlich aufflammten, kein Porschemotor, der laut aufheulte, um ihn über das Feld zu jagen. Aber das konnte ja noch kommen. Er trat so schnell in die Pedale, wie er konnte. Vielleicht hatte er Glück gehabt?

Aber was jetzt, fragte er sich unwillkürlich, während er im Halbdunkel weiter auf das beleuchtete Eingangstor zuraste. Was sollte er tun, wo konnte er hin? François war tot, da hatte er keine Zweifel. Mit der Polizei konnte er nicht darüber sprechen, das ging aus verschiedenen Gründen nicht. Einer davon war, dass Dokotela und der Polizeichef des Western Cape jeden Freitag ab eins Golf spielten. Das pfiffen die Spatzen von den Dächern.

Also was tun?

Plötzlich hatte er eine Eingebung.

Natürlich. Es gab da eine Möglichkeit.

Kapitel 16

»Du bist eine was?«

Sattler hatte sich vorgebeugt und war halb aufgestanden. Er war mindestens genauso erstaunt wie entrüstet. »Du willst mich auf den Arm nehmen!«

Isabell schüttelte den Kopf und hob abwehrend die Hände. »Nein, das will ich nicht. Du hast richtig verstanden, ich würde von Leuten wie dir als Geheimagentin bezeichnet werden. Ich sehe mich aber mehr als eine Staatsangestellte. Eine Art Polizistin mit Sonderaufträgen.« Isabell und Sattler sahen auf dem staubigen Sandweg, den sie eine Weile nebeneinander entlang gegangen waren, einen kleinen Laster entgegenkommen, der für die Straßenverhältnisse viel zu schnell fuhr. Beide beeilten sich, die Piste zu verlassen und sich zwischen niedrigen Büschen am Straßenrand in Sicherheit zu bringen. Der Lastwagen, der lebende Hühner geladen hatte, raste an ihnen vorbei und zog eine formidable Staubwolke hinter sich her.

Sattler hustete. Als er wieder einigermaßen klar sehen und sprechen konnte, sagte er: »Also, damit ich es richtig verstehe: Du bist wirklich eine Geheimagentin? Wie Mata Hari?«

»Wie gesagt, wir nennen diesen Beruf nicht so. Aber wenn es dir hilft: Ja, eine Geheimagentin.«

»Du bist also eine amerikanische Geheimagentin, die in einem – sicherlich sehr gefährlichen Geheimauftrag – Menschen entführt und sie mit Waterboarding foltert? Oder etwas in der Art. Das bedeutet, ich kann froh sein, wenn Burkhard noch alle Zehennägel besitzt – falls er überhaupt jemals wieder erscheint. Ist es so?«

»Nein, das ist Unsinn.« Isabell war nicht so leicht aus der Ruhe oder gar in die Defensive zu bringen. »Zum einen: Burkhard geht es gut. Er ist freiwillig mitgekommen. Fast schon zu freiwillig, als ich ihn abends gefragt hatte, ob er sich ohne große Mühe etwas Geld dazuverdienen wolle. Ihr hattet an dem Tag euren Streit, und er war frustriert, nicht nur deinetwegen, sondern wegen seiner gesamten, persönlichen Situation. Als ich ihm von der Möglichkeit erzählt habe, für viel Geld seine Erfahrungen, die er in Koeberg gemacht hatte, zu teilen, war er mehr als nur begeistert. Es hat ihn sicherlich auch gereizt, einmal etwas Verbotenes zu tun, wie unentschuldigt nicht bei der Arbeit zu erscheinen und stattdessen mit einer fremden Macht zu kooperieren. Er hat morgens lange ausgeschlafen und dann geredet wie ein Wasserfall. Aber leider, das muss ich sagen, war nicht viel dabei, mit dem meine Kollegen etwas anfangen konnten. Er hat geplappert und geplappert, aber Substanzielles war nicht dabei.«

Das kenne ich gut, dachte Sattler.

»Nach der ersten Nacht bei uns hat es ihm so gut gefallen, dass er noch länger bleiben wollte. Erst heute Morgen haben die Kollegen es geschafft, ihn mit sanfter Gewalt vor die Tür zu setzen, damit er sich wieder in seinem Hotel einquartiert. Die beiden Verhörspezialisten waren ziemlich genervt.« Sie leistete sich ein schwaches Lächeln, das aber sofort wieder erlosch. »Ich habe ihn ja selbst kurz kennengelernt, ich kann mir vorstellen, was die beiden durchgemacht haben. Übrigens, seine Zehennägel haben wir nicht angetastet. Moderne Verhöre kommen ohne Folter aus, schon seit etlichen Jahren.«

»Aber ihr von der CIA, ihr seid doch die Erfinder der Methoden. Ihr habt diese doch optimiert, sodass niemand die körperliche Gewalt an ihren Opfern erkennen kann. Seelische Qualen. Die chinesische Wasserfolter. Waterboarding. Das geht gar nicht!«

Isabell schüttelte den Kopf. »Erstens wurde Burkhard nicht gefoltert, damit das ein für alle Mal klar ist. Er war unser Gast, und das im besten Sinne und im Einvernehmen. Zweitens: wie kommst du auf CIA?«

»Das ist doch naheliegend. Du bist aus Maine und arbeitest nicht für eine Zeitung, sondern für einen Geheimdienst. Wenn es nicht die CIA ist, dann eben eine der anderen achtzehn oder neunzehn amerikanischen Geheimdienste mit drei Großbuchstaben.«

»Nein«, sagte Isabell wieder und schüttelte fast schon entrüstet den Kopf, »ich gehöre zu keiner amerikanischen Organisation. Ich arbeite aber auch nicht für den ›New Yorker‹, wie du schon gesagt hast. Ich bin auch keine Amerikanerin. Und wenn dir der Akzent in meinem Englisch aufgefallen ist, dann zeigt das nur, dass du dich gut in Südafrika auskennst, aber nicht gut genug in der restlichen Welt. Meine Muttersprache ist Hebräisch. Ich bin Israelin.«

Sattler war verblüfft. »Das wird ja immer wilder – du kommst aus Israel? Von diesem berüchtigten Geheimdienst? Diesem – wie heißt er doch gleich?«

»Mossad, so heißt er.« Isabell nickte. »Das ist der israelische Auslandsgeheimdienst. Wir helfen mit unseren Einsätzen Israel, der ganzen Region und der freien, westlichen Welt.«

Sattler atmete tief ein und aus. »Also Mossad. Meinetwegen – ihr rettet die Welt, ich verstehe. Na klar. Aber: Wenn das stimmt, dann hattest du zwei Deckidentitäten, jetzt kommst du mir mit dieser Mossad-Story. Woher weiß ich, dass diese jetzt stimmt?«

»Das weißt du nicht. Das musst du mir glauben. Ich kann mir vorstellen, dass es dir schwerfällt, mir jetzt noch irgendetwas zu glauben. Aber ich habe ja einen Zeugen: Burkhard kann alles bestätigen, sobald er hier ist. Er war als Gast in einem ›Sicheren Haus‹ in Kapstadt untergebracht. Das ›Sichere Haus‹ gehört einem Juden, der für Israel unterstützend tätig werden wollte.« In dem Moment verstand Sattler, dass er dieses ›Sichere Haus‹ schon einmal von außen gesehen hatte. Als er Isabell mit dem Wagen gefolgt war. Er sah noch vor sich, wie sie damals beim Betreten des Grundstückes geduldig gewartet hatte, bis das Tor ins Schloss gefallen war. Das machte normalerweise niemand – außer, er war darauf trainiert worden. Wie Botschaftsangehörige. Und Geheimagenten?

»Stellen wir die Frage, ob ich dir glaube oder nicht, einfach für einen Moment zurück.« Sattler entschloss sich, nichts von seiner Verfolgungsfahrt und seinem frühen Verdacht gegenüber Isabell zu erwähnen. Er hatte das Gefühl, dass dies in der aktuellen Situation nicht hilfreich wäre. »Eine Frage, die sich mir aufdrängt: Was wolltet ihr denn von jemandem wie Burkhard wissen? Was kann er euch denn erzählen, was ihr noch nicht selbst wisst? Moment ... lass uns mal ein bisschen zur Seite gehen.« Er deutete auf den Boden. Aus einem Erdloch war ein kaum daumenlanger Skorpion gekrochen und hatte sich auf sie zu bewegt. »Die kleinen Skorpione sind besonders giftig«, sagte er dabei.

Isabell war von dem Spinnentier wenig beeindruckt, machte aber trotzdem einen kleinen Schritt zur Seite, und das wohl nur, um Sattler zu beruhigen. »Wir können auch gerne langsam wieder zurückgehen«, schlug sie vor. »Ich muss dir noch mehr erzählen.« Sie machten sich auf den Rückweg zum Hotel. »Burkhard ... warum Burkhard für uns von Interesse ist, fragst du dich?«, nahm sie den Faden wieder auf.

»So wie ich ihn kennengelernt habe, wäre er für einen skrupellosen Geheimdienst wie den Mossad kein ernst zu nehmendes Ziel. Ich finde ihn ganz im Gegenteil eher – ungeschickt. Woher kommt euer Interesse an ihm eigentlich?« Sattler machte keinen Hehl daraus, dass er sich noch keinen Reim auf die ganze Geschichte machen konnte.

»Ungeschickt ist er, da muss ich dir Recht geben. Das Problem ist, dass er zur falschen Zeit am falschen Ort war. Frank ...«, sie schaute Sattler mit ernstem Blick an. »Frank, alles, was ich dir jetzt erzähle, musst du wirklich für dich behalten. Es dreht sich um Leben und Tod.«

Sattler nickte stumm. »Um was geht es?«, brachte er flüsternd, fast tonlos hervor.

Ohne ihren Blick von Sattler abzuwenden, fuhr Isabell fort: »Wir haben von einem unserer Informanten aus einem Staat in der Golfregion – du musst es nicht wissen, aber ich sage es dir trotzdem: Katar – einen Hinweis bekommen. Diese Information war ursprünglich wenig konkret, aber trotzdem sehr überraschend. Es wurde in diesem Bericht der Staat Südafrika mit einem geplanten Terroranschlag in Verbindung gebracht. Das ist deshalb so ungewöhnlich, weil der Terrorismus bisher um das südliche Afrika einen großen Bogen gemacht hat. Das hat unterschiedliche Ursachen, die ich dir nicht alle aufzählen kann, die Beobachtung lässt sich aber erklären. Ein Grund ist die vergleichsweise gute wirtschaftliche Lage in den Ländern hier unten, bei der die Saat des Hasses, die manche säen möchten, nicht aufgeht – und die Unterstützung in der Bevölkerung gering ist. Aber egal, unser Kontaktmann konnte leider nicht genauer werden. Es gab nur die Information, in der die Begriffe Südafrika und Terroranschlag miteinander verknüpft wurden.«

Sattler hob die Schultern. »Ein bisschen unkonkret, findet ihr nicht? Dann seid ihr losgelaufen und habt ausgerechnet Burkhard geschnappt und ihn ausgequetscht, ob er etwas über diesen ominösen Terroranschlag weiß? Ausgerechnet Burkhard?« Mühevoll unterdrückte er ein Grinsen. Als er in Isabells ernstes Gesicht sah, verging ihm das Lachen augenblicklich.

Isabells Stimme wurde eindringlich. »Wenn es um einen Terroranschlag geht, dann gibt es eine Reihe von Zielen, die auf zwei unserer internen Listen stehen. Auf der einen Liste stehen gefährdete Personen – Politiker, Manager oder Gewerkschaftsfunktionäre. Auf der zweiten Liste stehen Sachziele, die von Terroristen bevorzugt angegriffen werden könnten. Das sind zum Beispiel Eisenbahnknotenpunkte, Kommunikationszentren für den Mobilfunk und natürlich Flughäfen. Ganz oben auf der Liste, also quasi als der feuchte Traum eines jeden Terroristen, steht ein Anschlag auf ein Atomkraftwerk.«

»Ein Anschlag auf Koeberg?« Fassungslos starrte Sattler sie an. »Wie sicher seid ihr da?«

»Es ist eines von mehreren Szenarien. Aber kein besonders schönes, das wirst du zugeben.«

Sattler schluckte schwer. »Was hat Burkhard damit zu tun?«

»Nichts«, antwortete Isabell und zuckte mit den Schultern. »Absolut nichts. Wir haben vor einigen Monaten einen Agenten in das Kraftwerk eingeschleust, nachdem wir das erste Mal von der Bedrohung erfahren haben. Wir sind auf ihn gestoßen, weil er als Besucher des Kraftwerks diesem Agenten durch seine Fragen und sein Verhalten aufgefallen ist. Aber wir haben unsere Zeit mit ihm verschwendet. Außerdem arbeitet Burkhard für eine Chemiefirma, was ja schon allein verdächtig genug ist.«

»Naja«, sagte Sattler, »das tue ich ja auch, und trotzdem habe ich nicht die Aufmerksamkeit des Mossad auf mich gezogen.«

Isabell sah ihn an, und in ihrem Blick lag eine Mischung aus Mitleid und echter Überraschung. »Wie kommst du denn darauf? Selbstverständlich sind wir auf dich aufmerksam geworden. Wir haben nur eine andere Taktik verwendet. Ich dachte, dass dir das jetzt klar wäre.«

Sattler war verblüfft. »Mir ist nichts klar. Was meinst du?«

Aus Isabells Blick war die Überraschung verschwunden. Jetzt war nur noch Mitleid übrig. »Als wir uns zum ersten Mal getroffen haben«, begann sie zu erklären, »am Hafen in Kapstadt, war das natürlich kein Zufall. Ich habe dich mit niemandem verwechselt. Ich bin dir gefolgt und habe auf den richtigen Moment gewartet, um dich anzusprechen. Ich war auf dich angesetzt.«

Sattler schüttelte jetzt sprachlos den Kopf.

Isabell sah das, und Sattlers Bestürzung schien ihr nicht gleichgültig. »Es tut mir leid, Frank. Du bist wirklich ein netter Kerl. Hätten wir uns unter anderen Umständen kennen gelernt, aus uns hätte etwas werden können. Aber die Zeiten sind zu unruhig und es gibt übergeordnete Ziele. Burkhard haben wir festgehalten, weil wir wussten, dass du ohne ihn nicht weiterfahren würdest. So hatten wir Zeit, uns über euch beide gründlich zu informieren. Aber ihr seid so unverdächtig, wie man nur sein kann.«

»Woher weißt du das?« Sattler wurde langsam wütend. Diese Frau, für die er vor Kurzem mehr als nur Sympathie empfunden hatte, hatte ihn nach Strich und Faden hinters Licht geführt.

»Ich habe ein spezielles Telefon, mit dem ich mit unserer Zentrale in Haifa telefoniere. Über diese Leitung habe ich vor zwei Tagen um Auskunft gebeten, und Haifa hat dann über den deutschen Generalkonsul in Kapstadt mit dem Auswärtigen Amt in Berlin Kontakt aufgenommen. Die Kollegen dort haben uns versichert, dass sie dich bitten werden, das Hotel nicht zu verlassen, sodass wir deine Überprüfung abschließen können. Wie gesagt, die ist jetzt erledigt.«

Sattler schaute Isabell lange und nachdenklich an.

Irgendetwas an ihrer neuen Geschichte war auch diesmal merkwürdig. Es war mehr ein Gefühl, aber ihm kam die komplette Aktion viel zu aufwendig vor. Es gab einen recht unspezifischen Verdacht, und ein kleines Land wie Israel schickte Agenten los, die sicher besseres zu tun hatten, als an Südafrikas Westküste zu ermitteln. Eine Agententätigkeit setzte bestimmt voraus, dass die südafrikanische Regierung einverstanden war. Offensichtlich bekam der Mossad ja sogar Unterstützung der Bundesregierung, denn das Auswärtige Amt hatte ihn ja über die Chemcons gebeten, auf keinen Fall weiter zu fahren. Ermittlungen nach Burkhards Aufenthaltsort wurden von übergeordneter Stelle durch die südafrikanische Polizei verhindert, Sattler musste an den Sperrvermerk denken.

»Warum seid ihr hier aktiv? Warum übernimmt nicht der südafrikanische Geheimdienst die Aktion? Dürft ihr überhaupt in einem fremden Land herumzuspionieren?«, fragte er so direkt wie möglich. Er brauchte jetzt einige zufriedenstellende Antworten.

Isabell ging einige Schritte zurück Richtung Hotel. Dann blieb sie wieder stehen und drehte sich zu Sattler um. »Ja, wir dürfen das. Wir haben die Erlaubnis vom Präsidenten persönlich erhalten. Wir dürfen auch Waffen tragen und benutzen, wenn es sein muss. Um auf den südafrikanischen Geheimdienst zurückzukommen: Ja, wir haben dort zuerst um Unterstützung gebeten. Aber was erwartest du von einer Polizei, die noch nicht einmal eine vernünftige Verkehrsüberwachung durchführen kann? Nichts. Und genau das ist auch bei unserer Anfrage herausgekommen: nichts. Haifa hat aus Johannesburg noch nicht einmal eine Antwort erhalten. Jetzt drängt die Zeit und ich bin froh, dass wir das selbst in die Hand genommen haben.«

Wirklich rund erschien ihm die von Isabell aufgetischte Geschichte immer noch nicht. Aber er wollte in diesem Moment nicht weiter nachbohren. »Wie auch immer«, wiegelte er deshalb ab, »es hat sich ja jetzt alles aufgeklärt. Was auch immer in Koeberg vorgeht oder nicht, scheint nicht weiter relevant zu sein. Ich bin kein Terrorist. Burkhard terrorisiert höchstens meine Nerven, ist aber keine echte Gefahr für die Allgemeinheit. Das habt ihr durch euren Geheimdienst jetzt herausbekommen, herzlichen Glückwunsch. Vielen Dank, dass du mir das alles erzählt hast, für eine Geheimagentin bist du ziemlich offen. Aber jetzt würde ich vorschlagen, dass Burkhard und ich«, Sattler blickte auf die Uhr und schien zu rechnen, »uns direkt morgen Früh auf den Weg machen, um die anderen Kunden abzuklappern. Die haben schließlich lange genug auf uns gewartet, und wir haben ja noch einen Job.« Sattler machte Anstalten, sich bei Isabell zu verabschieden. »Isabell, es tut mir auch sehr leid, dass wir uns unter solchen Umständen kennengelernt haben. Ich will dir aber sagen, dass ich dich für eine tolle und starke Frau halte, die ich sehr bewundere.«

Sie standen sich nun direkt gegenüber, auf einer staubigen, einsamen, von niedrigen, trockenen Sträuchern und Sukkulenten gesäumten Schotterstraße und schauten sich lange in die Augen. Außer einem leichten Säuseln des Windes herrschte absolute Stille.

Dann sagte Isabell mit fester Stimme: »Vielen Dank für deine Offenheit, ich weiß das sehr zu schätzen. Aber du wirst morgen nicht mit Burkhard losfahren.«

Sattler war verblüfft. »Aber warum denn nicht?«

»Weil du uns helfen wirst.«

Bevor Sattler antworten konnte – und ihm lagen einige Antworten auf den Lippen wie: Das ist wohl nicht dein Ernst oder: Ich lasse mich nicht so herumschubsen – hob Isabell unvermittelt beide Arme und begann, in Richtung Hotel zu winken. Dann rief sie: »Burkhard! Wir sind hier.«

Sattler drehte sich um und blickte zum Hoteltor hinüber. Tatsächlich, dort stand Burkhard, an seinem Bart unschwer auch auf die Entfernung zu erkennen. Er winkte zurück und bewegte sich jetzt etwas schwerfällig die Straße entlang. Er läuft eigentlich ganz normal, dachte Sattler. So wie man sich mit einem kompletten Satz Zehennägel bewegen würde.

»Hallo Burkhard«, rief Sattler, aber seiner Stimme fehlte die letzte Begeisterung. Er hob den rechten Arm zu einem lahmen Gruß. »Wie geht es?«

»Hallo Frank.« Burkhard hatte die beiden erreicht. Er klang reserviert und gab Sattler zur Begrüßung förmlich die Hand. Dann schaute er von Isabell zu Sattler und zurück. »Ihr kennt euch also? Davon hat mir Isabell gar nichts gesagt.«

Sattler wirkte verlegen. »Ja«, sagte er und blickte dabei zu Isabell. »Isabell ist in Sachen Geheimniskrämerei wirklich Spitze. Es ist schön, dass du wieder da bist, nachdem du so plötzlich verschwunden warst. Ich habe mir Sorgen gemacht. Ich habe nach dir suchen lassen.«

Burkhard hob abwehrend die Hände. »Entschuldige, ich hätte mich melden sollen. Mir wurde das alles plötzlich zu viel. Das hier ist für mich ein neues Land, das so anders ist als Deutschland. Ich musste einfach für ein paar Tage verschwinden. Wir haben dadurch leider einen Kundenbesuch verpasst, aber wenn du das in der Zentrale nicht an die große Glocke hängst, dann fällt das niemandem auf.«

Nicht an die große Glocke hängen, dachte Sattler. Du hast ja Vorstellungen. Es gab deinetwegen schon einen Krisenstab im Auswärtigen Amt. Sattler entschied sich jedoch, ihm diese Details zu ersparen. Er wäre dann für die nächsten Wochen aus Angst vor Konsequenzen keine Hilfe mehr.

»Wo warst du denn genau, wenn ich fragen darf?«, versuchte Sattler aus ihm heraus zu bekommen.

»Ich war ...«, Burkhard begann zögernd, schaute kurz zu Isabell, die aber keine Regung zeigte, »... eine Weile ausspannen. Mit einer Frau, wenn du verstehst, was ich meine. Ich musste mal weg. Isabell ... hatte mir ein Appartement für die Zeit vermittelt. In Kapstadt. Es war sehr ... interessant.«

»Aha.« Sattler war überrascht, dass Burkhard die viele Zeit in dem ›Sicheren Haus‹ nicht dazu genutzt hatte, sich eine vernünftige, halbwegs plausible Geschichte auszudenken. Er entschied sich, nicht weiter nachzuhaken. Er kannte die Geschichte ja ohnehin bereits. Außerdem war Burkhard ja wieder da und unversehrt, soweit er das feststellen konnte. Ob Isabell nun bei irgendeinem Geheimdienst war oder nicht, das war ihm mittlerweile auch egal. Er würde sich morgen früh Burkhard unter den Arm klemmen und sie würden in dem verdreckten Geländewagen den nächsten Kunden besuchen. Egal, was Isabell sagen würde. Und es war ihm auch gleichgültig, um was ihn das Auswärtige Amt bitten würde. Sie würden morgen von hier verschwinden. Er würde gleich noch Lelanie vom Hotel Bescheid sagen und dann morgen auschecken.

»Wie auch immer«, sagte er laut. »Burkhard, wir fahren morgen früh. Punkt. Isabell, dir wünsche ich alles Gute bei was auch immer. Wir sind raus.« Sattler bemühte sich, so resolut zu klingen wie er konnte. Dann stapfte er entschlossen in Richtung Hotel davon. Er spürte, wie Isabell und Burkhard ihm nur zögernd folgten. Er hatte das ungute Gefühl, dass beide miteinander hinter seinem Rücken nonverbal kommunizierten.

Plötzlich war Burkhard mit ihm auf gleicher Höhe und strich sich verlegen durch seinen graumelierten, filzigen Bart. »Du, Frank«, begann er. »Es gibt da etwas, was du wissen müsstest.«

»Es gibt da aber nichts, was ich wissen will. Wir fahren morgen früh zu unserem nächsten Kunden. Es ist mir egal, was ihr beiden offensichtlich ausgeheckt habt, ob ihr euch abgesprochen habt oder was auch immer. Ich werde von der Chemcons bezahlt und denen muss ich Rechenschaft ablegen. Und du übrigens auch, Burkhard.« Sattler warf ihm einen giftigen Blick zu.

Burkhard war, zu Sattlers großer Überraschung, gar nicht beeindruckt. Mit butterweicher Stimme sagte er: »Niemand verlangt so etwas von dir. Es ist nur so, dass wir einen Mitfahrer bekommen, mit dem du nicht gerechnet hast. Besser gesagt, eine Mitfahrerin.«

Sattler blieb unvermittelt stehen. »Wen denn?« Er brauchte eine Sekunde, dann ging ihm ein Licht auf. »Ach, dich, Isabell? Du willst mit uns fahren? Warum macht ihr da so ein Geheimnis draus? Das ist doch kein Problem. Aber, Moment mal, weißt du denn überhaupt, wo wir hinmüssen? Wir müssen nach Kimberley. Da wartet unser nächster Kunde.«

Isabell holte tief Luft. »Das glaube ich nicht«, erwiderte sie. »Wir müssen nach Wakkerstroom.«

Für einen Moment war es still. Die Sonne ging unter und tauchte die zahlreichen, am Wegesrand stehenden Kakteen in ein weiches Licht.

Sattler kämpfte mit sich, um die Selbstbeherrschung nicht zu verlieren. »Jetzt macht mir diese Geheimniskrämerin noch Vorschriften. Das gibt es doch nicht.« Er bemühte sich, bei diesen Worten nicht zu schreien. Dann sah er Isabells betroffenes Gesicht und seine Worte taten ihm sofort leid. »Entschuldigt. Ich versuche nur, meine Arbeit zu machen, aber ihr lasst mich nicht. In den vergangenen Stunden ist viel passiert. Isabell, du hast mich sehr enttäuscht durch die Lügen, die du mir aufgetischt hast. Das zerrt an meinen Nerven. Und jetzt soll ich für deine Organisation noch den Clown geben. Du musst verstehen, dass ich darauf keine Lust habe.«

Isabell antwortete, und in Sattlers Ohren klang sie nicht wirklich beleidigt ... eher emotionslos. »Ich mache auch nur meine Arbeit, Frank. Ich könnte jetzt sagen, dass dich das deutsche Auswärtige Amt, genau genommen der Außenminister persönlich, und der Präsident Südafrikas um deine Hilfe bitten. Ich könnte auch sagen, dass sich meine Organisation erkenntlich zeigen wird, wenn du uns hilfst. Aber ich hoffe, dass dich meine ehrlich gemeinte Bitte überzeugt. Frank. Bitte.«

So ein Quatsch, dachte Sattler. Außenminister, Präsident. Das wirkte auf ihn lächerlich überzogen – der Präsident sollte ihn um eine Mitfahrgelegenheit für Isabell bitten? Denn was sollte er beitragen können um, bitteschön, welches Problem überhaupt zu lösen? Ihn überkam das Gefühl, dass Isabell bei Weitem noch nicht alle Karten auf den Tisch gelegt hatte.

»Also gut«, sagte er nach einigen Sekunden des Abwägens. Das Risiko schien gering. »Dann fahren wir gemeinsam nach Wakkerstroom, wenn es euch so wichtig ist. Falls ich mich richtig erinnere, haben wir ja zufällig einen Kunden in diesem kleinen Nest. Ich hoffe, ihr seid jetzt alle zufrieden, bevor auch noch der Papst auftaucht und mich um meine Unterstützung bittet.« Bei seinen letzten Worten musste er sich beherrschen, nicht loszukichern. »Aber bevor wir losfahren hätte ich noch eine Bedingung: Ich will wissen, was gespielt wird.« Dabei schaute er Isabell ärgerlich an.

»Ich habe geahnt, dass du das verlangen würdest«, entgegnete Isabell, deren Stirn wieder die strengen Falten in Verlängerung des Nasenbeins zeigten. »Ich werde euch alles, was ihr wissen müsst, morgen auf der Fahrt erzählen.«

Burkhard nickte lethargisch. »Das wird bestimmt interessant.«

Zu dritt gingen sie zurück zum Hotelhauptgebäude und betraten das angeschlossene Restaurant in der Hoffnung, schon etwas zum Abendessen zu bekommen. Draußen war mittlerweile die Sonne untergegangen und es war frisch geworden. Leider war es zu kühl, um draußen auf der herrlich gelegenen Terrasse zu essen.

Sattler verkniff sich auch nur eine der zahlreichen Fragen zu stellen, die er an Isabell hatte. Warum sollte ihn der südafrikanische Präsident um irgendetwas bitten lassen? Dazu durch eine israelische Geheimagentin? Auf eine schlüssige Erklärung war er gespannt. Er kam sich vor wie in einem schlechten Spionageroman.

Statt seine drängenden Fragen zu stellen, hörte er geduldig Burkhard zu, der umständlich von seinen Erlebnissen der vergangenen Tage berichtete. Aus seinen Erzählungen entnahm Sattler, dass sein Kollege tatsächlich die Zeit im Wesentlichen in der Church Street in Bo-Kaap zugebracht hatte. Ganz offensichtlich freiwillig. Und offenbar war er die ganze Zeit gut versorgt worden, denn jetzt beklagte er sich über die Schnecken zur Vorspeise und bemängelte die angeblich zu hohe Knoblauchdosis. In den vergangenen Tagen, behauptete er, sei er besseres Essen gewohnt gewesen. Er setzte an zu erklären, dass er mit einer Knoblauchfahne wohl kaum die ›jungen Dinger‹ von sich würde überzeugen können, und Isabell verdrehte bei seinen wortreichen Ausführungen die Augen.

Sattler drehte sich demonstrativ von ihm weg und blickte Richtung Restauranttür, die in diesem Moment aufschwang. Ein junger schwarzer, schlanker und hoch aufgeschossener Mann betrat den Raum und blickte sich suchend um.

»Das gibt es doch nicht«, sagte Sattler, ergriff Isabells Arm und rüttelte daran, um ihre Aufmerksamkeit zu erhalten. »Isabell, schau' doch mal, wer gerade gekommen ist.«

In diesem Moment hatte Hillary die drei schon entdeckt und näherte sich ihrem Tisch. Sattler bemerkte seinen unsteten Blick. Er machte auf Sattler fast einen verwirrten Eindruck. Oder war er – schockiert?

»Hallo Hillary. Welche Überraschung! Kommen Sie doch zu uns. Sie sagten doch, sie müssten zurück zur Spätschicht.« Isabell hatte ihn nun auch entdeckt und machte mit dem Arm eine einladende Geste. »Setzen Sie sich doch bitte zu uns.«

»Was ist denn mit Ihnen los?«, fragte Sattler. »Haben Sie ein Gespenst gesehen?« Er war aufgestanden, um Hillary den Stuhl zurechtzuschieben. »Sie wirken so aufgeregt.«

Hillary blickte von Isabell zu Sattler, dann weiter zu Burkhard. An ihm blieb sein Blick einige Sekunden hängen. »Wir kennen uns, oder?«, fragte er dann mit leiser, brüchiger Stimme. »Sie waren doch auch bei uns im Kraftwerk, richtig?«

Burkhard nickte stumm. Selbst ihm war nicht entgangen, in welch schlechter Verfassung Hillary war. »Richtig, wir haben uns kurz im Kontrollraum gesehen. Es war dort sehr interessant.«

Jetzt nickte Hillary und wirkte dabei sehr erschöpft. »Ich ... ich glaube, ich habe vorhin einen Mord beobachtet.«

Für einen Moment lang sprach niemand. Alle drei starrten Hillary an.

Ein Gast bedankte sich dröhnend bei der Bedienung und verließ den Raum durch die Tür, die hinter ihm klappernd ins Schloss fiel. Um sie herum pulsierte das Leben, an ihrem Tisch dagegen schien es für einen Moment stehen zu bleiben.

»Was soll das heißen?«, fragte Isabell nach einem Moment.

Hillary vermied jeden Blickkontakt und betrachtete stattdessen die Tischplatte vor sich. »Ich glaube, François ist tot.«

Isabell atmete tief aus. »Oh«, entfuhr es ihr. Sattler hörte, wie sie wieder tief einatmete und jetzt stoßweise ausatmete. Er schaute ihr ins Gesicht. Waren das Tränen, die sich in ihren Augenwinkeln gebildet hatten? Aber wieso, schoss es ihm durch den Kopf. Sie hatte doch François gar nicht gekannt.

Oder doch?

Was wurde hier gespielt? Diese Frage drängte sich ihm immer mehr auf. Was war los?

Isabell stand abrupt auf, warf dabei ihren Holzstuhl um und murmelte: »Ich bin gleich wieder da.« Dann verließ sie das Restaurant. Sattler konnte erkennen, wie sie an der frischen Luft vor der Tür stehenblieb. Offenbar wollte sie einen Moment alleine sein.

Sattler wandte sich an Hillary. »Was genau ist passiert? Haben Sie gesehen, wer es war? Ich meine, wer François getötet hat?«

Der Schwarze nickte. »Dokotela. Es war Dokotela. Er hat François im Abklingbecken des Kraftwerks ertränkt.«

Sattler starrt ihn mit offenem Mund an. »Er hat was?«

»Er hat ihn ertränkt. Wie einen Hund. Ich habe beide beobachtet, wie sie miteinander gekämpft haben. Dokotela hatte eine Pistole, aber François hat sich gewehrt und ihm die Waffe fortgenommen. Dann ist er in das Becken gestürzt. Dokotela hat nicht zugelassen, dass er sich wieder über den Beckenrand in Sicherheit bringt, sondern ist hinterher gesprungen und hat sich auf seinen Kopf gesetzt. François hat sich danach nicht mehr gerührt. Dann bin ich weg.«

Burkhard mischte sich ein. »In das Abklingbecken? Dann ist Dokotela jetzt bestimmt verstrahlt, oder?«

»Was?« Hillary schien wegen des Einwandes verwirrt. »Nein, ausgeschlossen. In dem Wasser befindet sich keine Radioaktivität, solange die Zirkonium-Hüllrohre dicht sind. Außer ein bisschen Tritium, das spielt aber biologisch keine Rolle. Im Übrigen habe ich gerade erzählt, dass François vor meinen Augen umgebracht wurde. Das haben Sie schon mitbekommen, oder?« Er schien sich, trotz seines angegriffenen, seelischen Zustandes, über Burkhard zu ärgern.

»So etwas ansehen zu müssen ist bestimmt schrecklich«, sagte Sattler. »Was sagt die Polizei? Wurde Dokotela verhaftet? Warum sind Sie eigentlich hier und nicht in einem Verhör, wie man es erwarten sollte?«

Hillary hörte ihm gar nicht zu, sondern sprach einfach weiter. »Ich frage mich die ganze Zeit, ob ich ihm hätte helfen können. Aber es ging alles so schnell. Zum einen hatte Dokotela eine Pistole. Zum anderen hatte ich einfach Angst ... die Polizei weiß nichts davon. Ich war nicht da. Und ich werde auch nicht hingehen.«

Burkhard machte ein überraschtes Gesicht. »Ach, die Polizei weiß noch gar nichts? Warum gehen Sie denn nicht hin und erzählen alles? Sie sind doch ein wichtiger Zeuge.«

»Ich kann nicht.« Hillary schien in sich zusammen zu sinken. »Ich verliere meinen Job. Dokotela wird meine Aussage in Zweifel ziehen. Er wird mich wie einen Idioten aussehen lassen, ich kenne ihn. Er wird behaupten, François ist verreist, und die Leiche hat er vermutlich im radioaktiven Teil der Anlage versteckt. Da sucht kein Polizist freiwillig, das können Sie mir glauben. Zu einer Suche würde es aber erst gar nicht kommen, denn Dokotela kennt den Polizeichef.« Er sah Burkhards ungläubiges Staunen. »So läuft das eben bei uns. Besser sie gewöhnen sich früher als später daran.« Bei seinen Worten zuckte er gleichgültig mit den Schultern.

Die Tür öffnete sich. Sattler sah, wie Isabell, die sich etwas gesammelt hatte, zurück zu ihrem Tisch kam. Sie hatte definitiv geweint und machte jetzt ein versteinertes, aber gleichzeitig entschlossenes Gesicht. Sattler konnte ihre Gefühlsregung nicht recht deuten. Sie schien wütend zu sein.

Sie nahm wieder neben Sattler Platz und schob den halbleeren Teller mit ihrem Abendessen weit von sich.

»Woher kanntest du François?«, fragte Sattler und versuchte, dabei so einfühlsam wie möglich zu klingen.

Isabell machte keine Anstalten zu antworteten. An ihrer Stelle ergriff Hillary das Wort. »Natürlich kennen sich die Beiden. François hat doch den Kontakt zwischen mir und Isabell hergestellt. Er hat in Frankreich für eine Zeitung gearbeitet, bevor er bei uns die Abteilung für ›Externe Kommunikation‹ übernommen hat. Für dieselbe Zeitung, für die Isabell jetzt auch arbeitet.«

Sattler sah, wie Burkhard gerade den Mund aufmachen wollte, um etwas zu sagen. Sattler trat mit aller Gewalt Richtung Burkhards Schienbein. Er verfehlte es aber, sein Fuß rutschte ab und traf das Tischbein. Seine Maßnahme zeigte trotzdem Wirkung. Burkhard blieb still, und seinen wütenden Blick ignorierte Sattler. Hillary musste ja von Isabells richtigem Job nichts wissen. Und wenn doch, dann sollte Isabell ihm das selbst sagen.

Gleichzeitig wurde Sattler durch diese Worte klar, was es mit

François auf sich hatte. Er war der Kontaktmann im Kraftwerk gewesen, von dem Isabell gesprochen hatte. Wenn nämlich François früher für eine Zeitung gearbeitet hatte, über die er zur Reporterin Isabell Kontakt bekommen hatte – er hatte ja Hillary für das Interview heute Nachmittag empfohlen – dann wäre die Legende perfekt gewesen. Nachdem Sattler herausbekommen hatte, dass Isabell eine Mossad-Agentin war, konnte diese Geschichte aber nicht mehr stimmen. Also musste auch François ein Agent sein.

Das ging gar nicht anders.

Insgeheim bewunderte Sattler den Dienst für seine geschickte Arbeit. Offenbar hatte dieser vor einiger Zeit Informationen über einen bevorstehenden, terroristischen Akt erhalten. Dann wurde vor wenigen Monaten mit François ein Informant, getarnt als Leiter für Öffentlichkeitsarbeit, eingeschleust. Viel länger konnte das nicht zurückliegen, denn sein Werksausweis war in Koeberg noch nicht einmal freigeschaltet gewesen. François wiederum gewann das Vertrauen wichtiger Angestellter, zum Beispiel von Hillary, und brachte ihn dazu, an einem als Interview getarnten Verhör teilzunehmen. Kompliziert, aber effektiv und ausgezeichnet organisiert. Vielleicht hatten Isabell und François sogar noch andere Angestellte mit Geld für ein Interview geködert.

Aber das war jetzt egal. François war tot. Warum?

»... und deshalb bin ich schließlich hierhergekommen.« Hillary beendete gerade einen Satz. Sattler hatte nicht zugehört und musste jetzt versuchen, sich aus den Fragen der anderen zu erschließen, was er erzählt hatte.

»Ich wüsste nicht, wie ich das in meine Story packen soll«, sagte Isabell leise. »Die Idee ist natürlich gut, zumindest, wenn man, so wie Sie, nicht zur Polizei gehen kann. Aber ich kann in meinem Artikel auf keinen Fall Ross und Reiter nennen. Dokotela würde mich und meine Zeitung verklagen. Wir haben keine stichhaltigen Beweise. Ja, mit Hillary gibt es zwar einen Zeugen«, sie wandte sich an Sattler und Burkhard, »aber er wird kaum aussagen, zumindest würde ich ihm das im Moment nicht raten. Wie sehen sie das? Kann ich so eine Story bringen?«

»Arbeiten Zeitungen nicht immer so? Andeutungen machen, für die es keine Beweise gibt? Menschen, im Gegenlicht einer Schreibtischlampe als Scherenschnitt dargestellt, die mit elektronisch verstellter Stimme und damit in absoluter Anonymität irgendwelche Anklagen erheben, um so wahlweise ihre ehemaligen Kollegen oder Mitarbeiter oder Chefs zu diskreditieren?« Sattler zuckte bei seinen Worten die Schulter. »Du wärst mit so einem Vorgehen auf jeden Fall in bester Gesellschaft. Klar kannst du das so machen. Macht ja jeder.«

Er blickte zu Burkhard, der neben ihm saß und völlig verstört schien. Sattler hoffte, er würde einfach den Mund halten und sich mit Bemerkungen wie: »Aber Isabell ist doch in Wirklichkeit eine Geheimagentin ...« zurückhalten.

»Ich glaube nicht, dass mir das hilft, wenn ich darüber nachdenke«, lenkte Hillary plötzlich ein. »Der Artikel erscheint auch erst in ein paar Wochen, oder? Außerdem hat der Tod ihres Kollegen sicher Auswirkungen auch auf Ihre Tätigkeit als Reporterin vor Ort. Davon abgesehen, niemand geht nach solch einem tragischen Verlust einfach so zur Tagesordnung über. Sie beide scheinen sich außerdem besser gekannt zu haben, als es mir auf den ersten Blick schien.« Er blickte Isabell ernst ins Gesicht. Sattler konnte erkennen, wie sie ihre Tränen nur mit Mühe zurückhielt. »Es tut mir von Herzen leid«, sagte Hillary. Er machte Anstalten, aufzustehen. »Ich glaube, ich gehe jetzt besser. Es war vielleicht gar keine gute Idee, hierher zu kommen.«

Isabell sprang von ihrem Stuhl auf, stellte sich Hillary in den Weg und fasste ihn an der Schulter an. »Nein, bitte gehen Sie nicht. Wenn es so ist, wie Sie sagen, sind Sie in Gefahr. Sind Sie sicher, dass Dokotela Sie nicht gesehen hat?«

Hillary schluckte. An seinem Gesichtsausdruck konnte Sattler die Antwort ablesen. »Nein«, sagte er, »ich kann nur sagen, dass mir vom Reaktor bis hierher niemand gefolgt ist. Kein gelber Porsche. Aber ich denke, Dokotela ahnt, dass ich etwas gesehen habe. Früher oder später wird ihm außerdem auffallen, dass ich nicht auf meiner Schicht bin. Er wird dann eins und eins zusammenzählen. Ich habe mich zwar auf dem Weg hierher per E-Mail krank gemeldet, aber ihm wird natürlich der zeitliche Zusammenhang zwischen der Krankmeldung und dem Mord auffallen. Ich gehe da nicht mehr freiwillig hin, bevor dieser Dokotela nicht verschwunden ist. Auf gar keinen Fall.«

»Dass Sie sich abgemeldet haben, ist gut und kann uns etwas Zeit bringen«, entgegnete Isabell. »Bleiben Sie ruhig, Hillary! Außerdem bitte ich Sie alle hier zu bleiben, bis ich wieder da bin. Ich muss etwas klären, das wird nicht länger als zehn Minuten dauern. Bitte Hillary.« Sie drückte ihn sanft auf den Stuhl zurück, was er willenlos mit sich geschehen ließ.

Isabell verließ das Restaurant, wobei ihr Sattler nachdenklich hinterher sah. Burkhard kümmerte sich derweil wieder um seinen Teller mit den Schnecken. Als hätte es Hillarys dramatische Erzählung nicht gegeben und als hätten sie dadurch keine anderen Sorgen, beugte er sich mit einem kritischen Gesichtsausdruck über das Gericht mit den kleinen Kriechtieren und sagte: »Da ist wirklich viel zu viel Knoblauch dran. Will jemand mal probieren?« Er blickte erwartungsvoll in die Runde. Niemand wollte.

Sattler sah, dass Hillary zitterte, obwohl es wirklich nicht kalt war. Sein Verhalten erinnerte ihn an die ›Kriegszitterer‹ aus dem Ersten Weltkrieg, die zu lange unter Todesangst in Schützengräben gelegen hatten und dadurch nervlich völlig zerstört worden waren. Hillary stand unter Schock.

Das ist kein Wunder bei dem, was er mitgemacht hat, dachte Sattler. Das alles ist zu viel für ihn. Wir können ihn in diesem Zustand nicht alleine lassen. Außerdem hatte er möglicherweise Recht, was seine Einschätzung von Dokotela betraf: Der Mann war beim ANC und hatte sicher viele Kontakte, sonst wäre er nicht Direktor geworden. Hillarys Angst vor der Polizei schien berechtigt.

Sattler stocherte nachdenklich mit seiner Gabel in den wenigen, übrig gebliebenen, gebratenen Hühnerlebern herum, die vor ihm in einem Schüsselchen lagen. Er hatte versehentlich die indische Variante bestellt, und die kleinen, gebratenen Lebern waren sehr scharf. So viel Cola konnte er gar nicht trinken, wie er gebraucht hätte, um die Schärfe herunterzuspülen.

»Wo ist sie jetzt hingegangen?«, fragte Hillary Sattler mit ängstlich zitternder Stimme. Er machte den Eindruck, als habe er Schüttelfrost.

»Die führt gerade wieder von ihrer Hütte aus ganz geheimnisvolle Gespräche. Isabell ist nämlich eine ganz geheimnisumwitterte Frau«, antwortete Burkhard, ohne aufzusehen. Er schob sein Esssen auf dem Teller gelangweilt hin und her.

Hillary schien mit der Bemerkung nichts anfangen zu können,

schaute von Burkhard zu Sattler und rutschte auf seinem Stuhl hin und her. Er wischte sich mit einem Taschentuch aus seiner Hosentasche dicke Schweißtropfen von seiner schwarzen Stirn.

»Wir müssen auf ihn aufpassen«, flüsterte Sattler Burkhard zu, »sonst bricht er uns noch zusammen.«

»Möchten Sie vielleicht etwas essen?«, fragte Burkhard, an Hillary gewandt. »Das wird Ihnen sicher guttun. Wie wäre es mit Schnecken?«

Wie angekündigt war Isabell zehn Minuten später wieder zurück. Sattler versuchte ihre Miene zu deuten: Besorgt schien der richtige Begriff zu sein. Sie kam entschlossen auf die drei am Tisch zu.

»Ich muss mit euch sprechen.« Sie blickte sich im Lokal um, das mittlerweile etwa zur Hälfte gefüllt war. »Allein.«

Die drei Männer folgten ihr zögerlich aus dem Restaurant. Isabell setzte sich an den großen Holztisch, an dem sie mit Sattler gegen Mittag gesessen hatte. Der Pool wirkte in der eingebrochenen Dunkelheit geheimnisvoll und plätscherte leise vor sich hin. Der Vollmond war zwischen den wenigen Wolken hervorgekommen und tauchte die ganze Szene in ein mildes, weißes Licht. Sie setzten sich, Sattler und Burkhard auf der einen, Isabell mit Hillary auf der anderen Seite. Eine kleine Öllampe auf der Tischplatte sorgte für ein warmes Licht.

Ohne lange Umschweife eröffnete Isabell das Gespräch. Sie sah dabei zuerst Hillary an. »Wir sind uns einig, dass wir morgen nach Wakkerstroom fahren. Frank hat zugestimmt, Burkhard hat auch keine Einwände. Ich möchte Sie, Hillary, bitten mitzukommen.«

Hillary machte einen erstaunten Eindruck. »Wakkerstroom? Wo liegt das denn? Und was sollte ich denn dort? Und warum mit Ihnen? Also, ich weiß zu schätzen, dass Sie mir helfen wollen. Aber ich komme mit Dokotela auch so irgendwie klar. Bitte, machen Sie sich um mich keine Sorgen.« Der schlaksige junge Mann wirkte zunehmend unbeholfen und verzweifelt.»Ich werde mich bei meiner Tante verstecken. Oder ich verschwinde in einem der Squattercamps in der Nähe von Kapstadt. Vielleicht kann ich dort so lange bleiben, bis Sie, Isabell, den Artikel veröffentlicht haben und Dokotela auf Druck der Öffentlichkeit verschwinden muss. Dann tauche ich wieder auf und bekomme meine alte Stelle zurück. Ich finde, das klingt doch wie ein Plan, oder finden Sie nicht?« Er schaute verunsichert in die Runde.

»Nein«, sagte Isabell nach einer Sekunde. »Das klingt sogar überhaupt nicht nach einem Plan.«

»Warum?«

»Weil es diesen Artikel gar nicht geben wird. Hillary, ich bin eben aus dem Restaurant verschwunden, weil ich etwas klären musste. Ich musste herausfinden, ob ich Ihnen trauen und sagen darf, dass ich gar keine Journalistin bin. Ich bin eine Geheimagentin.«

Hillary reagierte auf ihre letzten Worte mit Fassungslosigkeit. Er starrte sie mit leicht geöffnetem Mund eine Weile lang an, was ihm nicht gerade einen intelligenten Ausdruck verlieh. »Wie, Geheimagentin?«

»Ja, ich arbeite für den Mossad, den israelischen Auslandsgeheimdienst. Ich habe eben die Genehmigung bekommen, Ihnen das mitzuteilen. Wir observieren das Atomkraftwerk in Koeberg schon seit einiger Zeit. François, dessen Tod ich vorhin aus einer zweiten Quelle bestätigt bekommen habe, war auch Agent unseres Dienstes. Er hat Sie angeworben, uns zu helfen, ohne dass Ihnen diese Tatsache bewusst war. Das Interview heute haben sie in Wirklichkeit mit der Agentin eines fremden Landes geführt.«

Sattler konnte in Hillarys Mienenspiel erkennen, wie er von der Vielzahl neuer Informationen quasi überrollt wurde. Für einen Moment schienen ihm seine Gesichtszüge zu entgleiten. Dann fing er sich wieder. »Eine Agentin? Soll das ein Witz sein?«

»Nein, es stimmt«, antwortete Burkhard tonlos. »Sie ist eine Geheimagentin. Wobei sich der Begriff ›geheim‹ gerade relativiert.« Irritierte schaute Hillary zu ihm hinüber, dann wieder zu Isabell.

»Was wollen Sie von mir?«, fragte er schließlich leise und klang eingeschüchtert.

Isabell sagte etwas, das auch Sattler überraschte. »Ich möchte, dass Sie mitkommen. Wir brauchen Ihre Hilfe.«

Hillary reagierte zunächst nicht weniger ablehnend als Sattler in derselben Situation kurz zuvor. Aber Hillary ließ sich leicht umstimmen, als ihm Isabell Hilfe bei der Sicherung seines Arbeitsplatzes im Kraftwerk von Koeberg versprach. Er sollte zunächst einige der ihm zustehenden Krankentage nehmen und für eine Weile von der

Bildfläche verschwinden, indem er mit der Gruppe nach Wakkerstroom fahren würde. Falls seine Unterstützung notwendig werden würde, schlug ihm Isabell vor, könnte er immer noch entscheiden, ob er helfen wollte oder nicht. In der Zwischenzeit, so versprach sie, würde der Mossad mit Dokotela in einer geeigneten Form – Isabell ließ dabei offen, was das genau bedeuten sollte – Kontakt aufnehmen und ihn notfalls in Sachen Hillary umstimmen. Sollte sich Dokotela weigern, würde der Dienst versuchen, Druck aufzubauen und Dokotela öffentlich durch die Bekanntgabe gewisser persönlicher Information zu diffamieren, bis er sich zu einem Rücktritt gezwungen sah. Um welche kompromittierenden persönlichen Informationen es sich genau handelte, dazu schwieg sich Isabell aus. »Das«, beendete Isabell ihren Monolog zufrieden, »klingt für mich nach einem Plan.«

Obwohl Isabells Versprechungen in Sattlers Ohren fadenscheinig und unkonkret klangen, schien sich Hillary an jeden Strohhalm zu klammern.

Er nickte heftig. »Gut, ich komme mit. Vermutlich bin ich bei Ihnen sicherer als bei mir zu Hause oder bei meiner Tante. Weil wir jetzt eine Weile gemeinsam unterwegs sein werden, möchte ich vorschlagen, dass wir uns duzen.« Die drei anderen nickten bestätigend. »Was genau machen wir in Wakkerstroom?«, fragte Hillary dann.

»Ich erkläre alles auf dem Weg dahin. Die komplette Geschichte«, sagte Isabell, und Hillary schien sich damit zufriedenzugeben.

Die komplette Geschichte bestimmt nicht, dachte Sattler. Du erzählst immer nur die Hälfte.

Die Gruppe beschloss, am nächsten Morgen früh aufzustehen, sodass sie am späten Nachmittag in Wakkerstroom sein konnten. Burkhard hatte eingewilligt, alle im Geländewagen mitzunehmen. Sattler verkniff sich Bemerkungen über den liederlichen Zustand des Wageninneren, aber abgesehen von dem Müll, den er selbst ja auch nicht weggeräumt hatte, hielt er den Wagen für viel zu klein für so viele Leute mit Gepäck. Auf der anderen Seite fiel ihm ein, dass Hillary auf seiner übereilten Flucht nur das dabei hatte, was er am Leib trug. Vielleicht würde es gehen, aber eng würde es auf jeden Fall sein.

Sattler ging in seine Hütte zurück und warf sich ermattet auf sein Bett. Obwohl er völlig erschöpft war, bekam er kein Auge zu.

Da war das plötzliche Auftauchen von Burkhard, der einige Tage ›Urlaub‹ in Kapstadt gemacht hatte. Er hatte ihm kaum etwas von seinem Aufenthalt erzählt, aber zumindest Isabells Geschichte indirekt bestätigt. Er war davon überzeugt, dass sie eine Mossadagentin war.

Gut, dachte sich Sattler, dann stimmt das ausnahmsweise. Isabell ist eine Agentin und er war bereit, das zu glauben.

Dann war Hillary mit der unglaublichen Geschichte über die Ermordung von François im Abklingbecken des Kernreaktors von Koeberg hereingeplatzt. Dokotela soll es gewesen sein. Konnte man diese Story wirklich glauben? Offensichtlich gab es keine weiteren Zeugen.

François' Tod hatte Isabell bestätigt bekommen. Durch wen eigentlich? Unklar. War der Täter tatsächlich Dokotela? Auch unklar. Schließlich konnte irgendwer François auf weniger fantasievolle Art irgendwo anders getötet haben, letztlich sogar Hillary selbst. Sattler stellte sich vor, wie Hillary und François am Wasserbecken miteinander rangen. Beide waren schlank und drahtig, es war für ihn nicht eindeutig, wer von ihnen in einem solchen Ringkampf der Überlegene gewesen wäre. Aber davon abgesehen: Warum sollte Hillary François umbringen? Auf der anderen Seite galt das auch für Dokotela. Auch er hatte kein offensichtliches Motiv, um François zu töten.

Was genau war am späten Abend in diesem Teil der Anlage passiert? Was hatte François dort zu dieser Zeit zu suchen? Er war offiziell für die Kommunikation zuständig, warum trieb er sich in dieser Halle herum? Dazu noch in einem so kritischen Teil der Anlage? Und Dokotela, der den technisch Ahnungslosen gab, aber durch und durch korrupt schien? War der eine dem anderen gefolgt und war es zufällig dort zum Showdown gekommen?

Für Sattler waren das in seinem völlig übermüdeten und gleichzeitig aufgekratzten Zustand eindeutig zu viele Fragen. Dazu kam, dass François angeblich ebenfalls ein Agent des Mossad war. Er wälzte sich hin und her, gleichzeitig hörte er das Summen einer Mücke, die immer wieder an ihn heran flog und offenbar nur noch die passende Einstichstelle suchte. Sattler schlug wie wild nach ihr, gab dann aber auf, schaltete das Licht an und suchte in einem Schrank das Insektenspray, das in jedem guten Hotel der Gegend vorhanden war. Er nebelte das Zimmer komplett ein und um nicht zu viel des Sprays einzuatmen, ging er im Schlafanzug vor die Tür und setzte sich für einen Moment an den Tisch vor seiner Holzhütte.

Er blickte zufällig zu Isabells Hütte. Ganz offensichtlich war er nicht der einzige, der noch nicht schlafen konnte. Das flackernde Licht eines Monitors erhellte schwach eines der Fenster. Sattler widerstand der Versuchung, hinüber zu schleichen und durch das Fenster zu schauen. Er öffnete die Tür zu seiner eigenen Hütte und wedelte mit der Hand hin und her, um die Reste der Insektengiftschwaden zu vertreiben.

Sattler ließ sich wieder aufs Bett fallen.

Immerhin, das Summen hatte aufgehört.

Sattler erschien es, als wären nur wenige Minuten vergangen, als es leise, aber anhaltend an seine Tür klopfte. Er drehte sich in seinem Bett um und suchte sein Handy, in das er das Ladekabel des Adapters eingesteckt hatte. Sattler fühlte sich völlig zerschlagen. Wenn die Uhr auf seinem Handy nicht log, war es allerdings schon halb sieben.

»Ist alles in Ordnung?«, fragte eine gepresste Stimme vor seiner Tür. Es musste Isabell sein.

»Ja, selbstverständlich«, rief er zurück und versuchte dabei, möglichst munter zu klingen. »Ich bin fast fertig.« Sie hatten als Abfahrtszeit sieben Uhr vereinbart. Frühstück gab es ab sechs. Jetzt musste er sich beeilen, denn von ›fast fertig‹ konnte natürlich keine Rede sein.

Er sprang aus dem Bett und versuchte, die Müdigkeit durch eine kalte Dusche zu vertreiben. Dann suchte er sich ein frisches Hemd aus seinem mittlerweile völlig zerwühlten Koffer und zog sich an. Schließlich ging er durch den kleinen Park zum Hauptgebäude mit Frühstücksraum.

Hier waren alle versammelt: Zum einen saß da Hillary, der offensichtlich gestern Abend noch ein Zimmer ergattern konnte. Sattler überraschte das nicht, denn das Hotel hatte noch viele freie Kapazitäten. Er trug dieselbe Kleidung wie gestern, was kein Wunder war, denn wo hätte er auf die Schnelle etwas anderes herbekommen sollen. Davon abgesehen wirkte er deprimierter und verzweifelter als am Abend zuvor.

Neben ihm saß Isabell, und ihre Gesichtszüge mit den markanten sympathischen Falten auf ihrer Stirn kamen ihm vertrauter vor als jemals zuvor. Sie machte einen übernächtigten Eindruck. Kein Wunder, sagte sich Sattler, wenn sie nachts so lange arbeitet.

Burkhard war gerade auf dem Rückweg vom Buffet und hatte sich seinen Teller mit Obstsalat, Toast, Spiegeleiern und gebratenem Speck vollgeladen. Er balancierte alles zu dem gemeinsamen Tisch, nickte Sattler zur Begrüßung kurz zu und stellte sein Frühstück ab.

»Die beiden wollten auf dich warten bevor sie anfangen«, erklärte er dabei. »Aber ich hatte schon so einen Hunger.« Mit diesen Worten setzte er sich hin und begann, den gebratenen Schinken kleinzuschneiden und in sich hineinzustopfen.

»Guten Morgen«, grüßte Sattler seine neuen Mitfahrer verspätet. »Ich hoffe, ihr habt alle gut geschlafen. Ich leider nicht.«

»Wir müssen los« Isabell schaute ihn an, und er sah einen Vorwurf in ihrem Blick. »Es geht nicht um Ausschlafen oder nicht, und auch nicht um müde oder wach. Es geht jetzt nur um ›rechtzeitig‹ oder eben nicht.« Isabell wirkte hektisch.

Sattler betrachtete sie einen Moment lang nachdenklich. Meinte sie wirklich seine im Grunde genommen unbedeutende Verspätung? War sie deshalb verärgert? Eigentlich war es doch gleichgültig, ob sie einige Minuten früher oder später losfahren würden.

Aber vielleicht war er noch nicht klar genug im Kopf, um das zu verstehen. Ihr Blick dagegen sprach Bände: war er gestern tief besorgt gewesen, dann war er jetzt irgendwie intensiver. Sattler suchte den richtigen Begriff. War sie überreizt, wirkte sie wie eine Getriebene? Sicher, aber in ihren Augen spiegelte sich noch etwas anderes. Etwas, das ihn verstörte: Isabell war von etwas ergriffen, das sie nur schwer unter Kontrolle halten konnte.

Von Panik.

Dieses Gefühl erschien ihm völlig deplatziert. Der Morgen hatte ganz ruhig begonnen, die angenehm warme Luft, die in einer leichten Brise durch den kleinen Park gezogen war, hatte ihm auf dem Weg trotz seiner Übermüdung innere Ruhe gespendet. Hier, im Frühstücksraum des kleinen Hotelrestaurants, gab es zwar die übliche Betriebsamkeit durch die mehrheitlich schwarzen Servicekräfte, die von der Küche in den Gastraum kamen und wieder zurückgingen, aber auch hier war von Hektik nichts zu spüren.

Sattler entschloss sich, Isabell einfach und direkt zu fragen. »Isabell, was ist? Du wirkst so nervös. Ist alles in Ordnung?«

Isabell blickte sich um, offensichtlich um sicher zu stellen, dass niemand an den Nachbartischen zuhörte. »Nichts ist in Ordnung. Gar nichts«, zischte sie dann gerade so laut, dass Sattler, Hillary und Burkhard es hören konnten. »Es ist alles viel schlimmer als gedacht. Wir müssen so bald wie möglich los und dürfen keine Minute mehr verlieren.«

Hillary schaute irritiert vom einen zum anderen. Sein Blick blieb dann wieder an Isabell hängen. »Was ist denn los?«

»Die Details«, erwiderte sie, »erzähle ich euch, wie versprochen, gleich im Auto.«

Kapitel 17

Danie war nervös. Er konnte sich das gar nicht richtig erklären, denn es gab keinen objektiven Grund.

Eigentlich waren ihm Regungen wie Nervosität, Angst oder Unsicherheit völlig fremd, so wie ihm viele andere menschliche Gefühle unbekannt waren. Er verachtete die Gefühlswelt seiner Mitmenschen sogar. Mitleid mit einem anderen Menschen war für ihn beispielsweise ein Zeichen von Schwäche. Freude an schönen Dingen wie Kunstwerken oder auch nur an einer duftenden Blumenwiese oder der Natur als solches hatte er bei anderen Menschen zwar oft beobachtet – wie etwa bei diesen Vogelkundlern, die sich immer hier herum trieben – aber nie nachvollziehen können. Für Danie war ›Freude‹ Zeitverschwendung, die er verachtete. Die Dinge waren nun einmal so, wie sie waren. Warum konnten sich seine Zeitgenossen so sehr dafür begeistern, dass sie die Natur Stunde um Stunde beobachteten?

Warum liebte und heiratete ein Paar? Romantische Gefühle lagen außerhalb seiner Vorstellungskraft. Für ihn war die Heirat nur eine Form der wirtschaftlichen Abhängigkeit, in die sich die Leute unnötigerweise begaben.

Für ihn wäre eine Heirat nie infrage gekommen. Es war nicht so, dass er keine Frau gefunden hätte. Es wäre natürlich eine Weiße gewesen, denn ein weißer Südafrikaner würde nie eine Schwarze heiraten, auch wenn sie noch so gut aussähe. Weiße, die im Land mit einer Schwarzen verheiratet waren, kamen in der Regel aus Europa oder Amerika.

Nein, er hätte irgendwo sicher eine Frau gefunden, aber es gab zwei Dinge, die gegen eine Heirat sprachen. Zum einen würde ihn eine Ehefrau Geld kosten, viel Geld. Dafür war er zu geizig. Zum anderen versprach er sich davon gar nichts, abgesehen vielleicht von einer gewissen gesellschaftlichen Anerkennung mit positiven Auswirkungen auf seine Geschäftsbeziehungen. Liebe und Zuneigung, zwei Begriffe, die er in unterschiedlichen Abwandlungen immer wieder den Titelseiten der Klatschpresse unten in Louisas Lädchen entnehmen konnte, waren für ihn nur eine bedeutungslose Aneinanderreihung von Buchstaben.

Er hatte sich selbst getestet, indem er sich vorstellte, dass Muhammar, den er von allen Menschen am längsten kannte, tot wäre. Konkret hatte er sich eine Situation ausgemalt, in der er Muhammar einfach erschießen würde. Was würde er empfinden? Er begann, sich die Szene möglichst realistisch vorzustellen: Muhammar lag vor ihm auf dem Laborboden in einer großen Blutlache, in der Brust von einer einzigen Kugel getroffen, und Danie hielt den noch rauchenden Revolver in der Hand. Er sah, wie Muhammars Gesichtszüge langsam erstarrten, während das Leben aus ihm wich. Er würde dann keinen Menschen mehr auf der Welt haben, mit dem er unbeschwert würde reden können.

Er versuchte herauszubekommen, was die Vorstellung einer solchen Szene in ihm für Gefühle auslösen würden.

Lange dachte Danie darüber nach, stellte sich alles möglichst wirklichkeitsgetreu vor, prüfte sich und seine Emotionen und kam dann zu dem Schluss: keine.

Seine Gedanken schweiften schnell in eine andere Richtung ab, in der es eher um praktische Schritte ging, die nach einem Mord nötig wurden. Wohin mit Muhammars Leiche? Die Erde draußen wäre trocken und hart, und die Nachbarn würden es sehen, wenn er begänne, ein tiefes Grab zu schaufeln. Er würde außerdem das Blut aufwischen müssen, und zwar so gründlich, dass die Polizei mit ihrer Ninhydrin-Lösung nichts mehr nachweisen konnte. Dafür wäre Bleiche das Beste, er würde das ganze Labor damit schrubben müssen.

So spann er seinen Plan immer weiter. Aber eine Art menschliches Gefühl – Entsetzen über seine fiktive Tat oder Trauer über den Verlust eines guten Freundes – wollte sich bei ihm einfach nicht einstellen.

Er schüttelte den Kopf, um die Gedanken zu vertreiben. Warum sollte er Muhammar überhaupt umbringen? Es lief doch alles gut, und das schon seit so vielen Jahren. Das wäre seine letzte Aktion, bevor er sich mit dem Geld, das er verdient hatte, absetzen würde. Muhammar würde er danach nie wiedersehen.

Auch diese Tatsache löste in ihm keine Gefühle des Abschieds oder gar der Trauer aus, Muhammar war ihm im Grunde genommen egal. Danie war sich sicher, dass Muhammar einflussreiche Freunde hatte, die ihm nach dieser letzten, großen Aktion mit Freude Unterschlupf gewähren würden.

Aber diese Nervosität war Danie neu. Er schob es auf die Einmaligkeit der Situation – und auf die ungewöhnliche Größe dieses abschließenden Projektes.

Und natürlich auf die unglaubliche Geldsumme, die er dafür bekam.

»Äh, Danie?« Hinter ihm war Muhammar durch die Tür in das Labor getreten, in dem er auf einem niedrigen Laborhocker saß.

»Ja?« Danie drehte sich um.

»Ich habe einen Anruf erhalten, mit der dringenden Empfehlung, uns zu beeilen. Es gibt wohl Hinweise aus verschiedenen Quellen, und wir wurden gebeten, die letzten der Bauteile auf jeden Fall heute noch auszuliefern. Ich soll spätestens heute Abend losfahren. Wenn es später wird, dann können sie für nichts mehr garantieren.«

Danie blickte Muhammar überrascht an. Seine Nervosität war offenbar berechtigt gewesen.

»Haben sie wenigstens auf der ›Sicheren Leitung‹ angerufen, oder einfach so auf deinem Handy wie das letzte Mal? Diese Idioten ...«

»Nein, das Gespräch kam wie ausgemacht über die ›Sichere Leitung‹. Aber es hat sich schon dringend angehört. Vielleicht wollten sie auch nur Druck machen, damit wir schneller liefern? Ich kann mir vorstellen, dass sie es kaum erwarten können, die letzten beiden Teile in den Händen zu halten. Dann kann die Aktion endlich auf ihrer Seite beginnen.« Muhammar schien sich zu freuen, zumindest sah es für Danie so aus.

»Vor allem, nachdem sie das restliche Geld überwiesen haben, wie ich heute auf dem Konto gesehen habe.« Danie zuckte die Schultern. »Ja, meinetwegen kann es heute losgehen. Ich habe alles programmiert, sodass du beides, also die letzte Röhre und den Zündverteiler ausliefern kannst.«

»Das ist gut.« Muhammar wirkte zufrieden. »Du weißt, ich werde nicht zurückkehren. Heute Abend, mit einbrechender Dunkelheit, mache ich mich auf den Weg. Ich packe gleich meine restlichen persönlichen Sachen ein. Ich glaube kaum, dass ich alles mitnehmen kann, das wird kaum in den kleinen Wagen hineinpassen. Davon abgesehen, was hast du denn heute vor?« Muhammars Worte verrieten Aufregung, wie am letzten Schultag vor den großen Ferien.

»Ich? Ich habe noch eine ganze Menge zu tun. Vorbereitungen, weißt du?«, entgegnete Danie unbestimmt. Muhammar konnte sich keinen Reim darauf machen und nickte einfach. Danie fuhr fort: »Vielleicht kannst du unten im Laden bei Louisa noch etwas zu Essen einkaufen, damit wir bis heute Abend durchhalten. Bitte bring von Louisa nur das mit, was wir heute auch essen. Ich besorge mir morgen selbst etwas im Dorf. Ich denke, wir sollten uns später noch richtig verabschieden.« Er sagte den letzten Satz nur, weil er davon ausging, dass Muhammar das irgendwie von ihm erwartete – nicht weil ihm ein Abschied persönlich etwas bedeuten würde. Er brauchte keine Menschen um sich herum. Danie war mit sich selbst glücklich und zufrieden. Mit sich und seinem Geld.

Muhammar machte sich folgsam auf den Weg hinunter in das kleine Dorf. Danie hatte erreicht, was er wollte.

Er brauchte Ruhe für die notwendigen Vorbereitungen.

Muhammar durfte davon nichts mitbekommen.

Kapitel 18

Sattler wurde auserkoren, den Geländewagen zu steuern, nachdem alle gemeinsam in Windeseile das Auto vom gröbsten Müll gereinigt hatten. Sie hatten die Mülleimer auf dem Parkplatz des Hotels mit alten Pizzaschachteln von Debonairs und Pommestüten von McDonalds aus Burkhards Fortuner gefüllt. In einer der Verpackungen fand Isabell noch einen angebissenen Burger, der mittlerweile ein biblisches Alter erreicht haben musste und dementsprechend unappetitlich aussah. Angewidert fasste sie die Pappe mit spitzen Fingern an und beförderte diese zu dem anderen Unrat. Für die zerbröselten Zigarettenreste, feinverteilte Asche, diverse Brandflecke und den anderen schlecht zu entfernenden Dreck auf der Rückbank hatte Isabell eine elegante Lösung vorgeschlagen. Sie kaschierte die Flecken durch eine einigermaßen saubere Decke, die sie im Kofferraum gefunden hatte und nun einfach über der Rückbank ausbreitete.

Dann versuchten sie zusammen, das ganze Gepäck im Kofferraum zu verstauen. Das wäre im Grunde genommen kein Problem gewesen, hätte Isabell nicht zwei riesige und ungewöhnlich schwere Hartschalenkoffer dabei gehabt, die so sperrig waren, dass sie den ganzen Kofferraum alleine ausfüllten. Sie stopften Sattlers und Burkhards Gepäck in die verbliebenen Zwischenräume. Sattler verkniff sich zu fragen, was in den Koffern war. Er hätte ohnehin keine ehrliche Antwort bekommen und wollte Isabell nicht in die Verlegenheit bringen, ihn erneut anlügen zu müssen. Kleidung konnten die Koffer nicht enthalten, denn Isabell hatte erklärt, dass sie nur das Nötigste mitnehmen würde und dafür einen kleinen Lederrucksack gepackt. Sie wollte sich die übrigen Sachen von Lelanie nach Haifa nachsenden lassen.

Sattler hatte sich nicht wirklich für die Aufgabe als Fahrer aufgedrängt, denn nach der halb durchwachten Nacht fühlte er sich noch wie zerschlagen. Allerdings machte Isabell einen äußerst nervösen Eindruck, und er wusste, dass sie noch nicht lange genug im Land war, um mit den teilweise ungewöhnlichen Gepflogenheiten im hiesigen Straßenverkehr angemessen umgehen zu können. Vielleicht könnte sie ihn trotzdem in einigen Stunden ablösen.

Hillary kam als Fahrer nicht infrage, denn er besaß keinen Führerschein. Er erzählte, dass er sich vor einigen Jahren illegal für eintausend Rand einen »Anfängerführerschein« besorgt hatte, er sich aber mangels Fahrstunden nie getraut hatte, selbst einen Wagen zu steuern und das Thema dann nicht weiterverfolgt hatte.

Burkhard hatte von vornherein kategorisch ausgeschlossen zu fahren. Er gab vor, einerseits viel zu müde und andererseits ohnehin ein unsicherer Fahrer zu sein. Weil er außerdem versicherte, dass es ihm auf dem Rücksitz mit Sicherheit schlecht werden würde und nach dem Hinweis, dass dies nicht im Interesse seiner Mitfahrer sein konnte, durfte er den begehrten Beifahrerplatz einnehmen. Sattler wäre Isabell neben ihm lieber gewesen, zum einen, weil sie ihm die Route durchgeben wollte, aber auch, weil er sie so ein wenig ausquetschen konnte in Bezug auf Wakkerstroom und was sie genau dort wollten.

Sattler schlug auf Isabells Geheiß den Weg durch Kapstadt und dann am Meer entlang ein. Sie folgten der Garden Route für einige Stunden und genossen dabei den malerischen Ausblick, bevor Isabell Sattler eine Straße nach links nehmen ließ, die ins Landesinnere führte.

Die gesamte Situation ist merkwürdig, dachte Sattler. Irgendwie fühlte er sich an die Bremer Stadtmusikanten erinnert. Unauffällig schaute er in den Rückspiegel und betrachtete Isabells hübsche Gesichtszüge und ihre markanten Sorgenfalten, die sich seit ihrer Abfahrt gar nicht glätten wollten. Es musste ein großer Druck auf ihr lasten, den sie mit den anderen im Wagen nicht teilen wollte.

Neben ihr saß Hillary, der stumm nach vorne blickte und bisher kaum einen Ton von sich gegeben hatte. Im Grunde genommen hatten Burkhard und er beide aufgesammelt, so wie der Esel Hund, Katze und Hahn eingesammelt hatte. Bei Hillary traf der Spruch: »Etwas Besseres als den Tod findest du überall« den Nagel auf den Kopf, auch wenn er dramatisch klang. Im Grunde genommen waren sie ein versprengter Haufen, der gerade mehr oder weniger kopflos durch Südafrika fuhr und als Ziel ein verlassenes Nest in der Mitte von nirgendwo hatten, ohne auch nur den Hauch einer Vorstellung, was sie dort erwartete.

Wenn wir die Bremer Stadtmusikanten sind, dann musste einer auch den Esel geben, dachte Sattler etwas gehässig, und sein Blick fiel unwillkürlich auf Burkhard, der neben ihm saß, den Kopf schlafend zur Seite gekippt. Er hatte den Mund leicht geöffnet, und etwas Spucke tropfte ihm aus einem Mundwinkel auf seinen Hemdkragen.

»Also wir fahren nach Wakkerstroom«, versuchte Sattler ein Gespräch zu beginnen und blickte dabei wieder in den Rückspiegel, in dem er Isabell direkt hinter ihm sehen konnte. »Wir haben dort einen Kunden. Ich habe vorhin in unsere Liste geschaut, um zu sehen, was er in der Vergangenheit bei uns bestellt hat. Es scheint sich um ein Labor zu handeln, das in erster Linie Analytik für Erze aus dem Bergbau anbietet. Eigentlich nichts Ungewöhnliches, außer vielleicht, dass dieses Labor mitten im Nichts betrieben wird. Eigentlich würde ich eine solche Einrichtung in Pretoria oder in Johannesburg erwarten. Aber wer weiß, vielleicht hat das Labor eine lange Historie. Oder der Inhaber wollte nicht aus Wakkerstroom weg, weil er dort geboren wurde. Oder aber er ist ein begeisterter Vogelkundler. Wusstet ihr, dass Wakkerstroom berühmt ist für die Möglichkeit von Vogelbeobachtungen?« Er blickte erwartungsvoll in den Rückspiegel. Isabell hörte ihm zu, schüttelte leicht den Kopf. Hillary machte den Eindruck, als würde ihn das Beobachten von Vögeln so gar nicht interessieren.

Sattler blickte zu Burkhard, der als Antwort seinen Kopf nur auf die andere Seite drehte, tief ein- und ausatmete und weiter schlief.

»Um ehrlich zu sein«, begann Isabell, und schon dieser Satz klang in Sattlers Ohren wie Hohn, »um ehrlich zu sein, dieses Labor ist der Grund, warum ich darum gebeten habe, mit euch nach Wakkerstroom zu fahren. Gab es irgendwelche Auffälligkeiten bei den Bestellungen, die das Labor in der letzten Zeit bei euch durchgeführt hat?«

Aha, dachte Sattler. Endlich redet sie mit mir. »Wieso interessiert sich der Mossad für ein kleines Analytiklabor in Mpumalanga, an der Grenze zu KwaZulu-Natal in der Mitte von Nirgendwo?«

Er sah im Rückspiegel, wie sie mit sich rang. Endlich entschloss sie sich, etwas mehr an Informationen Preis zu geben. »Ich habe doch schon von dem Terrorverdacht erzählt, in den das Kernkraftwerk Koeberg verwickelt sein soll. Du erinnerst dich doch – die Informationen, die wir von unserer Quelle in Katar erhalten haben.«

»Ja«, nickte Sattler heftig. »Natürlich. Und ich kann mich erinnern, dass du keine Anhaltspunkte gefunden hast. Auch weil Hillary keine liefern konnte. Ich dachte, das Thema ist damit vom Tisch.«

»Das war schon richtig«, gab Isabell zurück. »Tatsächlich hat sich aber in den vergangenen vierundzwanzig Stunden einiges geändert. Zum einen ist mein Kollege François in Koeberg ermordet worden.« Sie pausierte für einige Sekunden. »Das an sich ist schon schlimm genug. Wir können deshalb nicht ausschließen, dass an der Sache mit Koeberg doch etwas dran ist. Aber gleichzeitig ist die Wahrscheinlichkeit, dort an hilfreiche Informationen zu kommen, nach François' Tod und dadurch, dass Hillary als weiterer Ansprechpartner ausgefallen ist, minimal. Natürlich könnten wir ein paar Tage um die Begrenzungsmauer des Kernkraftwerks herumschleichen und mit Ferngläsern beobachten, wer das Werk verlässt und betritt. Ob sich etwas Verdächtiges tut. Sozusagen der klassische Ansatz. Aber aus zwei wichtigen Gründen geht das nicht.«

»Und zwar aus welchen?« Sattler versuchte, sich halb umzudrehen und Isabell direkt anzuschauen. Zum einen funktionierte das schlecht, weil sie direkt hinter ihm saß. Zum anderen hätte er dadurch beinahe das Lenkrad verrissen. Durch seine abrupte Gegenbewegung schaukelte Burkhards Kopf hin und her, wach wurde er dadurch nicht. Sattler suchte Isabells Blick wieder im Rückspiegel, was deutlich risikoärmer war. Ihre Miene verriet immer noch große Besorgnis.

»Zum einen haben wir für solche Detektivspiele keine Zeit mehr«, sagte sie schließlich. »Es ... ist nämlich noch etwas passiert. Nicht nur François ist getötet worden. Auch unser Kontaktmann in Katar hat sich nicht mehr zum vereinbarten Zeitpunkt gemeldet. Haifa hat mir gestern Abend mitgeteilt, dass die Kommunikation unterbrochen ist. Das heißt im Klartext: er ist aufgeflogen. Im günstigsten Fall ist er verhaftet worden. Dann hätte Katar allerdings auf allen Medien die Festnahme gemeldet, was nicht geschehen ist. Es ist also auch möglich, dass er ... ermordet wurde.«

Hillary starrte sie mit großen Augen an. »Noch ein Toter? Das gibt es doch nicht. Was geht denn hier vor?«

Das fragte sich Sattler auch. Gleichzeitig ätzte sich eine Frage durch seine Gehirnwindungen: Lügt Isabell vielleicht schon wieder?

Isabell antwortete Hillary: »Ja, noch ein Toter. Es geht in dieser Sache um unglaublich viel, müsst ihr wissen. Und, was alles noch schlimmer macht: Der Agent, den wir in Katar vermutlich verloren haben ... war mein Verlobter.«

Für einen Moment herrschte im Wagen Todesstille. Hillary sah sie mit offenem Mund an. Sattler wusste nicht, was er sagen sollte. Er schwankte zwischen ›das tut mir leid‹ und ›es wird schon nicht so schlimm sein‹. Beides hörte sich für ihn unpassend an. Deshalb entschied er, einfach zu schweigen.

Auch Hillary brauchte einen Moment, um sich von dem Schock zu erholen. »Aber vielleicht hat er einfach einen Termin verpasst, an dem er sich hätte melden sollen. Man vergisst doch schon einmal etwas.«

»Nein, für einen Mossad-Agenten ist es unglaublich wichtig, über die üblichen Kanäle mit der Agentenführung in Haifa in Kontakt zu bleiben. Dafür gibt es ein genau festgelegtes Ritual. Wenn er bei einer seiner Meldungen davon abgewichen wäre, dann hätten wir gewusst, dass er in der Gewalt unserer Gegner ist. Er hätte also Möglichkeiten gehabt, sich mitzuteilen, weil wir für einen solchen Fall speziell ausgebildet wurden. Aber diese hat er nicht genutzt. Stattdessen hören wir gar nichts mehr von ihm. Wenn er plötzlich, aus welchen Gründen auch immer und rein hypothetisch, als Doppelspion für die Gegenseite hätte arbeiten wollen, dann hätte er den Kontakt mit uns nicht abreißen lassen. Ein Agent, der sich nicht bei seiner Dienststelle meldet, ist für uns das schlimmste denkbare Szenario, das müsst ihr mir glauben.« Sattler spürte, wie Isabell mit den Tränen kämpfte.

Sattler wollte sie durch eine Frage ablenken: »Was ist das für eine Sache, von der du immer redest? Und was willst du wirklich in Wakkerstroom?«

Isabell bekam sich mit Mühe wieder in den Griff. »Von der Verbindung zwischen Terrorismus und diesem Kernkraftwerk habe ich schon erzählt. Wir haben aber neben diesem einen Hinweis inzwischen weitere. Wenn wir den internationalen Terrorismus aufklären und bekämpfen wollen, müssen wir den Geldströmen folgen. Wir haben bei allen großen Banken zahlreiche Informanten installiert. Mit deren Hilfe konnten wir einen großen, auffälligen Geldstrom aus Katar identifizieren. Wir wissen natürlich nicht, was genau dahinter steckt, denn wir sehen nur die reinen Zahlen. Das Konto gehört einer Scheinfirma, die auf den Cayman Inseln angesiedelt ist. Über eine Reihe von gefälschten Unterlagen, Rechnungen und Quittungen konnten wir als Besitzerin dieser Firma eine Holding ausfindig machen, die auf den Philippinen registriert ist. Einziger Eigentümer der Holding ist ein Mann, der schon vor etwa fünfundzwanzig Jahren verstorben ist. Dieser Mann hat aber – obwohl schon längst tot – die Handlungsvollmacht für diese Holding vor rund zwanzig Jahren an einen anderen Mann übertragen, der noch eine weitere Firma besitzt.«

»Lass mich raten«, sagte Sattler, »der Mann besitzt zufällig ein Labor in Wakkerstroom?«

Isabell nickte. »Ja, er besitzt eine Firma in Wakkerstroom und beschäftigt sich dort, zumindest laut seiner Internetseite, mit chemischen Analysen verschiedener Erze, wie du schon gesagt hast. Und er macht mit der Chemcons Geschäfte. Einen Teil seiner Geschäfte wickelt er übrigens über die Scheinfirma auf den Caymans ab. Frank, du musst zugeben, dass das doch mindestens verdächtig ist.«

Burkhard war durch ihren letzten Sätzen wach geworden. Er rieb sich die Augen. »Geht es um die Firma von diesem Danie? Die beliefern wir den Akten nach schon lange. Aus chemischer Sicht nur Unauffälliges, wenn das die Frage gewesen sein sollte. Er kauft bei uns Verbrauchsmaterialien, wie für ein Analytiklabor zu erwarten war. Ein bisschen pH-Papier, ein paar Fläschchen Indikatorlösung. Solche Sachen. Und die Zahlungen kamen immer von einem Konto der ABSA in Südafrika. Da gibt es nichts Merkwürdiges dran.«

»Richtig«, sagte Sattler. »Weil wir zu diesem Kunden unterwegs sind, habe ich mir die Unterlagen nochmal angeschaut. Er hat immer pünktlich bezahlt, das ist für uns erst einmal das wichtigste. Die Bestellungen der Firma sind unspektakulär. Tatsächlich hat er nur Kleinkram gekauft. Bis auf ein Lösungsmittel, das etwas ungewöhnlich ist, aber davon auch nur ab und zu ein kleines Fass. Ansonsten, wie Burkhard sagt, nichts Spannendes.«

»Lässt sich aus dem Lösungsmittel irgendwie Sprengstoff herstellen oder ist es sonst gefährlich?«, fragte Isabell.

Sattler zuckte mit den Schultern. »Es ist vielleicht nicht ganz üblich und außerdem brennbar. In einem Analytiklabor hat es auf den ersten Blick nichts verloren. Aber wenn du glaubst, dass man daraus eine Bombe basteln kann und einen Anschlag auf Koeberg verübt, dann muss ich dich enttäuschen. Dafür hat er es ganz sicher nicht gekauft, denn dafür taugt es einfach nicht.«

Sie fuhren einige Minuten weiter. Sattler bedankte sich bei einem im Schneckentempo fahrenden Lastwagen, der für einen einfacheren Überholvorgang nach links über die gelbe Linie auf die Standspur gefahren war, indem er kurz den Warnblinker einschaltete. Der Lastwagenfahrer ließ zur Antwort kurz das Fernlicht aufleuchten.

Dann suchte Sattler im Rückspiegel wieder Isabells Blick. »Also, jetzt mal Klartext: Warum ist das Labor in Wakkerstroom für euch interessant? Was ist eure Vermutung? Ich möchte wissen, was hier gespielt wird. Immerhin ist das einer unserer Kunden. Ein Konto auf den Caymans ist vielleicht für die Steuerbehörde interessant, aber nicht für den israelischen Geheimdienst. Was sollen wir dort machen?«

Isabell holte tief Luft. »Ich möchte euch bitten, diesem Danie, dem Besitzer des Labors, einen Besuch abzustatten und ganz normal die Arbeit zu machen, weswegen ihr hier seid. Hat einer von euch Danie schon angerufen und einen Termin vereinbart? Oder Muhammar, seinen Kompagnon?«

»Ich nicht«, sagte Sattler und schaute zu Burkhard, der auf dem Beifahrersitz schon wieder kurz vor dem Einschlafen war. »Hast du mit ihm gesprochen?«

Burkhard gähnte laut und riss dabei seinen Mund ungeniert so weit auf, dass Sattler im schnellen Seitenblick sein Gaumenzäpfchen sehen konnte. »Ich kann mich ja nicht um alles kümmern und dachte, das machst du mal«, giftete er. »Ich kann außerdem zurzeit nicht telefonieren, denn ich habe gestern irgendwo mein Handy verloren. Oh Mann, jetzt brauche ich erst einmal eine Kippe. Hat jemand was dagegen, wenn ich mir eine anzünde?« Er nestelte schon an seiner Hemdtasche.

»Ja«, kam es unisono von der Rückbank. Sattler ergänzte: »Du glaubst doch wohl nicht, dass wir alle in deinem Qualm sitzen wollen?«

»Und wenn ich das Fenster ganz weit aufmache?«, bot Burkhard einen Kompromiss an.

»Das weht doch trotzdem alles rein«, sagte Isabell.

Burkhard ließ seine rechte Hand enttäuscht sinken. »Ihr seid mir ja tolle Mitfahrer. Sitzen in meinem Auto und verbieten mir zu rauchen.«

»Das ist nicht dein Auto, Burkhard, sondern das der Firma«, begann Sattler. »Und du hättest es ruhig ein bisschen pflegen können.«

Burkhard sagte nichts, aber wenn Blicke töten könnten, wäre Sattler sofort leblos auf dem Fahrersitz zusammengesunken. Burkhard drehte sich demonstrativ von Sattler weg Richtung Fenster und rollte sich so gut zusammen, wie es der Platz auf dem Beifahrersitz zuließ. Offenbar versuchte er wieder zu schlafen.

Sattler schüttelte über Burkhard nur innerlich den Kopf. Nach Schlaf war ihm allerdings auch zumute. Gerade passierten sie Mthatha und rollten auf eine wackelige Stahlbrücke zu, die auch schon bessere Zeiten gesehen hatte. Sie schien aber für den Straßenverkehr noch ausreichend stabil zu sein. Da die Brücke eng war, wurde der Verkehr mit einer kleinen, staubigen Ampel geregelt, an der sie jetzt warten mussten. Sattler nutzte den Moment, um sich in Mthatha im Licht der wenigen Straßenlampen umzuschauen.

Das Straßenbild wurde beherrscht von notdürftig zusammengezimmerten, wackeligen Verkaufsständen, die am Straßenrand aufgebaut waren. Dort wurden zahlreiche Obstsorten angeboten, vor allem Zitrusfrüchte und Ananas. Die Stände waren jetzt, in der Nacht, mit Holzgittern abgesperrt.

An einer Straßenecke einige Meter entfernt hatte ein Friseur in einem Wellblechverschlag einen kleinen Salon eingerichtet, der gerade groß genug für sich und einen Kunden war. Was Sattler auffiel, war der Müll auf der Straße. Der böige Wind spielte mit der bunten Ansammlung alter Tüten, Plastikverpackungen, weggeworfener Zeitungen und Handzettel.

Nachdem sie den Ort fast durchquert hatten, passierten sie ein Viertel mit auffallend gepflegten Gärten. Die Häuser waren vielleicht nicht luxuriös, aber in gutem Zustand.

»Wie lange ist es noch?«, fragte Burkhard, der offenbar nicht mehr schlafen wollte oder konnte. Er klang wie ein quengeliges Kind.

»Noch gut acht Stunden«, sagte Sattler nach einem schnellen Blick auf das Navigationsgerät. Er suchte wieder Kontakt zu Isabell über den Rückspiegel. »Also, wenn ich das zusammenfassen darf: Burkhard und ich klopfen bei Danie an die Haustür, sagen, dass wir von der Chemcons sind und machen die übliche Kundenbetreuung. Es geht uns bei diesen Besuchen um Kundenbindung und -zufriedenheit. Wirklich viel verkaufen wir auf diese Art natürlich nicht, aber die Chemcons will im südlichen Afrika Fuß fassen. Und nicht alles den Chinesen überlassen. Natürlich können wir in dieses Verkaufsgespräch die eine oder andere Frage einfließen lassen, die dir helfen kann. Wenn du endlich sagst, was du wissen möchtest.«

Sattler sah, wie Isabell nachdachte. »Vielleicht kannst du damit beginnen, ihn unauffällig über eine Verbindung zu Koeberg auszufragen«, sagte sie dann. »Vielleicht bleibt ihr mehr im Allgemeinen, sodass er auf keinen Fall Verdacht schöpft. Vielleicht sprichst du gar nicht über Koeberg, sondern mehr über eine mögliche Verbindung von seinem Labor zur Nukleartechnik? Ihr könntet ja erwähnen, dass ihr gerade aus Kapstadt kommt. Ihr müsst so nah wie möglich bei der Wahrheit bleiben, wenn ihr eine Lügengeschichte aufbauen wollt. Das habe ich in Haifa im ersten halben Jahr meiner Ausbildung eingetrichtert bekommen: nur lügen, wenn unbedingt nötig. Außerdem: niemandem trauen. Niemandem! Könnt ihr euch vorstellen, wie belastend ein Beruf ist, in dem man niemandem trauen darf? Jetzt muss ich sogar daran zweifeln, dass mein Verlobter loyal zu seinem Land steht. Oder akzeptieren, dass er tot ist. Was für eine Wahl.«

»Dann kündige doch und mach' etwas anderes.« Burkhard hatte sich zu ihr herumgedreht. »Das hätte dir doch von Anfang an klar sein müssen, dass du als Geheimagentin nur wenige echte Freunde haben würdest. Kündige hier und jetzt, und du hast deine Ruhe. Soll sich jemand anderes kümmern.«

»Ja, manchmal habe ich wirklich große Lust, genau das zu tun. Früher oder später werde ich die Brocken hinwerfen.« Isabell meinte es ernst. »Aber das geht nicht. Das geht jetzt überhaupt nicht.«

Sattler hörte eine Mischung aus Entschlossenheit, Trotz und Verzweiflung in ihrer Stimme.

Diese Frau ist unglaublich interessant, dachte Sattler. Aber auch voller Rätsel.

Am Ortseingang von Mthatha passierten sie ein großes Einkaufszentrum. Einer ihrer, wie Isabell es bescheiden nannte, genialen Eingebung folgend hatte sie Sattler genötigt, dort auf dem großen Parkplatz zu parken.

Während sich Burkhard direkt bei ›King's Pie‹ anstellte, um sich etwas zu essen zu besorgen, ging Isabell schnurstracks in einen ›Mr Price‹ und begann, ein Sammelsurium verschiedener Dinge einzukaufen. Hillary bekam einen großen, grünen Stoffhut geschenkt, den er genauso dankbar wie verwundert entgegennahm. Isabell kaufte außerdem für einige hundert Rand ein offensichtlich minderwertiges Fernglas, dazu zwei Schreibblöcke mit Stiften und recht wahllos ein großes, buntes Bilderbuch auf Afrikaans. Dazu gönnte sie sich noch einen Hut ähnlich geschmacklos wie Hillarys, nur in knallgelb. Auf dem Weg zur Kasse kamen sie durch die Campingabteilung, in der sie kurzentschlossen zwei handliche, zusammengefaltete Stühle in den von Sattler geschobenen Einkaufswagen luden. Die beiden Sitzgelegenheiten bestanden aus einer Kombination leichter Aluminiumrohre mit einem Stoffbezug, der mit der südafrikanischen Nationalfahne bedruckt war.

»Ich frage jetzt mal nicht, wofür du den ganzen Kram brauchst«, begann Sattler, nachdem sie an der Kasse bezahlt hatte. »Ich möchte nur wissen, wo wir das verstauen sollen. Der Kofferraum ist voll und die Stühle trotz aller Faltkunst sperrig.«

»Wir sind doch bald da«, entgegnete Isabell, und zum ersten Mal seit Tagen ließ sie ihr strahlendes Lächeln aufblitzen. »Wir werden einfach Burkhard bitten, die beiden Stühle für den Rest des Weges auf den Schoß zu nehmen. Er wird sich freuen. Da hinten steht er übrigens, immer noch neben der Fressbude.«

Burkhard stopfte sich gerade den Rest einer mit Fleisch und Soße gefüllten Pastete in den Mund. In der anderen Hand hielt er drei leere Verpackungen. »Da seid ihr ja. Ich habe mich schon gefragt, wie ich euch erreichen kann, so ganz ohne Handy.«

»Hast du die alle gegessen?«, fragte Isabell verblüfft und deutete auf die Verpackungen in seiner Hand.

»Na klar. Ich habe ja Hunger. Vor allem konnte ich mich nicht entscheiden, ob ich Geschmacksrichtung Pfeffersteak, Hühnchen mit Pilzen oder Hühnerleber nehmen soll. Da habe ich dann alle drei genommen.« Er grinste verschmitzt.

»Was ist denn mit deinem Handy?«, fragte Sattler. Er konnte sich erinnern, dass Burkhard den Verlust vorhin schon einmal erwähnt hatte.

»Das ist weg«, erwiderte Burkhard. »Vielleicht habe ich es im Hotel verloren, nachdem ich von meinem Kurzaufenthalt in Kapstadt zurückgekommen bin? Vielleicht findet es Lelanie. Aber ist ja eigentlich egal, ich melde es einfach als gestohlen. Es ist ein Firmenhandy, dann bezahlt die Chemcons eben ein neues. Nur leider kann ich in der Zwischenzeit nicht telefonieren.«

»Wie auch immer.« Isabell wollte das Thema beenden. »Wir müssen weiter. Kommt.«

Stunden später erreichte der Fortuner mit Sattler am Steuer, Isabell und Hillary auf den Rücksitzen und einem halbwachen, mit seinem Oberkörper unbequem über den beiden zusammengeklappten Campingstühlen liegenden Burkhard auf dem Beifahrersitz Wakkerstroom.

Was dem immer ausgehungerten Burkhard bei der Einfahrt in den kleinen Ort als Erstes auffiel, war für Sattler keine Überraschung: »Schaut mal dort, ein Restaurant. Und es scheint vom äußeren Eindruck her kein schlechtes zu sein«, rief er überrascht.

Isabell atmete tief ein und aus. »Du kannst doch nicht schon wieder hungrig sein, Burkhard? Nach den drei gefüllten Blätterteigtaschen?«

»Es waren doch nur kleine«, gab Burkhard beleidigt zurück.

»Dein Blutfettspiegel geht mich auch gar nichts an, Burkhard. Frank, bitte parke kurz auf dem Restaurantparkplatz.« Isabell deutete auf eine große, unbefestigte und sehr sandige Fläche neben dem Restaurant, die offenbar als Abstellfläche genutzt wurde. Gehorsam bog Sattler in die kurze Zufahrt ein und stellte den Fortuner in der Nähe einer schlanken Palme ab, deren traurig herabhängende, braune Palmwedel dringend von einem Gärtner entfernt werden mussten.

»Aber es sind noch ein paar hundert Meter bis zu dem Labor«, sagte Burkhard sichtlich erbost. »Sollen wir die Strecke etwa laufen?«

»Nein, natürlich nicht«, entgegnete Isabell. »Wie würde es aussehen, wenn ihr beiden zu Fuß bei eurem Kunden ankommt? Hillary und ich, wir beide steigen jetzt aus und nehmen unsere Einkäufe mit. Burkhard, kannst du uns gleich die Stühle herausreichen?«

»Nichts lieber als das«, sagte Burkhard, der leise, aber theatralisch ächzend die leichten Stühle durch das Seitenfenster an Isabell weitergab, die bereits aus dem Wagen gestiegen war.

Auch Hillary stieg einigermaßen verdattert aus. »Ich will ja keine überflüssigen Fragen stellen, schließlich bin ich ja nur der Gast«, begann er zögernd. »Aber was um alles in der Welt machen wir hier? Isabell, was willst du mit dem ganzen Kram?«

»Ich erkläre dir gleich alles auf dem Weg. Burkhard und Frank, euch möchte ich bitten, das zu tun, was ihr normalerweise in einem solchen Fall machen würdet – den Kunden bearbeiten, bis er etwas kauft. Fühlt Danie ruhig ein bisschen auf den Zahn, wie vorhin besprochen, gerade was Koeberg angeht. Aber Vorsicht, seid nicht zu aufdringlich, sonst schöpft er Verdacht.«

Sattler und Burkhard nickten beide sichtbar. Burkhard begann zögernd: »Das mit dem Kunden bearbeiten, das mache ich natürlich ganz anders. Ich habe einen Marketingkurs absolviert, und mit Schwätzen kommen wir bei den wenigsten weiter, denn ...«

»Egal, Burkhard, das ist jetzt nicht so wichtig«, unterbrach ihn Isabell ungeduldig durch die geöffnete Kofferraumklappe. »Sei einfach so wie immer.« Dann gab es ein lautes Poltern. Sattler blickte wieder in den Rückspiegel. Isabell hatte ihre beiden schwarzen Koffer aus dem Kofferraum gezogen und sie schwer auf dem unbefestigten Parkplatz abgesetzt.

Sattler sah, wie Hillary sie entsetzt anstarrte. »Die schweren Dinger sollen auch mit? Zu Fuß? Bist du verrückt?«, fragte er ungläubig.

»Die beiden Koffer sind wichtig. Es ist auch nicht so weit. Frank, du kannst jetzt mit Burkhard losfahren. Bitte wundert euch nicht. Und denkt dran: Wir kennen uns nicht! Auf geht es.«

Sie winkte, was Sattler als Aufforderung zur Abfahrt verstand.

Sattler trat auf das Gaspedal und der Fortuner verließ hoppelnd den buckligen Parkplatz. Ihm war vollkommen unklar, was Isabell vorhatte, aber er würde jetzt mit Burkhard den Kundenbesuch absolvieren, danach wieder in sein normales Leben zurückkeheren und diesen ganzen Quatsch mit Geheimdienst hinter sich lassen. Wenn dieser Danie tatsächlich zufällig über das Kernkraftwerk sprechen würde, dann würde er Isabell davon erzählen, aber er würde sich kein Bein deswegen ausreißen.

Klar, Hillary hatte ein Problem, weil er einen Mord beobachtet hatte. Aber auch hier konnte Sattler seiner eigenen Ansicht nach nicht viel tun. Er war weder Zeuge und schon gar kein Polizist. Hillary musste schon selbst sehen, wie er das löste.

»Hier rechts«, sagte Burkhard, mit dem Navigationsgerät auf den Knien. Sattler hielt vor einem halbverfallenen Stoppschild an einer Kreuzung zweier unbefestigter Straßen. Nur die Hauptstraße in Wakkerstroom war durchgehend geteert, die Seiten- und Querstraßen bestanden aus festgefahrener Erde, die sich nach einem heftigen Sommerregen mit Sicherheit in wahre Schlammrutschen verwandelten.

Sattler bog wie angegeben ab und ließ damit den See zu seiner Linken liegen. Die Straße, auf die er einbog, wurde wenig benutzt, denn zwischen der eigentlichen Fahrspuren war hohes Gras gewachsen, das jetzt bräunlich verfärbt im Wind leicht hin und her wog.

»Sind wir hier wirklich richtig?«, fragte Sattler.

»Das Laborgebäude muss da hinten sein«, antwortete Burkhard und deutete auf eine Art Bungalow aus gelb-roten Backsteinen, der rund einhundert Meter vor ihnen an der Straße lag.

Sattler bog kurz darauf in die Zufahrt des einstöckigen Gebäudes ein und hielt vor einem, aus schweren, rechteckigen Stahlträgern geschweißten Tor. Große Rostflecke in den unteren beiden Ecken verrieten, dass die Konstruktion nicht wasserdicht angefertigt worden war, sodass Regenwasser in die hohlen Stahlelemente eingedrungen und von innen heraus den Verrottungsprozess in Gang gesetzt hatte.

»Hier sind wir richtig«, sagte Burkhard und deutete auf ein großes Schild an der gut zwei Meter hohen Backsteinmauer, die das Gelände umgab, und die wie das Gebäude aus gelb-roten Klinkersteinen bestand. ›Danie & Muhammar, Analytical Laboratories‹ war auf dem schmucklosen Schild in großen, schwarzen Lettern auf weißem Grund zu lesen, dazu Hausnummer und Straßenname des Ortes, an dem sie sich gerade befanden. Weitere Informationen gab das Emailleschild nicht her. Sattler hätte noch eine Telefonnummer erwartet. Das Schild machte insgesamt einen genauso heruntergekommenen und verlotterten Eindruck wie das von der Straße aus sichtbare Gebäude. Das Blech war mindestens zwanzig Jahre alt, und an manchen Stellen waren durch Steinwürfe oder Schießübungen Dellen und Löcher entstanden, an denen das Emaille abgeplatzt war und nun große Rostflecken prankten.

»Wenn die Geschäfte genauso gut laufen wie der Zustand des Gebäudes vermuten läßt, dann können wir auch gleich wieder umdrehen«, sagte Sattler enttäuscht.

»Das ist Unfug«, erwiderte Burkhard. »Die Firma hat Geld wie Heu. Drück doch mal den Knopf an der Gegensprechanlage neben deinem Wagenfenster. Es muss jemand zu Hause sein. Immerhin steht ein Auto vor der Tür.« Er zeigte mit dem Finger auf etwas, das zwischen den breiten, vertikalen Stahlblechen des beweglichen Tores schlecht zu sehen war. Sattler verrenkte sich fast den Hals, um etwas erkennen zu können. Tatsächlich, es stand ein ziemlich neuer Landrover vor einer der beiden Garagen, die Sattler hinter dem Tor in dem großen, gepflasterten Hof erspähen konnte.

Sattler ließ sein Seitenfenster komplett herunter und drückte auf den Knopf. Es ertönte eine Synthesizermelodie, offenbar der Klingelton.

»Wir werden übrigens beobachtet, bitte lächeln«, sagte Burkhard und deutete auf den linken Torpfosten, an dem eine Überwachungskamera montiert war. Sattler nutzte die kurze Wartezeit, um sich die Sicherheitstechnik des Hauses näher anzusehen. Die über zwei Meter hohe Mauer war von drei parallel zwischen den Stahlpfosten gespannte Drähte gekrönt. Ohne die Fantasie großartig zu bemühen, konnte sich Sattler gut vorstellen, dass sie mit einer Spannung von etlichen tausend Volt versorgt wurden. Über eine geschickte Anordnung der Drähte wurde der Elektrozaun auch über das Tor geführt, vor dem sie nun standen. Rund zwanzig Meter entfernt entdeckte Sattler eine weitere Überwachungskamera. Mehr konnte er vom Fahrersitz aus nicht erkennen, aber dieses Haus hatte sicher noch weitere Spielereien dieser Art zu bieten.

Gerade wollte er ein zweites Mal die Klingel drücken, als er eine Männerstimme aus der Gegensprechanlage hörte. »Hallo«, quakte es heraus.

Sattler beugte sich aus dem Fenster, um so nah wie möglich an das eingebaute Mikrofon zu kommen. »Hallo«, antwortete er. »Bitte entschuldigen Sie die Störung, mein Name ist Frank und mein Kollege neben mir heißt Burkhard. Wir sind Außendienstmitarbeiter der Firma Chemcons und wollten mit Ihnen besprechen, was Sie in der nächsten Zeit an Laborbedarfsmaterial benötigen. Haben Sie einen Moment Zeit für uns? Wir hätten normalerweise vorher angerufen, haben aber kurzfristig unsere Pläne ändern müssen. Ich hoffe, es ist kein Problem.«

In der Sprechanlage hörte er ein kurzes Knacken. Dann blieb sie stumm. Sattler starrte den kleinen Plastikkasten in Aluminiumoptik wie hypnotisiert an.

Sie warteten. Sattler wollte gerade erneut klingeln, als die Stimme aus dem Kästchen wieder zu ihnen sprach. »Kein Problem. Allerdings muss ich Sie um einen Moment Geduld bitten.« Die Stimme am anderen Ende lachte gekünstelt. »Ich öffne Ihnen in einigen Minuten das Tor, einen Augenblick.«

Sattler zog sich aus dem Fenster zurück, setzte sich bequem zurück in seinen Sitz. Burkhard lächelte triumphierend. »In diesem Land braucht sich niemand anzumelden. Hier kommt man einfach, wenn es passt. In Europa wäre es eine Zumutung, hier ist das ganz normal. Das habe ich bereits gelernt.«

Sattler seufzte leicht. »Immerhin räumt er für uns auf. Jetzt müssen wir nur noch einen guten Eindruck machen, dann haben wir ein paar Bestellungen im Sack.« Sattler meinte mit ›gutem Eindruck‹ vor allem Burkhard, aber der schien das nicht wahr zu nehmen.

Es dauerte etwa eine Viertelstunde, bis sich das Stahltor vor ihnen quietschend in Bewegung setzte und, von einem kleinen Elektromotor angetrieben, auf einer Schiene zur Seite bewegte.

Sattler startete den Motor und fuhr rund zwanzig Meter vorwärts, bis er schließlich in der Mitte der mit farbigen Betonsteinen gepflasterten Einfahrt neben dem weißen Landrover stand. Er schaute sich um. Das Haus aus gebrannten Ziegeln war, wie in der

Gegend üblich, eingeschossig und könnte seiner Schätzung nach aus den sechziger oder siebziger Jahren stammen. Der Garten war, wie schon die lange Gartenmauer suggerierte, riesig, etwas abschüssig und gepflegt. Weiter hinten im Garten konnte er einen mit Reet gedeckten Anbau erkennen, der vermutlich für Grillaktivitäten benutzt wurde. Direkt dahinter glitzerte etwas Blaues, das Sattler für Wasserreflexe eines Pools hielt.

Die Eingangstür zum Gebäude befand sich einige Stufen unterhalb der Einfahrt, auf der sie gerade standen.

Durch einen kurzen Blick in den Spiegel bemerkte er, dass sich das Tor hinter ihnen noch nicht geschlossen hatte.

»Was jetzt?«, fragte Sattler. »Aussteigen?«

In dem Moment sah Sattler aus den Augenwinkeln eine Bewegung. Ein Mann Anfang sechzig kam auf sie zu. Mit seiner dunklen Hautfarbe, den etwas zu langen, grauen Haaren und dem vermutlich schwarz gefärbten Schnurrbart sah er für Sattler auf den ersten Blick wie ein Inder aus. Er trug eine große Aluminiumkiste.

»Hallo«, grüßte Sattler und winkte ihm mit dem Arm lässig aus dem Seitenfenster zu. »Wie geht es?«

Der Mann kam die wenigen Schritte auf ihn zu und stellte die Kiste, die offensichtlich ziemlich schwer war, vor dem Wagen ab. »Mir geht es gut. Und selbst?«, fragte er zurück.

»Sehr gut, vielen Dank. Können Sie uns sagen, wo wir Danie finden können? Wir sind von der Chemcons und wollten mit ihm seine Bestellliste an Laborchemikalien durchgehen.«

Sein Gegenüber nickte. »Darf ich mich vorstellen? Ich bin Muhammar, sein Partner. Sie müssen Frank und Burkhard sein? Danie hat mir gerade erzählt, dass sie gekommen sind.«

»Ja, richtig, ich bin Frank und das ist mein Kollege Burkhard.« Sie reichten sich durch das Wagenfenster die Hand.

Muhammar blickte auf die Kiste, die er gerade abgestellt hatte, dann auf den weißen Landrover. »Ich muss weitermachen, habe leider keine Zeit zum Plaudern. Danie erwartet sie drinnen. Gehen Sie doch einfach die kleine Treppe hinunter, dann klopfen sie eben gegen die Holztür, die sie dort sehen. Danie kommt gleich.«

Er nickte beiden kurz zu, dann griff er sich die Kiste und schleppte sie keuchend zum Landrover. Er ließ die Heckklappe aufschwingen und Sattler sah, dass der Wagen bereits mit allem möglichen

Krimskrams vollgeladen war. Muhammar schob die Kiste zu den anderen Dingen, dann setzte er sich ans Steuer und fuhr mit dem Wagen am Fortuner vorbei durch das Tor. Er parkte den Wagen auf einem breiten Grasstreifen vor dem Tor.

Burkhard öffnete die Wagentür und stieg aus. Sattler tat es ihm gleich, klopfte sich aber auf der gepflasterten Fläche zuerst Reste der in diesem Wagen scheinbar allgegenwärtigen Zigarettenasche von seiner Hose. Wie auch immer die dorthin gekommen war.

Sie stiegen wenige Treppenstufen hinab und Burkhard klopfte an die stabile, glatt geschliffene Eingangstür aus rotem Holz, die einige künstlerisch gelungene Intarsien besaß. Er hörte Schritte auf der anderen Seite, die Tür wurde von innen entriegelt und schwang nach außen auf.

In der Tür stand ein weißer Mann, der deutlich älter war, als es Sattler erwartet hatte. Er musste, wie dieser Muhammar, fast sechzig Jahre alt sein, hatte einen kurz rasierten weißen Haarkranz. Die Lebensjahre hatten tiefe Furchen in seine Haut geätzt, aber sein Blick war klar und wachsam.

»Hallo«, sagte er betont freundlich und bat seine Gäste durch eine Handbewegung hinein. »Sie sind die Herren der Chemcons, richtig? Kommen Sie doch bitte. Ich habe leider nicht viel Zeit, aber das Nötigste können wir eben besprechen. Es wäre besser gewesen, wenn Sie vorher angerufen hätten.«

»Ja, das muss ich zugeben«, sagte Burkhard. »Es tut uns leid, dass wir Sie so einfach überfallen, aber ich habe mein Handy verloren.«

»Ach?« Danie machte einen überraschten Eindruck. »Das tut mir leid. Sie wissen, dass Südafrikaner lieber ihren Ausweis verlieren als das Handy. Vielleicht ist es ja gestohlen worden. Das passiert immer wieder. Wir können uns hierher setzen.« Er führte die beiden Mitarbeiter der Chemcons an einen großen Esszimmertisch, der durch eine großzügige Fensterfront einen Blick in den Garten und in Richtung des Tores, durch das sie eben gekommen waren, ermöglichte. Sattler sah in der Einfahrt ihren Firmenwagen stehen. Das Tor war noch immer geöffnet, und Muhammars Wagen parkte draußen auf der Grasfläche. Muhammar lief mit irgendwelchen Gegenständen zum Auto und kehrte mit leeren Händen zurück. Er wirkte hektisch.

»Viel ist es nicht, was wir brauchen«, begann Danie und bot beiden Kaffee aus einer Kapselmaschine an. Während Sattler dankend ablehnte, nickte Burkhard und hob den Daumen. »Wir haben bald Betriebsferien, und ich stehe kurz vor der Rente«, sagte Danie, während er sich an der Maschine zu schaffen machte. »Milch, Zucker?« Ohne eine Antwort abzuwarten, legte er zwei Tütchen Zucker und ein Döschen Milch auf den Unterteller und schob Burkhard die Tasse mit dem Kaffee zu. »Was haben wir denn sonst immer bei Ihnen bestellt?«

»Moment« Burkhard holte einen Zettel aus seiner Hosentasche, den er mehrfach gefaltet hatte. Er entfaltete ihn, und ein altes Bonbonpapier fiel heraus und landete auf dem Fußboden. »Ich habe alles hier«, sagte er, ohne sich weiter um den Müll zu kümmern, den er beim Kunden nebenbei verteilte. Sattler sah, dass sich Danies Blick eine Spur verfinsterte.

Burkhard bemerkte das offenbar nicht. »Wir können die Liste durchgehen und dann nehmen wir alles auf, was Sie nach Ihren Betriebsferien brauchen werden. Wir veranlassen die Lieferung und Sie können dann mit Ihrem Labor richtig durchstarten«, schlug er vor.

Danie erwiderte nichts.

»Dürfen wir denn einen Blick in Ihre Labore werfen? Nur aus Interesse?«, fragte Sattler.

Danie lächelte ihn jetzt an, aber Sattler spürte ein kaltes Funkeln in seinen Augen. »Nein, es tut mir leid, wir sind gerade am Umräumen. Sie haben ja meinen Partner Muhammar schon getroffen, der gerade das Auto belädt. Das Labor ist wirklich unordentlich, und für die Abwicklung eines Auftrages wie diesem ist es ja auch nicht wirklich nötig.«

Sattler überraschte diese schroffe Ablehnung. Üblicherweise bekam er gerade die Laboratorien immer mit großem Stolz präsentiert. Hier war das offenbar anders. »Da haben Sie natürlich Recht, Danie. Ich wollte nicht neugierig erscheinen«, zog Sattler seine Anfrage zurück.

Burkhard begann, mit Danie die Liste mit den bisherigen Bestellungen durchzugehen und Zahlen aufzuschreiben. »Hier bekommen Sie momentan zehn Prozent Rabatt«, sagte er bei einigen Positionen. Manchmal gab es auch zwanzig. Sattler erwischte sich dabei, wie er gelangweilt zum Fenster hinaus starrte.

Plötzlich gab es draußen auf der Straße eine Bewegung. Er hatte auf dem Weg hierher nicht einen einziges weiteres Fahrzeug vorbeifahren sehen, und auch jetzt war es kein Fahrzeug, das seine Aufmerksamkeit fesselte. Eine Frau schlenderte den Weg entlang.

Sie hatte ein Fernglas umhängen, ein Buch in der Hand und einen knallgelben Hut auf dem Kopf.

Isabell!

Sie schlenderte an der Einfahrt und dem geöffneten Tor vorbei, blieb stehen, hob das Fernglas an die Augen und schien etwas in der entgegengesetzten Richtung zu beobachten. Dann schlug sie das Buch auf, das sie unter dem Arm getragen hatte und von dem Sattler ausging, dass es sich um das Afrikaans-Kinderbuch handelte. Auf die Entfernung konnte es aber auch als Vogelbestimmungsbuch durchgehen.

Sie stand neben dem Landrover, als ihr plötzlich das Buch entglitt. Sattler beobachtete, wie sie sich danach bückte und so für einige Sekunden hinter dem Wagen und aus seinem Sichtfeld verschwunden war. Als sie wieder erschien, hielt sie das Buch in der Hand. Sie schaute sich kurz um, ohne das Wohn- und Laborgebäude auch nur eines Blickes zu würdigen und schlenderte weiter, die Straße, die Sattler und Burkhard gekommen waren, hinunter Richtung See.

Was war das denn?, fragte sich Sattler.

»Hier können wir doch auch dreißig Prozent Rabatt geben, oder, Frank?«, riss ihn Burkhard aus seinen Gedanken.

Sattler schaute ihn entgeistert an. »Was?«, fragte er, um etwas Zeit zu gewinnen und beugte sich dann über den Zettel mit den Bestellungen, den Burkhard zwischen ihnen ausgebreitet hatte. »Dreißig Prozent ist kein Problem, denke ich«, sagte er dann tonlos, nachdem er einige Sekunden wie betäubt auf das Papier gestarrt hatte, ohne auch nur eine Zahl gelesen zu haben. Was machte Isabell da draußen? Was sollte der Unfug?

»So, wir wären durch«, sagte Burkhard in diesem Moment. »Ich bin jetzt kurz auf der Toilette, dann können wir aus meiner Sicht wieder fahren und Danie fürs Erste in Ruhe lassen.« Er zwinkerte Danie zu, stand auf und Sattler blieb mit dem Kunden allein am Tisch zurück.

»Wir kommen gerade aus dem Kernkraftwerk etwas außerhalb von Kapstadt«, begann Sattler, um die unangenehme Stille zu überbrücken und um die eine oder andere interessante Information aus Danie herauszukitzeln.

»Das ist ja interessant«, antwortete Danie höflich und abwartend.

»Vielleicht hatten Sie schon die Gelegenheit, das Kraftwerk zu besuchen? Wir haben dort eine Führung für Besucher bekommen. Sehr interessant. Kann ich empfehlen.«

»Werde ich in Betracht ziehen, sobald ich zufällig in der Gegend bin. Das ist bestimmt spannend«, sagte Danie, immer noch höflich und völlig unverbindlich.

»Wir hatten sogar die Möglichkeit, mit Dokotela Melane zu sprechen. Er ist der Direktor dort.«

»Aha.«

So komme ich nicht weiter, dachte Sattler. Er springt auf das Kraftwerk nicht an.

Eine Minute später gesellte sich Burkhard wieder zu ihnen an den Tisch. Er wischte sich die nassen Hände an der Hose ab und drängte zum Aufbruch: »Jetzt müssen wir aber los. Danie, es war eine Freude, mit Ihnen Geschäfte zu machen.«

Burkhard und Sattler verabschiedeten sich von Danie an der Tür. Auf dem Weg zu ihrem Wagen trafen sie wieder auf Muhammar, der immer noch das Auto belud. Warum er es dafür an die Straße gestellt hatte, obwohl das für ihn einen längeren Weg bedeutete, war Sattler nicht klar.

Wieder im Auto brauchte Sattler einige Minuten, um seine Gedanken zu ordnen.

Isabell als Vogelbeobachterin. Was diese Scharade sollte, würde er sie fragen, sobald er sie sah.

Danie machte auf ihn einen harmlosen Eindruck, war ihm aber aus einem merkwürdigen Grund unsympathisch. Er konnte es nicht an etwas Bestimmtem festmachen. Es gab da nichts. Keine unangemessene Bemerkung, keine Bewegung, die er als arrogant hätte deuten können. Keine Geringschätzung, nichts dieser Art.

Keine Emotionen. Vielleicht war es das? Danie hatte keine Zuneigung gezeigt, aber auch keine Abneigung. Kein Interesse, kein Desinteresse, weder an Burkhard noch an ihm. Danie war aalglatt, irgendwie nicht zu fassen.

Das allein wäre aber nicht schlimm gewesen.

Etwas anderes fiel Sattler im Nachhinein auf. Danies unsteter Blick, seine Nervosität, die er geschickt versuchte zu überspielen. Warum war er so nervös? Sie waren doch nur zwei Handelsvertreter.

Als wäre das nicht alles schon schlimm genug, war Sattler überzeugt, dass in Danies Blick etwas – Verrücktes glitzerte.

Ging von Danie, dem harmlos wirkenden, grauhaarigen Mann an der Schwelle zum Rentenalter, eine ernsthafte Gefahr aus?

Kapitel 19

Danie stand noch eine Weile am Fenster, blickte nachdenklich hinaus in den Garten und die gepflasterte Auffahrt entlang. Die beiden Deutschen hatten das als Besprechungsraum genutzte Esszimmer gerade verlassen. Er schaute ihnen nach, wie sie zu ihrem Wagen gingen.

Der Besuch der beiden, auch wenn er erwartet gewesen war, hatte ihm ganz und gar nicht gepasst. Gestern Abend hatte er einen warnenden Anruf erhalten, und Danie hatte den ganzen Vormittag überlegt, wie er sich am klügsten verhalten würde. Einem Impuls folgend, hatte er sie zuerst gar nicht hereinlassen wollen. Doch dann hatte er es sich anders überlegt. Zum einen wäre es zu auffällig gewesen nicht das Tor zu öffnen und sich tot zu stellen, denn jeder Nachbar wusste, dass er zu Hause war. Sollten die Deutschen beispielsweise Louisa unten im Laden fragen, würde sie seine Anwesenheit bestätigen. Außerdem stand das Auto vor der Tür, weil Muhammar zwangsläufig seine Sachen packen musste. Und damit konnten sie nicht warten, bis diese beiden Vertreter wieder verschwunden waren.

Zum anderen, und das war der wichtigere Grund, wusste Danie gerne, mit wem er es auf der Gegenseite zu tun hatte. Dieser Frank Sattler hatte sich bei seinem Besuch mehr als auffällig verhalten, wie ein blutiger Anfänger. Seine aufdringlichen Fragen nach Koeberg. Er wollte mich aushorchen, dachte Danie. Unglaublich. Dafür musste er aber früher aufstehen.

Egal, dachte Danie weiter. Muhammar und er würden das Projekt abschließen und sich auch von diesem Sattler nicht aufhalten lassen. In wenigen Stunden würden Muhammar und er Wakkerstroom hinter sich gelassen haben. Muhammar wäre dann auf dem Weg, die fehlenden Teile auszuliefern, und Danie selbst würde gleich morgen Früh aufbrechen, um den Flug ab Johannesburg rechtzeitig zu erreichen. Er würde auf Mauritius einen neuen Lebensabschnitt beginnen. Mit viel Geld. Und ohne Sorgen.

Der neue Pass lag schon bereit, er hatte ihn vor einigen Monaten besorgt, als abzusehen war, dass dieses Projekt zwangsläufig das letzte seiner Laufbahn werden würde. Er bräuchte eine ausgezeichnete Tarnung, denn die halbe Welt würde nach ihm suchen.

Deshalb hatte er darauf bestanden, dass das Passbuch, das er bekommen würde, keine plumpe Fälschung war, sondern ein echter Pass, mit seinem eigenen Foto, aber einem anderen Namen und Geburtsdatum.

Das Beschaffen der Papiere war vor einigen Monaten weder kompliziert noch besonders teuer gewesen.

Für genügend Geld bekam man in Südafrika eben nicht nur ohne eine einzige Fahrstunde einen echten Führerschein, sondern auch einen richtigen Pass.

Bei seinem Plan half ihm das nicht eben perfekte südafrikanische Meldewesen und das allgegenwärtige Misstrauen der Verwaltung in die eigene Leistungsfähigkeit.

Danie war dafür ganz in den Norden nach Venda in Limpopo gefahren und hatte auf dem Amt vorgesprochen, um einen Pass auf einen erfundenen Namen zu beantragen.

Die Verwaltungsangestellte, eine junge Schwarze von höchstens fünfundzwanzig Jahren, hatte Danies herbei fantasierte Angaben im örtlichen Register gesucht und – natürlich – nicht finden können. Daraufhin begann Danie zu lamentieren und seine fingierte Geschichte zu erzählen.

»Ich bin auf einem Bauernhof etwa einhundert Kilometer westlich von Venda aufgewachsen und bin mir nicht sicher, ob mich meine Eltern wirklich offiziell angemeldet haben. Ich lebe dort seit fast sechzig Jahren. Vor ein paar Jahren hat es diesen Brand auf unserem Bauernhof gegeben. Keine große Sache, es war ein Grasfeuer, das auf unsere Scheune überzugreifen drohte. Wir haben das Feuer mit einem Gartenschlauch und Sand gut in Schach gehalten. Leider hatte ich dafür meine Jacke ausgezogen und diese hinter der Scheune ins Gras gelegt. Nachdem das Feuer auf der einen Seite der Scheune gelöscht war, habe ich gesehen, dass meine Jacke auf der anderen Seite der Scheune völlig verbrannt war. In der Jacke waren alle meine Papiere. Seither habe ich die Papiere nicht gebraucht, jetzt will ich aber ins Ausland reisen, um an der Beerdigung meiner Tante in Großbritannien teilzunehmen.«

Die junge Angestellte sah ihn zweifelnd an. »Naja, das mag ja sein«, sagte sie nach einer kurzen Pause, die Danie allerdings zu lang vorkam. Sie schien ihm die Geschichte nicht wirklich abzukaufen und nachzudenken, was sie machen sollte. »Aber Sie müssen doch irgendwie Ihre Identität nachweisen können. Haben Sie vielleicht alte Schulzeugnisse?«

»Sehen Sie mich doch bitte an. Ich bin fast sechzig. Werden Sie in diesem Alter noch ihre Schulzeugnisse vorzeigen können?«

»Vermutlich nicht.« Die Angestellte musterte ihn nachdenklich. Sie wollte gerne helfen, wusste aber nicht genau, wie. »Fakt ist, dass Sie in unserer Datenbank sein müssten, wenn Sie schon einmal einen Ausweis erhalten haben.«

»Ja, genau. Deshalb wundert es mich auch, dass Sie mich nicht finden.«

Die junge Angestellte runzelte die Stirn. »Und Sie sind sicher, dass der Ausweis damals hier beantragt wurde?«

Danie nickte heftig. »Da bin ich mir sogar sehr sicher. Ich habe die notwendigen Papiere selbst ausgefüllt.«

Die junge Frau auf der anderen Seite des Schalters wägte ab: Konnte der harmlose Opa lügen? Natürlich konnte er. Auf der anderen Seite, warum sollte er? Die Geschichte klang plausibel, und Fälle, in denen Geburtsurkunden einfach in der Verwaltung verschwanden, gab es immer wieder. Mindestens einmal im Monat hatten sie einen Fall wie diesen. Und praktisch immer war es ein Verwaltungsproblem.

»Ich kann Ihnen nicht einfach einen Pass ausstellen, ohne zu wissen, ob Sie tatsächlich auf der Farm geboren wurden, wie Sie behaupten. Wenn es keinen schriftlichen Beweis gibt, dann brauche ich laut Gesetz mindestens zwei Zeugen. Gibt es jemanden, der Sie schon seit Geburt kennt? Der Ihre Angaben bestätigen kann?«

Danie täuschte vor, angestrengt nachzudenken. Tatsächlich jubilierte er innerlich. Er hatte sie genau da, wo er sie hatte haben wollen. Nach einem kurzen Moment des Schweigens nannte er ihr zwei Namen und die dazugehörigen Telefonnummern. Der eine Name lautete Muhammar, der andere gehörte dem Tankwart in Wakkerstroom. Beiden hatte er eingetrichtert, was sie zu sagen hatten, wenn sie einen Anruf von einem Amt in Venda erhalten sollten.

Bartholomäus oder kurz Barry, den Tankwart, hatte er ausgewählt, weil er auf der einen Seite als geldgierig bekannt war und andererseits ein Minimum schauspielerisches Talent besaß. Außerdem hatte er, wie Muhammar auch, das richtige Alter, um seine Geburt und Identität bezeugen zu können – für den Fall, dass jemand nachfragen sollte.

Für eintausend Rand war der Tankwart schnell bereit gewesen, die Geburt Danies in der Nähe von Venda unter einem Fantasienamen zu beeiden. Danie hatte ihn damals, als sie das erste Mal über diesen ›Gefallen‹ sprachen, halb im Spaß gefragt, wie denn die Tarife für falsche Geständnisse seien. Der Mann sagte, für schweren Diebstahl mit Körperverletzung würde er die Schuld für einhunderttausend Rand auf sich nehmen. Für Mord läge sein Preis bei zehn Millionen.

Das war der richtige Mann für diese Aufgabe, war sich Danie auf Anhieb sicher gewesen.

Und Muhammar? Der würde als Zeuge seine Sache brillant machen.

Die Angestellte entschied sich als Erstes für Bartholomäus. Sie wählte seine Nummer, und Danie hatte die Möglichkeit mitzuhören, wie dieser kein Detail von Danies ersten Jahren und der angeblich gemeinsamen Schulzeit ausließ. Er steigerte sich derart in die ausgedachten Geschichten hinein, dass die Verwaltungsangestellte nach zehn Minuten das Gespräch höflich beendete und auf einen Anruf bei Muhammar verzichtete.

»Solche Details kann man sich nicht ausdenken«, sagte sie dann, stempelte das Formular, das sie gemeinsam ausgefüllt hatten, ab und verkündete stolz, dass Danies neuer Ausweis in vier Wochen abholbereit sei. Er solle aber sicherheitshalber die Aussagen von seinen beiden Zeugen schriftlich mitbringen, mitsamt deren Ausweiskopien. Danie nickte bei ihren Worten verständnisvoll.

Zufrieden hatte er damals das Amt verlassen. Das war unproblematischer gewesen als er geglaubt hatte.

Vier Wochen später erschien er wieder auf dem Amt, eine andere Angestellte hatte Dienst, die ihm ohne eine weitere Nachfrage den Pass aushändigte. Danie unterschrieb den Empfang der Papiere schwungvoll mit seiner neuen Unterschrift und verabschiedete sich. Nach irgendwelchen schriftlichen Aussagen seiner ›Zeugen‹ fragte ihn niemand mehr.

Zurzeit befand sich der echte Ausweis mit dem mauritanischen Visum, zusammen mit einem dicken Bündel amerikanischer Dollar und einer halbautomatischen Glock 19 mit einem Magazin für siebzehn Patronen in einem Wandversteck im Esszimmer hinter einem Kunstdruck von Monet. Der Flug war gebucht, und das Ticket würde er morgen Abend am O. R. Tambo International Airport abholen.

Dann würde er losfliegen und in seiner neuen Heimat die Nachrichten einschalten. Ob das Projekt am Ende erfolgreich war oder nicht, das würde er unweigerlich erfahren.

Die ganze Welt würde es erfahren.

Auch diese weltentrückten Vogelbeobachter, die sich hier ständig herumtrieben und ihn Nerven kosteten. Unten auf der Brücke saßen wieder zwei dieser Spezialisten und gingen diesem in seinen Augen unglaublich langweiligen und nutzlosen Hobby nach. Er hatte vor Wochen versucht, sich mit einem dieser Leute zu unterhalten. Danie hatte mitbekommen, dass es sogar eine App für das Handy gab, in dem die Vogelfreunde ihre Beobachtungen eintrugen. Sogar einen nationalen Wettbewerb schien es darum zu geben, wer mehr seltene Vögel sah. Unglaublich.

Er trat näher ans Fenster, um die beiden selbsternannten Ornithologen zu beobachten. Einer der beiden war eine weiße Frau mit einem scheußlich gelben Hut auf dem Kopf. Wie sich diese Leute kleideten. Der zweite war ein schwarzer junger Mann. Letzteres fand Danie bemerkenswert, denn in seinen Augen interessierten sich die Schwarzen üblicherweise nur für gebratene Vögel, die sie von Kopf bis Fuß essen konnten.

Beide saßen auf einem dieser neumodischen und faltbaren, aber sicherlich unbequemen Stühle.

Sie hielten ihre Ferngläser in der Hand und blickten konzentriert über den See. Sie schienen zu warten. Vermutlich auf einen ganz besonderen Vogel, dachte Danie, damit sie ein Foto machen und in ihrer Vogelbeobachtergemeinschaft angeben konnten.

Er fand das alles so unglaublich lächerlich.

»Danie? Alles klar mit dir?« Muhammar riss ihn aus seinen Gedanken. Danie drehte sich zu seinem Partner um.

»Ja, alles in Ordnung. Wie sieht es aus? Hast du alles eingeladen?«

»Ich bin soweit. In zwei Stunden kann ich losfahren. Ich habe den Wagen vollgepackt bis unter das Dach. Du fährst morgen Früh mit Bartholomäus? Dabei ist es geblieben?«

»Dabei bleibt es«, bestätigte Danie. »Außerdem schlafe ich heute im Nebengebäude.« Muhammar sah ihn fragend an, was Danie aber ignorierte. »Eine große Bitte habe ich noch«, fuhr er stattdessen fort, »wenn du nachher losgefahren bist, dann komme unter keinen Umständen zurück. Hast du das verstanden? Das ist wirklich wichtig. Nähere dich nicht mehr diesem Haus. Ich muss noch Vorbereitungen treffen und kann dabei niemanden gebrauchen.«

Muhammar starrte ihn einen Moment lang verblüfft an. »Vorbereitungen? Klar, wenn du das sagst.« Im Laufe der Jahre hatte er gelernt zu akzeptieren, was Danie sagte. Danie war der intelligentere. »Ich will gar nicht fragen, was das für Vorbereitungen sind. Ich habe nie gefragt. Ich möchte mich nur verabschieden und mich für die fast vierzig Jahre guter und fruchtbarer Zusammenarbeit bedanken. Ich fürchte, dass wir uns nach unserem ›Koeberg Projekt‹ nicht mehr wiedersehen werden.« Muhammar wirkte bei diesen Worten bewegt.

Danie blickte ihn irritiert an. Warum wurde er emotional? Sie waren doch nur Geschäftspartner. Keine Freunde.

Freunde brauchte Danie nicht.

»Lebe wohl, Muhammar«, sagte er und bemühte sich dabei nach Kräften, Muhammars ergriffenen Tonfall zu imitieren. »Bitte bring es zu Ende und sei vorsichtig, wie üblich. Du kennst die Transportwege besser als ich, und deine Pläne haben immer funktioniert. Trotzdem, diese letzte Lieferung ist für uns alle etwas Besonderes.« Danie bemühte sich bei diesen Worten um Empathie.

Danie fühlte sich wie immer innerlich leer, was ihn aber nicht weiter interessierte. Das war noch nie anders gewesen, würde nie anders werden und war vielleicht gut so.

Danie komplimentierte Muhammar hinaus. Muhammar würde die letzte Stunde bis Einbruch der Dunkelheit im Wagen warten, bevor er endlich losfuhr. Danie nahm die Matratze aus seinem Schlafzimmerbett und verließ das Labor- und Wohngebäude, das so lange sein Heim gewesen war. Er zerrte die unhandliche Schaumstoffunterlage fünfzig Meter zum Nebengebäude, das er vor vielen Jahren für die ›gefahrgeneigte Chemie‹ – sprich: für die Herstellung von Explosivstoffen – gebaut hatte. Danach ging er zurück, schnappte sich das Bettzeug, trug es denselben Weg über den Hinterhof und warf es schließlich auf die Matratze, die er provisorisch im schmalen Gang des kleinen Lagerraumes abgelegt hatte. Es war ja nur für eine Nacht. Danach ging er ein weiteres Mal zurück, ließ den Monet zur Seite schwingen und holte den Reisepass, das Geld und die geladene Glock aus dem Versteck. Er versteckte alles unter seinem neuen, improvisierten Bett.

Dann ging er ein letztes Mal zurück ins Hauptgebäude und begann mit den eigentlichen Vorbereitungen.

Kapitel 20

Sattler war am Nachmittag nach dem enttäuschenden Besuch bei Danie und Muhammar mit dem Fortuner die Auffahrt herunter und auf den Weg eingebogen, der zurück zur Hauptstraße führte. Burkhard saß neben ihm und schwieg ausnahmsweise, was Sattler sehr erholsam fand. Sie rumpelten die Straße herunter. Gerade als Sattler sich zu fragen begann, wie sie Isabell und Hillary finden sollten, sah er sie: Sie saßen auf der Brücke am See in den Stühlen, die sie kurz zuvor gekauft hatten, und hielten nach Vögeln Ausschau.

Isabell sah ihn kommen – was kein Wunder war, denn er war das einzige Auto weit und breit, und größere Büsche oder Bäume gab es hier nicht – und gab ihm mit der Hand zu verstehen, dass er auf keinen Fall anhalten sollte.

Verwundert fuhr Sattler mit unverändertem Tempo weiter Richtung Dorfausgang und hielt erst auf dem Parkplatz des Restaurants, auf dem sie Isabell und Hillary abgesetzt hatten. Er war schrecklich müde, denn obwohl die Straßen im Wesentlichen gut ausgebaut waren, hatte der Verkehr auf dem Weg von Kapstadt hierher seine ganze Aufmerksamkeit gefordert. Zu viele Verrückte besaßen in diesem Land einen Führerschein und hatten Zugang zu einem Auto – oder was sie eben ein Auto nannten – und fuhren entweder viel zu schnell oder krochen im Schneckentempo über die Landstraße. Viele der Schleicher entzogen sich dem Hass anderer Verkehrsteilnehmer, indem sie links der gelben, durchgezogenen Linie fuhren und damit quasi den Standstreifen benutzten. Was verboten, aber trotzdem üblich war. Gerade in der Dunkelheit hatte dieses Verhalten etliche Todesopfer gefordert. Vor allem Fahrer von Wagen, die eine Panne hatten und einen Reifen wechseln mussten, wurden regelmäßig auf der Standspur von großen Lastern erfasst und überrollt.

Sattler schaltete den Motor aus, schaute erst auf die Uhr und dann durch das Fenster nach dem Sonnenstand, wofür er die Augen zusammenkneifen musste.

»Isabell wollte nicht, dass wir zu ihr kommen. Sie macht ein ziemliches Geheimnis daraus, was hier vor sich geht«, sagte Burkhard. »Was machen wir jetzt? Warten wir auf besseres Wetter?«

»Nein«, antwortete Sattler, »ich schlage vor, wir warten auf den Sonnenuntergang. In spätestens einer Stunde ist es so dunkel, dass man die Hand vor Augen nicht sehen kann. Keine Straßenbeleuchtung und kaum ein Auto in diesem verlassenen Nest. Dann können wir Isabell und Hillary einsammeln, was auch immer sie als angebliche Vogelkundler vorhatten. Vielleicht kommen ein paar Besucher in das Restaurant, aber Wakkerstroom ist nach Sonnenuntergang sicherlich wie ausgestorben. Die meisten Menschen in der Gegend werden ohnehin nicht in der Stadt leben, sondern da hinten.« Er deutete in die Ferne auf weit verstreut liegende, ärmlich wirkende Hütten, die das Township bildeten. »Wenn in Wakkerstroom eintausend Menschen leben, dann ist das optimistisch geschätzt. Da hinten sind es bestimmt fünfzig Mal so viele.«

Irgendetwas an Sattlers Feststellung ließ Burkhard munter werden. »Das ist der Kapitalismus. Das sind die Banken. Die sind Schuld an dem sozialen Elend, das wir hier sehen.« Burkhard gab diese Stellungnahme im Brustton der Überzeugung ab. Sattler schaute ihn verwundert an. Was sollte das? Burkhard sah seinen verständnislosen Blick und sah sich genötigt, seine Worte zu erklären. »Ja, ich meine, wenn die Banken den Menschen dort einen Kredit geben würden, dann könnten die sich auch schöne Häuser kaufen. Aber die Banken wollen nicht. Die denken nur an ihren eigenen Profit.«

Burkhard klang gerade wie ein Alt-68er. Auf eine Diskussion mit ihm hatte Sattler keine rechte Lust, denn Burkhards politisches Weltbild erschien weder komplett noch ausgereift. Banken verliehen das Geld schließlich nicht aus Spaß oder um die Welt zu retten. Daran würde Burkhards Jammern nichts ändern. Um die Menschen aus der Armut zu holen, fehlten ihnen Sattlers Ansicht nach zwei Dinge: Bildung und bei manchen auch der Wille danach.

»Wollen wir uns nicht das Restaurant anschauen, bis es dunkel wird? Es scheint ein echtes Feinschmeckerlokal zu sein. Ich muss mir außerdem die Beine vertreten, und auf dem Parkplatz hin und her zu laufen wäre etwas auffällig«, schlug er deshalb vor.

»Gerne«, stimmte Burkhard zu. Sie stiegen aus und gingen die wenigen Meter zu dem Restauranteingang. Dessen Abendgeschäft hatte noch nicht begonnen. Es war nur ein einziger Tisch besetzt.

Sattler warf einen Blick auf die Karte. »Heute gibt es Kudusteak«, sagte er, »an Rosmarinkartoffeln mit Butternutgemüse. Hört sich vielversprechend an. Das scheint ein gutes Restaurant zu sein.«

»Ja, aber wenige Kilometer entfernt wird gehungert«, begann Burkhard. »Der Schuppen ist nur etwas für Kapitalisten, die vorher andere Menschen ausgebeutet haben.«

»Ja, vielleicht hast du Recht«, sagte Sattler und versuchte, so unverbindlich wie möglich zu klingen. Er war nicht in Stimmung für eine politische Diskussion, die Burkhard unbedingt beginnen wollte. Manche Aussagen hörten sich im ersten Moment richtig an und klangen eingängig, aber deswegen mussten sie nicht der Wahrheit entsprechen. Die Welt war komplizierter, als dass man sie in einer kurzen, plakativen Formel zusammenfassen konnte, so wie es Burkhard gerade getan hatte.

Sie schlenderten durch das Restaurant und dann durch eine angeschlossene Ausstellung mit Kunstgegenständen, die im Wesentlichen im Township produziert und vor allem von Touristen gekauft wurden. Danach setzten sie sich kurz in den gemütlichen Außenbereich und Burkhard bestellte sich einen Milchshake.

Zügig setzte die Dämmerung ein und beide entschieden, Isabell und Hillary abzuholen. Und sie zu fragen, was um alles in der Welt sie da machten.

Es war dunkel. So dunkel, dass Sattler die eigene Hand vor Augen nicht sehen konnte. Sie waren die Strecke wieder zurückgefahren, diesmal aber statt nach rechts zu Danies Labor nach links in Richtung Brücke über den See abgebogen. Sie fuhren zurück zu der Stelle, an der sie Isabell und Hillary zuletzt gesehen hatten. Sattler hatte für die letzten Meter die Scheinwerfer am Fortuner ausgeschaltet und näherte sich im Schritttempo dem höchsten Punkt der Brücke.

Er hatte sein Fenster geöffnet, denn es war noch angenehm warm. Plötzlich hörte er ein ärgerlich hervorgepresstes: »Halt, verdammt.«

»Isabell? Bist du das?«, fragte er in die Nacht hinein.

»Na klar. Gut, dass ihr da seid, aber du fährst uns gleich über den Haufen. Stell' doch den Wagen vor der Brücke ab und kommt dann her. Wir müssen uns beratschlagen.« Sattler ließ den Wagen langsam rückwärts von der Brücke herunterrollen, stellte ihn ab und stieg dann zusammen mit Burkhard aus. Gemeinsam gingen sie die wenigen Schritte die Brücke hinauf und stießen dort fast mit Isabell zusammen.

Sattlers Augen gewöhnten sich nun langsam an die Dunkelheit. Er begann, einiges schemenhaft wahrzunehmen: Die Steinbrücke mit der einfachen Stahlbrüstung, Hillary, der sich bequem auf einen der tragbaren Stühle gesetzt hatte und zum Gruß lässig den Arm hob. Daneben stand ein zweiter, leerer Stuhl. Isabell stand vor ihnen. Sie hatte etwas um den Hals hängen, das Sattler für das Fernglas hielt.

»Willst du jetzt noch Vögel beobachten?«, fragte Sattler spöttisch. »Ein bisschen dunkel, oder?«

»Allerdings. Und zwar die beiden Vögel, die noch nicht ausgeflogen sind. Hillary, bist du noch dran?«

»Klar doch. Du hast mir doch beigebracht, wie man ein Haus beobachtet. Ich darf keine Sekunde wegschauen, denn genau in diesem Moment könnte die Zielperson wegfahren, und dann sitzen wir noch Tage vor einem leeren Gebäude.« Hillary schien das mehrfach gehört zu haben, denn seine Stimme hatte etwas Leierndes.

»Hillary, du machst dich gut als Geheimdienstauszubildender. Wie ist der Stand der Dinge?«, fragte Isabell. »Informier' uns doch kurz.«

»Vorhin, als es noch hell war, ist Muhammar in den Wagen gestiegen, den er außerhalb des Tores auf dem Grünstreifen geparkt hat. Warum er das Auto wieder dort abgestellt hat, wissen wir nicht. Wir vermuten, dass er in der Lage sein möchte zu fliehen, falls es nötig werden sollte. Vielleicht ist auch nur das Tor defekt und öffnet nicht zuverlässig? Jedenfalls hat er, nachdem ihr das Gebäude verlassen hattet, weitere Gegenstände aus dem Haus in den Geländewagen geladen. Erst vor einer Stunde hat er das beendet. Seitdem sitzt er dort und bewegt sich nicht. Wir vermuten, dass Danie im Schutz der Dunkelheit ebenfalls eingestiegen ist, aber wirklich gesehen habe ich das nicht.«

»Warum beobachtet ihr die beiden eigentlich?«, flüsterte Sattler. »Und warum in dieser Maskerade?«

»Wenn du dich vorhin umgeschaut hast, dann ist dir vielleicht aufgefallen, dass es außer kniehohem Gras um Wakkerstroom herum sehr wenig höhere Vegetation gibt. Es gibt kaum Büsche und keine größeren Bäume. Mit anderen Worten: Wir können uns nicht verstecken. Wir können nicht wenige hundert Meter von dem Labor entfernt in einem Auto sitzen und die ganze Zeit zu Danie und seinem Kumpanen starren. Das wäre zu auffällig. Das Beste, was wir machen konnten, war, uns als Vogelkundler auszugeben. Sicher, eine brillante Idee sieht auch für mich anders aus, aber in der aktuellen Situation blieb mir keine andere Wahl. Habt ihr irgendetwas herausgefunden? Gibt es einen Kontakt zwischen Danie, Muhammar und Koeberg? Irgend etwas?«

»Nichts. Ich habe ihn regelrecht ausgefragt, aber es gibt keine Verbindung.« Sattler war bewusst, dass er etwas übertrieb. »Wenigstens keine, die er zugegeben hätte. Jetzt sag' mir doch bitte endlich, warum ihr die beiden beobachtet.«

»Warum?«, fragte Isabell zurück. Nach einer kurzen Sekunde sagte sie leise: «Weil Danie vermutlich der Drahtzieher ist.«

»Der Drahtzieher von was?«

Sattler spürte, wie Isabell gerade antworten wollte, als Hillary gepresst hervorstieß: »Achtung, es tut sich etwas.« Sattler blickte die Straße hinauf und sah, wie die Xenon-Scheinwerfer eines Wagens eingeschaltet wurden. »Da«, rief Hillary gedämpft, »sie fahren los!«

Der Geländewagen setzte sich in Bewegung und kam die Straße herunter auf sie zugerollt. Isabell hatte ebenfalls das Fernglas vor den Augen und blickte konzentriert in Richtung des Autos, das sich immer schneller näherte. Es hatte die Kreuzung erreicht und bog, ohne das Stoppschild zu beachten, nach links ab.

»Verdammt, das war zu kurz«, fluchte sie. »Hillary, hast du gesehen, ob ein oder zwei Männer in dem Wagen saßen? Hillary?«, wiederholte sie ungeduldig, als er nicht sofort antwortete.

»Nein, der Wagen war zu schnell für mich«, sagte er dann. »Ich glaube, es saßen zwei Leute drin, aber sicher bin ich mir nicht.«

»Wir müssen das wissen.«

Bevor Sattler sich ernsthaft die Frage stellen konnte, warum genau Isabell das wissen musste, begann diese, sich an einem der beiden riesigen, schwarzen Koffer, die den halben Kofferraum des Fortuners eingenommen hatten, zu schaffen zu machen. Sie nutzte dafür das Licht ihres Handys, wobei sie das verräterische Streulicht durch ihren Körper abschirmte. Sattler konnte leider nicht erkennen, was sich alles in diesem Koffer befand. Isabell hatte, vermutlich absichtlich, den Koffer vor dem Öffnen so geschoben, dass der Deckel nun Sattler den Blick auf das Innere versperrte.

Nach wenigen Sekunden hatte Isabell den Kofferdeckel wieder geschlossen und hielt einen Gegenstand in der Hand, der die Größe eines alten Kassetten-Camcorders besaß.

»Was ist das denn?«, fragte Burkhard überrascht.

»Das zeige ich euch gleich.« Mit wenigen Handgriffen klappte Isabell das Gerät auseinander. Soweit Sattler sehen konnte, schien es ein kleines Display zu haben sowie eine Art Optik. Routiniert drückte Isabell an der Maschine noch einige Knöpfe, dann surrte ein kleiner Ventilator.

»Gut, hiermit werden wir gleich herausfinden, ob beide im Auto saßen. Oder ob sich noch jemand im Haus befindet. Das ist eine tragbare Infrarotkamera. Gerade jetzt, wo es außen kühler geworden ist und weil die Häuser in Südafrika grundsätzlich miserabel gedämmt sind, ist es kein Problem festzustellen, ob sich noch jemand im Haus aufhält. Der Ventilator kühlt jetzt, in Verbindung mit einem kleinen Kompressor, den fotosensitiven Chip herunter. Gleich kann es losgehen.«

Sattler staunte nicht schlecht. Die Ausbildung beim Mossad an modernem Gerät schien wirklich gründlich zu sein.

»Ist das so eine Art Nachtsichtgerät?«, fragte Burkhard.

»Nein, ein Nachtsichtgerät arbeitet mit Restlicht. Dieses mit Wärmestrahlung«, antwortete Hillary, noch bevor Isabell den Mund öffnen konnte.

Auch Hillary kannte sich offensichtlich gut aus. Sattler war verblüfft. Allerdings überraschte ihn das bei Hillary weniger als bei Isabell. Hillary war ein Naturwissenschaftler, Isabell Agentin.

»So, der Chip ist jetzt kalt genug«, verkündete Isabell wenige Sekunden später. »Wollen wir mal sehen.« Sie richtete das Objektiv auf das Wohn- und Laborgebäude der ›Danie & Muhammar, Analytical Laboratories‹ und vergrößerte das Bild, das auf dem kleinen Display auf der Rückseite der Kamera zu sehen war.

Sattler, Hillary und Burkhard gruppierten sich hinter ihr, um ebenfalls den kleinen Bildschirm sehen zu können. Sattler konnte das Gebäude in seinen Umrissen erkennen, aber es leuchtete in grünen und blauen Farben auf. Die Fenster erschienen transparent und sie konnten dadurch in das Haus hinein sehen. Die Tür zu einem der Zimmer stand offen, dahinter schien sich das Schlafzimmer zu befinden. Isabell deutete auf ein flaches, längliches Möbelstück, das auf dem Boden stand. »Das ist ein Bett«, flüsterte sie. Das Bett war in grüne und blaue Farben getaucht. »Da liegt definitiv niemand drin. Sonst wäre es wärmer und würde in Rot erscheinen. Wenn sich dort noch jemand aufhalten würde, dann würden wir mehr Rot sehen, durch die Wärme, die ein Mensch abgibt. Aber es ist alles blau.«

Sie schwenkte die Kamera über die Fassade. »Wenn jemand hinter einer Tür stehen würde oder sich unter einem Fenster verstecken würde – warum auch immer – dann würden wir ihn sogar durch die dünnen Wände sehen. Wenn ein Mensch vor Kurzem auf diesem Stuhl gesessen hätte«, sie deutete auf dem Monitor auf einen Stuhl, der am Tisch im Esszimmer stand und auf dem Sattler selbst vor wenigen Stunden gesessen hatte, »dann wäre dort ein roter Fleck. Weitere Räume kann ich nicht erkennen. Ich stelle die Kamera noch empfindlicher und dann warten wir eine Weile, ob sich etwas tut.«

Sie scannte das Gebäude weiter. Sie konnte keinerlei Lebenszeichen ausmachen, nicht einmal von einem Haustier. Stattdessen sah sie kurz ein Tier vor dem Haus, das Hillary für einen Wildhund hielt. Es war aber zu schnell weg, als dass er sich hätte sicher sein können.

»So, es ist alles in Ordnung. Offenbar sind Muhammar und Danie tatsächlich gemeinsam weggefahren. Wir können los.«

»Halt, halt, Isabell.« Das war Hillary, in dessen Stimme Entrüstung mitschwang. »Ich frage mich die ganze Zeit, was das soll. Genau genommen frage ich mich das schon, seitdem wir in Kapstadt losgefahren sind, aber ich bin ja froh, dass ihr mich mitgenommen habt. Aber was geht hier vor? Was ist der Plan?«

Er sprach Sattler aus dem Herzen.

Isabells Stimme klang überrascht. »Was wir vorhaben? Aber das ist doch offensichtlich. Wir werden einbrechen.«

Einen Moment lang herrschte Schweigen. Sattler hatte so etwas schon befürchtet, es sich aber nicht eingestehen wollen.

Burkhard ergriff das Wort. »Ich glaube nicht, dass wir bei einem unserer Kunden einbrechen sollten. Ich glaube nicht, dass wir überhaupt irgendwo einbrechen sollten. Einbrechen ist nämlich illegal, weißt du?«

Isabell ignorierte seine letzte Bemerkung. »Du musst nicht mitkommen, Burkhard. Du bleibst draußen und steuerst den Fluchtwagen.« Sie kicherte kurz aufgekratzt. »Nein, im Ernst, bleib ruhig im Wagen. Ich brauche aber dringend Frank. Und es ist ein Segen, dass du auch dabei bist, Hillary. Auch dich bitte ich darum mitzukommen.« Isabell hörte sich wieder ernst an. »Das ist für uns alle sehr, sehr wichtig.«

»Wichtig? Wieso?«, fragte Sattler. Er hatte die Nase voll von irgendwelchen Andeutungen, in die sich Isabell immer wieder verstieg.

Isabell ließ einige Sekunden verstreichen, bevor sie antwortete. »Wichtig, um eine große Katastrophe zu verhindern«, sagte sie dann. »Eine Katastrophe, die uns alle betrifft.«

»Isabell«, begann Hillary, »wenn du Recht hast und wir die Apokalypse verhindern sollen – und danach hört es sich für mich mittlerweile an – dann würde ich vorschlagen, du gehst zur Polizeidienststelle von Wakkerstroom, meldest dort deine Beobachtungen, kommst mit einem polizeilichen Sondereinsatzkommando zurück, und dann stürmt ihr das Labor. Da muss niemand von uns einbrechen.«

»Das geht nicht, und ihr werdet noch verstehen, warum. Ihr werdet später mit komplettem Hintergrundwissen erkennen, dass ich richtig gehandelt habe, und euch wird klar werden, warum ihr so wichtig für diese Operation seid. Ich mache euch beiden einen Vorschlag: Wir gehen jetzt gemeinsam in dieses Haus und schauen uns unverbindlich um. Das ist vollkommen gefahrlos, das verspreche ich euch. Das Haus ist leer, die Besitzer sind weg. Sollten die beiden zurückkommen, dann steht Burkhard draußen und hupt einfach. Aber ich glaube nicht, dass sie schnell zurück sind.« Sie blickte auf ihr

Handy, wischte dreimal hin und her. »Wir sollten mindestens eine Stunde haben«, sagte sie, nachdem sie kurz auf das Display gestarrt hatte. »Wenn wir wieder zurück sind, dann sage ich euch alles, was der Mossad über diese Operation weiß. Vorausgesetzt natürlich, wir finden, was ich suche.«

»Warum sagst du uns nicht vorher, was du suchst? Wie sollen wir etwas finden, von dem wir nicht wissen, wie es aussieht und wozu es dient?« Sattler war ratlos.

»Der Punkt ist, dass ich noch viel weniger weiß, wie es aussieht. Und wenn wir es finden können, dann nur gemeinsam. Wenn ihr es seht, dann wisst ihr auch, dass wir es gesucht haben.«

Isabells Antwort wirkte auf Sattler nicht gerade erhellend. Auf der anderen Seite hatte sie seine Neugier geweckt. Sich in einem leeren Haus umzusehen war vielleicht illegal, aber richtete auf der anderen Seite auch keinen großen Schaden an. Danie und Muhammar würden noch nicht einmal merken, dass sie dort gewesen waren. Die nächsten Nachbarn wohnten mindestens fünfzig Meter entfernt, das war mehr als genug, um nicht aufzufallen.

Isabell war die Aktion sehr wichtig, das hatte Sattler begriffen. Und womöglich hatte sie ja Recht. Der Mossad hatte seine wenigen Agenten sicherlich nicht leichtsinnig in diese für den Dienst schon jetzt verlustreiche Operation entsandt. Vielleicht ging es um viel mehr, als sie sich vorzustellen vermochten.

»Gut, meinetwegen«, willigte Sattler schließlich ein. »Ich komme mit. Wir gehen rein, sehen uns um und verschwinden dann wieder.«

Isabell stand dicht neben ihm. »Vielen Dank, Frank. Das habe ich von dir so erwartet.« Isabells Stimme klang erleichtert, gleichzeitig warm und herzlich.

»Ich bin auch mit dabei«, sagte Hillary. »Du hast mich neugierig gemacht. Allerdings ist das Gebäude mit einem Elektrozaun gesichert. Da müssen wir erst einmal drüber.«

»Kein Problem!« Sattler konnte in Isabells Stimme ihre Erleichterung anhören. »Wie das geht, das zeige ich euch gleich.«

Isabell lud einige weitere Gegenstände, die Sattler nicht erkennen konnte, aus ihrem schwarzen Koffer in einen schwarzen Rucksack, den sie aus dem Koffer hervorgekramt hatte. Dann packten sie die beiden unhandlichen Gepäckstücke zusammen mit den Stühlen zurück in den Kofferraum und fuhren die wenigen hundert Meter bis zu Danies Laborgebäude. Burkhard saß am Steuer, und Isabell bat ihn, ganz dicht und parallel zur Grundstücksmauer zu parken.

»Du wartest bitte auf uns«, sagte Isabell, an Burkhard gewandt. Der nickte stumm. Er hätte ohnehin nicht aussteigen können, denn er stand mit seiner Wagenseite dicht an der Klinkerwand und hätte die Tür nicht aufbekommen.

Isabell, Sattler und Hillary kletterten auf der anderen Seite aus dem Wagen.

»So«, sagte Hillary und deutete die rund drei Meter hohe Mauer hinauf, die von einem Elektrozaun gekrönt war. »Wenn du mit dem kleinen Finger an den Draht kommst, dann brennst du wie eine Fackel«, erklärte der junge Schwarze. »Wie willst du den Zaun überwinden? Das geht doch gar nicht.«

Das Licht an der Straße war durch eine funzelige Straßenlampe besser als zuvor auf der Brücke, und Sattler konnte sehen, wie Isabell unbeeindruckt die Schultern hob. »Das ist kein Problem«, sagte sie. Sie beugte sich in den Wagen und holte zwei der – ziemlich verdreckten – Gummifußmatten hervor. Mit den beiden Matten in der Hand kletterte sie zunächst auf den Vorderreifen, um von dort vorsichtig auf die Motorhaube und dann auf das Dach des Wagens zu steigen. Sie betrat immer nur den Rand der Karosserie, wo das dünne Blech von seitlichen Trägern unterstützt wurde.

Sie legte die erste Fußmatte auf die Mauerkrone. Die zweite Matte warf sie über die Drähte, die sich unter dem Gewicht der schwarzen Matte nach unten bogen. Schließlich lagen die Drähte zwischen zwei Matten auf der Mauer.

»Darf ich bitten«, flüsterte sie, stand dabei auf dem Wagendach und gestikulierte übertrieben theatralisch mit den Armen. »Ich habe euch sogar einen Teppich ausgerollt.«

Sie bemerkte das Zögern von Hillary und Sattler.

»Was ist? Soll ich als erste gehen? Ladies first?«

»Was ist«, begann Sattler, »wenn der Garten durch Bewegungsmelder überwacht wird? Oder durch Hunde? Wenn die Hölle losbricht, sobald du nur ein Bein über die Mauer geschwungen hast?«

»Diese Alarmanlagen schlagen ständig falschen Alarm. Wer würde sich darum kümmern? Aber davon abgesehen, kann ich mir nicht vorstellen, dass der Garten tatsächlich mit Bewegungsmeldern gespickt ist. Und Hunde hättet ihr heute Nachmittag schon bemerkt. Wenn ich Recht habe, dann ist das Haus an keine Sicherheitszentrale angeschlossen – Danie und Muhammar hatten sicher keine Lust, in ihrer Abwesenheit irgendwelche fremden Leute von einem Sicherheitsdienst auf ihrem Grundstück zu haben. Aber wir werden sehen. Das Risiko müssen wir eingehen. Ich glaube, ich gehe am besten als erste, sonst stehen wir morgen noch hier«, ergänzte sie, nachdem sie das andauernde Zögern der beiden Männer wahrgenommen hatte.

Sie schwang sich vom Autodach auf die Gummimatten auf der Mauerkrone und ließ beide Beine in Richtung Garten baumeln. Dann rutschte sie ein Stück nach vorne, drehte sich dabei auf den Bauch, hielt sich kurz an der Mauerkrone fest und ließ ihre Beine in der Luft baumeln. Dann ließ sie los und landete sanft auf einem Stück ungepflegten Rasen, der viel zu hoch war.

Auf der anderen Seite der Mauer schauten sich Sattler und Hillary einen Moment lang an. Dann entschied Sattler: »Ich gehe als nächstes«, schwang sich auf das Wagendach und kletterte über die Autofußmatten auf die Mauerkrone, so wie es Isabell vorgemacht hatte, und landete schließlich neben ihr im Gras. Kurz darauf kam Hillary gerutscht, der aber bei der Landung stolperte.

»Verdammt«, fluchte er leise. »Jetzt habe ich mir fast meinen Fuß gebrochen.« Hillary humpelte wie zur Bestätigung. Sattler kam es nicht so schlimm vor. »Ich glaube, es geht doch«, flüsterte Hillary, als er nicht die erhoffte Aufmerksamkeit erhielt. »Wie kommen wir wieder raus?«, fragte er, nachdem er sich kurz umgesehen hatte.

Isabell deutete auf einen kleinen Kasten neben dem Tor. »Auf dem Mainboard in dem Kästchen gibt es einen roten Knopf. Den drücken wir und dann spazieren wir einfach zum Tor hinaus.«

Sie gingen langsam Richtung des eingeschossigen Backsteingebäudes. »Kein Alarm«, sagte Isabell leise und wirkte zufrieden.

Sie schlichen zur Haustür, durch die Sattler und Burkhard das Gebäude vor wenigen Stunden ganz legal betreten hatten. Wieder standen sie vor der Holztür. Diesmal würde Klopfen nichts nutzen. »Und jetzt?«, fragte Hillary flüsternd. Er und Sattler standen direkt hinter Isabell. Beide waren sich einig, dass es besser war, Isabell die Aktion federführend zu überlassen.

Lautlos ließ Isabell den Rucksack von der Schulter gleiten, wühlte darin herum und zog schließlich einen kleinen Gegenstand hervor. Damit machte sie sich am Schloss zu schaffen. Nach wenigen Sekunden konnte Sattler ein leises Klicken hören, dann sprang die Tür auf.

»Geht einen Schritt zurück«, forderte Isabell die beiden neben ihr stehenden Männer auf und zog die Holztür nach außen auf.

Das Innere des Hauses wirkte auf den ersten Blick unspektakulär und gewöhnlich, wie schon am Nachmittag. Allerdings erkannte Sattler nur Umrisse, denn das Inventar wurde indirekt von außen, von einer entfernt stehenden Straßenlampe durch die schmutzige Fensterscheibe hindurch fahl beleuchtet.

In Sattlers Augen hatte sich nichts verändert. Nach links ging es zur Wohnküche, an dessen Esstisch sie heute Mittag gesessen hatten.

»Dann gehen wir doch mal rein«, sagte er zu Isabell und setzte sich in Bewegung. Isabell blieb aber wie angewurzelt in der Eingangstür stehen. Sie blickte direkt nach unten auf den Boden, und Sattler verpasste ihr einen ungewollten Rempler. Isabell hätte beinahe das Gleichgewicht verloren.

»Entschuldigung ... was ist? Warum gehst du nicht rein?«, fragte Sattler.

Isabell deutete vor sich auf den Boden. Dann holte sie eine Taschenlampe hervor und ließ sie aufblitzen.

Sattlers Augen brauchten einen Moment, um sich an die neuen Lichtverhältnisse zu gewöhnen. Er kniff sie zusammen.

»Ist das ... ein Draht?«, fragte er sprachlos. »Der war aber heute Nachmittag noch nicht da.«

Isabell nickte. »Jemand hat einen dünnen Stahldraht quer über den Eingangsbereich gespannt. Knapp über Knöchelhöhe. Kommt bitte rein, aber berührt den Draht auf keinen Fall. Ab sofort gilt: Nichts anfassen, was ihr nicht selbst irgendwohin gelegt habt. Keinen Lichtschalter betätigen. Kein gar nichts. Nur mir hinterhergehen.«

Isabell machte einen großen Schritt über den Draht, und Sattler und Hillary taten es ihr gleich.

»Wer macht denn so etwas?«, fragte Hillary, während sie sich gemeinsam vorsichtig in den Raum hinein bewegten. »Wer spannt denn einen Draht vor seiner eigenen Haustür? Damit ein Einbrecher hinfällt, wenn er die Tür aufgebrochen hat?«

»Nein«, sagte Isabell in einem gespenstisch ruhigen Tonfall, während sie den Lichtkegel der Taschenlampe zentimeterweise nach vorne bewegte. »Wer den Draht berührt, sprengt das ganze Haus in die Luft.«

»Eine Sprengfalle?« Hillarys Stimme zitterte. »Das Haus ist vermint? Und du hast das gewusst und uns trotzdem hierher gebracht? Bist du lebensmüde? Willst du uns umbringen?«

»Sorry, Jungs«, antwortete Isabell. »Wenn ich euch vor allen denkbaren Gefahren gewarnt hätte, wärt ihr ja nicht mitgekommen. Ich habe es übrigens auch nicht gewusst, nur geahnt. Wenn ihr dem dünnen Draht mit den Augen folgt«, sie leuchtete mit ihrer Taschenlampe den haarfeinen Draht entlang, der an der rechten Seite hinter der Tür in einem großen, mit altem Zeitungspapier eingeschlagenen Päckchen endete, »dann seht ihr dort den Sprengstoff. Danie wollte, dass wir uns mitsamt dem kompletten Gebäude in die Luft sprengen, sobald wir uns Zutritt verschaffen. Natürlich nicht speziell uns, sondern jeden, der herumschnüffelt. Zum Beispiel die Polizei.«

Sattler blieb abrupt stehen. »Ich bewege mich nicht mehr vom Fleck, bis ich mich sicher fühle.«

»Ich glaube«, begann Isabell, die Taschenlampe immer noch hin- und herschwenkend, »in der Wohnküche gibt es keine Stolperdrähte mehr. Du kannst dich jetzt frei bewegen. Trotzdem gilt: fasst nichts an!«

Sattlers Augen hatten sich inzwischen an das schummrige Licht gewöhnt. Er sah links den Wohn- und Essbereich, geradeaus ging es einen kurzen Gang entlang zu dem Schlafzimmer mit der geöffneten Tür, in das sie schon von außen mit der Wärmebildkamera einen kurzen Einblick erhalten hatten. Vor dem Schlafzimmer ging nach links eine weitere Holztür ab. Nach rechts, noch vor dem Schlafzimmer gab es eine zusätzliche Glastür, die durch einen Schalter neben der Tür geöffnet wurde. Das muss der Zugang zum Laborbereich sein, dachte Sattler, den uns Danie vorhin noch verwehrt hat.

Hillary ließ mit etwas quengeliger, gepresster Stimme vernehmen: »Immer, wenn ich mich aufrege, muss ich dringend auf die

Toilette. Das war schon so, als ich klein war. Jetzt ist es wieder so weit.«

»Wir fangen erst einmal mit dem Suchen an, das ist jetzt noch dringender. Die Tatsache, dass Danie und Muhammar einen Sprengsatz an der Tür angebracht haben, ist in vieler Hinsicht kein gutes Zeichen. Auf der anderen Seite zeigt es, dass wir hier nicht ganz falsch sein können. Vermutlich habe ich aber einen Fehler gemacht, aber das weiß man ja immer erst hinterher. Wir fangen hier an zu suchen, in der Küche.«

Sie wandte sich nach links, Hillary und Sattler bleiben ihr dabei dicht auf den Fersen.

»Leuchte mal hier rüber«, sagte Hillary und deutete auf den Esstisch, auf dem lose sechs rote Coladosen standen. Er streckte den Arm aus, um nach einer zu greifen. »Die hat er uns heute Nachmittag aber nicht angeboten. Die sind bestimmt noch eiskalt. Hab ich einen Durst.«

Er wollte gerade eine Dose anfassen, als ihm Isabell schmerzhaft den Arm wegschlug. »Bist du verrückt? Ich habe doch gesagt, nichts anfassen, was du nicht selbst hingelegt hast.« Sie leuchtete mit der Taschenlampe zwischen die Dosen. »Aha. Hier, ich zeige euch etwas.« Sattler und Hillary beugten sich nach vorne, schauten die Dose genau an und vermieden dabei, sie anzufassen oder auch nur den Tisch zu berühren.

»Seht ihr diese kleine Glasampulle, die von hinten an die Dose geklebt ist, kaum größer als ein kleiner Fingernagel? Wenn ihr genau hinschaut, dann seht ihr am Boden der kleinen Ampulle eine Kugel flüssiges Metall. Das ist ein Tropfen Quecksilber. Was wir bei dem Licht kaum erkennen können, sind die zwei dünnen Drähte, die unter dem Boden der Coladose herauskommen und in diese Ampulle führen.«

»Aha«, sagte Hillary. »Was genau soll das sein?«

»Das ist ein Mordinstrument. Die Dose hat sicherlich keinen Boden, den hat Danie rausgeschnitten. Stattdessen hat er in die Dose eine Zündkapsel und eine kleine Batterie eingebaut, dann den übrigen Hohlraum mit verflüssigtem Plastiksprengstoff verfüllt, der beim Abkühlen fest wurde. Einzig die beiden Drähte schauen noch heraus. Wenn beide elektrisch leitend verbunden werden, wird die Sprengkapsel und damit die Sprengladung gezündet. Was passiert ist folgendes: Jemand nimmt die Dose auf, hält sie sich vor den Körper, um sie zu öffnen. Dabei bewegt er die Dose, der Quecksilbertropfen schwappt in der kleinen Glasampulle hin und her und schließt plötzlich den Kontakt. Die Bombe explodiert in den Händen dessen, der den größten Durst hatte, direkt vor seinem Gesicht. Keine Chance zu überleben. Einfach und effektiv.«

Hillary erstarrte. »Dann hast du mir eben das Leben gerettet.«

»Keine Ursache. Reine Erfahrung, weißt du. Wir bekommen so etwas beim Mossad beigebracht. Ihr nicht. Willkommen in meiner Welt des Versteckspielens, der Hinterhalte, Lügen und Mordversuche. Ich hasse es, glaubt mir das bitte. Ich hasse es aus tiefstem Herzen.« Sie wirkte tatsächlich zutiefst frustriert.

Hillary nickte verständnisvoll, Sattler erwiderte nichts. Das war Isabells erste überzeugende Aussage seit langen.

Sie durchsuchten erst vorsichtig die Küche, dann das kombinierte Wohn- und Esszimmer. Die Küchenmöbel schienen so alt wie das ganze Haus, mit abgegriffenen Schranktüren aus einem grünlich gemaserten Holz. Es gab wie üblich zwei Spülbecken: Ein großes, eindrucksvolles Keramikspülbecken im vorderen Bereich der großzügigen Küche, an der die Frau des Hauses theoretisch das gebrauchte Geschirr spülen konnte, und ein einfaches Edelstahlspülbecken etwas versteckt im hinteren Bereich, in dem die Hausangestellten das schmutzige Geschirr tatsächlich reinigten. Vermutlich konnte man durch eine Hintertür aus der Küche zu den Wohnräumen der Angestellten gelangen.

Wenn es Hausangestellte geben sollte, dann wird keiner von denen da sein, dachte sich Sattler. Sonst wären die sicher in eine der Fallen getappt, die hier aufgestellt waren. Danie und Muhammar hatten die Angestellten sicherlich weggeschickt. Sattler konnte sich schlecht vorstellen, dass Danie und Muhammar jedes Mal, wenn sie das Haus verließen, das Gebäude mit diesen Fallen sicherten.

Er glaubte mittlerweile nicht mehr, dass Danie oder Muhammar beabsichtigten, zurückzukehren.

Deshalb hatte Danie die dringend notwendige Renovierung der Küche nicht mehr für nötig gehalten. Er will ohnehin alles in die Luft sprengen, dachte Sattler. Dann muss er sich auch um eine neue Küchenausstattung keine Gedanken mehr machen. Bevor sie den ersten Schrank öffneten, inspizierte Isabell die entsprechende Tür auf heraushängende Drähte und andere Auffälligkeiten. Das alles war extrem langwierig, denn Isabell war sehr gründlich.

Sie suchten eine Stunde. Weder in der Küche, noch im angrenzenden Esszimmer, noch im Schlafzimmer fanden sie etwas Verdächtiges – wenn man von der präparierten Coladose auf dem Esstisch absah, um die alle einen großen Bogen machten. Die halb geöffnete Tür gegenüber dem Laboreingang stellte sich als Zugang zur Toilette heraus. Mit der hässlichen, alten Toilettenschüssel und dem Spülkasten auf Kopfhöhe mit kurzer Kette würde dieser Raum sicher niemals Erwähnung im ›Schöner Wohnen‹-Heft finden.

Isabell wurde zunehmend hektisch. »Jetzt schauen wir in das Labor«, sagte sie und wandte sich zur Glastür, »das wird sicherlich spannend.«

Sattler war nach den bisherigen Ereignissen in diesem Horrorhaus nicht nach mehr Spannung zumute. Aber Isabell hatte ihren Rucksack abgestreift und auf dem Boden abgestellt. Sie wühlte kurz darin herum und hatte schnell gefunden, was sie suchte. »Mein Endoskop«, sagte sie und fuchtelte mit etwas herum, das Sattler auf den ersten Blick für einen kleinen Fernseher mit schlanker, langer Antenne hielt.

Isabell schaltete das Gerät ein. Der Monitor leuchtete auf und Isabell schob den langen, dünnen Schlauch durch den Schlitz zwischen Tür und Boden hindurch. Auf dem Bildschirm war – stark vergrößert – am oberen Bildrand das untere Ende des Türblattes zu sehen, unten der Fliesenbelag des Fußbodens.

»So sieht also eine Schabe die Welt«, sagte Hillary nachdenklich. »Was versuchst du zu finden?«

Isabell bewegte das Endoskop unter dem Türblatt langsam und aufmerksam vor und zurück. Auf dem kleinen Monitor waren die Türzargen und, bedingt durch das Weitwinkelobjektiv, in weiter Ferne die Türangeln zu erkennen.

»Ich suche nach versteckten Ostereiern. Wir wollen doch keine Überraschung erleben, wenn wir gleich die Tür öffnen.« Isabell bewegte den Schlauch noch ganz nach links und wieder zurück, während sie konzentriert die Bilder auf dem Monitor beobachtete. Dann zog sie das Endoskop wieder heraus und verstaute es in ihrem Rucksack. »Alles sauber«, verkündete sie. Sie zog einen kräftigen Schraubenzieher hervor und begann, damit die Tür aufzuhebeln.

»Ich dachte, für das Öffnen der Tür wäre der Schalter hier vorgesehen«, sagte Sattler überrascht und deutete auf den länglichen Taster in Ellenbogenhöhe.

»Finger weg«, sagte Isabell warnend. »Keiner drückt auf irgendwelche Knöpfe. Wer weiß, was dann passiert. Wir kommen im Übrigen mit meinem Allzweckwerkzeug auch so rein.« Sie hatte den dicken Schraubenzieher zwischen die beiden Glastüren geklemmt und begann, sie vorsichtig aufzuhebeln. Nach wenigen Sekunden war der Weg frei und Isabell bewegte sich im Schneckentempo vorwärts, immer die Taschenlampe hin und her schwenkend.

Sattler wurde immer mulmiger. Er folgte ihr nur zögernd. Hillary blieb dicht hinter ihm, so als würde er Deckung suchen. Mit seinem Verhalten machte er Sattler wirklich keinen Mut.

Sie betraten einen Raum, der nicht viel größer war als die Wohnküche, die sie eben verlassen hatten. Er maß etwa fünf Meter in beide Richtungen und an den Wänden waren umlaufend hüfthohe Tische installiert. Der Boden war mit allerlei technischen Geräten zugestellt. Sattler konnte im Schein von Isabells Taschenlampe eine nagelneue Vakuumpumpe erkennen, außerdem zahlreiche Glasgeräte, Röhren, Destillationsapparate und andere Geräte, die er in einem chemischen Labor erwartet hätte.

In einer Ecke war in einem deckenhohen Schrank hinter einer großen Glasscheibe ein länglicher Glastopf installiert. Ein Motor über dem Glasdeckel würde einen Rührer antreiben, sobald jemand den Anschaltknopf drücken würde.

Der Topf war leer.

Im Labor war es noch etwas dunkler als drüben im Wohnzimmer, aber Sattler konnte das Wesentliche trotzdem gut erkennen. Direkt neben diesem Topf sah er einen Eimer aus Metall stehen. Er trat vorsichtig näher.

Chemcons prangte auf einer Seite in großen Lettern.

»Die Verpackung ist von uns«, sagte Sattler mit verblüfftem Unterton in der Stimme und trat näher, »aber dieses merkwürdige Zeug darin auf keinen Fall.«

Neugierig kam Isabell näher und leuchtete mit der Taschenlampe in den Eimer. Hillary stand neben ihr und blickte ebenfalls durch die große Glasscheibe vorsichtig hinein.

Der Boden war mit kleinen, schwach glänzenden Zylindern bedeckt. Sie besaßen einen Durchmesser von rund fünf Millimetern bei etwa gleicher Länge.

»Etwas Ähnliches habe ich schon einmal gesehen«, sagte Hillary. »Aber das kann das hier nicht sein. Es hätte hier nichts zu suchen.«

Sattler hatte das Interesse an dem Eimer verloren und sich dem Glaskessel zugewandt, der von einem stabilen Edelstahlrahmen gehalten wurde. Er schaute durch das Glas, immer wieder, aus unterschiedlichen Winkeln. Er zog sein Handy aus der Tasche und begann, den Glaskessel zu beleuchten.

»Was ist?«, fragte Isabell neugierig.

»Ich weiß nicht. Außer dem Eimer hier haben wir noch ein weiteres Rätsel. Ein solcher Glasapparat ist für ein analytisches Labor sehr ungewöhnlich.« Er deutete auf die gegenüberliegende Wand, an der auf den dort montierten Tischen verteilt zahlreiche kleinere und größere wissenschaftliche Gerätschaften standen. »Das da, das gehört hierher«, sagte er, dann deutete er wieder auf den Glaskessel vor ihnen, »das nicht. Aber es gibt noch etwas, das extrem auffällig ist. Das Glas bricht das Licht merkwürdig. Gib mir bitte kurz deine Taschenlampe, die ist stärker als mein Handylicht.« Isabell reichte sie ihm, Sattler steckte sein Handy weg und begann wieder, in halb gebückter Position, aus allen erreichbaren Richtungen mit der Taschenlampe durch das Glas zu leuchten, wobei er jegliche Berührung mit dem Glas oder dem Gestell vermied.

Schließlich richtete er sich wieder auf. »Ich verstehe zwar nicht, warum«, sagte er schließlich, »aber dieser Glastopf ist nicht aus einer Glassorte, die normalerweise für so etwas verwendet wird. Ich würde sagen, das ist Bleikristallglas. Sehr, sehr ungewöhnlich. Ich kann mir das beim besten Willen nicht erklären.«

Hillary ergriff aufgeregt das Wort. »Glas mit Blei? Dann kann es also doch sein …«

»Was kann sein?«, fragte Isabell ungeduldig. Irgendwie erschien es Sattler, als hätte sie eine Theorie, für die ihr nur die entscheidenden Beweise fehlten.

»Also«, begann Hillary zögernd, »es ist eigentlich vollkommen unmöglich, aus verschiedenen Gründen. Deswegen lacht mich bitte nicht aus, wenn ich das jetzt sage. Das hört sich freaky an. Aber das dort«, er wedelte unbestimmt mit der Hand in Richtung des Eimers, »könnten … also eigentlich könnten das da … abgebrannte Kernbrennstäbe sein. Zumindest sehen sie so aus. Also wie die Tabletten, die in den Brennstäben enthalten sind. Aber das kann nicht sein, wie gesagt.«

Sattler glaubte, seinen Ohren nicht zu trauen. Pellets aus abgebrannte Kernbrennstäbe?

»Warum kann das deiner Ansicht nach nicht sein?« Isabell klang mehr interessiert als entsetzt, auf keinen Fall aber überrascht.

»Wie sollten die denn hierherkommen? Und was sollte Danie in diesem Labor damit machen? Außerdem wäre das Material radioaktiv.«

Isabell schien auf diesen Einwand zu warten. »Wäre es denn so radioaktiv, dass Danie damit nicht umgehend könnte?«

»Naja«, begann Hillary nach kurzem Nachdenken. »Die Tabletten lagern bei den meisten Kraftwerken erst einige Jahre, bevor sie abgeholt werden. Nach La Hague in Frankreich oder nach Sellafield in England. Bis dahin ist der Großteil der Aktivität abgeklungen. Danie könnte schon damit umgehen, wenn er einige Sicherheitsmaßnahmen ergreift. Zum Beispiel müsste er alle Behälter mit Blei auskleiden, in denen er mit dem Material hantiert.«

»Blei?«, fragte Sattler. »Zum Beispiel mit Bleiglas?«

»Ja genau. In dem Bleiglastopf dort könnte er die Tabletten handhaben. Ich wüsste nur nicht, wozu das alles gut sein sollte.« Hillary wirkte ratlos.

»Lasst uns doch noch ein wenig umsehen«, schlug Isabell vor. »Vielleicht erfahren wir dann mehr.«

Sattler folgte wieder dem Lichtkegel ihrer Taschenlampe. Die im schummrigen Licht gerade noch erkennbaren Umrisse verschiedener Geräte verwandelten sich durch die Beleuchtung in technisch anspruchsvolle Ausstattung. Sie arbeiteten sich vorsichtig, aber kontinuierlich zu den Tischen auf der anderen Seite des Raumes vor, auf die Sattler zuvor gedeutet hatte.

Isabell wurde immer aufgeregter. »Was ist hiermit? Könnt ihr mit irgendeinem dieser Gegenstände etwas anfangen? Wisst ihr, wofür das gebraucht wird?« Dabei zeigte sie auf kleinere Gerätschaften, die sie nacheinander anleuchtete. Die meisten waren mit einem der typisch klobigen südafrikanischen Stecker an das Stromnetz angeschlossen. Sie wirkte aufgeregt – und ungeduldig.

Langsam verstand Sattler, wofür Hillary und er hier waren. Isabell brauchte Sachverstand, um sich in dieser Welt der Wissenschaft zu Recht zu finden. Sie waren die Experten, die Isabell dringend brauchte. Isabell kannte sich ausgezeichnet in Geheimdienstarbeit aus, mit Lügen und Sprengfallen, aber hier suchte sie eine Antwort, und die sollten ihr Hillary und er geben – auch wenn die Frage bisher nicht gestellt worden war.

Sattler war sich sicher, dass er schon seit langem fester Bestandteil dieses Plans war. Womöglich seit seiner ersten, gar nicht zufälligen Begegnung mit Isabell. Hillary dagegen musste für Isabell und ihr Vorhaben ein echter Glücksgriff gewesen sein. Sie konnte nicht mit einem Mord im Kraftwerk und der Reaktion Hillarys gerechnet haben, aber die Tatsache, dass er für einige Tage aus Kapstadt und Koeberg verschwinden wollte, war aus ihrer Sicht mehr als nur ein passender Zufall.

»Also diese Maschinen«, begann Sattler, »sind Geräte, die ich in einem Analytiklabor erwarte, von dem Eimer und dem Glasapparat abgesehen. Das da hinten zum Beispiel«, er deutete auf eine Maschine, aus der dünne, durchsichtige und mit farbigen Flüssigkeiten gefüllte Schläuche herausschauten, »ist ein Gerät zur Elementanalyse, das über ein induktiv gekoppeltes Plasma funktioniert.«

Isabell wurde noch ungeduldiger. »Induktiv, Plasma … aha. Kann man damit irgendwas Gefährliches machen?«

»Mit keinem dieser Geräte, die ich hier sehe, könnte Danie irgendeinen Schaden anrichten. Passt auch alles wunderbar zu dem, was die Firma bei der Chemcons regelmäßig bestellt hat. Alles unauffällig.« Sattler stemmte die Hände in die Hüfte und blickte sich weiter um. »Nur dieses Ding«, er deutete auf eine große, metallische Kugel, aus der Röhren herausragten wie Stacheln aus einem Seeigel und die unübersehbar auf einem der Tische platziert war, »so etwas habe ich noch nie gesehen. Keine Ahnung, wofür das gut sein soll.«

Hillary trat neben ihn und betrachtete den merkwürdigen Gegenstand aus poliertem Stahl eingehend.

Dann blickte er nachdenklich zu dem Eimer der Chemcons, der immer noch neben der Glasapparatur stand.

Danach zu der Glasapparatur.

Er schien eine Idee zu haben. »Was habt ihr nochmal an die Firma geliefert, Frank? Burkhard hatte dazu etwas gesagt. Ein Lösungsmittel? Weißt du noch, welches?«

Sattler nannte ihm den komplizierten Namen einer chemischen Verbindung.

Trotz der Dunkelheit im Labor, trotz Hillarys dunkler Hautfarbe und nur im Schein von Isabell Taschenlampe meinte Sattler erkennen zu können, wie er eine Spur blasser wurde.

»Auch wenn es völlig unvorstellbar erscheint, ja unfassbar, aber ich glaube, ich weiß, was Danie und Muhammar hergestellt haben.«

Sattler und Isabell blickten ihn gebannt an.

»Mal angenommen«, begann Hillary, »Danie wäre dumm genug, so etwas zu tun, dann könnte er aus den abgebrannten Brennelementen, die da hinten in dem Eimer der Chemcons liegen, in dem Glaskessel ein spezielles Metall gewonnen haben – nämlich Plutonium. Dafür brauchte er das Lösemittel, das ihm die Chemcons geliefert hat.«

»Woher weißt du das so genau?«, fragte Isabell und wirkte wieder mehr interessiert als überrascht.

»Ihr dürft nicht vergessen, dass ich eine Ausbildung in Frankreich durchlaufen habe. In La Hague wird das so gemacht. Aber natürlich in größerem Maßstab und mit dem Ziel, aus alten Brennelementen neue zu machen. Das Plutonium wird extrahiert. Danie hat mit dem Plutonium etwas anderes vor.«

»Und was?«, fragte Sattler. »Irgendwie war ich bisher davon ausgegangen, dass Danie einen Anschlag auf das Kraftwerk Koeberg geplant hat, als Teil eines terroristischen Aktes.«

Hillary schüttelte den Kopf. »Das glaube ich nicht. Es geht um etwas ganz anderes. Und damit komme ich zu diesem komischen Igel aus Metall, der dort auf der Werkbank steht. So wie das aussieht, ist das nichts anderes als ...«

Isabell nickte heftig und beendete den Satz für ihn: »... als eine Atombombe!«

Kapitel 21

»Eine was?« Sattler war sich sicher, das letzte Wort falsch verstanden zu haben.

»Ganz genau. Danie hat an einer Atombombe gearbeitet«, sagte Isabell und wirkte dabei überraschend abgeklärt. »Es ist kaum zu glauben, aber so muss es sein. Das entspricht übrigens den Informationen, die wir aus Katar erhalten haben. Ich bin erst gestern Abend darüber informiert worden. Deshalb hatten wir es so eilig.«

»Rein technisch«, sagte Hillary leise, »rein technisch kann ich natürlich nicht sagen, ob das eine Atombombe ist. Es kann auch eine Attrappe sein. Oder ein Modell. Im Prinzip kann es auch etwas ganz anderes sein. Aber in Kombination mit den Dingen, die wir hier vorfinden, aber auch von der Größe dieser Metallkugel ist es zumindest möglich.«

Isabell sah ihn fragend an. »Kannst du das irgendwie herausfinden, Hillary? Ist das eine Bombe oder nicht?«

»Ohne die Kugel zu berühren, könnte ich das mit einem Geiger-Müller-Zählrohr probieren. Habe zufällig leider keins dabei«, sagte er, als er Isabells erwartungsvollen Blick sah. »Ansonsten gibt es eine einfache Art, herauszubekommen, ob es eine Bombe zumindest sein könnte.«

»Und die wäre?« Isabell wurde wieder ungeduldig. Hillarys Erklärungen waren ihr jetzt schon zu langatmig.

»Dazu müsst ihr wissen, dass man für eine Atombombe eine sogenannte kritische Masse spaltbares Material benötigt. Das ist bei manchen Uranisotopen mehr, bei anderen Isotopen des Elements weniger, und funktioniert mit dem in Koeberg verwendeten Natururan überhaupt nicht. Wenn Danie Uran für seine Bombe verwendet hätte, hätte er rund einhundert Kilo hochangereichertes Uran benötigt. Anreichern kann er in diesem Labor aber nicht, und die notwendigen Zentrifugen kann er nicht einfach kaufen. Sagt euch der Begriff Proliferation etwas?«

Sattler und Isabell schüttelten gleichzeitig den Kopf.

»Im Grunde ist die Proliferation eine internationale Übereinkunft, um die Verbreitung von Atomwaffen zu verhindern. Die Lieferung der für die Anreicherung notwendigen Ultrazentrifugen wird scharf überwacht. So scharf, dass Danie unmöglich eine besitzen kann. Also scheidet Uran aus.«

»Toll«, sagte Sattler. »Dann wissen wir schon mal, was es nicht ist. Keine Uranatombombe.«

»Genau«, fuhr Hillary nickend fort. »Außerdem ist das Volumen der Kugel zu klein. Da passen gar keine einhundert Kilo hinein. Bei Plutonium ist alles einfacher: Er muss es nicht anreichern und braucht auch viel weniger, nur etwa acht Kilo. Weil die abgebrannten Brennstäbe etwa ein Prozent Plutonium enthalten, muss er nicht mehr als achthundert Kilo von diesen Tabletten abgezweigt haben – ich denke, wir alle sind überzeugt, dass diese aus Koeberg stammen und Danie sie irgendwie über Dokotela Melane gekauft hat. Eigentlich wird ja für die Behörde über die Bestände genau Buch geführt ... das wird die Atomenergiebehörde in Wien klären müssen. Wie auch immer, das Plutonium wird in diese Röhren gefüllt«, Hillary deutete auf die Stacheln, die aus der Kugel hervorragten, »in etwa zu gleichen Teilen. Dann werden durch diese Drähte kleine Ladungen mit konventionellem Sprengstoff gezündet. Das Plutonium wird regelrecht zusammengeschossen und muss dann kurze Zeit unter diesem Druck verbleiben. Kurze Zeit heißt einige tausendstel Sekunden.«

»Komm' bitte zum Punkt«, sagte Sattler. »Was müssen wir tun, um festzustellen, ob das eine Bombe ist?«

»Hochheben«, erwiderte Hillary. »Ganz einfach hochheben. Dann können wir schätzen, ob das ganze Ding schwer genug ist, um auch noch rund zehn Kilo Plutonium zu enthalten.«

Isabell zögerte nicht und begann, den metallischen Gegenstand auf verdächtige Drähte oder ähnliches zu untersuchen.

»Ich glaube, wir können es riskieren«, sagte sie schließlich. »Wir können es anheben. Aber Hillary, vorsichtig und ohne zu wackeln.«

»Warum denn ich?«, fragte Hillary mit Entrüstung in der Stimme. »Warum macht das denn nicht einer von euch?«

»Du bist der Experte«, sprach ihm Isabell zu. »Außerdem hast du die ruhigste Hand. Du musst dich, davon abgesehen, nicht über irgendwelche Ungerechtigkeiten aufregen. Wenn die Bombe explodieren sollte, dann sind wir alle drei innerhalb kürzester Zeit weniger als ein Häufchen Asche. Aber wahrscheinlich ist das nicht, ich glaube, dass das nur eine Attrappe ist«, schob sie schnell hinterher, als sie Sattlers erschrockenes Gesicht bemerkte.

Hillary fasste mit beiden Händen unter die Metallkugel. »Ja, er könnte an dem Modell die Zündfrequenz der Sprengladungen getestet haben. Also, ich hebe jetzt an ...«

Sattler zog sich instinktiv einen Meter zurück, obwohl er wusste, dass ihm das im Fall der Fälle auch nicht helfen würde.

Ganz langsam, Millimeter für Millimeter hob Hillary die Arme, die Kugel fest in beiden Händen.

Es geschah – nichts. Hillary hob die Kugel mit den merkwürdigen Stacheln einige Zentimeter an. Sie war offensichtlich viel leichter als gedacht. Vorsichtig setzte er sie wieder auf den Holztisch an ihren alten Platz zurück.

»Nein«, sagte er dann, und Sattler sah verräterische Schweißperlen auf seiner schwarzen Stirn glitzern, »auf keinen Fall ist das eine Bombe. Viel zu leicht. Das Metallding war tatsächlich nur zum Üben.«

Sattler atmete tief aus. Erst jetzt wurde ihm bewusst, dass er die letzten Sekunden instinktiv die Luft angehalten hatte.

»Das ist schlecht«, sagte Isabell, und Sattler begriff nicht, was schlecht daran sein sollte, keine ungesicherte Atombombe vor sich auf dem Holztisch liegen zu haben.

Hillary starrte sie mit einem merkwürdigen Gesichtsausdruck an. »Warum?«, fragte er tonlos.

»Weil die echte Bombe bei Danie und Muhammar im Auto ist. Oder, um genau zu sein, das achte und das neunte Teil.«

»Warum?«, fragte jetzt Sattler.

Isabell runzelte die Stirn. Sie schien innerlich mit sich zu ringen. Schließlich lenkte sie ein. »Na gut. Wir sind jetzt soweit gekommen, das meiste wisst ihr ohnehin schon. Dann erzähle ich euch auch den Rest – aber kein Wort zu irgendjemandem, das ist wichtig, versteht ihr?« Sattler und Hillary nickten stumm. »Ich habe schon gesagt, dass wir die Spur des Geldes verfolgt haben, das von Katar aus nach

Südafrika geflossen ist, und dass wir es, über viele Umwege, diesem Labor und damit Danie und Muhammar zuordnen konnten. So sind wir auf ihre Fährte gestoßen.«

»Ja«, sagte Hillary. »Und? Wie kommst du darauf, dass die Bombe schon gebaut und unterwegs ist?«

»Die Summe, die gezahlt wurde, ist interessant. Es wurden immer einhundertelf überwiesen, und zwar bisher in sieben Tranchen.«

»Also insgesamt siebenhundertsiebzig. Also siebenhundertsiebzigtausend Rand, nehme ich an?«, fragte Hillary. »Wenn er Dokotela Melane damit bezahlt hat, dann ist es kein Wunder, dass der sich einen Porsche leisten kann. Ist allerdings nicht soviel, wie ich erwartet hätte.«

»Nein, nein«, widersprach Isabell. »Ich rede nicht von Rand, sondern von amerikanischen Dollar. Und ich rede nicht von hunderttausenden, sondern von einhundertelf Millionen Dollar, also insgesamt siebenhundertsiebenundsiebzig Millionen Dollar.«

Hillary und Sattler sahen sich fassungslos an.

Isabell bemerkte ihre Blicke. »Ich habe doch gesagt, dass es interessante Bankbewegungen gegeben hat. Solche Summen fallen schnell auf, wenn man nur danach sucht.«

Sattler brauchte einige Sekunden, bevor er sich wieder gefasst hatte. »Und woher weißt du, dass die ersten Teillieferungen bereits angekommen sind und es noch genau zwei weitere geben muss, und nicht fünf oder neun?«

»Die ersten Lieferungen müssen angekommen sein, weil das Geld auf dem südafrikanischen Konto der ABSA eingetroffen ist. Siebenhundertsiebenundsiebzig Millionen Dollar zahlt niemand als Anzahlung. Hier muss es schon eine Gegenleistung gegeben haben.«

»Und warum stehen dann noch zwei Teillieferungen aus?«

»Naja, überlege mal. Wenn du einen Deal mit einem Scheich machen würdest, und der sagt dir, du darfst ihm eine Summe nennen, die du haben möchtest, sagst du dann: Ich hätte gerne siebenhundertsiebenundsiebzig Millionen? Nein. Siehst du. Du sagst: Eine Milliarde. Dann wird eine Lieferung nach dem Prinzip ›Do ut des‹ vereinbart, also Zug um Zug. Zur Milliarde würden aktuell zwei Lieferungen fehlen. Oder eine einzige aus zwei getrennten Komponenten.« Isabell sah, dass Hillary den Mund für einen Einwand öffnen wollte, kam diesem aber zuvor. »Natürlich könntest du auch zwei Milliarden verlangen, Hillary, oder drei. Die gesamte Bestellung würde so aber aus rund zwanzig Teilen bestehen. Ein bisschen viele, finden wir. Jede Überweisung und jede Lieferung stellt schließlich ein Risiko dar. Am meisten spricht aber für unsere Theorie, dass Muhammar und Danie bereits losgefahren sind, und ich fürchte, dass sie die fehlenden Teile bei sich haben. Denn hier haben wir sie nicht gefunden. Wir sind also spät dran.«

»Spät dran wofür?« Hillary war noch nicht auf Ballhöhe.

»Wir müssen hinterherfahren und die beiden einholen. Wenn es richtig ist, was du sagst, dann haben Danie und Muhammar die ein oder zwei Kilogramm Plutonium dabei, die fehlen, um die Bombe überkritisch werden zu lassen«, erklärte Sattler. »Was für eine Wirkung hätte denn die Zwillingsschwester von diesem Höllenapparat da«, dabei deutete er mit dem Zeigefinger auf die Bombenkopie auf der Holzbank, »wenn die letzte Lieferung nicht ankommen würde?«

»Die Bombe funktioniert nur ganz oder gar nicht«, erwiderte Hillary. »Ohne die komplette Menge an Plutonium haben die Scheichs nur einen siebenhundertsiebenundsiebzig Millionen Dollar teuren, radioaktiv strahlenden Schrotthaufen gekauft. Oh Mann, ist das aufregend.« Hillary begann, auf der Stelle nervös hin und her zu tänzeln.

»Und wieso können Danie und Muhammar nicht einfach nur zum Abendessen gefahren sein?« Sattler verstand noch nicht, warum sich Isabell ihrer Sache so sicher war.

»Dafür gibt es eine Reihe von Gründen, von denen dich einige sehr beunruhigen würden, wenn ich sie dir nennen würde. Du hast doch gesehen, wie Muhammar heute Nachmittag das Auto bis unters Dach vollgeladen hat? Das ist einer der Gründe, auf die du vermutlich selbst gekommen wärst. Ein anderer ist, dass ...«, Isabell zog ihr Handy aus der Tasche, öffnete eine App mit einer Straßenkarte und hielt ihr Handy dann so, dass Sattler den Bildschirm nicht sehen konnte, »... der Wagen gerade in Piet Retief auf die N2 eingebogen ist. Ein bisschen weit für ein Abendessen, will ich meinen.«

»Woher ...«, begann Hillary überrascht, aber immer noch leicht auf der Stelle tänzelnd, »weißt du, wo der Wagen ist?«

»Ich habe einen Peilsender angebracht, als ihr heute Nachmittag

Danie abgelenkt habt. Ich wusste auch nicht, ob das nötig werden würde, aber schaden konnte es auf keinen Fall.«

Sattler erinnerte sich, wie Isabell, als Vogelbeobachterin getarnt, neben Muhammars Landrover das angebliche Vogelbestimmungsbuch hatte fallen lassen und sich danach gebückt hatte. Vermutlich hatte sie in diesem Moment den Peilsender angebracht.

»Warum rufen wir nicht die Polizei?«, fragte Sattler.

Hillary nickte bekräftigend. »Dafür müssen wir doch jetzt ausreichend Beweise haben, oder? Die Jungs errichten eine Straßensperre, und dann ist alles geklärt.«

»Das geht nicht, und dafür gibt es wieder viele Gründe, über die ich nicht sprechen darf. Auf zwei davon könntet ihr auch wieder selbst kommen. Aber wir haben keine Zeit, der Vorsprung der beiden wird immer größer. Wir reden gleich im Auto weiter. Los jetzt!« Isabell hatte sich schon in Richtung der von ihr aufgebrochenen Labortür gewandt.

Mit gepresster Stimme meldete sich Hillary. »Kann ich denn wenigstens kurz auf die Toilette? Es ist wirklich dringend.«

»Na gut«, sagte Isabell. »Die Tür steht ja offen. Aber bitte, setze dich nicht hin, es könnte ein Druckschalter unter dem Sitz angebracht sein.«

Zu dritt verließen sie das Labor, und Isabell bewegte sich, gefolgt von Sattler, vorsichtig zurück Richtung Eingangstür. Hillary war in den Toilettenraum abgebogen. Sie hörten Sekunden später erst ein Plätschern und dann ein erleichtertes Ausatmen. Hillary war jetzt wieder voll einsatzbereit.

»Wir müssen los, bitte Hillary«, rief Isabell über ihre Schulter zurück, »aber auf keinen Fall die Spü ...«

Zuerst sah Sattler an der Wand den Widerschein eines Lichtblitzes.

Er spürte einen heftigen Stoß in den Rücken, durch den er über Isabell stolperte, die sich zwei Schritte vor ihm befand. Gleichzeitig nahm er einen scharfen Knall wahr, der sich in seinen Ohren innerhalb von Sekundenbruchteilen in ein monotones Pfeifen verwandelte.

Sattler war wie paralysiert. Alles um ihn herum schien in Zeitlupe abzulaufen. Er lag plötzlich auf dem Boden und spürte durch dicke Watte, wie Isabell an seinem tauben Arm zerrte. Sie schrie mit

Tränen in den Augen auf ihn ein. Ihr Gesicht war plötzlich dicht vor ihm und sie sprach zu ihm, ganz langsam, aber er hörte nur das Piepen und verstand nicht, was sie von ihm wollte. Dann zog sie wieder an seinem Arm. Sattlers Verstand war völlig verlangsamt. Was wollte sie? Was war passiert? Er lag auf dem Bauch und ließ den Kopf zu Boden sinken. Direkt vor seinem Gesicht befanden sich große, weiße Keramiksplitter, und alles war merkwürdig rot eingefärbt. Die Wände, die er aus seiner Froschperspektive sehen konnte, und die Fliesen: Alles war rot. Komisch, dachte er, er hätte schwören können, dass die Fliesen vorhin braun gewesen waren.

Er hob seinen Arm einige Zentimeter, um Isabell, die jetzt völlig außer sich war, ein Zeichen zur Beruhigung zu geben. Bei der Gelegenheit sah er, dass sein kompletter Arm und seine Hand ebenfalls rot gesprenkelt waren.

Wie konnte das sein?

Isabell schien sich durch seine Geste etwas zu beruhigen. Sie stand auf, entfernte sich aus seinem Blickfeld. Gleichzeitig ließ das Piepsen in Sattler Ohren etwas nach.

Kaum konnte er wieder etwas hören, erreichte ihn ein schriller Schrei. Das war Isabell!

Sattler versuchte, sich aufzurappeln und hob den Kopf. Was war mit ihr? Wo war sie? Adrenalin schoss in seine Blutbahn. Was war mit ihr?

Er rappelte sich auf, verlor aber fast wieder das Gleichgewicht und wäre beinahe in die merkwürdigen weißen Keramikscherben gestürzt, die überall auf dem roten gesprenkelten Fliesenboden herumlagen. Was war passiert? Er kämpfte gegen eine aufkommende Bewusstlosigkeit an, aber das Adrenalin half ihm, bei Sinnen zu bleiben.

Hillary?

Sattler wollte nach ihm rufen, brachte aber keinen Ton heraus und spürte, dass er selbst nicht richtig funktionierte. Er wankte durch eine dichte Staubwolke, hinter der Isabell kurz zuvor verschwunden war.

Das Pfeifen und Piepsen in seinen Ohren wurde leiser. Gleichzeitig nahm er wieder mehr von seiner Umgebung wahr. Der Staub brannte in seinen Augen und ließ ihn husten. Das grobe Geröll und die Backsteinbrocken, die plötzlich überall herumlagen und unter seinen Schuhen knirschten, konnte er in dem schummrigen Licht kaum erkennen.

Er rieb sich die Augen und schaute sich um. Die Toilettentür, die eben noch halb angelehnt in ihren Angeln gehangen hatte, fehlte genauso wie die aus den Wänden gerissene Türzarge. Der ganze Toilettenraum war verwüstet, die Kacheln teilweise von den Wänden geplatzt, der kleine Spiegel nur noch Scherben. Einzig die Toilettenschüssel sah aus wie zuvor. Der Wassertank für die Spülung fehlte. Wo er gehangen hatte, zeigte die dahinterliegende Wand einen flachen, verrußten Krater. Überall waren feine rote Spritzer. An den Wänden, auf dem Boden und der Schüssel.

Der Spülkasten, schoss es Sattler durch den Kopf.

Verdammt. Eine Bombe im Spülkasten, gezündet durch die Kette für die Spülung.

Hillary?

Er versuchte wieder erfolglos, Hillary zu rufen, aber er war immer noch wie betäubt, das Fiepen in seinen Ohren wurde wieder lauter.

Er machte einige Schritte nach vorne und blickte nach rechts.

Die der Toilette gegenüberliegende Glasschiebetür fehlte ebenfalls. Die Glasscheibe lag, tausendfach gesprungen und nur noch vom Stahlrahmen zusammengehalten, vor der Laborbank am anderen Ende des Raumes. Dort hockte auch Isabell, von oben bis unten staubig, das Gesicht abgewandt. Sie blickte auf etwas, das vor ihr auf dem Boden lag, bedeckt von Glasscherben und Schutt.

Sattler eilte zu ihr und befürchtete das schlimmste. Bevor er sehen konnte, was vor ihr auf dem Boden lag, drehte sich Isabell zu ihm um. Ihr Gesicht war wie der Rest ihres Körpers mit feinem Staub bedeckt, aber in ihren Augen spiegelte sich pures Entsetzen.

Sattler blickte an Isabells von Tränen verschmiertem Gesicht vorbei und sah Hillarys Kopf aus dem Schutthaufen hervorragen. Für einen Moment hatte er das Gefühl, das Bewusstsein zu verlieren und stützte sich mit seiner linken Hand auf Isabells Schulter ab.

Hillary war tot.

Der Sprengsatz war auf Kopfhöhe explodiert. Sattler konnte es nur schemenhaft erkennen, aber was er sah, reichte ihm. Die rechte Seite seines Gesichtes fehlte und bestand nur noch aus einer blutigen Masse.

Voller Entsetzen schaute Sattler an Hillarys Leichnam herab. Trotz des Gerölls sah er, dass der rechte Arm bis zur Schulter abgerissen war – vermutlich war das der Grund für das viele Blut.

Sie starrten einige Sekunden wie hypnotisiert auf Hillarys Leiche.

»Das ist meine Schuld«, flüsterte Isabell schließlich unter Tränen. »Ich hätte das nicht zulassen dürfen. Nicht unter diesen Umständen.«

Danie schreckte aus seinem Schlaf hoch.

War das eine Explosion gewesen? Drüben im Haupthaus?

Er suchte im Dunkel die Glock unter der Matratze hervor. Das war viel zu früh. Damit hatte er nicht gerechnet. Die Sprengladungen sollten erst in einigen Wochen oder Monaten gezündet werden – wenn überhaupt. Falls die Polizei irgendwann auf die Idee kommen sollte, dieses Grundstück zu durchsuchen.

Danie schwang hektisch die Füße aus seinem Schlafplatz, schlüpfte in seine Sandalen und blickte aus dem Fenster. Für das große Paket war der Knall viel zu schwach gewesen.

Wie erwartet stand das Laborgebäude noch an Ort und Stelle, also hatte die Hauptladung tatsächlich nicht gezündet. Ansonsten würde er jetzt auf einen großen Krater blicken.

Das an sich war merkwürdig. Es musste eine der versteckten Sprengfallen gewesen sein, aber er konnte nicht ausmachen, welche das war. Es waren insgesamt sieben, die er für den Fall versteckt hatte, dass das große Paket nicht zünden würde.

Das war jetzt auch egal. Es schlich jemand da drüben herum. Muhammar konnte das nicht sein.

Er umfasste den Griff der Glock fester. Er würde nach dem Rechten sehen müssen.

Isabell bekam sich schnell wieder in den Griff.

»Hillary ist nicht mehr zu retten. Wir müssen weg. Schnell. Wenn die Polizei hier ist, müssen wir stundenlang erklären, was passiert ist. Bis dahin sind die beiden über alle Berge.« Isabell hatte wieder das Kommando übernommen. Sattler war froh darüber. Er war mit der Situation völlig überfordert.

Isabell packte Sattler an der Hand und zerrte ihn von Hillarys Leiche weg, die er immer noch fassungslos anstarrte. Sein Gehirn konnte und wollte nicht begreifen, was er sah.

Die ganze Sache war plötzlich ernst geworden. Bisher hatte Sattler alles wie eine Art Spiel gesehen. Isabell erzählte Geschichten von irgendwelchen Geheimdiensten, die von John le Carre hätten stammen können. Burkhard war tatsächlich verschwunden, klar, aber auch wieder völlig unversehrt und in einer für seine Verhältnisse guten Laune zurückgekommen.

Den ersten richtigen Schreck hatte ihm Hillary eingejagt, als er von dem Mord im Kraftwerk erzählt hatte. Aber auch das war mehr Theorie gewesen, niemand wusste schließlich, ob Hillary sich die Geschichte nicht vielleicht eingebildet hatte und ob es den Toten wirklich gegeben hatte. Sattler hatte schließlich niemanden *gesehen*, der gestorben war, sondern nur davon gehört.

Nach diesem Ereignis war alles anders.

Sattler war tief in diese Geschichte verstrickt und es war keineswegs klar, dass er sie überleben würde. Er sah hier keinen Horrofilm, bei dem er aufstehen und das Kino verlassen konnte, wenn ihm der Film zu grausam wurde. Die versteckten Bomben explodierten tatsächlich. Hillary war wirklich gestorben, und es hätte genauso gut ihn treffen können.

Das war die verdammte Realität.

Es war ihm klar, dass er jetzt auf Isabell angewiesen war. Darauf, dass sie auf ihn achtete und nicht einfach fallen ließ, weil er keine Hilfe mehr war. So wenig es ihm gefiel, aber das war ein Fakt. Sie war in dieser Situation der Profi, er ein Anfänger, und Anfänger überlebten nicht lange.

Isabell zerrte weiter an seinem Arm, raus aus dem Labor in Richtung der Eingangstür, durch die sie gekommen waren. Sattler erinnerte sich an den Stolperdraht und wollte ihn auf keinen Fall berühren. Gedanklich machte er sich schon bereit, die Füße hochzuheben.

Sie hatten die Tür gerade erreicht, als Isabell unvermittelt stehen blieb und ihn hinter eine niedrige Abmauerung neben der Tür zog. Hier war es noch dunkler als im übrigen Gebäude. Sattler konnte trotzdem erkennen, wie sie ihre Finger auf die Lippen legte.

Isabell hatte etwas gehört. Da war jemand.

Sattler hatte noch das leise Piepsen im Ohr und war beinahe taub. Isabell schob Sattler einige Zentimeter weiter nach hinten, bis er gegen einen Mantel und einen Regenschirm stieß. Offenbar waren sie in einer abgemauerten Garderobe gelandet.

Jetzt konnte es Sattler auch hören. Eine Tür wurde gerade geschlossen, weder besonders vorsichtig noch leise. Jemand musste durch den Angestellteneingang am anderen Ende des Hauses neben der Küche hereingekommen sein und lief nun in Richtung der zerstörten Toilette.

Isabell legte sich auf den Bauch und versuchte, um die Mauer herumzuschauen, indem sie sich langsam nach vorne schob, hielt dann aber inne. Offensichtlich war ihr dieses Vorgehen zu gefährlich. Sie zerrte das Handy ungeduldig aus der Tasche und schaltete die Kamera ein. Sie hielt es so, dass sie den Monitor sehen konnte, die Handykamera aber zeigte, was sich jenseits der Mauer abspielte.

Durch den empfindlichen Restlichtverstärker des Handys konnte sie, trotz der relativen Dunkelheit, die Silhouette eines Menschen erkennen. Sattler verrenkte sich, um etwas auf dem kleinen Monitor sehen zu können. Das Gesicht konnte er nicht erkennen. Er trat, kaum fünf Meter von ihnen entfernt, nachdenklich gegen einen der Schuttbrocken und blickte sich anschließend suchend um. Der Schatten machte einige Schritte vorwärts, und anhand des Ganges und der Größe tippte Sattler auf einen Mann. Gut sichtbar hielt er eine Pistole in der Hand.

Isabell dreht sich zu ihrem Rucksack um, zog ihre Waffe hervor und entsicherte sie leise.

Der Mann schien gefunden zu haben, wonach er gesucht hatte, und setzte sich Richtung Labor in Bewegung. So verließ er das Kamerasichtfeld.

Zwei Schüsse ließen Sattler zusammenzucken. Sattler war sicher, dass er beide Kugeln auf Hillary abgefeuert hatte, um sicherzustellen, dass dieser auch wirklich tot war. Übelkeit stieg in ihm auf.

Der Mann kam wieder zurück, und für einen Moment stand das schummrige Licht günstig. Sattler konnte auf Isabells Handymonitor erkennen, wer es war.

Danie.

Isabell presste sich die Faust in den Mund, um nicht einen Laut der Überraschung von sich zu geben und ihr Versteck zu verraten.

Für Sattlers Nerven wurde das alles langsam zu viel. Hillarys Tod, die Bomben, dann dieser Typ, der sich gerade mit der Waffe in der Hand auf den Weg machte, Hillarys Komplizen zu suchen und ohne mit der Wimper zu zucken zu töten.

Danie beging aber einen entscheidenden Fehler. Er bewegte sich unvorsichtig und schien nicht ernsthaft mit weiteren Besuchern zu rechnen. Vermutlich glaubte er, dass Hillary ein gewöhnlicher Einbrecher war, der alleine arbeitete. Er begann zwar, die wenigen Räume zu durchsuchen, erwartete aber nicht wirklich, jemanden dort zu finden. Isabell steckte das Handy weg und schob sich, die Pistole mit beiden Händen umklammert und ihren Körper so flach wie möglich auf den Boden gedrückt, wieder langsam nach vorne.

Mit einem Ruck drückte sich Isabell vom Boden nach vorne aus ihrer Deckung, rollte sich gleichzeitig zur Seite und feuerte zweimal in den Raum hinein. Sattler konnte von seinem Versteck aus nicht sehen, was genau vor sich ging und schon gar nicht, ob sie Danie getroffen hatte.

Die Schüsse wurden erwidert. Sattler zählte fünf Kugeln, von denen zwei in der Mauer trafen, hinter der er sich versteckte. Er konnte die Einschläge regelrecht fühlen. Dann war kurz Ruhe.

Ob Isabell getroffen war? Wenn ja, war er auch verloren. Völlig wehrlos würde ihn Danie abknallen, hier, zwischen den alten, nach Mottenkugeln stinkenden Wintermänteln und ausrangierten Regenschirmen. Früher oder später würde Danie ihn finden.

Plötzlich erwiderte Isabell von links das Feuer. Sie schoss bestimmt zehnmal.

Dann war wieder Stille.

Nach einer Zeit, die Sattler wie eine Ewigkeit vorkam, hörte er Isabells Stimme. »Du kannst rauskommen. Danie ist tot. Wir müssen los.«

Sattler kroch aus seinem Versteck hervor. Isabell stand nur wenige Schritte entfernt, die rauchende Waffe in der Hand. Es stank nach Pulverqualm. Sattler richtete sich auf und machte Anstalten, nach Danie zu sehen, aber Isabell hielt ihn an der Schulter fest. »Nein«, sagte sie ernst. »Geh nicht. Tu' dir das nicht an. Wir gehen jetzt durch diese Tür hinaus und schauen nicht zurück.«

Sie öffnete die Eingangstür. »Vergiss nicht, die Füße hochzuheben. Sonst war das alles hier umsonst.«

Beide stiegen vorsichtig über den Stolperdraht und gingen zum Eingangstor. Draußen war es immer noch angenehm warm, aber Sattler dachte nur: Das war der schrecklichste Abend seines Lebens.
Und der Abend war noch nicht vorbei.

Kapitel 22

Isabell öffnete das Tor zur Straße schnell und geschickt von innen, indem sie die Plastikhaube der Motorsteuerung zügig entfernte und einen roten Knopf auf der dort montierten Platine drückte. Der Motor begann zu surren und schob das schwere Stahltor ratternd und quietschend zur Seite.

Sattler folgte ihr durch die entstandene Öffnung und schaute auf der anderen Seite der Grundstücksmauer nach rechts. Insgeheim hatte er befürchtet, dass Burkhard mit dem Wagen verschwunden war. Aber der Fortuner stand noch an derselben Stelle, an der sie ihn vorhin verlassen hatten. Sie waren vor höchstens einer Stunde über den Zaun geklettert, aber Sattler kam es vor wie ein halbes Leben.

»Was ist passiert? Ich habe eine Explosion und Schüsse gehört. Gab es eine Schießerei?« Burkhard war völlig aufgelöst, als Sattler und Isabell den Wagen erreichten und die Türen aufrissen.

»Fahr, fahr, fahr«, schrie Isabell, und Burkhard gab Gas, nachdem seine beiden Mitfahrer auf den Rücksitz gesprungen waren. Sattler schloss mit Mühe die Fahrzeugtür.

»Wo ist Hillary?«, fragte Burkhard, während er auf dem Rasen wendete und kleine Erdklumpen hoch spritzten.

»Wir erzählen gleich alles, jetzt fahr, runter zur Hauptstraße und dann links.« Isabell war momentan zu keinen Erklärungen bereit. Burkhard trat gehorsam das Pedal bis zum Bodenblech durch.

Isabell navigierte Burkhard mit ihrem Handy in Richtung Piet Retief, um dort auf die Autobahn N2 aufzufahren. Ansonsten war sie schweigsam.

»Wer hat da geschossen?«, fragte Burkhard nach einer Weile. »War das Danie? Redet schon! Isabell? Ich muss das wissen.«

Sattler schaute zu ihr hinüber. Jetzt, nachdem sie in Sicherheit waren und etwas Ruhe eingekehrt war, machte sie einen enttäuschten und deprimierten Eindruck. Aber da war noch etwas Anderes: Wut und Entschlossenheit.

Niemand bringt mir nichts, dir nichts einen Menschen um, ohne hinterher innerlich aufgewühlt zu sein, dachte Sattler. Dazu der Verlust von Hillary und dessen schrecklicher Anblick. Der abgerissene Arm, die fehlende Gesichtshälfte. Ein einziger Albtraum.

Burkhard drehte sich noch einmal zu ihnen um. »Habt ihr euch überhaupt mal im Spiegel angesehen? Ihr müsst euch die Gesichter waschen.«

Sattler betrachtete Isabell im Scheinwerferlicht der entgegenkommenden Fahrzeuge. Tatsächlich, ihr Gesicht war von oben bis unten blutverschmiert. Er sah vermutlich nicht besser aus und reinigte sich mit Hilfe eines angebrochenen Päckchen Taschentücher aus der Mittelkonsole und etwas Wasser aus einer angebrochenen Sprudelwasserflasche das Gesicht. Dann zog er seine dünne Jacke aus und warf sie über die Rückbank in den Kofferraum. Sie war voller Blutspritzer.

Danach reichte er Wasser und Tücher an Isabell weiter, die kommentarlos mit ihrer Katzenwäsche begann. Sie kontrollierte das Ergebnis mit dem Handy.

»Das hätte mir nicht passieren dürfen«, sagte sie leise. »Ich habe viel zu viele Fehler gemacht. Ich hätte Hillary warnen müssen. Ich hätte außerdem daran denken müssen, dass Danie noch in der Nähe sein konnte. Wir waren uns nicht sicher, ob in dem Wagen ein oder zwei Personen saßen. Wir haben einfach angenommen, was uns am besten passte. Das reicht aber nicht. Wir müssen mit allem rechnen. Ich muss mit allem rechnen. Ihr seid nur Laien.«

Ja, dachte Sattler, wir sind zwar nur Laien, aber bald tote Laien, wenn es so weitergeht. Er hatte in Wakkerstroom pures Glück gehabt, da machte er sich nichts vor. An eine Bombe im Spülkasten hatte er genauso wenig gedacht wie Hillary.

Burkhard fuhr mit Höchstgeschwindigkeit durch die Nacht, drehte sich aber trotzdem fragend zu beiden auf der Rückbank um. »Was ist genau passiert? Wo ist Hillary?«

Sattler setzte ihn mit kurzen Worten ins Bild. Über das, was sie im Labor gefunden hatten, das Atombombenmodell und ihre Vermutung, dass Danie eine funktionsfähige Atombombe gebaut hatte. Über Hillarys Schicksal und die Explosion. Dass Isabell Danie getötet hatte, verschwieg er allerdings. Wenn sie wollte, dass Burkhard das erfuhr, sollte sie es ihm selbst sagen. »Wir verfolgen jetzt Muhammar«, schloss er seinen kurzen Bericht. »Wir nehmen an, dass er die beiden letzten Bauteile für die Bombe bei sich im Wagen hat.« Unwillkürlich dachte er an den schweren Aluminiumkoffer, den Muhammar eingeladen hatte, als sie gerade am Labor in Wakkerstroom eingetroffen waren. Sollten sie dem Plutonium schon viel näher gewesen sein, als sie dachten?

»Ich habe Danie getötet«, sagte Isabell unvermittelt. »Es ging nicht anders.«

Burkhard nickte fast unmerklich und schwieg wieder einige Minuten. Er schien die neuen Informationen erst noch verdauen zu müssen. Dann wandte er sich an Isabell. »Wenn Muhammar die Bombenbauteile dabei hat, warum bitten wir nicht die lokale Polizei um Hilfe?«

»Ein Grund ist, dass wir so nicht schnell genug wären. Bis wir auf einer Polizeidienststelle die Situation erklärt haben, wäre Muhammar schon längst über alle Berge. Abgesehen davon, dass das SAPD erst einmal Straßensperren errichten müsste, Nein, die wären zu langsam. Der zweite Punkt ist, dass ich keine Genehmigung von meiner Behörde erhalten habe, für solch eine Operation die lokale Polizei einzuschalten, was einen nachvollziehbaren Grund hat. Wir befürchten, dass die Information nach außen dringen würde. Stellt euch mal die Schlagzeile vor: Mann mit Atombombe von israelischer Geheimagentin in Südafrika verfolgt. Das gäbe eine gewisse – gelinde gesagt – internationale Verstimmung. Wir müssen das schon selbst erledigen. Leider haben wir auch keinen anderen Agenten im Land, der mir helfen könnte. François ist leider tot, und für Hilfe aus Haifa ist es zu spät.«

Sattler blickte Isabell fragend an. »Muhammar wird doch irgendwann anhalten. Dann werden sie die Bombe zusammenbauen, und bevor sie das tun, nimmt die Polizei die Bande hoch. Mit etwas Glück erfährt Muhammar die nächsten Stunden nichts von dem, was sich eben in Wakkerstroom ereignet hat und ahnt nicht, wie dicht du – wir? – ihm auf den Fersen sind. Danie kann ihn schließlich nicht mehr informieren.«

Isabell schüttelte stumm den Kopf. »Nein, so geht das nicht. Es gibt noch etwas, über das ich noch nicht gesprochen habe.« Sie schaute zu Burkhard, der sich scheinbar voll auf den Verkehr konzentrierte. Dann beugte sie sich zu Sattler hinüber und sprach gerade so laut, dass er es hören konnte.

»Tel Aviv«, flüsterte sie. »Die Bombe soll nach Tel Aviv gebracht werden. Unser Informant hat herausgefunden, dass sie im obersten Stockwerk des Azrieli Sarona Towers, dem höchsten Gebäude der Stadt, zur Explosion gebracht werden soll. In Tel Aviv und Umgebung leben etwa eine halbe Million Menschen. Du kannst dir vielleicht vorstellen, welche verheerenden Auswirkungen die Explosion hätte. Durch die Zündung würde von Tel Aviv nicht mehr viel übrig bleiben. Keine Gebäude – keine Menschen. Dazu wäre die Gegend für zwanzig oder dreißig Jahre unbewohnbar.«

Sattler starrte sie für einen Moment mit offenem Mund an. Er brauchte einige Sekunden, um sich zu fassen. »Das ist schrecklich. Die Stadt würde aussehen wie Hiroshima oder Nagasaki nach den Bombenabwürfen am Ende des Zweiten Weltkrieges. Aber ... wenn ihr doch genau wisst, wo die Bombe gezündet werden soll, warum überwacht ihr dann nicht einfach das Gebäude?«

»Das tun wir natürlich. Aber praktisch ist das nicht so einfach. Zum einen ist die Bombe unseren Erkenntnissen nach in kleine Teile zerlegt: In Handtaschen oder Aktenkoffern könnten der oder die Attentäter das Material nach und nach in den Tower schmuggeln und dort zusammensetzen. Auch über den Zeitpunkt, an dem das Attentat stattfinden soll, wissen wir nichts – das kann übermorgen, in einer Woche oder in einem Jahr sein. Das nächste Problem ist, dass wir uns gar nicht so sicher sind, dass die Bombe in dem genannten Turm gezündet werden soll. Erinnere dich, unser Informant, mein Verlobter, ist aufgeflogen. Es kann also sein, dass der Gegner ihn vorher mit Falschinformationen gefüttert hat, die er dann unwissentlich an uns weitergereicht hat. Und schließlich: Sobald der oder die Attentäter von unseren Überwachungsmaßnahmen Wind bekommen, würden die Terroristen abtauchen. Und zwar mit der Bombe im Gepäck. Um irgendwann später wieder aufzutauchen, um sie an anderer Stelle in Israel – oder sonst wo auf der Welt – zu zünden. Nein, die Idee, eine kleine, transportable Atombombe unkontrolliert in Händen von Terroristen zu wissen, lässt niemanden gut schlafen.«

»Deshalb habt ihr auch die Unterstützung des südafrikanischen Präsidenten und der Bundesregierung?«

»Genau. Beides zu bekommen war kein Problem. Übrigens auch die der Amerikaner. Die Situation ist dermaßen besorgniserregend, dass der südafrikanische Präsident keine andere Wahl hatte, als uns die Aktivitäten auf seinem Staatsgebiet zu ermöglichen und uns zusätzlich aktiv Rückendeckung zu geben. Zum Beispiel, als wir Burkhard festsetzen mussten, was natürlich völlig illegal war.«

Sattler schaute hoch. Er sah den von der Instrumentenbeleuchtung angestrahlten Burkhard am Steuer sitzen und mit einer Zigarettenpackung spielen. Er hatte sich eine kalte Kippe in den Mund gesteckt, kaute darauf herum und wirkte nervös, vermutlich durch Nikotinentzug. Deine Probleme möchte ich haben, dachte Sattler. Er war sicher, dass Burkhard nur eine einzige Frage umtrieb: Wann kann ich endlich wieder eine rauchen?

Sattler beugte sich hinunter zu Isabell. Sie flüsterten wieder. »Er hat den Aufenthalt in Kapstadt sicher wie Urlaub gesehen, weil er so viel qualmen durfte, wie er wollte, wette ich.« Sattler grinste leicht. Dann kam er wieder zurück zum Thema. »Vor dem Szenario verstehe ich, wieso sich die südafrikanische Polizei geweigert hat, nach ihm zu suchen. Es gibt angeblich eine Akte über ihn, aber der Polizist meinte, diese sei gesperrt. Was das bedeuten sollte, war mir damals nicht klar, jetzt schon.« Sattlers Gesicht legte sich in Sorgenfalten. »Sag mal, eine Frage ist doch, was nach der Atomexplosion passieren würde. Also wenn die Atombombe tatsächlich über Tel Aviv gezündet werden würde, was ja schon eine Katastrophe an sich wäre. Aber was wäre dann?«

Isabell legte ihre Stirn in tiefe Besorgnisfalten. »Ein solcher Angriff würde Israel zerstören, keine Frage. Das Land würde faktisch nicht mehr existieren. Das wäre die eine Konsequenz, die unsere politischen Gegner – und davon haben wir in der Region wirklich viele – glücklich machen würde. Es würde aber noch mehr passieren. Die Amerikaner gelten schon seit der Staatsgründung als wichtigste Schutzmacht Israels. Sie würden eine solche Attacke mit Sicherheit militärisch beantworten. Der *Think-Tank* der Universität Jerusalem hat den Angriff auf eine israelische Großstadt vor Jahren durchgespielt. Die Amerikaner würden höchstwahrscheinlich den Iran beschuldigen, um dann anhand gefälschter Bilder vor dem UNO-Sicherheitsrat zu beweisen, dass die Bombe aus iranischer Produktion stammt. Erstes Angriffsziel zur Vergeltung wären in diesem Szenario die Atomkraftwerke und die Urananreicherungsanlagen in Fordo, auch wenn internationale Experten schnell nachweisen könnten, dass es sich um eine auf Plutonium basierende Atombombe gehandelt hat und nicht aus dem Iran stammen konnte. Saudi-Arabien wiederum, Erzfeind des Iran und Verbündeter des Westens, zusätzlich in den letzten dreißig Jahren mit amerikanischen und europäischen Waffen aufgerüstet, würde mit Bodentruppen den Iran angreifen. Die Russen aber sind eine Schutzmacht des Iran und wollen ihren Einfluss im Nahen und Mittleren Osten ausbauen, und würden deshalb in dem Konflikt ebenfalls mitmischen. Und was bedeutet das in der Gesamtschau?«

Sattler wagte es kaum auszusprechen. »Den dritten Weltkrieg!«

Isabell nickte zaghaft. »So ist es. Sobald Muhammar mit den letzten beiden Bauteilen das Land verlassen hat oder wir ihn aus einem anderen Grund aus den Augen verlieren sollten, haben wir schlechte Karten und ein dritter Weltkrieg ist nur schwer zu vermeiden.«

»Und wenn wir die Polizei einschalten und etwas durchsickert, werden die Terroristen erst Recht mit der Bombe abtauchen. Richtig? Wir müssen das Problem lösen, bevor es überhaupt bekannt werden kann«, antwortete Sattler immer noch leise.

Burkhard drehte sich genervt zu beiden um. »Na, was habt ihr da zu besprechen, von dem ich nichts mitbekommen soll?«

»Wir wollten dich beim Fahren nicht stören«, versuchte sich Isabell herauszuwinden und blickte, um Burkhard abzulenken, auf ihr Handy. »Oh«, sagte sie überrascht. Dann sah sie auf die Armbanduhr. »Gute Nachrichten.«

»Hat Muhammar angehalten?«, fragte Burkhard gelangweilt.

»Nein, er rast immer noch viel zu schnell durch die Nacht«, erwiderte Isabell. »Er bewegt sich mit etwa einhundertvierzig Kilometern pro Stunde nach Norden. Dass er nach Norden fährt, ist aber eine gute Nachricht. Er hat zwar wenige Stunden Vorsprung und gerade White River passiert, aber ich habe das Gefühl, dass wir ihn einholen können.«

»So?«, fragte Burkhard und Sattler konnte in seiner Stimme eine gewisse Belustigung mitschwingen hören. »Wie kommt denn die Frau Geheimagentin darauf?«

»Weil ich glaube, dass der Weg, über den Muhammar die Ware außer Landes bringt, durch den Krüger Park führt. Wie es aussieht, könnte er zum Phabeni oder Numbi Tor fahren. Wenn das stimmt, dann haben wir eine reelle Chance.«

»Wieso?«, fragte Sattler verblüfft.

»Jungs, schaut doch mal auf die Uhr. Es ist jetzt kurz vor ein Uhr nachts. Wenn er über das Tor in den Park einfahren möchte, dann geht das erst morgen früh um sechs Uhr. Vorher ist geschlossen.«

Sattler und Burkhard schwiegen einen Moment. Darauf hätte ich auch kommen können, dachte Sattler.

»Du meinst, er fährt durch den Park über irgendwelche Schleichwege und passiert die offene Grenze nach Mosambik?«, fragte er schließlich.

Isabell nickte heftig und hätte Sattler dadurch beinahe mit der Stirn an der Nase getroffen. »Warum nicht? Das wäre ein toller Schmugglerweg. Genau das, was er braucht. Vergiss nicht, Muhammar macht schon seit vielen Jahren illegale Geschäfte. Du kannst davon ausgehen, dass er genau weiß, wie er Schmuggelware unbemerkt von einem zum anderen Ort bringt und das Risiko dabei minimiert. Laut der Bankdaten fließen seit über zwanzig Jahren illegale Gelder auf dieses Scheinkonto. Weiter zurück konnten wir die Kontobewegungen nicht zurückverfolgen, aber vermutlich läuft das Geschäft seit den Achtzigern erfolgreich. Muhammar und Danie sind schließlich immer noch dabei, und einen besseren Beweis für erfolgreiches Arbeiten kann es für die beiden nicht geben. Danie produziert und Muhammar macht die Logistik, wie mir scheint. Dabei vermeidet er offizielle Grenzübertritte. Vielleicht will er nicht, dass in seinem Pass zu viele Stempel aus Mosambik auftauchen? Vielleicht umgeht er so das – geringe – Risiko, am Grenzübergang den Wagen durchsucht zu bekommen. Wie auch immer, wenn er tatsächlich in den Park fährt, werden wir ihn hoffentlich einholen können.«

Sattler war sich sicher, dass Burkhard durch den hohen Geräuschpegel im Wageninneren ihr Gespräch nicht mitgehört haben konnte. Aber warum war ihm das plötzlich so wichtig? Vertraute er Burkhard nicht? Burkhard meldete sich in diesem Moment vom Fahrersitz. »Ich habe keine Lust mehr zu fahren«, sagte er, »kann mich jemand ablösen? Wir sind doch noch so lange unterwegs.«

Nach einem kurzen Blickkontakt zu Isabell lenkte Sattler ein: »Ja, ist schon in Ordnung. Ich kann wieder übernehmen.«

Burkhard verringerte die Geschwindigkeit und suchte eine günstige Stelle, um anzuhalten, ohne einen Auffahrunfall mit einem anderen Wagen zu riskieren. Dann tauschten er und Sattler die Plätze. Burkhard streckte sich auf der Rückbank aus, so gut es ging, und Sattler trat aufs Gas.

Für eine ganze Weile sprach niemand. Sie rasten mit Einhundertsechzig durch die sternenklare Nacht, und Sattler war bewusst, dass er damit ein hohes Risiko einging. Jederzeit konnte eine Kuh auf der Straße stehen oder ein Kudu aus den niedrigen Büschen springen, und beide Tiere waren groß genug, um einen schweren Unfall zu verursachen. Wenn sie deshalb nicht mehr weiterfahren konnten, würde Muhammar zwangsläufig abtauchen können, mit den schlimmsten Konsequenzen.

Nach einer weiteren Stunde Fahrt wurde der Straßenzustand immer schlechter, sodass Sattler doch langsamer werden musste. Ein geplatzter Reifen oder eine verbogene Felge durch die unerwartete Bekanntschaft mit einem Schlagloch würde sie vielleicht nicht gleich zum Aufgeben zwingen, aber sicher eine weitere halbe Stunde für den Reifenwechsel kosten.

Mit einhundert Kilometern pro Stunde war er für die Straßenverhältnisse eigentlich immer noch zu schnell, aber er konnte so den schlimmsten Fahrbahnabsenkungen ausweichen. Durch diese Manöver fuhr er streckenweise Schlangenlinien.

Das war aber kein großes Problem, denn zu dieser Uhrzeit waren sie alleine auf der Straße unterwegs. Einheimische vermieden generell, bei diesen Bedingungen – Dunkelheit und schlechten Straßenverhältnissen – unterwegs zu sein. Dazu kam die Gefahr durch Überfälle: Verbrecher wuchteten große Steine oder alte, mit Sand und Erde gefüllte Blechfässer auf die Fahrbahn, um Autofahrer zum Anhalten zu zwingen. Dann wurden die Fahrer der Wagen mit vorgehaltener Waffe ausgeraubt und die Fahrzeuge gestohlen – mit etwas Glück passierte nicht noch mehr. Auch ein Überfall wäre ein Ereignis, das wertvolle Zeit kosten würde.

In einer anderen Kategorie dachte Sattler nicht mehr.

Der Fortuner raste durch die schwarze Nacht. Sattler wähnte sich in einem tiefen, dunklen Wald, weil er keinerlei Lichter zur Orientierung sah. Er wusste, dass er in Wirklichkeit weite, brachliegende Felder passierte.

Mit einem Mal meldete sich Isabell vom Rücksitz, das Handy in der Hand schwenkend. »Jawohl!«, triumphierte sie, »er ist auf dem Weg zum Numbi Tor eingebogen. Jetzt haben wir ihn. Wir haben dadurch«, sie blickte auf ihre Armbanduhr, »drei Stunden gewonnen. Das könnte jetzt ganz knapp reichen. Ich glaube, dass Muhammar jetzt ein paar Stunden in der Nähe des Numbi Tores ausruht. Er hat ja noch einen ziemlichen Weg vor sich. Wobei er vermutlich nicht die ganze Strecke bis nach Tel Aviv fahren wird. Ich glaube, er wird die fehlenden beiden Bausteine am Meer einem Komplizen übergeben, der das Material über den Seeweg nach Ägypten bringt. Von dort geht es üblicherweise durch Tunnel in den Gaza-Streifen und weiter über Schmugglerrouten in die großen Städte Israels.

Wenn die Teile erst einmal im Gaza-Streifen angekommen sind, hält niemand mehr die Terroristen auf.«

Kapitel 23

»Jetzt hält er an. Etwa einen Kilometer vor dem Numbi Tor.« Isabell sah von ihrem Handy auf, das sie die vergangene halbe Stunde ununterbrochen beobachtet hatte.

Burkhard, der sich betont schläfrig gab und mit seinem Kopf die meiste Zeit der Fahrt gegen das Seitenfenster gelehnt hatte, sah auf die Uhr. »In einer Stunde ist es hell«, meinte er und gähnte herzhaft. Am Horizont zeigten sich schüchtern die ersten roten Sonnenstrahlen.

Sattler kämpfte schon seit einiger Zeit gegen die bleierne Müdigkeit an, die dafür sorgte, dass sich sein Verstand anfühlte wie in Watte gepackt. Er hatte nur noch starr auf die Straße geschaut und den Wagen irgendwie zwischen den beiden gelben Seitenlinien gehalten. Es kamen weder Gegenverkehr noch Kurven, in diesem Streckenabschnitt noch nicht einmal Schlaglöcher zum Ausweichen, was die Situation verschlimmerte. Sattler kam sich vor wie ein Zombie, verdammt dazu auf einer unendlich langen Straße immer geradeaus zu fahren. Wie der Fliegende Holländer. Bis in alle Ewigkeit.

»Hier musst du gleich links«, hörte er Isabells Stimme wie durch eine Nebelwand. Er schreckte hoch. In der Sekunde wurde ihm klar, dass er kurz vor dem Einschlafen gewesen sein musste. Den Fortuner hatte er im Halbschlaf über die gelbe Linie gelenkt und war dem Graben gefährlich nahe gekommen.

»Ist gut«, beeilte er sich zu erwidern und bog ab. Und fuhr, wieder geradeaus, wieder durch die Dunkelheit. Allerdings wurde der kleine helle Streifen am Horizont zusehends breiter.

»Es ist nicht mehr weit. Wenn wir Glück haben, haben wir ihn eingeholt, bevor das Tor geöffnet wird und die ersten Besucher eingelassen werden.«

»Und was passiert dann?«, fragte Burkhard. »Wie sollen wir ihm die Bauteile abknöpfen? Hast du dafür einen Plan?«

Isabell antwortete nicht. Entweder hatte sie einen und wollte ihn nicht mit Burkhard teilen – oder aber, es gab ihn nicht. Bei dem Gedanken an letztere Möglichkeit lief es Sattler kalt den Rücken hinunter. Wollte sie Muhammar mit vorgehaltener Waffe zur Aufgabe zwingen? Was wäre, wenn er ebenfalls bewaffnet wäre, zum Beispiel mit einer automatischen Waffe? Nur ein Verrückter würde versuchen, mit einer einfachen Pistole in ein solches Gefecht zu gehen. Sie würden in einem Kampf nur Zweite werden. Mit tödlichem Ausgang.

»Vielleicht können wir ihn erst ablenken«, schlug Sattler an Isabells Stelle vor, »und dann den Koffer stehlen.«

»Welchen Koffer? Meinst du den Aluminiumkoffer, den er ins Auto geladen hatte, als wir beim Laborgebäude vorgefahren sind?«, fragte Burkhard. »Du glaubst, da ist das Plutonium drin? Warum?«

»Naja, passen würde es doch. Außerdem schien der Koffer schwer zu sein.«

Burkhard war nicht überzeugt. »Frank, Muhammar hat seinen halben Hausstand in den Wagen geladen. In dem Aluminiumkoffer kann sich eine alte Bohrmaschine befunden haben. Da muss uns schon was Besseres einfallen.«

»Viele Optionen haben wir tatsächlich nicht«, mischte sich Isabell ein. »Wir können versuchen, den Wagen zu stehlen, sprich, ihn abzuschleppen. Um ihn dann irgendwo in Ruhe zu durchsuchen. Wenn Muhammar aussteigt, um sich die Eintrittskarte für den Park zu kaufen, dann müssen wir zuschlagen. Er ahnt ja nicht, dass wir ihn verfolgen, er wird deshalb darauf nicht vorbereitet sein.« Isabell sah Sattlers versteinertes Gesicht. »Den Plan müssen wir natürlich noch weiter ausarbeiten«, ergänzte sie schnell. »Wenn einer von euch eine bessere Idee hat, dann bräuchten wir die jetzt.«

»Der Plan ist riskant, aber möglich«, erwiderte Sattler. »Morgens um sechs, wenn das Tor geöffnet wird, bildet sich normalerweise eine lange Fahrzeugschlange vor dem Büro der Parkverwaltung. Etliche Touristen wollen möglichst früh im Park sein, um dort den Sonnenaufgang zu erleben und die Tiere an Wasserlöchern zu finden. Unser Fortuner kann Muhammars Landrover sicherlich ziehen. Wir brauchen dann nur noch jemanden, der die Wagentür öffnet und die Handbremse löst. Ein Abschleppseil habe ich gestern beim Aufräumen irgendwo im Kofferraum liegen sehen.«

»Die Fahrertür des Autos bekomme ich auf«, sagte Isabell, »das sollte kein Problem sein. Ich brauche dafür nur wenige Sekunden.«

»Wichtig ist«, sagte Sattler, »dass die Aktion wie eine Hilfeleistung aussieht. Ein defekter Wagen erregt kein Aufsehen, weil so häufig irgendwelche Autos liegen bleiben. Wir müssen ruhig und souverän wirken, dann traut sich niemand, irgendwelche Fragen zu stellen.«

»Genau«, stimmte Burkhard zu, »wir schleppen den Wagen ab. Dann durchsuchen wir ihn. Ihr wisst ja durch das Bombenmodell aus Wakkerstroom, wie die Röhre aussehen muss, in der sich das Plutonium befindet. Wenn wir es gefunden haben, fackeln wir den Wagen ab, um alle Spuren zu verwischen. Dann verschwinden wir.«

Isabell nickte. »Ich denke, das sollten wir versuchen. Einzige Voraussetzung ist, dass wir rechtzeitig am Numbi Tor ankommen. Also Frank, gib Gas.«

Sattler beschleunigte den Wagen. Obwohl sie auf der Autobahn waren, durfte er nur einhundertzwanzig Kilometer pro Stunde fahren. Er fuhr etwa einhundertachtzig.

Durch den abrupten Wechsel von Nacht zu Tag, an die sich seine Augen noch nicht gewöhnt hatten, hätte er den Mann beinahe überfahren, der völlig unvermittelt vor dem Fortuner auf die Überholspur der Autobahn gesprungen war. Sattler spielte für den Bruchteil einer Sekunde mit dem Gedanken, einfach weiterzufahren und den verrückten Selbstmörder so zum Sprung zur Seite zu bewegen, entschied sich dann aber für eine Vollbremsung und ein riskantes Ausweichmanöver über die Standspur.

Sattler sah im Rückspiegel, wie der Selbstmörder auf seinen jetzt stehenden Wagen zu rannte. Er hatte ein Klemmbrett mit weißen Blättern in der Hand und trug die Uniform der Verkehrspolizei.

Sattler ließ resigniert die Fensterscheibe herunter. Er sog die warme Morgenluft ein. Ärger mit der Polizei war jetzt absolut unnötig.

»Hallo«, rief ihm der Mann atemlos zu, »hallo, warten Sie bitte.« Sekunden später tauchte er neben Sattler am Fenster auf. Erschöpft durch seinen kurzen Sprint reichte der Polizist, ein schwarzer, vergleichsweise breitschultriger Mann Ende vierzig, Sattler seine Hand durchs Fenster. Etwas überrascht schüttelte er sie.

»Es tut mir wirklich leid«, begann der Mann, und nach einem kurzen, prüfenden Blick sah Sattler, dass er an seiner Uniform nicht, wie vorgeschrieben, seine Dienstnummer befestigt hatte, »aber sie waren zu schnell. Dort drüben«, er deutete auf ein Polizeifahrzeug, das auf dem Streifen zwischen den Fahrspuren hinter dichten Büschen geparkt war, »steht die Radarkamera. Ich möchte ihnen gerne die Aufnahmen zeigen, die wir gerade von ihrem Fahrzeug gemacht haben. Würden Sie bitte aussteigen und mitkommen?«

Sattler zögerte und spielte mit dem Gedanken, einfach davon zu fahren und es auf eine Verfolgungsjagd ankommen zu lassen. Isabell hinter ihm auf dem Rücksitz schien sein Zögern wahr zu nehmen. Sie flüsterte: »Geh schon und bring es hinter dich. Denk daran, um was es geht. Beeil dich bitte.«

Seufzend öffnete Sattler die Wagentür und schwang sich aus dem Auto. Er rannte dem Polizisten über die wenig befahrene Autobahn in Richtung Mittelstreifen hinterher. Dort sah er sich den Schwarzweißfilm an, auf dem sowohl der Wagen, das Nummernschild wie auch sein Gesicht ausgezeichnet zu erkennen waren. Darunter zeigte eine digitale Anzeige die Geschwindigkeit an: Einhundertdreiundachtzig Kilometer pro Stunde. Die Beweislage war erdrückend.

Der Polizist spulte den Film zurück und zeigte ihm die Sequenz von vorne. »Da sehen Sie«, sagte er dabei und deutete auf die Zahl, die angezeigt wurde, als könnte Sattler sie nicht selbst lesen. »Einhundertdreiundachtzig. Es sind nur einhundertzwanzig erlaubt. Sie wissen was das bedeutet? Wir müssen Sie einsperren und das Fahrzeug beschlagnahmen, bis ein Richter über die Strafe entschieden hat.«

»Dafür haben wir jetzt wirklich keine Zeit«, sagte Sattler, mehr zu sich selber.

Der Polizist schien auf eine solche Antwort gewartet zu haben. »Sehen Sie es doch mal so. Ich stehe hier den ganzen Morgen, schon seit vier Uhr in der Früh, weil ich heute diese Schicht machen muss. Das macht mich so unglaublich durstig.« Er starrte Sattler erwartungsvoll an. Sein Mund mit den weißen Zähnen öffnete sich zu einem Grinsen.

»Einen Moment«, sagte Sattler und dachte fieberhaft nach. Was war die schnellste Möglichkeit, dieser Situation zu entkommen? Er konnte Isabell bitten, den Polizisten über den Haufen zu schießen und dann davon zu rasen. Im nächsten Moment schämte er sich für den Gedanken. Zum einen wäre es nicht hilfreich, die halbe Polizei von Limpopo auf den Fersen zu haben, auf der anderen Seite wäre das schon von vornherein der falsche Ansatz. Der Polizist wollte Geld, keine Frage, aber Sattler hatte nichts bei sich. »Ich bespreche mich eben mit meinen beiden Kollegen«, sagte er dann und sprintete wieder zurück über die Straße und setzte sich ans Steuer, ohne allerdings den Motor zu starten. Er wollte den Polizisten nicht nervös machen.

Der Gesetzeshüter kam langsam hinterher. Er schien auch nachgedacht zu haben. »Hören Sie«, sagte er durch das Seitenfenster, »ich habe es mir überlegt, ich lasse Sie mit einer Verwarnung gehen. Bitte fahren Sie vorsichtiger und halten sich an die Geschwindigkeitsbegrenzungen, ja?«

Sattler nickte verwirrt. Woher kam sein plötzlicher Sinneswandel? Aber bevor der Polizist es sich noch ein weiteres Mal überlegte, gab Sattler Gas und verließ die Standspur.

Sie hatten zehn Minuten Zeit verloren.

»Was war das jetzt?«, fragte Burkhard, nachdem sie die ersten Minuten gefahren waren. »Warum hat er uns fahren lassen?«

»Ich kann nur raten«, erwiderte Sattler. »Er hat versucht, von mir bestochen zu werden. Aber ich habe wohl zu lange gezögert, und als ich wieder zu euch gekommen bin, hat er Angst bekommen, ich würde ihn verpfeifen. Außerdem war es ihm wohl zu anstrengend mit mir. Mich wirklich einzusperren war ihm zu lästig. Deshalb hat er mich jetzt frei gelassen und sucht jetzt nach einem willigeren Opfer.«

Er hatte den Wagen wieder auf einhundertachtzig beschleunigt und hoffte, dass so früh am Morgen nicht noch eine weitere Radarfalle aufgebaut war.

»Die zehn Minuten holen wir niemals wieder ein«, ließ sich Isabell von der Rückbank vernehmen und klang deprimiert, »und deshalb müssen wir uns mit dem Gedanken anfreunden, dass wir Muhammar durch den unwegsamen Park folgen müssen.«

Sie fuhren weiter Richtung Norden. Die Sonne war vollständig aufgegangen und die Uhr im Armaturenbrett zeigte zehn Minuten nach sechs. Sattler wäre beinahe an der Ausfahrt zum Numbi Tor vorbeigefahren, hätte ihn Isabell nicht auf das braune Schild mit dem Rhinozeros aufmerksam gemacht. Sattler riss den Wagen herum. Eine Gruppe von Kindern in Schuluniform am Straßenrand, die in dem aus verstreuten Hütten bestehenden Dorf auf ihren Schulbus warteten, schauten dem Wagen nach diesem extravaganten Fahrmanöver überrascht hinterher.

»Wir erreichen das Tor frühestens eine halbe Stunde nach Öffnung«, sagte Burkhard. »Wir waren zu langsam.«

Die Äußerung ärgerte Sattler. »Ich habe getan, was ich konnte. Schneller ging es nicht, ohne die Kontrolle über den Wagen zu verlieren. Immerhin bin ich gefahren, während du dich nur in deinem Sitz gefläzt hast.«

Burkhard wollte etwas erwidern, und Sattler war sich sicher, dass das keine höfliche Floskel werden würde. Isabell ging dazwischen. »Jetzt hört mal auf, ihr zwei Gockel. Wir müssen uns auf Muhammar konzentrieren. Immerhin wissen wir, wo er sich befindet.« Sie hob wieder ihr Handy in die Höhe. »Er ist durch das Tor und befindet sich im Park.«

»Toll, dieses Ortungssystem«, sagte Sattler, während er wieder das Gaspedal durchtrat. »Ich habe früher für einen ähnlichen Fall ein ausgemustertes Handy benutzt. Hab ich leider defekt wiederbekommen. Es hatte eine Kugel abbekommen.«

»Sehr spannende Geschichte«, ätzte Burkhard vom Rücksitz aus. »Du warst in der Story sicher Held aller Frauen.«

Sattler riss sich zusammen und ließ sich nicht provozieren. »Wie auch immer, ich bin froh, dass Isabell den Peilsender angebracht hat. Da vorne ist schon das Tor.« Er deutete nach vorne auf ein großes Holzhaus. Vor dem Gebäude befand sich eine kurze Schlange verschiedener Toyota Pickups, auf deren Ladeflächen Stahlrohrgerüste mit Sitzen montiert waren. Stoffdächer als Sonnenschutz komplettierten das Aussehen der typischen Safarifahrzeuge, mit denen Touristen von örtlichen Unternehmen durch den Park gefahren wurden.

Eine rotweiße Schranke versperrte die Zufahrt in den Park. An der Seite, im Schatten unter einem kleinen Reetdachüberstand, bemerkte Sattler zwei Männer in Militäruniform, von denen einer eine automatische Langwaffe trug. Der andere sprach gerade in ein Funkgerät.

Sattler parkte am Ende der Wagenreihe und sprang aus dem Fortuner, Isabell kam direkt hinterher. Sattler drehte sich kurz um und sah, wie auch Burkhard seine Tür aufstieß.

Im Laufschritt bewegten sie sich in das Gebäude der Ranger, drängten sich an Ständern mit Stoffhüten und Aufstellern mit Sonnenmilch vorbei zu den Kassen, an denen sie hinter zwei anderen Kunden warten mussten. Isabell trat ungeduldig von einem Fuß auf den andern. Es ging um jede Sekunde.

Einer der beiden vor ihnen war einer der Fahrer der Safarifahrzeuge, der nicht nur für sich, sondern auch für seine Fahrgäste bezahlen musste, die vor dem Haus im Wagen warteten. Er brauchte mindestens fünf Minuten, um die Unterlagen in seiner Hand ohne jede Eile zu sortieren, und die Frau hinter der Kasse schaute ihm dabei gelassen zu. Sie hatte das Kinn bequem in ihre Hände gestützt und die Ellenbogen auf dem Tresen neben der Kasse platziert.

Sattler wusste, dass Drängeln sie nicht weiterbringen würde.

Südafrika hatte seine eigene Geschwindigkeit.

Schließlich waren sie dran, und Sattler hatte schon das abgezählte Eintrittsgeld in der Hand. Burkhard wollte gerade eine Diskussion darüber beginnen, warum eigentlich Südafrikaner weniger bezahlen mussten als Auswärtige, als Isabell ihn am Ärmel packte und durch die Eingangstür ins Freie schleifte. »Das bringt jetzt nichts, Burkhard«, zischte sie. »Das ist auch nicht der richtige Moment.«

Sie schob den vor sich hin schimpfenden Burkhard weiter zum Auto, Sattler sprang hinter das Steuer und startete den Motor. Direkt vor der Schranke wurden sie per Handzeichen von einer der bewaffneten Wachen gestoppt.

»Haben Sie Schusswaffen dabei? Oder Alkohol? Dürfen wir kurz in den Kofferraum schauen?«

Isabell beugte sich nach vorne zu Sattler und Burkhard und sagte verschwörerisch: »Bleibt sitzen, ich mache das schon.« Sie stieg aus und öffnete die Heckklappe.

»Was ist denn da drin?«, fragte der Wachmann, der aus Sattlers Blickfeld verschwunden war. Isabell antwortete entweder gar nicht, oder sie sprach ungewöhnlich leise.

»Ach so, dann ist ja gut«, hörte Sattler den Schwarzen dröhnen.

Sein Kollege öffnete auf sein Kommando hin den Schlagbaum und Isabell sprang zeitgleich wieder auf den Rücksitz. »Gib Gas, weiter geht's«, rief sie Sattler zu, der sich nicht lange bitten ließ und die beiden Wachleute in eine Staubwolke hüllte.

Isabell gab die Richtung vor. Sie folgten zunächst dem ausgefahrenen, breiten Feldweg. Sie passierten eine Ansammlung von Touristenfahrzeugen, die an einer künstlichen Wasserstelle eine Elefantengruppe beobachteten. Sattler fuhr so schnell er konnte, wobei er nach rechts und vorne, Isabell nach links blickte, um Tiere, die eventuell die Fahrbahn kreuzen wollten, rechtzeitig zu sehen. Ein Zusammenstoß mit einem Nashorn oder einem anderen großen Tier wäre nicht nur für das Tier schrecklich, sondern hätte weitreichende Folgen, das war allen im Auto bewusst. Muhammar wäre nicht mehr einzuholen.

Plötzlich wurde der Weg steiler und immer unwegsamer. Die Steine, über die sie hoppelten, wurden größer, und Sattler musste über einen kleinen Hebel neben dem Fahrersitz die Differenzialsperre des Vierradantriebes einschalten. So fanden die Räder zwar guten und sicheren Grip, aber es ging nur noch sehr langsam weiter.

»Muhammars Vorsprung wird immer größer«, sagte Isabell, die schon die ganze Zeit auf ihr Handy starrte. »Wir sind bestimmt vierzig Minuten hinter ihm. Eben ist er von dem Feldweg abgebogen und fährt jetzt querfeldein. Er scheint zu wissen, was er da tut und wo genau er hinmöchte. Wir dagegen haben zu seinen Plänen nur vage Vermutungen.«

Wenn Isabells Nervosität noch zu steigern war, dann geschah das gerade. Sattler musste sich voll auf den Weg konzentrieren und er spürte, wie der Schweiß unter seinen Achseln zu rinnen begann.

»Verdammt«, sagte Isabell plötzlich.

»Was ist?« Sattler war alarmiert.

»Muhammar hat mitten im offenen Gelände angehalten.«

Burkhard drehte sich zu ihr um. »Aber das ist doch gut. Dann gewinnen wir vielleicht ein paar Minuten und können ihn einholen.«

Sattler wollte ihm gerade beipflichten, musste sich aber auf den Weg konzentrieren.

»Das ist nicht nur nicht gut, sondern richtig schlecht«, erwiderte Isabell. »Wir müssen wissen, was er da gerade macht. Warum er anhält.«

»Wieso ist das so wichtig, Isabell? Vielleicht muss er mal. Das kann doch sein, immerhin ist er seit Stunden unterwegs.« Sattler verstand ihre Aufregung nicht.

»Fahr' bitte vorne auf das Plateau und halte an. Das geht so nicht, wir können Muhammar nicht unbeobachtet lassen.« Auch wenn er immer noch nicht verstand, wo das Problem lag, fuhr Sattler folgsam auf eine kleine, flache Anhöhe mit einem wunderbaren Blick in das Tal.

Er zog die Handbremse an. »Meinst du, du kannst ihn von hier aus sehen?«, fragte er.

»Nein, er befindet sich in einem anderen Tal.« Isabell stieg aus und öffnete die Heckklappe. Auch Sattler verließ, neugierig geworden, den Wagen. »Ich kann nicht zulassen, dass er dort steht. Hast du eine Sekunde darüber nachgedacht, dass er dort jemanden treffen könnte, dem er das Plutonium übergibt? Schon hätten wir die Spur verloren, und niemand würde uns sagen können, wie wir sie wiederfinden können. Oder eine andere Idee: Was ist, wenn er genau da, wo er jetzt hält, eine Schaufel auspackt und den Koffer mit den Bauteilen einfach vergräbt? Wir würden das Material vermutlich niemals finden, sondern müssten die Nadel im Heuhaufen suchen. Nein, wir werden nicht schnell genug bei ihm sein, müssen aber trotzdem wissen, was er macht. Dafür gibt es nur eine Möglichkeit.« Während sie sprach, hatte sie aus einem der schwarzen Koffer eine Art Regenschirm hervorgezogen, dazu ein kleines Kästchen, außerdem eine zusammengefaltete Plastikfolie, an die ein Kabel angeschlossen war.

Sattler betrachtet mit Staunen, wie Isabell den merkwürdigen, silbrig glänzenden Regenschirm aufspannte und den geraden Griff nach innen, Richtung Wölbung schob, bis das Griffende etwa in der Mitte der von dem Schirm aufgespannten Halbkugel lag. Auf der Außenseite des Regenschirms wurde die Spitze dadurch automatisch verlängert. Isabell legte das kleine Kästchen auf die Motorhaube und steckte den merkwürdigen Regenschirm mit eben diesem Ende in eine dafür vorgesehene Halterung an dem Kästchen.

»Das Ding da, das sieht ja aus wie ... ist das eine ... Art transportable Satellitenschüssel?«, fragte Burkhard erstaunt.

Isabell antwortete nicht, sondern rollte die Plastikfolie neben der zusammengesteckten Anlage aus. Seitlich war ein Stecker an die Folie angeklemmt, den sie in eine Anschlussbuchse an dem Kästchen steckte.

Dann las sie einen Wert aus einer kleinen Tabelle ab, die seitlich an dem Kästchen klebte, und drehte den umgedrehten Regenschirm in eine Richtung, die sie vorher mit ihrem Kompass ermittelt hatte. Der gesamte Aufbau hatte nicht länger als drei Minuten gedauert.

»So«, sagte sie feierlich. »Die Show kann beginnen.«

Sie drückte einen kleinen Knopf, und die Folie auf der Motorhaube begann zu leuchten, erst Grün, dann konnte Sattler erkennen, um was es sich eigentlich handelte: Es war ein zusammenfaltbarer Monitor.

Isabell sah, dass er beeindruckt war. »Israel investiert viel Geld in Militärtechnik, und der Mossad profitiert davon«, sagte sie deshalb. Dann ging sie zurück zum Kofferraum und kam mit einem Handy zurück, das durch eine ungewöhnlich dicke Antenne auffiel. Ohne ein Wort der Erklärung schaltete sie es ein, wartete kurz und sprach dann eine Zahlenfolge in das Mikrofon. Danach sagte sie einen Satz, den Sattler nicht verstand. Schließlich übermittelte sie eine weitere Zahlenfolge: »vierundzwanzig neun zwei zwei neun sieben neun einunddreißig acht zwei eins eins fünf null« Sie wartete einen Moment, wiederholte die Zahlen, die sie von ihrem Handy ablas. »Gut, ich warte.« Nach wenigen Sekunden: »Das ist sehr schlecht. Aber bitte gebt mir, was ihr kriegen könnt. Auf einhundert.«

Sie steckte das Satellitentelefon ein, ebenso wie ihr Handy. Das Bild auf dem ausgerollten Monitor veränderte sich plötzlich. Es zeigte eine Landschaft von oben. Am Rand des Bildes wurde ein Fluss, ansonsten eine Buschlandschaft widergegeben. Es war alles überraschend klar und deutlich zu erkennen. Der Ausschnitt veränderte sich. Das Bild wurde heran gezoomt, und in der Mitte der Vergrößerung war ein Wagen zu sehen.

»Das ist doch«, begann Sattler staunend, »Muhammars Wagen. Ich werde verrückt. Ist das Echtzeit?«

Isabell beobachtete das Bild ganz genau. »Klar«, sagte sie dabei abwesend. »Maximal eine Minute Verzögerung, in der Regel aber nur wenige Sekunden. Das ist das Bild eines amerikanischen Spionagesatelliten. Des einzigen Spionagesatelliten, den es über dem südlichen Afrika überhaupt gibt, um genau zu sein.«

Sattler runzelte die Stirn. »Ist das neben dem Wagen Muhammar?« Die Auflösung war so gut, dass er das Gesicht hätte erkennen können, wenn der Mann nach oben gesehen hätte. Kein Vergleich zu den Spionagesatellitenbildern, die zu unterschiedlichen Anlässen ab und zu veröffentlicht wurden. Das Bild war gestochen scharf, er konnte sogar das Nummernschild erkennen, weil der Wagen etwas abschüssig stand.

»Es muss Muhammar sein. Es ist definitiv sein Auto. Aber warum liegt er dort? Wartet er auf irgendetwas?«

Für den Bruchteil einer Sekunde flog etwas Großes durch das Bild, das Sattler im ersten Moment für einen Vogel hielt. Nur Isabell hatte erkannt, was es wirklich war. Sie rief erschrocken: »Oh verdammt.« Sie kramte eilig das Satellitentelefon aus der Tasche und sprach ein »eintausend« hinein. Sofort zoomte das Objektiv des Satelliten heraus und ging in die Halbtotale. So konnte Sattler erkennen, was dieser Vogel tatsächlich war.

Eine Drohne. Genauer: Ein ziemlich wuchtiger Quadrokopter.

Und Muhammar versteckte sich vor ihm.

Das Satellitenbild zeigte in der neuen Perspektive neben dem kleinen Fluggerät einen großen Hubschrauber, der sich aus östlicher Richtung näherte. Sattler traute seinen Augen kaum. Der Helikopter landete wenige hundert Meter von Muhammars Wagen entfernt. Die Türen öffneten sich und vier Männer sprangen heraus, von denen zwei Gewehre trugen. Der dritte hatte einen Gegenstand in der Hand, der die Fernbedienung der Drohne sein konnte. Der vierte trug etwas Größeres, das recht schwer und klobig war. Sattler musste blinzeln. Er konnte es kaum glauben, aber es sah aus wie eine ... Kettensäge?

»Ist das die Polizei?«, fragte Burkhard. Er erntete erstaunte Blicke. »Wer sonst landet per Hubschrauber in einem Nationalpark?«, erklärte er seine Vermutung mit einem Achselzucken.

Sattler schüttelte fassungslos den Kopf. »Nein. Ich weiß, wer das ist und was die vorhaben. Das sind Wilderer. Die Drohne benutzen sie, um ein Nashorn ausfindig zu machen. Sobald sie wissen, wo es sich aufhält, fliegen sie mit einem Hubschrauber über die Grenze nach Südafrika. Dann töten sie das Tier, sägen mit der Kettensäge das Horn ab und verschwinden wieder über die Grenze, bevor die Wildhüter überhaupt das Eindringen der Wilderer in den Park bemerkt haben. Die Hörner werfen für den betriebenen technischen Aufwand mehr als genug Geld ab.«

»Du meinst, Muhammar ist zufällig Wilderern in die Quere gekommen? Deshalb versteckt er sich?« Burkhard konnte es nicht glauben.

»Die Wilderer werden ihn finden.« Isabell klang überzeugt. »Sie werden ihn und den Wagen finden. Ich kann mir vorstellen, was sie dann mit ihm machen. Das hilft uns leider auch nicht weiter. Da«, sie deutet wieder auf das Bild, »die Wilderer haben die Richtung gewechselt und gehen jetzt auf Muhammars Wagen zu. Sie müssen jetzt Sichtkontakt haben. Einer der Männer hebt seine Waffe ...«

Mit einem Mal war das Bild verschwunden und der Monitor zeigte wieder das grüne, verrauschte Bild. Isabell sprach aufgeregt in das Satellitentelefon, um die Verbindung wieder hergestellt zu bekommen.

»Ich habe es befürchtet«, teilte sie Sekunden später mit. »Die Amerikaner haben uns den Satelliten weggenommen. Sie haben nämlich gleichzeitig eine Aktion in Mogadischu, die sie beobachten wollen und müssen dafür den Satelliten drehen. Das dauert jetzt ein paar Minuten. Gleich sollte unser Bild wieder da sein.«

»Die Amis sind ja verrückt«, ereiferte sich Burkhard. »Bei uns geht es darum, den dritten Weltkrieg zu verhindern, und die nehmen uns den Satelliten weg?«

»Erkläre das doch mal dem Typ, der da in Virgina beim NRO arbeitet und die Zuweisungen macht. Das ist vermutlich irgendein ahnungsloser Abteilungsleiter, der nie von seiner Baumwollfarm weggekommen wäre, wenn er nicht beim Militär ein bequemeres Auskommen hätte, und der weder Johannesburg noch Katar auf einer Landkarte finden würde. Aber wir sind nur Bittsteller, vergiss das nicht.« Isabell war nicht weniger aufgebracht als Burkhard.

Nach etwa drei Minuten war das Bild wieder da.

Sattler suchte nach dem Hubschrauber, aber von den Wilderern gab es keine Spur. Muhammars Wagen stand noch an derselben Stelle, neben der Fahrertür konnten sie eine Gestalt entdecken – es konnte Muhammar sein, sicher war das aber nicht. Wer auch immer dort lag – er bewegte sich nicht.

»Wenn das tatsächlich Muhammar ist«, Isabell deutet auf den faltbaren Monitor, »dürfte er jetzt nicht mehr da liegen, denn die

Gefahr ist weg. Ich weiß nicht, was passiert ist«, sagte Isabell und begann, hektisch die Ausrüstung zusammen zu packen, »aber wir müssen uns jetzt erst recht beeilen.«

Nachdem sie Isabells Ausrüstung zügig im Wagen verstaut hatten, sprangen sie in den Wagen und Sattler quälte sich und den Fortuner weiter den unwegsamen Pfad hinauf. Sie bekamen so einen wundervollen Blick über die Ebene, die mit niedrigen, trockenen Bäumen gespickt war. In der Ferne bewegte sich eine Giraffenherde auf einen kleinen Fluss zu. Isabell behielt den Handybildschirm im Auge, sollte sich Muhammars Wagen unerwartet in Bewegung setzen.

»Was ist eigentlich«, begann Burkhard nachdenklich, »wenn Muhammar mit den Wilderern gemeinsame Sache machen sollte? Er hat ihnen vorhin den Koffer übergeben und sie haben das Material mit dem Hubschrauber ausgeflogen.«

Isabell nickte. Sie wirkte fahrig und war kalkweiß im Gesicht. »In diesem Fall wäre das Plutonium außer Kontrolle«, sagte sie. »Mir ist der Gedanke über eine mögliche Zusammenarbeit zwischen Muhammar und den Wilderern auch gekommen, aber besonders wahrscheinlich ist es nicht. Zum einen wäre Muhammar ziemlich verrückt und unprofessionell, wenn er mit diesen Typen zusammenarbeiten würde. Zum anderen gäbe es für ihn keinen Grund, neben der geöffneten Fahrertür auf dem Boden zu liegen und sich augenscheinlich zu verstecken, schon gar nicht, nachdem die Wilderer wieder abgezogen sind. Ich glaube eher, dass er da zufällig in etwas hineingeraten ist.«

In dem Moment setzte Sattler den Wagen unbeabsichtigt auf einem großen Stein auf. Der Fortuner machte ein merkwürdiges Geräusch, dann einen Satz nach unten und rutschte etwas zur Seite. Glücklicherweise griffen die Reifen wieder und der Wagen schob sich weiter vorwärts.

Sattler drehte sich um. »Entschuldigung. Alles in Ordnung?«

Isabell rieb sich den Kopf, den sie sich am Wagenhimmel gestoßen hatte. Sie nickte lautlos.

Am Ende einer steilen Abfahrt bog Sattler nach rechts ab, verließ den Weg und fuhr über das offene Feld. Sie scheuchten unbeabsichtigt eine Zebraherde auf, die von Besuchern weitab der sonst üblichen Wege überrascht war. Nach einer weiteren halben Stunde Fahrt durch niedrige Büsche und an zahlreichen, für das Land typischen Schirmakazien vorbei, hielt Sattler am Rande einer kleinen Erhöhung. Von ihrer Position aus hatten sie einen guten Überblick über das zerklüftete Gelände vor ihnen.

»Da unten steht er«, sagte Burkhard und deutet aus dem Seitenfenster in die Ferne. »Da, der schwarze Punkt.«

»Ja, das muss er sein«, bestätigte Isabell. »Von dort kommen die Signale.«

Sattler legte den ersten Gang ein. »Dann fahren wir zu ihm. Er hat uns vermutlich schon längst gesehen.«

Sattler wollte schon losfahren, als Isabell ihn kurz am Oberarm berührte. »Denkt immer daran«, begann sie, und Sattler traute seinen Ohren kaum, als sie ihren Satz vervollständigte: »wir brauchen ihn lebend!«

Langsam näherte sich das Offroadfahrzeug mit Sattler am Steuer dem im Busch geparkten Landrover. Sie waren noch rund fünfzig Meter entfernt. Sattler, Isabell und Burkhard beobachteten angespannt die Umgebung, um sich nicht von Wilderern oder gefährlichen Tieren überraschen zu lassen. Offensichtlich war vor nicht allzu langer Zeit eine Elefantenherde durch die Ebene gezogen, denn zahlreiche Bäume waren abgebrochen oder entwurzelt und lagen verstreut auf dem sandigen, rötlichen Boden. Niemand war zu sehen. Außer dem gedämpften Motorengeräusch und dem Wind, der leise durch die weite Landschaft strich, gab es keinen Laut. Die Sonne brannte jetzt, am frühen Vormittag, gnadenlos vom wolkenlosen Himmel herab und hatte die niedrigen Temperaturen des Morgens verdrängt.

Die Tür auf der Fahrerseite war geöffnet. Sattler sah daneben etwas liegen, das er für ein Bündel Kleider hielt.

Sie rollten über das holprige Feld und abgerissene Zweige näher heran.

Sattler stoppte.

»Da liegt tatsächlich Muhammar«, flüsterte Burkhard. »Ich glaube, er bewegt sich.«

Sattler schaute genau hin. Auf dem Satellitenbild war es nicht sicher zu erkennen gewesen, jetzt aber war klar: Es war Muhammar, der dort neben der Tür lag, zusammengerollt wie ein schlafendes Baby und zugedeckt mit einer Art alter Jacke.

Isabell wühlte kurz in ihrem Rucksack, nahm ihre Pistole heraus, öffnete die Tür und stieg aus.

Sattler und Burkhard folgten ihr mit etwas Abstand. Isabell näherte sich dem Kleiderbündel, die Waffe im Anschlag. »Muhammar«, rief sie, und ihre Stimme zitterte dabei. »Muhammar, das Versteckspiel ist aus.«

Muhammar antwortete nicht. Er lag dort, völlig reglos. Sattler konnte auf diese Entfernung unmöglich erkennen, was mit ihm nicht in Ordnung war.

Isabell trat noch einen Schritt nach vorne. Muhammar schien bewusstlos zu sein. Aber sicher war sich Sattler nicht.

Isabell tippte mit der Waffe an die Jacke, mit der Muhammar zugedeckt war.

In diesem Moment bewegte sich Muhammar viel schneller, als alle erwartet hatten. In einer einzigen fließenden Bewegung drehte er sich liegend zu Isabell um, und in einer Mischung aus Überraschung und Erschrecken sah Sattler, dass er in der Hand einen schweren Ast hielt, mit dem er blitzschnell nach Isabells Arm schlug. Den Knüppel hatte er zwischen Boden und seinem Körper versteckt gehalten

Isabell war zu überrascht, als dass sie noch rechtzeitig hätte reagieren können. Sie zuckte mit der Hand, in der sie die Pistole hielt, zwar instinktiv einige Zentimeter zurück, aber sie war nicht schnell genug. Der Ast traf sie genau an ihrem Handballen, und reflexartig ließ sie ihre Waffe los. Durch den Schwung des Astes flog die Pistole durch die Luft und landete genau vor Burkhards Füssen, der knapp hinter Isabell gestanden hatte.

Er hob die Waffe auf und hielt sie einen Moment unschlüssig in der Hand.

Muhammar hatte sich unter Stöhnen aufgerichtet. Er schien verletzt.

Dann erkannte er Burkhard mit der Waffe in der Hand.

Ein Lächeln glitt über sein Gesicht. »Burkhard«, sagte Muhammar, »gut, dass du da bist.«

Sattler schaute verwundert erst zu Muhammar, dann zu Burkhard, der die Waffe inzwischen fester gepackt hatte.

Isabell drehte sich um. »Burkhard, was zur Hölle ... ?«

Burkhard antwortete nicht, sondern trat zwei Schritte zurück, um Isabell und Sattler besser im Blick zu haben.

»Da wundert ihr euch«, sagte er, und in seinen Augen funkelte etwas, das Sattler zu deuten versuchte. War das Rachsucht? Burkhard war noch nicht fertig. »Ihr habt immer gedacht, der kleine dumme Burkhard, der ist zu Nichts nutze, richtig? Geh' mal rüber zu Frank, Isabell, dann kann ich euch beide besser im Blick behalten.«

Er zielte mit der Waffe auf Isabell, die sich zögernd auf Frank zu bewegte.

Sattler versuchte, in der Situation die Oberhand zu gewinnen. »Burkhard, hör' bitte auf mit diesem Unfug. Gib uns die Pistole. Das ist kein Kinderspielzeug.«

Aus der Waffe in Burkhards Hand löste sich ein Schuss. Der Knall hallte über das Plateau und wurde von den niedrigen Bergen als Echo reflektiert.

Sattler war durch das plötzliche Geräusch für einen Moment wie gelähmt. Burkhard starrte ihm auf das Knie und Sattler folgte seinem Blick. Kurz unter seinem Knie sickerte Blut durch seine Jeans.

Burkhard hatte ihm ins Bein geschossen!

Isabell sah die blutende Wunde. »Burkhard, spinnst du?«, schrie sie.

»Halt die Klappe«, antwortete er und zielte mit der Waffe auf sie. »Ich bin ein miserabler Schütze, musst du wissen. Ich ziele auf den Kopf und treffe das Knie. Wenn ich auf dein Knie ziele, treffe ich dann deinen Kopf?« Burkhard lachte heiser. »Ihr habt immer gedacht, ich bin der letzte Idiot. Gerade Frank, du hast mich behandelt wie Dreck. Immer hast du mir Vorschriften gemacht. Ich darf nicht rauchen. Ich durfte noch nicht einmal hübsche Anhalterinnen mitnehmen. Ich durfte dies nicht, ich durfte das nicht, du arroganter Schlaumeier. Du bist doch nicht mein Vater. Meinen ganzen Ärger habe ich immer heruntergeschluckt. Jetzt reicht es mir.«

Sattler spürte noch keinen Schmerz in der Wunde. Ein leichtes Brennen vielleicht, aber das war angesichts der veränderten Situation vernachlässigbar.

Muhammar stand auf und ließ die Jacke und die Decke fallen, mit der er sich zugedeckt hatte, wohl vor allem, um den Krüppel zu verbergen. Er hatte sie offenkundig erwartet. Sattler sah, dass er nur auf einem Bein stand. Er entlastete auffällig seinen rechten Fuß.

»Burkhard«, meldete sich Muhammar nun zu Wort, »du kannst ruhig alles erzählen, wenn du willst.«

Burkhard zögerte kurz. »Na gut. Jetzt ist es ohnehin egal, ihr werdet es keinem mehr sagen können. Muhammar und ich hatten schon Kontakt, bevor ich nach Südafrika kam, um für diesen Saftladen namens Chemcons zu arbeiten.«

»Was?«, unterbrach ihn Isabell. »Ihr kanntet euch?«

»Und du kanntest auch das Labor in Wakkerstroom, richtig?« Sattlers Stimme klang bohrend. »Ich habe mich nämlich gefragt, wie du die Toilette gefunden hast. Sicherlich ist das kein großes Ding, aber du warst an der Stelle einfach ein bisschen zu zielstrebig. Dieselbe Toilette, die später Hillary getötet hat – als Sprengfalle präpariert.«

»Ja, Hillary ... das wollte ich nicht, aber für die große Aufgabe müssen Opfer gebracht werden. So ist das eben. Muhammar sieht das genauso.« Burkhard deutete vielsagend auf Muhammars rechten Fuß. Sein Schuh war blutgetränkt.

»Genau«, ergänzte Muhammar, der mit schmerzverzerrtem Gesicht immer noch auf nur einem Bein stand. »Diese verdammten Wilderer haben mich für einen Wildhüter gehalten. Im Grunde war der Gedanke ja nicht falsch. Wer sollte sonst, so weitab der normalen Straßen, im Gebüsch herumfahren? Ich war zur falschen Zeit am falschen Ort. Das ist mir in all den Jahren nicht passiert. Davon abgesehen hätten sich die Wilderer vor wenigen Jahren nicht getraut, am helllichten Tage zuzuschlagen. Aber heute haben die alles erdenkliche technische Equipment, bis hin zum Hubschrauber. Dieser Handel mit Nashornmehl wäre auch etwas für Danie und mich gewesen, aber dieses Geschäft wurde erst in den vergangenen Jahren derart renditestark. Erst seitdem die Asiaten Geld haben und es nicht mehr nur für europäische Autos ausgeben, boomt das Geschäft. Aber ich will euch keine Lehrstunde in Artenschutz geben. Wir müssen weiter. Also Burkhard, bring es hinter dich. Töte sie! Dann komm mit, wir haben noch einen weiten Weg vor uns.«

»Moment«, sagte Isabell, und Sattler spürte Verzweiflung in ihrer Stimme. Sie war darauf aus, Zeit zu gewinnen. »Wieso hattest du denn Kontakt mit Muhammar von Deutschland aus, Burkhard?«

Burkhard grinste teuflisch. »Ich gehöre zu einer Bewegung in Deutschland, die sich nicht an die staatliche Ordnung gebunden fühlt. Wir lehnen es ab, uns dem Diktat des Kapitals zu beugen. Oder dem des Staates. Oder sonst wem. Wir sind eine kleine Gruppe freiheitlich denkender Menschen, die einfach ohne Zwänge leben möchten. Ohne gesellschaftliche Ordnung, die uns so verhasst ist. Wir hassen die Banken, die die Welt regieren. Banken und der Staat Israel sind aber aus unserer Sicht dasselbe. Und der Feind deines Feindes ist bekanntlich dein Freund, oder? So haben Muhammar und ich uns über das Darknet kennengelernt. Er hat gegen den Staat Israel gewettert, und unsere Gruppe hasst die Banken.«

Isabell war völlig fassungslos. »Aber Burkhard, du kannst doch nicht ernsthaft den dritten Weltkrieg auslösen wollen?«

»Wieso denn nicht? Was würde passieren? Die Staaten – auch in Europa – würden der Reihe nach zusammenbrechen. Die öffentliche Ordnung würde versagen. Plünderungen wären an der Tagesordnung, die Bevölkerung würde die regierende, verhasste politische Kaste davonjagen. Und plötzlich hätte derjenige das Sagen, der sich am besten verteidigen kann. Was glaubt ihr beiden denn, wie viele Waffen ich bei mir daheim in Nordhausen gelagert habe? Ich habe den Keller voll. Außerdem jede Menge Lebensmittel. Ich würde den dritten Weltkrieg überleben, glaubt mir. Ihr aber nicht. Ihr seid in dem Fall nämlich die armen Würstchen, nicht ich.« Burkhard hatte sich in Rage geredet und ihm stand sprichwörtlich Schaum vor dem Mund. Sattler suchte in seinem Blick den Wahnsinn, aber er schien völlig bei Sinnen zu sein.

»Genug geredet.« Muhammar wurde ungeduldig. »Erschieß' die beiden, damit wir loskommen.« Er humpelte um den Wagen herum. Sattler wurde klar, warum er nicht weiter gefahren war. Die Wilderer hatten ihm in den Fuß geschossen, und mit dieser Verletzung konnte er die Pedale nicht bedienen.

Burkhard hob die Pistole und zielte auf Isabell. »Du bist die Erste«, sagte er dabei. Sattler schloss instinktiv die Augen.

Nichts passierte. Als Sattler die Augen wieder öffnete, sah er Burkhard, der die Pistole hatte sinken lassen.

»Das ist keine gute Idee«, sagte Burkhard, an Muhammar gewandt. »Die Schüsse sind meilenweit zu hören. So wie der erste. Wenn wir Pech haben, dann stehen hier gleich die Ranger.«

»Erledige das irgendwie.« Muhammar hatte sich ins Auto gesetzt und wirkte nun ärgerlich.

Burkhard bedeutete Isabell und Sattler mit der Waffe in der Hand, sich vom Wagen zu entfernen. Dann ließ er sich von Muhammar erklären, wo er im vollgepackten Landrover zwei lange Seile finden konnte.

Isabell und Sattler mussten sich mit dem Rücken an eine kräftige Schirmakazie setzen, die einige Meter entfernt stand. Burkhard fesselte zuerst beiden die Hände. Die Waffe hatte er an Muhammar weitergegeben, der sie während der Aktion vom Autositz aus in Schach hielt.

Burkhard band sie mit dem zweiten Seil am Baum fest, indem er ihnen einige Wicklungen um den Hals legte. Schließlich schlang er es beiden noch mehrfach um den Körperstamm und zog es anschließend fest. So fest, dass Sattler Probleme mit der Atmung bekam.

Dann winkte er kurz, stieg zu Muhammar in den Wagen und holperte langsam, aber gleichmäßig über das Feld davon.

Er hatte Sattler und Isabell in der aufkommenden Hitze des Tages an einen Baum gebunden und sie ihrem Schicksal überlassen.

Sattler verlor sein Zeitgefühl. Er spürte die Wunde an seinem Bein, die doch nicht so oberflächlich war, wie er zuerst gehofft hatte. Er konnte sein Knie zwar unter Schmerzen bewegen, musste aber einiges an Blut verloren haben. Je nachdem, wie er sich setzte, stach ihm einer der langen Stacheln der Akazie schmerzhaft in die Unterseite des Oberschenkels. Zu diesen Qualen kam noch die trotz der Jahreszeit um die Mittagszeit sengende Hitze. Noch spendeten die Blätter ein wenig Schatten, aber der Sonnenstand würde sich ändern und das gleißende Licht würde ihm das Gesicht verbrennen. Die Landschaft verschwamm vor seinen Augen, er spürte, wie er langsam immer schwächer und gleichzeitig fiebrig wurde.

Die Wildnis lag ganz ruhig vor ihm. Nur der leichte Wind strich sanft durch das hohe, an manchen Stellen goldbraune Gras. Am Horizont sah er einen großen Vogel. Sonst passierte nichts. Kein Zeichen menschlichen Lebens. Keiner, der ihnen helfen würde.

Er hörte Isabells Stimme. »Ich habe versagt«, sagte sie, und Sattler konnte selbst in seinem umnebelten Zustand wahrnehmen, dass Isabell den Tränen nahe war.

»Ach Unsinn«, bemühte er sich, sie zu beruhigen. Aber irgendwo aus einem verborgenen Winkel seines Gehirns schrie etwas: Natürlich hat sie versagt, immerhin sitzen wir hier, an einen Baum gefesselt, und Muhammar ist auf dem Weg, die Atombombe scharf zu machen, und sie ist die Geheimagentin, die genau das verhindern sollte. Er spürte, wie sein Fieber weiter stieg. Trotz der Hitze bekam er heftigen Schüttelfrost.

»Frank«, fuhr Isabell fort, und ihre Stimme hatte einen weichen Klang, »ich möchte dir sagen, dass du ein großartiger Mann bist. Sehr nett, sogar charmant. Aber für uns beide war es einfach der falsche Zeitpunkt. Immerhin habe ich einen Verlobten – wenn er noch lebt, was ich sehr hoffe. Dann war da mein eigentlicher Auftrag, der immer zwischen uns stand. Eigentlich hasse ich meinen Job, diese Lügen und all das. Es tut mir leid, dass ich dich mit hineingezogen habe. Zwar heiligt der Zweck die Mittel, aber das gilt nicht immer. Auf der anderen Seite möchte ich dir danken, auch wenn sich das in dieser Situation merkwürdig anhört. Ohne dich hätten wir keine Chance gehabt, nie wären wir so weit gekommen. Dasselbe gilt übrigens für Hillary, leider kann ich ihm das nicht mehr persönlich sagen. Ich brauchte euch als Experten, nachdem François, der eigentlich diesen Job machen sollte, umgebracht wurde. Ohne euch wäre ich aufgeschmissen gewesen.« Sie stockte.

»Isabell ...«, versuchte Sattler zu antworten. Weiter kam er nicht. Ihm wurde schwarz vor Augen und er verlor das Bewusstsein.

Er kam wieder zu sich, weil er hin und her geschüttelt wurde. Sattler stand der kalte Schweiß auf der Stirn. Jemand zog an dem Seil, das ihnen Burkhard um den Bauch gebunden hatte.

Es war Isabell. Offenbar versuchte sie, sich zu befreien. »Sinnlos«, dachte Sattler, und wieder wurde alles um ihn herum schwarz.

Er wurde wieder wach, weil ihm irgendetwas über das Bein krabbelte. Er öffnete die Augen und versuchte das Tier auf seinem Oberschenkel zu identifizieren. Alles, was er sah, wirkte unscharf. Er erkannte als Erstes einen langen Schwanz und dachte an eine Ratte. Dafür war das Tier aber zu groß. Es war ein Seidenäffchen, das ihn mit großen Augen anschaute. Dann griff es, immer zum Rückzug bereit, vorsichtig in Sattlers Hemdtasche, dann in seine Hosentasche, wohl auf der Suche nach Süßigkeiten. Sattler konnte sich nicht wehren. Als das kleine Äffchen nichts fand, kletterte es den Baum hinauf, ließ sich oben im Baumwipfel nieder und pflückte einige Blätter.

Sattler wollte Isabell fragen, wie es ihr ging, aber er brachte kein Wort heraus. Seine Lippen waren trocken und die Sonne musste ihm schon seit einiger Zeit ins Gesicht brennen, denn seine Haut glühte.

Im großen Baum gegenüber regte sich etwas. Im Fieberwahn versuchte er zu erkennen, was das war. Es waren Vögel, ziemlich große Vögel, bestimmt zwanzig oder dreißig. Sie saßen dort und schienen zu warten.

Schlagartig wurde Sattler klar, was das für Vögel waren. Es waren Geier.

Und sie warteten auf ihn.

Sein Verstand war mittlerweile zur Aufgabe bereit, es glimmte in ihm nur noch ein kleiner Funke Lebenswillen. Das durfte doch alles so nicht zu Ende gehen. Aber er konnte es nicht ändern. Sein Fieber stieg immer weiter. Er spürte, wie mit jeder Minute das ohnehin kleine Glimmen seines Lebens schwächer und schwächer wurde.

Hinten am Horizont nahm er eine Wolke wahr, eine Rauchwolke, vielleicht ein Grasfeuer, aber was machte das schon. Oder war es eine Staubwolke? Irgendetwas Kleines kam von dort, das größer wurde.

Sattler musste sich zwingen, bei Bewusstsein zu bleiben.

War das ein Auto? War es auf dem Weg hierher?

Es war definitiv ein Jeep, der in ihre Richtung gerollt kam. Hatte sie ein Ranger zufällig gefunden? Wurden sie gerettet?

Der Jeep kam näher und jetzt erkannte er ihn, nachdem er die Augen zusammengekniffen hatte. Der Schweiß lief ihm in Strömen von der Stirn herunter. Es war definitiv ein Landrover.

Aber Muhammars Landrover. Sie waren zurückgekommen!

Wie durch einen Nebel sah er den Wagen neben sich halten. Burkhard stieg aus, in der Hand ein großes Messer.

Den Rest bekam Sattler wie in Trance mit. Burkhards Gesicht näherte sich ihm bis auf wenige Zentimeter, und sein zur Fratze verzerrtes Gesicht sagte: »Ich bin gekommen, um euch zu … erlösen.«

Dann bewegte er das Messer Richtung Sattlers Kopf.

Kapitel 24

Das Haus wirkte von innen noch schöner und größer als von außen. Sattler hielt sein Sektglas in der Hand und nippte ab und zu. Er machte sich nichts aus Sekt, aber schließlich war das ein Sektempfang, und da gehörte Sekt ja nun einmal dazu.

Isabell, die neben ihm stand, hatte schon das zweite Glas hinuntergestürzt. Zum ersten Mal, seitdem er sie kennengelernt hatte, machte sie einen wirklich glücklichen und entspannten Eindruck. Sie hatte ihm erzählt, dass ihr Verlobter nicht tot, sondern festgesetzt worden war und gegen einen palästinensischen Attentäter in israelischer Gefangenschaft ausgetauscht werden sollte.

»Wollen wir uns nicht setzen?«, fragte Sattler und rieb sich, als bräuchte er für diese Bitte eine Begründung, sein Bein knapp unterhalb des Knies. Sie gingen durch das große Wohnzimmer an den anderen Gästen vorbei und setzen sich auf eine Couch neben einem Panoramafenster, durch das sie einen wunderbaren Blick auf Kapstadts beliebten Aussichtspunkt ›Signal Hill‹ hatten.

Sattler streckte das Bein von sich und stöhnte etwas theatralisch.

»Tut es sehr weh?«, fragte Isabell mitleidig.

»Naja, sie haben mir heute Morgen den Verband gewechselt. Der Arzt meinte, dass, wenn sich nichts entzündet, die ganze Sache in zwei Wochen vergessen ist. Zum Glück hat Burkhard nicht das Knie getroffen. Dann würde ich im Rollstuhl sitzen.«

»Jetzt sei nicht ungerecht. Er hat sich doch schon ein paar Mal bei dir entschuldigt. Wo ist er eigentlich?«

»Ich denke, er wird zum Höhepunkt der Veranstaltung rechtzeitig da sein. Schließlich ...«

»Entschuldigen Sie.« Einer der Gäste, ein schlanker, sportlich wirkender Mann von vielleicht Mitte bis Ende fünfzig, mit grauem, sorgsam frisierten vollen Haaren und auch sonst gepflegter äußerer

Erscheinung hatte sich neben die Couch gestellt, auf der es sich Isabell und Sattler bequem gemacht hatten. Zu Sattlers Überraschung sprach er Deutsch, mit einem leicht norddeutschen Akzent. »Sie müssen Frank Sattler sein, richtig?«

»Ja genau«, antwortete Sattler verblüfft. »Woher wissen Sie das?«

»Das war doch einfach. Kein anderer in diesem Raum humpelt. Ich wusste, dass Sie hier sein mussten, und ich wusste, dass Sie durch einen Streifschuss am Bein verletzt wurden. Es tut mir leid, das ist eine Déformation professionnelle, wie man sie unter Geheimdienstlern immer wieder findet. Wir haben einen Blick auch für scheinbar unwichtige Kleinigkeiten.« Er drehte sich zu Isabell um. »Und ihre reizende Begleitung muss Isabell sein, vom Mossad, nicht wahr?«

Er verbeugte sich zunächst formvollendet vor Isabell und gab ihr die Hand, bevor er sich wieder Sattler zuwandte und dessen Händedruck kräftig erwiderte.

Danach ergriff er wieder das Wort. »Erlauben Sie, dass ich mich vorstelle. Mein Name ist Roger.« Sattler lag auf der Zunge zu fragen, ob denn alles Roger wäre, aber er war sich sicher, dass sein Gegenüber diesen dummen Witz schon einige hundert Male gehört hatte. Stattdessen fragte er: »Es freut mich, Sie kennen zu lernen, Roger. Was genau ist ihre ... Funktion? Ich meine, hier, in diesen Kreisen?« Nachnamen scheinen Leute in diesem Milieu nicht zu besitzen, schoss es ihm durch den Kopf.

»Ich verstehe schon, was Sie meinen. Ich bin offiziell Angehöriger des Generalkonsulats in Kapstadt. Bezahlt werde ich von der Bundeswehr im Rang eines Obersts. Inoffiziell berichte ich aber an den Geheimdienstausschuss des Bundestages. Und dort werden die Vorkommnisse rund um Koeberg und die deutsche Beteiligung eine große Rolle spielen, dafür müssen wir beide keine Hellseher sein, richtig? Was ich fragen möchte, und was, nebenbei gesagt, auf jeden Fall unter uns bleiben muss: Was genau ist eigentlich passiert, im Krüger Park und davor? Ein Teil der Story ist mir durchaus bekannt. Die Geschichte mit diesem Danie zum Beispiel, der Plutonium aus abgebrannten Brennelementen isoliert hat. Aber alles, was danach kommt, ist mir unbekannt. Ich kann aber dem Bundesaußenminister nicht nur eine halbe Geschichte auftischen. Er und die Abgeordneten im Ausschuss werden mich am kommenden Mittwoch – unserem nächsten Sitzungstermin – löchern, das ist jetzt schon abzusehen. Deswegen hätte ich gerne Antworten.« Der letzte Satz klang in Sattlers Ohren fordernd. Trotz seines formvollendeten Auftretens ahnte Sattler schon, dass dieser Roger auch anders konnte, als nur nett und freundlich zu sein.

Instinktiv fragte sich Sattler, ob er dem Mann neben ihm eigentlich vertrauen konnte. Selbstverständlich bekam nicht jeder Zugang zu diesem geheimen Zirkel im ›Sicheren Haus‹ des israelischen Geheimdienstes, und sicherlich niemand von der Presse. Er blickte Isabell fragend an. Sie ahnte offenbar, was der grauhaarige Mann wollte und nickte beinahe unmerklich mit dem Kopf. Erzähl schon, sagte sie mit dieser Geste.

»Na gut«, begann Sattler. »Wo fange ich denn am besten an? In diesen ganzen Schlamassel bin ich durch Zufall geraten. Der Mossad hatte das Kernkraftwerk Koeberg unter Beobachtung, weil es unkonkrete Hinweise gab, dass es irgendwelche israelischen Interessen berühren würde. Um was genau es ging, das war dem Mossad nicht klar. Um Licht ins Dunkel zu bringen, wurde François dort eingeschleust. Er war französischer Jude, studierter Kernphysiker und hatte sich bereiterklärt, dem Mossad zu helfen. Das ist der Anfang der Geschichte und es kommt noch Einiges mehr. Wollen Sie nicht mitschreiben?«

Sattler blickte Roger an.

Der schüttelte nur den Kopf. »Auf gar keinen Fall. Stellen Sie sich vor, ich würde alles mitschreiben und diese Informationen kämen in falsche Hände. Nein, wir lernen in unserer Ausbildung, uns Details einzuprägen. Wir arbeiten anders als andere Behörden. Zwar haben auch wir Aktenordner voller Papier, der Unterschied ist nur, dass Sie bei uns nie etwas Relevantes darin finden würden.« Er grinste breit über seinen Witz.

Sattler nickte nur gleichgültig. Nachdem, was er in den vergangen zwei Tagen durchgemacht hatte, hatte er die Nase von Geheimdiensten gestrichen voll. »Dann bin ich mit Burkhard in Koeberg aufgetaucht«, fuhr er fort, »in der Absicht, dort verschiedene Chemikalien zu verkaufen, die ein Kernkraftwerk benötigt. Burkhard hat sich durch seine Fragen verdächtig gemacht, ich mich alleine dadurch, dass ich für eine Chemiefirma arbeite. Das muss man sich mal vorstellen.«

»War Ihnen da schon klar, was mit Burkhard los ist?«

»Zu Burkhard komme ich gleich noch, nur Geduld. Der Mossad, vor allem Isabell, hat Burkhard dazu gebracht, ihnen in dieses geschmackvoll eingerichtete Haus zu folgen. Er hat sich zwei Tage lang die Zeit damit vertreiben, mit dem Mossad Katz und Maus zu spielen. Gleichzeitig hat sich Isabell an mich herangemacht ...«

Isabell schaute kurz auf, weil sie ihren Namen gehört hatte. »Ich erkläre dir alles später, Isabell, es tut mir leid«, sagte Sattler auf Englisch. Er konnte gut verstehen, wie merkwürdig es war, zwei Menschen mit fremder Sprache zuzuhören.

»Weiter«, sagte Roger ungeduldig.

»Also gut. Isabell sollte mich aushorchen, und damit sie dafür genug Zeit bekam, wurde Burkhard festgehalten. Damit die lokale Polizei nicht dazwischenfunken konnte, hatte die Bundesregierung alle Versuche, Burkhard zu finden, unterbunden. Mittlerweile war nämlich klar, dass der Mossad von einem Angriff mit einer Kernwaffe ausgehen musste – als eines von verschiedenen Szenarien.«

»Den Teil kenne ich selbstverständlich, an dem aufgelösten Krisenstab bin ich schuld. Sie können mir glauben, dass das Thema binnen weniger Minuten, nachdem die Information aus Haifa verifiziert worden war, mit der Kanzlerin diskutiert wurde. Sie hat der israelischen Regierung ihre volle Unterstützung zugesagt. Ich habe entsprechend gehandelt.«

Sattler zuckte mit den Schultern. »So war es wohl. Berlin hatte kein Interesse daran, Burkhard schnell auftauchen zu lassen. Isabell brauchte Zeit, mich auszuspionieren.« Er ignorierte Isabells erneuten Seitenblick. »Hört sich alles kompliziert an, ist es aber nicht. Isabell war schnell klar, dass ich keine Atombomben baue, gleichzeitig wurde mir klar, dass sie auf keinen Fall eine südafrikanische Kunsthändlerin sein konnte. Dann wurde François ermordet.«

»Von dem Kraftwerksdirektor, nicht wahr? Der verhaftet wurde? Wurde in allen Medien berichtet. Er selbst sieht sich als Opfer einer rassistischen Verschwörung.«

Sattler schüttelte den Kopf. Das hatte er noch nicht gehört, war aber auch kein Wunder, weil er die vergangen Tage mit Schmerzmitteln vollgepumpt und nur kurzen Unterbrechungen in einem Krankenhausbett verbracht hatte. Was diesem Dokotela so einfiel, um sich zu verteidigen, war schon eine Frechheit. »Das ist vielleicht das offizielle Statement, das er gewählt hat. Hillary, ein Techniker des Kernkraftwerks, hat gesehen, was er getan hat. Isabell hat mir vorhin erzählt, dass Dokotela gestanden hat. François hatte die Brennstäbe nachgewogen und festgestellt, dass die Ergebnisse nicht mit den Werten übereinstimmten, die an die Behörde in Wien weitergegeben wurden. Es fehlten insgesamt achthundert Kilogramm. Dokotela hat den Inspektoren, die diese Gewichte eigentlich prüfen sollten, gefälschte Unterlagen vorgelegt und ihnen einige Vorteile für das Wegschauen versprochen, wenn ich das so formulieren darf.«

Roger nickte. Den Teil schien er ebenfalls schon gehört zu haben. »Ich weiß, was Sie damit meinen – halt das Übliche, Geld und Sex, in diesem Fall mit seiner Sekretärin. Der Direktor der IAEO war übrigens gestern hier, das haben Sie vermutlich nicht mitbekommen. Er hat das Plutonium persönlich in Empfang genommen und ist mit einer Sondermaschine nach Wien zurückgeflogen. Ich habe schon viele Jahre Kontakte zum Mossad und kenne dieses Sichere Haus sehr gut. Aber so viel Aufregung gab es hier noch nie. Alles wegen eines kleinen Aluminiumkoffers.«

Sattler wollte die Geschichte zu Ende bringen. »Für Dokotela gab es kaum Probleme, an die abgebrannten Brennelemente zu kommen. Er wusste nicht genau, womit er es zu tun hatte. Er hatte einfach einige der abgeklungenen Brennelementstäbe unten aufgesägt, und die herausgefallenen, plutoniumhaltigen Tabletten in einem Eimer mit Chemcons-Logo abgefüllt. Der Mossad hat in den vergangenen Tagen im Verhör von Muhammar erfahren, wie der Weitertransport ablief: Dokotela hat den Eimer zur Mülldeponie von Bloemfontein transportiert, die als Übergabepunkt fungierte. Dort hat er diesen einem der illegalen Müllwerker vor Ort anvertraut, der gegen Bezahlung den Eimer später an Muhammar weitergab. Das Ganze ist neunzehnmal Mal gut gegangen, beim zwanzigsten Mal muss es einen Zwischenfall gegeben haben, über den sich Muhammar nicht näher auslässt. Wir müssen raten, was da passiert ist.«

»Warum dieser komplizierte Zwischenschritt?«, fragte Roger, der die ganze Zeit interessiert zuhörte.

»Muhammar und Dokotela wollten unbedingt vermeiden, miteinander gesehen zu werden. Bevor Muhammar sich eine Lieferung aushändigen ließ, hat er die Mülldeponie einige Stunden beobachtet. Muhammar hat dann das Material nach Wakkerstroom gebracht, wo es Danie weiterverarbeitet und die Bombe in elf Einzelteilen angefertigt hat.«

Roger nickte heftig. »Ach ja, diese Explosion in Wakkerstroom. In den Zeitungen wurde von einer Gasexplosion berichtet.«

»Das war eine Erfindung des Mossad, der eine gefälschte Polizeimeldung verbreitet hat, die dankend von der lokalen Presse aufgenommen wurde. Wäre leicht zu durchschauen gewesen, denn das Haus besitzt weder einen Gasanschluss noch einen Gastank. Der Geheimdienst hatte leichtes Spiel. Die erste, kleinere Explosion, die Hillary getötet hat, war nur direkt vor dem Haus zu hören gewesen, aber nicht weit darüber hinaus. Das nächste bewohnte Gebäude ist fast dreißig Meter entfernt, und die Nachbarn waren zu dem Zeitpunkt zufällig nicht daheim. Burkhard, Isabell und ich waren die einzigen Überlebenden, und weil von uns keiner die Polizei gerufen hatte, kam auch keine. Das hat der Mossad genutzt, den die Dame neben mir«, er vermied es diesmal, Isabells Namen auszusprechen, denn sie sollte nicht den Eindruck bekommen, sie würden ständig über sie reden, »bei der nächsten Gelegenheit informiert hat. Einer der Agenten, die gerade zur dringend notwendigen Verstärkung in Südafrika eingetroffen waren, ist zuerst in das Labor gefahren. Dort hat er mit einem Fernzünder Danies Sprengstoffpaket hinter der Tür zur Explosion gebracht. Danie hat so viel Sprengstoff verwendet, dass anstelle des Hauses nur noch ein drei Meter tiefer Krater übrig ist. Deshalb hatte Danie auch sein ganzes Inventar belassen, wo es war: Er hat damit gerechnet, dass der Sprengsatz ausgelöst wird und so alle Beweise vernichtet werden. Was sie jetzt auch sind. Die zusätzliche Bombe im Spülkasten muss für ihn nur Spielerei gewesen sein, ein Gimmick sozusagen, für den unwahrscheinlichen Fall, dass ein Besucher durch das Fenster eindringt.«

Ein Raunen ging durch die Menschenmenge. Einzelne Hurra-Rufe erklangen, Gläser wurden gehoben und jemandem zugeprostet, den Sattler von seiner Position aus nicht sehen konnte. Aber er wusste ja ohnehin, wer es war.

»Das muss er sein«, raunte ihm sein Gesprächspartner ehrfürchtig zu, und Sattler konnte erkennen, wie er vor Aufregung nervös hin und her tippelte. »Gibt es noch etwas Wichtiges?«, fragte er plötzlich ungeduldig, »ansonsten würde ich mich kurz entschuldigen, um mit ihm selbst zu sprechen.«

Sattler schüttelte den Kopf. »Nichts Relevantes, was er Ihnen nicht auch sagen könnte.« In diesem Satz dehnte Sattler das Wörtchen ›er‹ etwas.

Roger deutete auf die anderen Gäste. »Da hinten, da steht er«, und machte dabei den Eindruck, als hätte er gerade eine Vision. »Das ist er. Burkhard.«

Sattler blickte in die angegebene Richtung. Tatsächlich, da stand Burkhard und ließ sich von den Umstehenden feiern. Er trug einen augenscheinlich neuen Anzug und sein grauer Vollbart war säuberlich gestutzt. Trotzdem war in Sattlers Augen dieses Schmierige nicht verschwunden, das er mit dieser Person verband.

Burkhard hatte sie aus der Menschenmenge heraus erblickt und prostete ihnen mit dem Sektglas gönnerhaft zu. Dann bahnte er sich, in der einen Hand das Glas haltend, mit der anderen rechts und links Hände schüttelnd, einen Weg durch die Ansammlung und kam auf die kleine Gruppe am Fenster zu.

Bevor Sattler etwas sagen konnte, hatte Roger schon Burkhards freie Hand ergriffen und schüttelte sie heftig. »Herzlichen Glückwunsch, nicht nur von mir persönlich, sondern auch im Namen der Bundesregierung. Sie haben wirklich Großartiges geleistet, Burkhard, das ist keine Frage. Ich bin überzeugt, Sie würden weltweit als Held gefeiert werden, wenn wir in unserem Beruf die Öffentlichkeit suchen würden. Mein Name ist übrigens Roger, ich bin vom Deutschen Konsulat. Ich freue mich, Sie kennenlernen zu dürfen. Auch wenn uns natürlich Ihre Arbeit als Deutscher für einen nicht befreundeten Geheimdienst, lassen Sie es mich vorsichtig formulieren, irritiert.«

Burkhard überspielte den Vorwurf. »Naja, ich hoffe, Sie können darüber hinwegsehen. Schließlich stimmt das Ergebnis, das ich gebracht habe, möchte ich doch annehmen. Außerdem sollten wir doch alle froh sein, dass alles funktioniert hat. Das ist ja kein Zufall, sondern das Ergebnis eines wohldurchdachten Planes.«

Roger zog die Augenbrauen hoch. »Schildern Sie doch bitte die Ereignisse der vergangenen Tage aus Ihrer Sicht«, forderte er Burkhard auf.

»Aber gerne doch.« Burkhard lächelte selbstbewusst, fast gönnerhaft. »Sie wissen ja, dass ich für den Sluschba Wneschnei Raswedki arbeite, also den SWR.«

Erst jetzt schien Burkhard zu bemerken, dass Sattler und Isabell neben ihm standen. »Hallo Isabell«, sagte er förmlich. »Hallo Frank«, begrüßte er Sattler kurz und frostig.

Sattler sah ihn fragend an. »Wer oder was ist bitte dieser Sluschba dingens, für den du zu arbeiten scheinst? Du hast uns ja alle ordentlich hinters Licht geführt, das muss ich schon sagen.«

»Naja, Frank, du hast davon doch schließlich am meisten profitiert. Ansonsten hätten dich doch schon längst die Geier aufgefressen. Genauso wie unsere Geheimagentin hier.« Die beiden Sätze sagte er auf Englisch, damit Isabell sie ebenfalls verstand. Er wollte ihr damit einen verbalen Rippenstoß verpassen.

»Da hat er leider Recht, Frank.« Isabell mischte sich ein und wirkte durch Burkhards Worte verletzt. »Ohne ihn wären wir tot und ich hätte vollständig versagt.«

Burkhard nickte. »Zum Glück war ich ja rechtzeitig da. Aber um auf deine Frage zurückzukommen, Frank: Der SWR ist der russische Auslandsgeheimdienst. Ich habe nach der Grenzöffnung begonnen, als eine Art freier Mitarbeiter für die Russen zu arbeiten. Zum einen habe ich in der Schule Russisch gelernt, zum anderen hatte ich in der DDR einschlägige Erfahrungen im ... nun ja ... Sammeln von Informationen gemacht. Der SWR hatte mal ab und zu einen Auftrag für mich, es waren immer kleinere Sachen.« Er blickte zu Roger, der ihn irritiert anschaute und der seine Augenbrauen immer weiter in die Höhe hob. »Natürlich nie etwas, das strafrechtlich relevant wäre«, schob Burkhard deshalb schnell hinterher, aber allen war klar, dass das eine Lüge war.

Wieder überspielte Burkhard die Situation, indem er einfach weiter redete. »Vor einigen Monaten kam mein Verbindungsoffizier auf mich zu und hat mir einen Job angeboten. Ich wurde als Handelsvertreter für Südafrika in die Chemcons eingeschleust. Dabei richtete sich das Interesse nicht gegen die Chemcons, sondern gegen einen Kunden: Natürlich waren das Danie und sein Labor in Wakkerstroom. Über die – völlig legalen – Kontakte zwischen der Chemcons und Danies Labor wusste der SWR durch zurückverfolgte Überweisungen. Das Labor war für die Russen wichtig, weil der SWR vom russischen Inlandsgeheimdienst die Information erhalten hatte, dass sich tschetschenische Terroristen mit speziellen Sprengstoffen aus Südafrika versorgen wollten. Es ging um einen sehr effizienten Plastiksprengstoff, der versponnen werden kann. Aus den erhaltenen Fasern und Garnen wollten die Tschetschenen Kleidungsstücke herstellen und anschließend mit diesen Westen ausgestattete Schwarze Witwen in Fußballstadien nach Moskau schicken. Als wandelnde Bomben und von keiner der üblichen Sicherheitseinrichtungen zu enttarnen. Mit dieser Neuentwicklung im Bereich des Terrorismus wäre kein Flugzeug mehr vor einem Anschlag sicher. Gar nicht auszudenken, was mit so einem Sprengstoff alles möglich wäre.«

Und dann schicken sie dich dahin, dachte Sattler gehässig. Gerade dich.

»Aber ich hatte zum Glück eine tolle Idee.« Burkhard grinste überheblich. Jetzt kommt wohl der beste Teil deines genialen Plans, dachte Sattler. Unglaublich, wie sich der Mann hier aufspielt, dachte er. Ohne Isabell und mich wüsste er rein gar nichts. Damit die Story auch Isabell verstehen konnte, wechselte er wieder ins Englische. »Ich habe Kontakt zu Muhammar aufgenommen, noch bevor Frank in Südafrika eingetroffen ist. Mein erster Besuch im Auftrag der Chemcons – eigentlich ja im Auftrag des SWR – hat mich nach Wakkerstroom geführt. Ich habe mich ihm gegenüber als Antizionist ausgegeben, als Feind der Banken, als Gegner einer staatlichen demokratischen Ordnung. Als Reichsbürger. Dadurch habe ich sein Vertrauen gewinnen können. Zu Danie dagegen habe ich nie wirklich Zugang gefunden, er blieb merkwürdig verschlossen, vorsichtig, unverbindlich. Seine Nähe war mir unangenehm. Ich glaube, er war ein Einzelgänger, ein echter Freak. Ich habe Muhammar und Danie über unseren bevorstehenden Besuch informiert. Ich hätte ihnen noch mehr Informationen gegeben, aber leider hatte ich mein Handy verloren.«

»Das Handy habe ich dir gestohlen«, mischte sich Isabell plötzlich ein. »Ich habe dir nicht mehr vertraut.«

Roger, der ihm bei seiner Erzählung an den Lippen gehangen hatte, ignorierte Isabell und stellte stattdessen fest: »Und diese kluge Vorbereitung hat sich am Ende ausgezahlt. Glückwunsch.«

»Das kann man wohl sagen. Der SWR hatte zunächst keine Kenntnis von dieser Bombe, an der Danie bastelte. Das war Zufall, dass Isabell sie in Wakkerstroom gefunden hat.«

Isabell hob die Hand halb in die Höhe und öffnete gerade den Mund, um etwas zu sagen, aber Burkhard kam ihr zuvor.

»Dieser Fund war ein wichtiger Beifang meiner Ermittlungen«, sagte er großspurig. »Es war klar, dass ich auf jeden Fall Muhammar aufhalten musste. Mit etwas Glück wurde er im Krüger Park gestoppt, und ich konnte ihn stellen. Allerdings war ich mir nicht sicher, ob er tatsächlich die beiden fehlenden Bauteile bei sich hatte. Natürlich hätte ich ihn einfach erschießen und das Auto durchsuchen können. Aber was wäre gewesen, wenn wir das fehlende Plutonium nicht gefunden hätten? Wo wäre unser Ansatzpunkt gewesen? Dann hätten wir raten müssen, wo sich das Material befindet. Wir hätten uns gefragt, ob er es vielleicht zu einem früheren Zeitpunkt übergeben hatte, an jemanden, den wir nicht kennen? Oder er hatte es irgendwo vergraben, und später würde ein möglicher Komplize die Röhre und den Zünder holen? Im schlimmsten Fall hätten wir vor dem Nichts gestanden. Deshalb hatte ich mich entschieden, meine Tarnung gegenüber Muhammar nicht auffliegen zu lassen, sondern stattdessen lieber Frank in's Bein zu schießen. Um Muhammar gegenüber vorzutäuschen, dass ich bedingungslos auf seiner Seite stehen würde.«

Sattler schaute ihn an. In Burkhards Blick konnte er besondere Freude an diesem Teil seiner Erzählung erkennen.

»Jetzt schau mich nicht so traurig an, Frank«, sagte Burkhard streng. »Es ist ja nicht viel passiert. Ich musste einfach abwägen und habe ganz offensichtlich die richtige Entscheidung getroffen.«

Und ich habe Tage unter Schmerzmitteln im Krankenhaus verbracht. Es hätte bestimmt auch funktioniert, wenn er einfach nur daneben geschossen hätte, dachte Sattler bei sich.

Burkhard wandte sich wieder an seinen großen Bewunderer Roger. »Ich musste also, um meine Geschichte gegenüber Muhammar aufrecht zu erhalten, Isabell und Frank an einen Baum binden. Dann bin ich mit Muhammar losgefahren und habe aus ihm in Gesprächen herausgekitzelt, was genau er ausliefert. Erst nachdem ich den Koffer mit den beiden fehlenden Teilen in der Hand gehalten hatte, überwältigte ich Muhammar und kam zurück, um Sattler und Isabell zu befreien. Isabell hat uns dann ein Flugzeug vom Kruger Mpumalanga International Airport nach Kapstadt organisiert. Frank haben wir mit der blutenden Wunde und hohem Fieber ins Krankenhaus gebracht. Er hat immer wieder das Bewusstsein verloren. Hätte ich nicht so schnell reagiert, wäre Frank tot. So aber ist das Plutonium in Sicherheit und der Weltkrieg abgewendet.«

In die Ansammlung der etwa dreißig Menschen, die einige Meter entfernt standen und immer noch die Sektgläser in ihren Händen hielten, kam Bewegung. Einige winkten in Burkhards Richtung. »Es geht los, komm, Burkhard«, rief eine junge Frau im Abendkleid.

»Ich muss dann mal«, sagte Burkhard und stellte sein leeres Sektglas neben der Couch ab. »Die Pflicht ruft.« Er schüttelte Roger die Hand, in Richtung Isabell und Sattler genügte ihm ein kurzes Winken. Dann ging er auf die Menschenmenge zu, die sich vor ihm teilte wie das Rote Meer vor Moses. Dadurch erhielt Sattler einen guten Blick auf eine kleine Bühne, die in der gegenüberliegenden Ecke des großen Raumes lag. Burkhard stieg unter dem Jubel der Anwesenden hinauf. Ein Sattler unbekannter, kleiner Mann kurz vor dem Pensionierungsalter gesellte sich zu ihm.

Es wurde ganz still.

»Der Mann neben ihm auf der Bühne ist der israelische Verteidigungsminister«, raunte Isabell Sattler zu. »Er ist mein oberster Chef. Eigentlich müssten François und ich dort stehen.«

Die Zeremonie begann, und der Minister bedankte sich zunächst bei den Anwesenden für ihre Teilnahme. Er bedankte sich für die Gastfreundschaft der Südafrikaner, für die Hilfe der anderen beteiligten Staaten, von denen sicherlich zahlreiche Botschafter unter den Zuschauern waren. Er bedankte sich auch bei den befreundeten Geheimdiensten. Sattler hätte sich nicht gewundert, hätte er sich auch noch für das schöne Wetter bedankt.

»Ganz besonders bedanken«, sagte Isabells Chef auf der Bühne in diesem Moment, »möchte ich mich aber beim russischen Auslandsgeheimdienst SWR und dessen Agenten Burkhard.«

Sattler sah zu Isabell hinüber, die schwer schluckte. Ihre Enttäuschung musste riesengroß sein.

»In Anerkennung Ihrer herausragenden Verdienste für den Staat Israel verleihe ich Ihnen hiermit den Orden für Besondere Tapferkeit am Bande, den Itur Hagvura.« Unter dem erneuten Jubel der

Menschen kramte der Minister ein Kästchen aus der Tasche seines Anzuges, holte einen Orden hervor und legte diesen Burkhard um.

Burkhard grinste dabei feist von einem Ohr zum anderen.

»Vielen Dank«, sagte Burkhard nur, schüttelte dem Minister die Hand, winkte in die Menge wie die britische Königin und stieg dann von der kleinen Bühnen herunter. Sofort bildete sich um ihn eine Menschentraube.

Roger wandte sich an Sattler. »Ich gehe mit den anderen feiern«, sagte er. »Ich kann verstehen, wenn Sie mit dem verletzten Bein lieber zum Hotel zurückfahren möchten. Aber ich muss Sie, auch im Namen der Bundesregierung, noch um etwas bitten. Sie sind kein Angehöriger einer staatlichen Organisation und unterscheiden sich so von allen anderen im Raum. Daher unterliegen Sie keiner besonderen Geheimhaltungspflicht. Deshalb ist das, was ich Ihnen jetzt sage, eine eindringliche Bitte: Auf keinen Fall darf diese Geschichte, die sich in den vergangenen Tagen zugetragen hat, an die Öffentlichkeit kommen. Hören Sie, Frank, das ist wichtig. Niemand darf jemals davon erfahren.«

»Da machen Sie sich mal keine Sorgen«, sagte Sattler und lächelte undurchsichtig. »Ich werde schon kein Buch darüber schreiben.«

Anmerkungen des Autors

Bei diesem Roman handelt sich um eine Geschichte, nicht um eine Reportage oder gar um ein Reisetagebuch oder einen Reiseführer. Die geografische Lage einzelner Orte habe ich etwas angepasst, damit ich sie besser in den Verlauf der Erzählung integrieren kann.

Für die Beschreibung der Innenansicht des Reaktors habe ich eigene Erfahrungen im Kernkraftwerk Biblis in Hessen zugrunde gelegt.

Für die Schilderungen des Angolakrieges habe ich auf Beschreibungen von Henry Thomas Niebuhr und auf das Tagebuch von Dieter Klingenberg zurückgegriffen, die beide als Soldaten an diesem Krieg teilnehmen mussten.

Die Feinabstimmung der Zünder, so wie sie Danie vornimmt, kann so einfach niemals funktionieren. Da habe ich meine Fantasie spielen lassen. Dieser Punkt ist aber für das Funktionieren der Bombe essentiell.

Der Kernreaktor in Koeberg ist, anders als beschrieben, gar kein Schwerwasserreaktor. Es handelt sich tatsächlich um einen Leichtwasserreaktor und verwendet damit dieselbe Technologie wie die meisten modernen Reaktoren. Aber dieser Roman soll ja kein Lehrbuch über Kernreaktortechnologie ersetzen.

Das südliche Afrika als Rückzugsort radikaler Gruppierungen, die möglicherweise den internationalen Terrorismus unterstützen, wurde im Artikel ›Bunte Bereicherung Islam‹ von Elian Ehrenreich im Süd-Afrika Magazin (3/17, S. 74-75) erwähnt. So soll der Anschlag auf das Westgate-Einkaufzentrum in Nairobi von Johannesburg aus vorbereitet worden sein.

Von den Informationen aus diesem Artikel einmal abgesehen: In Südafrika existiert eine gut ausgebaute Infrastruktur, die die Weiterentwicklung komplexer, wissenschaftlicher – hier auch krimineller – Projekte ermöglicht.

Das Verfahren, nach dem Danie einen echten Reisepass beantragt, mag fantastisch klingen. Aber über Probleme mit fehlenden Geburtsurkunden wird häufig berichtet, und die daraus entstehenden Probleme sind immens. Meines Wissen nach müssen in solchen Fällen – wie beschrieben – Zeugen befragt werden.

Den spinnbaren Explosivstoff habe ich mir ausgedacht. Grundsätzlich ist Plastiksprengstoff – um diesen Oberbegriff zu verwenden – plastisch, also verformbar. Die Entwicklung eines Fadens aus einem solchen Material ist grundsätzlich denkbar und gleichzeitig beängstigend. Die dadurch mögliche Entwicklung spezieller Sprengstoffwesten habe ich beschrieben.

Den *Think-Tank* der Universität Jerusalem und natürlich auch dessen Ergebnisse habe ich ebenfalls erfunden.

Die Isolierung von Plutonium aus abgebrannten Kernelementen ist nicht nur technisch möglich, sondern wird auch großtechnisch durchgeführt, zum Beispiel in den genannten Anlagen in Frankreich und England, aber auch in den USA, Japan, Russland und Indien. Danie hätte durchaus Chancen, auf diese Art an spaltbares Material zu kommen.

Der amerikanische Spionagesatellit hat in meiner Darstellung eine Auflösung, die derzeit technisch nicht möglich ist. Die Auflösung wird über die am Satelliten vorhandene Spiegelgröße festgelegt und kann nicht beliebig verändert werden. Für hochaufgelöste Aufnahmen werden in der Regeln tieffliegende Drohnen verwendet.

Ich weiß nicht, ob es einen oder mehrere Geheimsatelliten geostationär über Afrika gibt oder nicht. Schließlich ist das geheim.

Durch die großen Gewinnspannen, die Wilderer in den afrikanischen Nationalparks vor allem durch den Verkauf von Nashornpulver als Aphrodisiakum im Fernen Osten erzielen, wurde das Wildern professionalisiert. Der Einsatz moderner Technik zum Aufspüren der Tiere, beispielsweise mit Drohnen, und das Bejagen aus Hubschraubern ist eine der Varianten. Vor allem durch den so erzielten Geschwindigkeitsvorteil können die Ranger – trotz aller Bemühungen – den Wilderern momentan kaum etwas entgegensetzen. Neben den Nashörner sind zunehmen auch Flusspferde Opfer der Wilderer, denn auch deren Zähne lassen sich in Asien gut verkaufen.

Das erwähnte NRO ist das National Reconnaissance Office der

Vereinigten Staaten und für den Betrieb der Aufklärungssatelliten zuständig.

Die Geschichte und die Personen sind frei erfunden. Übereinstimmungen mit lebenden oder verstorbenen Personen wären rein zufällig.

Danksagung

Christina, Stefan, Carolin und meinem Autorenkollegen Jens sowie Wolfgang, Ulrike und Sarah danke ich für die hilfreichen Anmerkungen und Ratschläge, die sorgfältige Durchsicht und nervenaufreibende Fehlersuche.

Der Textsatz der Druckausgabe ist mit LaTeX erfolgt, die Fehlersuche unter anderem mit Languagetool.org. Bei den Machern beider Softwarelösungen möchte ich mich dafür bedanken, dass sie zwei so mächtige Werkzeuge entwickelt haben und kostenlos zur Verfügung stellen.

Matthias Boll

Das Muthi

Ein Kriminalroman aus Südafrika

Durch ein mysteriöses Flugzeugunglück stirbt der Leiter der afrikanischen Zweigstelle eines deutschen Chemieunternehmens. Für die südafrikanische Polizei steht sehr schnell fest, dass es sich um ein tragisches Unglück handelt.

Wissenschaftler Frank Sattler arbeitet seit einigen Jahren für das Unternehmen. Er wird, gegen seinen Willen, kommissarisch zum neuen Chef ernannt. Plötzlich wird ein Mordanschlag auf ihn verübt, dem er nur knapp entkommt. Ob diese geheimnisvolle Zahlenreihe, die er im Tresor des Verstorbenen gefunden hat, etwas damit zu tun hat? Und was verschweigt die attraktive Labuschagne, Mitinhaberin des Konkurrenten CCS?

Sattler ahnt nicht, dass dies Teil einer viel größeren Verschwörung ist. Gemeinsam mit seiner Kollegin Stefanie versucht er, der Sache auf den Grund zu gehen. Und zwar bevor der Mörder Erfolg hat …

Matthias Boll

Verbindung Y

Ein Kriminalroman aus Südafrika

»Marisha, das ist sehr wichtig. Denk genau nach. Gibt es in dieser Firma tatsächlich keinen einzigen Geschirrspüler?«

»Nein«, sagte sie zögernd. »Warum?«

Sattler war eine Spur blasser geworden, als er sagte: »Weil ich jetzt weiß, was mit Burns Leiche passiert ist.«

Anfangs klingt es wie ein Routinejob: Wissenschaftler Frank Sattler wird als Produktionsleiter in eine Chemiefabrik in das südafrikanische Nelspruit versetzt.

Aber irgendetwas stimmt dort nicht. Durch einen mysteriösen Unfall wird einer seiner Mitarbeiter beinahe getötet. Kurz darauf verschwinden zwei weitere Menschen spurlos und ohne erkennbaren Grund. Einer der beiden ist Sattlers äußerst unbeliebter Chef.

Sattler und seine Kollegin Stefanie decken auf der Suche nach ihm unglaubliche Machenschaften auf – und befinden sich plötzlich selbst in Lebensgefahr ...

Können sie im allerletzten Moment eine Katastrophe verhindern?

Matthias Boll

Das Jahr mit den zwei Sommern

Ein Kriminalroman aus Südafrika

»Pass gut auf«, sagt Sattler, geht auf die gelbe Zeltplane zu, ergreift sie knapp über dem Erdboden und zieht sie mit einem Ruck hoch. »Damit wollte uns jemand umbringen!«

Unter der Plane steht der fahrbare Grill. Auf dessen Boden liegt weiße Asche, teilweise in Form verglühter Briketts.

»Mit dem Grill?«, fragt Zamma, sichtlich verwundert. »Wie soll das gehen?«

Es ist eine Party, an die Sattler noch lange zurückdenken wird. Nur mit knapper Not entkommen er und seine Kollegin Zamma einem raffinierten Mordanschlag.

Eines ist sicher: Die Erfindung, die Sattler für die deutsche Chemiefirma Chemcons gemacht hat, ist Milliarden wert. Bei einem ersten Vermarktungsversuch wird Sattler von einem Unbekannten verfolgt. Zamma und er begreifen erst sehr spät, dass sie sich in großer Gefahr befinden ...

Matthias Boll

Mord am Mandela Square

Ein Kriminalroman aus Südafrika

Johannesburg.

Eine Leiche in einer Badewanne, eine weitere in einem angrenzenden Township. Beide arrangiert wie gewöhnliche Todesfälle, tatsächlich aber Morde. Zufällig mitten im Geschehen: Naturwissenschaftler Frank Sattler, der in der Stadt eigentlich nur Urlaub machen wollte.

Sattler taucht ein in die Schattenwelt Johannesburgs. Er gerät in die dunkelsten Ecken der Metropole - und trifft dort auf die skrupellosesten Menschen. Die Dinge geraten schnell außer Kontrolle, und Sattler wird zum Gejagten.

Zusammen mit Pia und Mfufeni, zwei Aktivisten, tritt er gegen Gegner an, die ihnen in allen Belangen überlegen scheinen...